KB026988

문신

문신

4

윤흥길

장편소설

문학동네

차례

제13장

초록저고리 얼룽지고

1

　　"뭣이여? 아니, 그러니깨 시방 우리 사둔 영감 코빼기도 귀경을 못허고는 그냥 휑허니 돌아서뿌렀다, 그 말이여?"

　　신장대 잡은 무당처럼 야마니시 아끼라 영감은 대뜸 손 덜덜 떨리고 다리 후들후들 휘둘리기 시작했다. 달구지 끄는 황소 등허리 작신 꺾일 지경으로 예폐(禮幣) 삼아 바리바리 실어 보낸 봉물짐이었다. 그 물건이 퇴박맞아 애당초 출발지로 고스란히 되돌아오는 꼴 보고 저간의 사정을 얼추 짐작은 하고 있었다. 그러나 자기 깜냥에 납채(納采) 격식 차린답시고 봉물짐과 더불어 파송했던 장조카로부터 막상 자초지종을 보고받는 순간, 야마니시 영감은 도무지 충격을 가눌 길이 없었다.

　　"코빼기는 고사허고 시방 그 냥반 꼬랑지도 귀경을 못했습니다요, 시방!"

장조카 또한 어지간히 심정을 상했던지, 여태껏 하늘같이 우러르던 사돈어른 향한 공경심 토방 끝에 획 팽개친 채 볼멘소리 함부로 내뱉고 있었다.

"그러니께 니 말은, 그녀르 집구석 대문 안짝으로 반걸음도 진입을 못허고는 문전박대로 축객을 당혀뿌렀다, 그런 소리냐?"

아마니시 영감 말투 또한 밭사돈에 대한 공경심과는 십 리나 동떨어진 것으로 어느 틈에 개비되어 있었다.

"여부가 있겠습니까요, 시방! 애시당초 이녁은 그런 딸자식 생산헌 적도 없고 키운 적도 없으니께 시방 언감생심 사둔지간 맺자는 망언 따우는 시방 반 토막도 끄내들 말라고 시방 고래고래 시악을 질러댐시나 범강장달이 같은 하인놈 여럿 시켜서 시방 인정사정없이 문전 축객을 허는 바람에 시방 챙피시럽고 분통이 터져서 지가 참말로 혼나뿌렀고만요, 시방!"

최진용은 두 번 다시 떠올리고 싶지 않은 기억 억지로 되살리느라 한바탕 넌덜머리 내고 나서, 퇴박맞고 돌아온 봉물짐 대청마루 한쪽에 얌전히 부려놓으라고 머슴들한테 지시했다.

"참말로 넘우세 한번 결판지게 떨어뿌렀소!"

요긴목마다 빠지지 않고 의례건 볼가져나와 낱낱이 미운 짓만 골라 저질러버릇하는 늙정이 마누라가 곁에 서서 찢어지도록 눈을 흘겨대고 있었다.

"나가 내둥 뭣이라 그럽디여? 떡 줄 사람은 생심도 허들 않는 판국인디 고로콤 짐칫국부텀 벌컥벌컥 장복허다가는 밤새드락 칙간 출입 연락부절로 허는 수가 생긴다고 나가 안 그럽디여? 암 송아치가 찌러기 황소 되드락 나가 타일르고 타일러도 들은 시늉 도 않고 빠득빠득 고집을 피우드니만……"

"이런 넨장맞을!"

벽력같은 고함에 이어 야마니시 영감은 때마침 머슴이 대청마 루로 옮겨놓는 봉물짐을 발부리로 되알지게 걷어차버렸다.

"애고매나!"

일껏 마루 위로 모신 봉물짐 마당으로 데구루루 굴러떨어지는 꼴 목격한 관촌댁 입에서 새된 비명이 뽑혀나왔다. 영감 부아통 버르집어 성깔 덧들여놓은 가늠이 있는지라 관촌댁은 서슬 퍼런 영감 기세에 아연실색한 나머지 사랑채 뒤란 바라보고 허둥지둥 피난길 떠나기 급급해졌다.

"지깟 놈이 왜경 간부면 다여? 지깟 놈이 권력가고 세도가면 제일이냔 말이여! 딸자식 가진 죄인이란 말도 못 들어본 판무식 쟁이 인간이 얻다 대고 감히 행짜여, 행짜? 조선 법도가 뭣인지도 몰르는 반쪽짜리 쪽발이 화상이 감히 나 야마니시 아끼라 얼씬네 를 뭣으로 보고 시방 똥 친 막대기맨치로 취급허냔 말이여!"

발로 걷어차는 정도로는 아무래도 성에 덜 차서 야마니시 영감 은 부대한 몸집 비호처럼 날려 마당에 굴러떨어진 봉물 더미 위 로 말타기하듯 펄쩍 뛰어올랐다. 그는 어금니 으드득 사리문 채 봉물짐 위에서 쿵덕쿵덕 널을 뛰기 시작했다.

"지깟 놈이! 가암히! 지깟 놈이! 가암히! 지깟 놈이……"

모둠발로 한 차례씩 구를 적마다 야마니시 영감은 구호 삼아 욕지거리 한 무더기씩 잇새로 찌걱찌걱 뱉어냈다. 육중한 몸뚱어리 펄쩍 솟구쳤다 쿵 떨어지기가 반복될 적마다 비단보에 싸인 버들고리들이 찌그러지고 부서지는 횡액 겪느라 연신 자지러지게 비명을 질러대곤 했다.

"나 야마니시 아끼라를! 지깟 놈이 뭣으로 보고 시방! 지깟 놈이 가암히!"

헛불 맞은 맹수 본새로 야마니시 영감은 연거푸 포효했다. 이미 자존심 상할 대로 상해버린지라 그 모멸감 당최 견딜 재간이 없었다. 늙정이 마누라 완강한 반대 묵살한 채 전주 사돈집에 인편 파송하기로 결정 내리던 그때, 야마니시 영감은 세도가 밭사돈 앞에 간도 쓸개도 일찌감치 다 빼놓은 상태였다. 그리하여 버들고리 속에 값진 봉물과 함께 저두평신(低頭平身) 공경 자세까지 일습으로 챙겨 예폐 꾸리는 무리를 범하기에 이르렀다. 일껏 그래놓고도 그 시커먼 복장 어느 구석에 아직 한 줌 자존심이나마 남아 있었던가. 끓어 넘치는 분노로 말미암아 그는 눈알 뒤집히고 오장육부 배배 뒤틀릴 지경이었다. 천석꾼 집안 기름진 살림으로 치르는 혼사인지라, 더군다나 장삼이사 아무나 다 치르는 그 흔해빠진 혼사도 아니고 맏아들 여의는 천석꾼 집안 개혼 행사인지라 아예 작심하고 거금 처들여 정성스레 장만해 올려보낸 예물이었다. 그런데 그 귀한 예물을 비렁뱅이 쪽박 내치듯 문전에서 퇴박해버리다니! 그게 대관절 어느 나라 법도며 어느 백성 예절이란 말인가!

"예라, 이 개랑 도야지랑 동갑계를 묻을 놈아!"

속에 든 값진 예단들 깡그리 바스러져 가루로 변해버리라고 버들고리 위에서 제아무리 널뛰고 방아 찧어대도 도무지 수그러들 줄 모르던 야마니시 영감 부앗살이 마침내 장조카 이맛전 노리며 섬뜩하게 뻗질러 달려갔다.

"자고로 안다니 똥파리라 혔거니! 똑똑헌 놈 숭내는 지놈 혼자 도맡어서 다 떨드니만, 그 잘나터진 수완으로 요따우 망신살만 알뜰살뜰 챙겨서 돌아온단 말이냐? 그러고도 날 만나볼 면목이 남어 있드냐? 우리 집안 막중대사 요 모냥 요 지경으로 다 망쳐뿔고, 우리 문중 난장 바닥에 앉혀서 면내 우세 몽땅 다 시켜뿔고도 그 잘나터진 낯반대기 꼿꼿허니 처들고 산서 땅 도로 밟을 염치가 생기드냐? 밤도적이 넘에 집 월장허덧기 쥐도 새도 몰르게 야밤중에 사리살짝 기어들어와도 시연찮을 판국인디, 니놈은 으쩌자고 장원급제라도 헌 것맨치로 산서 고을 죄다 눈치채게코롬 뻘건 대낮에 삼현육각 잽혀서 요란뻑적지근허니 행차 나발 불어댐시나 금의환향 도모헌단 말이냐, 이 쳐죽일 놈아! 만약에 나가 니놈이라면, 나는 리노이에 경부 면전에서 쎗바닥 작신 깨물고 자진을 허고도 남었을 것이다! 이런 등신 중에서도 상등신 같은 놈아!"

혹시 맞닥뜨릴지도 모를 별무신통 결과에 대비할 속셈으로 야마니시 영감은 남의 소문 옮기기 좋아하는 뭇 연놈들 자발없는 입길에 오르내리는 불상사 생기지 않게끔 반드시 꼭두새벽 야음 틈타 은밀히 전주로 발행할 것을 장조카에게 미리감치 신칙한 바 있었다. 발행할 때 은밀했으면 당도할 때 역시 은밀해야 마땅한 것 아닌가. 그 같은 상곡 어르신 원모와 심려 곧이곧대로 헤아리지 못한 채 하필이면 햇덩이 둥둥 떠 있는 낮시간 골라 바리바리 올려보냈던 봉물짐 곱다시 도로 끌고 중인환시리에 감나뭇골로 들어선 장조카 소행머리가 생각할수록 더욱더 괘씸하게 느껴지는 것이었다.

"지가 시방 참말로 시방 죄송 만만이고만요, 어르신……"

"시끄럽다, 이놈아! 니놈은 시방 당장 동천리나 싸게 댕겨오니라!"

"예?"

"가는귀 처먹었냐, 이놈아? 펑허니 동천리로 뛰어가서 뇌점구신 느그 사춘동상이랑 경부 딸년인지 뭔지 허는 그 전주 시악시랑 두 연놈들 머리끄뎅이 답삭 끄들어서 욜로 싸게 델꼬 오란 말이여, 이 주리를 틀 놈아!"

"아, 예……"

얼떨결에 대답은 막둥이같이 잘하고도 여전히 말귀 전혀 못 알아듣는 시늉으로 진용은 어리둥절한 낯꽃 감추지 못한 채 마당 가운데 돌장승처럼 우두커니 서 있기만 했다.

"이놈아, 어르신께서 시키시는 대로 득달같이 거행을 헐 일이지, 은제까장 그러콤 우두거니로 촛대만 잡고 섰을 작정이냐!"

"아, 예……"

미욱하기 그지없는 장조카 혼백 백상산 저 너머로 멀리 달아나게끔 한바탕 더 호되게 윽박지르고 나서 야마니시 영감은 홱 돌아섰다.

"썩은 팥알 하나에 방구가 아흔아홉 방이라드니만, 으시더 썩은 팥알 같은 구미호 한 마리가 최씨 집안에 쑥 불거져들어와서는 꼬랑지 살살 흔들어댐시나 자꼬만 도섭을 부려쌓는 통에 왼 집안에 똥구린내 가실 틈이 없고만!"

혼잣말 형식 빌려 울안 식솔들 모두 들게끔 큰 목청으로 화근거리 노릇 일삼는 경부 딸년을 한바탕 성토하던 참이었다.

"잠깐만요!"

이제 막 방을 향해 떼려는 야마니시 영감 첫 발짝에 갑자기 딴죽을 거는 목소리가 새되게 울렸다. 내내 안채 방구석에 틀어박혀 지내던 딸년이 제 어미하고 번을 바꾸어 어느 겨를에 사랑채까지 원정을 나와 있었다.

"저도 같이 가겄어요."

물론 그것은 제 사촌오라비한테 건네는 말이었다. 그런데도 어쩐지 그 말이 제 아비한테 맹렬히 대드는 투로 들렸다. 왁살스러운 아비 널뛰기 솜씨로 삽시간에 엉망진창 돼버린 예물들 수습할 요량인 듯 딸년은 버들고리짝에 막 손을 대려는 참이었다.

"한번 부정을 탄 것은 인간이건 물건이건 좌우지간 암짝에도 소용이 없는 법이니라. 재수 옴 붙은 물건이니깨 수고시럽게 도로 챙기고 수습헐라 애쓸 필요 없다. 그냥 통짜로 다 쓸어담어서 아궁지에 쟁여넣고는 불이나 확 싸질러뿔거라!"

모든 물자 수급이 철저히 통제되는 전시체제 속에서 웃돈 주고도 쉽사리 구할 수 없는 물건이 태반이었다. 공단이야 모본단이야, 모처럼 큰맘 먹고 어렵게 장만한, 그 귀하고 값진 예물들 깡그리 불태우라는 지시는 이를테면 홧김에 제 이빨로 제 살점 물어뜯겠다는 거나 다름없는 소리였다. 딸년은 소문난 자린고비 제 아비의 파격적 지시에 고분고분 따를 생각 전연 없음을 곧 행동으로 보여주기 시작했다. 아비 입에서 장탄식 끌어내는 패악질이 아닐 수 없었다.

"요 빌어 처먹을 놈에 세상이 장차 으찌될라고 요 모냥 요 지경으로 망징패조가 꽉 들어차뿌렀는지! 그나저나 참말로 꺽정이고만, 꺼억정이여!"

동천리에 따로나 사는, 이른바 '두 연놈'이 상곡리에 당도할 때까지 야마니시 영감은 울화통 다독여줄 말동무도 없이 휑뎅그렁한 사랑채 홀로 지키며 생짜로 시간을 축내야만 했다. 대근하기 짝이 없는 그 노릇은 마치 오뉴월 땡볕 아래 염전에서 소금가마 져 나르는 신역(身役)에 견주리만큼 몹시도 힘에 부치는 중노동 이었다.

"헹, 읍내 본정통 신작로 사거리를 막고 물어봐라, 이놈아!"

야마니시 영감은 뒷짐 잔뜩 지고 고개 벌러덩 뒤로 젖힌 채 사랑방과 대청 사이 연락부절로 오락가락하면서 연신 콧방귀를 팽팽 뀌어대곤 했다.

"아들자식 둔 나가 더 깝깝헌 입장인가, 딸자식 퍼질러낸 니놈이 더 깝깝헌 입장인가, 어디 한번 읍내 행인들 아무나 붙잡고 물어봐라, 이놈아! 팽!"

대청마루 위쪽 더그매에 갈비뼈 모양으로 앙상히 드러난 보꾹 일삼아 노려보면서 야마니시 영감은 입안 그득 비웃음을 빼물었다. 이를테면 그 보꾹 어느 한 지점에 천석꾼 집안이랑 사돈 맺기 한사코 거부하는, 얼간망둥이 같은 리노이에 경부라는 작자가 매미처럼 찰싹 달라붙어 있는 꼴이었다.

"금수어충 매일반으로 육례도 갖추기 전에 사나놈허고 찰싸닥 들러붙어서 신접살림 덜컥 채려뿌린 잡상시런 딸년 둔 애비놈 아닌가! 꼴에 수캐라고 다리 들고 오짐 깔긴다드니만, 팔난봉 꼭대 기에다 조상들 묏자리 쓴 집구석 꼴에 지깟 놈이 뭣이 고로콤 내 세울 게 많다고 감히 우리 야마니시 집안을 괄시허고 박대를 혀,

박대를!"

저쪽이 만만찮은 권세 움켜쥔 입장이라면, 이쪽은 그 권세 못지않은 거만대금 재산 쌓아올린 입장 아닌가. 양쪽 집안이 피차 어금버금한 형세가 분명할진대 어느 일방이 다른 일방 괄시하고 박대한다는 건 그야말로 언어도단이었다. 다만 한 가지 찔리는 대목 있다면, 그것은 신랑감이 앓고 있는 노점질환이었다. 신부 집안에서 보자면 그 흠절이 다소 마음에 걸리겠지만, 그것 또한 생각하기 나름 아니겠는가. 애당초 병골인 줄 번연히 알면서도, 그 사내 몽매간에 잊은 적 없노라며 처자 쪽에서 제 발로 남의 집 대문간 들어와서 제 손으로 사내 옆구리 찔벅찔벅 건드려 제풀에 덜컥 어우러진 상애상조 관계 아니던가.

굳이 찔리는 대목 하나 더 들자면, 신랑감 말고 다른 자식들 문제도 있긴 했다. 도경 간부 신분으로 불령선인에 비국민 딱지 붙은 자식들 둔 집안 속내평이 아무래도 꺼림칙한 나머지 혼사가 망설여졌을 것이다. 하지만 그 약점 역시 생각하기 나름 아닌가. 사돈지간 좋다는 게 뭔가. 연리비익(連理比翼)과도 같은 형세로 권세와 재물이 의초로이 만나 피차 모자라는 부분, 허술한 대목 벌충하고 메워주며 의초로이 살아간다면, 그까짓 사상 문제쯤 어렵잖게 극복할 수도 있지 않겠는가. 귀하고 소중한 그 뭔가를 주거니 받거니 나누고 양쪽 집안이 칡덩굴처럼 얽혀 부귀영화 함께 누리며 한세상 때깔 좋게 살아갈 수만 있다면, 그 얼마나 선미하고도 실속 있는 거래이겠는가.

그 무엇보다 중요한 것은, 두 남녀가 실질적 부부관계로 굳어버린, 바로 그 점이었다. 실인즉슨 산서 사람들 거개가 초저녁에 일찌거니 눈치채고 쑤군덕거리는 혼전 동거생활인데, 먼먼 산골 일이라 해서 전주 쪽이 새벽녘까지 계속 모르쇠만 잡는 건 손바닥으로 화살 막으려는 어리석음일시 분명했다. 소문 벌쭉하게 돌아버린 남녀관계를 무턱대고 부정만 한다 해서 초저녁에 벌써 헌털뱅이 계집 돼버린 딸년 팔자가 아침나절에 되모시 팔자로 감쪽같이 복구될 리 만무하지 않은가. 많이 배웠다는 작자가, 지체 높은 경부 나으리께서 마치 똥 뀐 년이 바람받이에 가서 서듯 어깃장 놓는 짓거리만 골라 저지레를 일삼고 자빠졌으니, 야마니시 영감으로서는 부아통 터질 수밖에 없는 노릇이었다.

"하루가제야!"

야마니시 영감은 냅다 고함을 내질렀다.

"하루가제, 이 기사마야!"

상대방이 대꾸할 겨를조차 안 주고 야마니시 영감은 숨 꼴딱 넘어갈 기세로 애꿎은 머슴만 연거푸 불러댔다.

"이 속없는 춘풍이놈아, 요짝으로 싸게싸게 근너오들 못허겄냐!"

참다못한 야마니시 영감은 토방으로 쭈르르 달려나가면서 안채 쪽에 대고 한바탕 더 불량을 떨어댔다. 그러나 왜말 조선말 번

차례로 들먹이며 대고 목청 높여봐도 춘풍이란 놈은 아예 코쭝배기조차 내비치지 않았다.

"싹수대가리라고는 반 푼어치도 없는 놈이 시방 어느 구석배기 숨어서 무신 육갑 떠니라고 여적지 반 토막짜리 대꾸도 없다냐! 단매에 물고를 내뿔 천하잡색 같으니라고!"

요긴할 적마다 천석꾼 어르신 부아받이 노릇 착실히 감당하곤 하는 반편이 머슴이 끝내 눈앞에 나타나지 않자 야마니시 영감은 마치 여산대호(如山大虎) 출몰하는 첩첩산중에서 길동무 놓쳐버린 나그네처럼 느닷없이 정신이 아뜩해지는 기분이었다.

"요놈에 세상이 장차 으떤 모냥으로 으디까장 망징패조가 들어뿔라고 요 지랄버릇을 다 떨고 자빠졌는지, 참말로 걱정시럽고만! 그나저나 참말로 꺼억정이랑깨!"

야마니시 영감은 연방 쓴 입맛 쩝쩝 다시는 시늉으로 이런 시름 저런 괴롬 한목에 뭉뚱그려 입 밖으로 토해내면서 사랑채로 돌아올 수밖에 없었다. 입버릇으로 굳어진 그 걱정 타령은 그냥 괜스레 늘어놓는 푸념이 아니었다. 늙은 가슴속에 꾹꾹 쟁여진 걱정 근심의 북데기로 말할 것 같으면 늦가을 들녘에 쌓인 풍년 노적가리요, 그 무게로 말할 것 같으면 기운 좋은 겨릿소 두 마리가 입아귀에 허연 거품 북적북적 물고 한껏 용을 써야 겨우 움직일까 말까 한 왜뚜리 연자매였다.

"자고로 남녀는 유별이고 남녀 칠세는 부동석이라 혔거늘, 으

쩌자고 과년헌 사나 지집이 한 울안에서 지남철맨치로 철커덕 들
러붙어갖고는 합방 공사를 여반장으로 도모허는 지경까장 와뿔
고 말었는고!"

야마니시 영감은 가슴 저 밑바닥에서부터 마구 치받쳐올라오
는 웅어리를 도무시 어거할 재간이 없어 아랫목 윗목 연락부절
로 오락가락하면서 방바닥 전체를 장탄식으로 도배질하다시피
했다.

"대관절 으쩌다가 요 모냥 요 지경으로 망국 풍조가 폭삭 들어
갖고는 삼강오륜을 맷방석 삼어서 웅뎅이로 깔어뭉개는 패역무
도헌 세상이 되야뿌렀는고! 그나저나 꺽정시럽고만! 참말로 꺼
억정이여!"

어슬어슬 땅거미가 지기 시작할 무렵이었다. 동천리로 파발꾼
보낸 지 족히 한나절은 지나서야 사랑채 근처로 인기척이 접근했
다. 그나마 호출했던 '두 연놈' 가운데 영감 면전에 모습 드러낸
것은 달랑 하나뿐이었다. 보나 마나 부용이놈은 이번에도 병구
(病軀)임을 핑계해 아비 호출에 노골적으로 불복 의지를 고집했
으리라. 노점이 무슨 대단한 자랑단지인 양 이불리(利不利) 간에
걸핏하면 와병 칭탁하고 호출에 불응하는 그 못된 버르장머리는
아비로서의 위엄 위에 산천초목마저 떤다는 천석꾼 대지주 권세
까지 얹어 한목에 휘둘러봐도 도무지 어찌할 방도가 없었다.

"부르셨어요, 아버님……"

다소곳한 앉음새로 대청마루에 무릎 착 꿇으면서 문제의 경부 딸년이 사흘에 피죽 한 그릇 못 얻어먹은 목소리로 간신히 말문을 열었다.

"오냐, 불르기는 불렀다마는, 아버님이 불르신 게 아니니라. 나는 겁나게 높으신 경부 나으리 외동따님한티서 아버님 소리 들을 만침 거 뭣이냐, 저 거시기가 눈꼽만침도 없는, 그냥 두메산골 농투산이에 불과헌 영감이니라."

야마니시 영감은 들입다 어깃장 놓는 소리 팡팡 내질러 상대방 야코를 무참히 짓이기기 시작했다.

"그렇지만 아버님……"

"어허, 그 아버님 소리 두 번 다시 끄내지도 말라니깨! 당초부텀 나는 너한티 시애비도 뭣도 아녔니라! 왕시에도 아녔고, 시방도 아니니라! 그저 학문도 짤룹고 권세 한 토막도 못 가진 무지랭이 촌로에 불과허니라!"

"아버님!"

이번에는 색다른 목청이 불쑥 끼어들었다. 그 호칭 사용할 자격 넉넉히 타고났다는 유세로 딸년이 아버님을 목청껏 외치면서 당돌하게 정면으로 불거져나왔다. 저간의 사정 귀띔받고 잔뜩 겁에 질려 있는 경부 딸년을 등때기 떠다밀다시피 사랑채로 먼저 들여보낸 장본인이 틀림없을 것이었다.

"지나치게 가혹허신 말씸인 것 같습니다. 연실양허고 요번 일은 일절 상관이 없지 않겠습니까. 당사자도 몰르는 틈에 양가 어른들 간에 벌어진 사달인디, 백줴 무고헌 연실양더러 책임을 지라고 닦달허시는 것맨치로 말씸허시는 건 당최 이치에 안 맞는 처사라고 생각헙니다."

"요번 일은 니년 소관사가 아니니께 괘얀시리 나서시 참섭헐라 말고 볼일 다 봤걸랑 고만 물러가거라."

야마니시 영감은 타고난 성깔 최대한 누그러뜨려 어디까지나 조용조용한 말본새로 조곤조곤 시비곡직을 가릴 심산이었다.

"아버님, 연실양은 아버님께 추호도 잘못을 범헌 적이 없습니다. 요번 사달이 어느 쪽 허물로 벌어졌는지 구태여 꼭 밝히기로 헌다면……"

"순금이 네 이년!"

그러나 말시비는 조곤조곤 따지기 불가능한 쪽으로 급격히 꺾이고 말았다.

"이 시건방진 년이 으디서 감히 천둥에 강생이 뛰어들덧기 애비가 도모허는 막중대사에 뛰어들어서는 읃다 대고 감히 따따부따 지랄이냐! 헝겊쪼가리 찢어발기덧기 그놈에 입주뎅이 짝짝 찢어발기기 전에 나 눈앞에서 냉큼 못 읎어지겄냐!"

아비 약점과 허물 버르집어 경부 딸년 역성들 일념으로 초동부터 아예 작심하고 덤벼드는 딸년 그 고약한 소행머리로 말미암아 일껏 몬존하게 다스려놓았던 불뚝성이 그만 버럭 도지고 말았다.

야마니시 영감은 냅다 뇌성벽력 때림으로써 딸년 기세를 단숨에 꺾어버릴 요량이었다. 하지만 제 몸뚱어리보다 더 덩저리 큰 고집통머리 달고 타고난 딸년은 아비 눈앞에서 냉큼 없어져줄 생각이 전연 없는 눈치였다.

"나가 뭣 땜시 불렀는지 너도 대강은 짐작을 허고 왔겠지만서도……"

야마니시 영감은 요란한 헛기침 두어 방 터뜨려 딸년 때문에 하마터면 땅바닥으로 떽데구루루 굴러떨어질 뻔했던 천석꾼 대지주 위엄을 마치 물걸레 쥐어짜듯 발끈 추슬렀다.

"사생결단을 허고 싫다고 앙탈허는 시악시를 사나놈 쪽에서 보쌈질혀서 우격다짐으로 업어왔다 허이면 혹간 또 몰르겠다. 일구월심 야마니시 집안 구신으로 종신허겄다고 니가 니 입으로 자청허고 니 발로 걸어서 우리 집안으로 들어왔다고 들었는디, 으째 나 말이 틀렸냐? 그 정성이 하도 가긍허고 그 기백이 하도 가상혀서 나도 웬만허이면 너를 메누리로 받어줄까 허고 잠시잠깐 맴을 먹은 적도 있기는 허다마는……"

적절한 대목 노려 잠시 말허리 끊으면서 야마니시 영감은 한숨을 푸지게 쏟아냈다.

"암만혀도 느그 리노이에 집안허고 우리 야마니시 집안은 천생연분이 못 되는 모냥이다. 느그 아부지라는 사람이 우리 집안허고는 죽는 한이 있어도 사둔을 못 맺겄다고 쌍지팽이 짚고 나서서 반대를 허는 판국인디, 난들 무신 용빼는 재주가 있을 것이냐. 느그 집안에서 바늘구녁만헌 변통수도 안 비치는 실정이니깨 나도 인자는 으짤 도리가 없다. 느그 아부지가 날 시삐보고 하대 허는 것이나 나 야마니시 아끼라가 느그 집안 정내미 뚝 떨어져서 홱 돌아서는 것이나 피차일반이고 어상반 노릇이니깨 니는 날더러 박정허다느니 무심허다느니, 당최 원망헐 맴조차 먹들 말거라."

"그렇지만 아버님……"

"어허, 시끄럽다는디도! 여러 번 일렀다시피 나는 느그 시애비도 뭣도 못 되는 사람이니라. 나로 말헐 것 같으면, 훨훨 널러가는 새도 떨어띠린다는 리노이에 경부 나으리께서 발고락 새 때꼽재기만침도 알어주들 않는 사람이다. 숭악허기 짝이 없는 두메산골 농투산이에 불과헌 영감이란 말이다."

"아버님, 그만 고정하시고 제 이야기도 좀……"

"나는 고정을 못허시겄다! 말품 더 질게 팔어봤자 피차 득될 게 눈꼽만침도 없을 것이니깨 그리 알고 고만 물러가거라!"

"제발 아버님……"

"혼사 문제는 인자 고만 막설허기로 허자. 니가 우리 집안에 기거험시나 우리 양식 한 톨이라도 축낸다 허이면 즉각 대문 배깥으로 쫓아낼 일이로되, 초장서부텀 느그들찌리 따로나서 채린 살림이니깨 나가 둘이서 갈러서라 말어라 참섭허고 쌩이질을 칠

수도 없는 노릇이다. 초례청도 안 거친 츠녀 총각이 오랑캐 풍속
으로 합치든지 금수어충 뿐새로 포개지든지 좌우지간 나는 시시
비비 개리고 마잘 건덕지도 없는 늙은이다. 허지만 그 대신……"

마침내 완연한 울상으로 구겨진 경부 딸년 얼굴에 맞창이 숭숭
뚫리도록 야마니시 영감은 무시무시한 눈총을 쏘아댔다.

"그 대신 말이다, 니가 우리집 울안으로 발걸음허는 것은 요번
이 마즈막인지 알거라. 차후로는 감나뭇골 근처에 얼씬도 허들
말거라. 조선 법도에 맞게코롬 육례 갖춰서 들어온 메누리맨치로
니가 우리 문중 사람들을 함부로 시댁 촌수 따져서 불러대는 버
릇도 차후로는 일절 금헌다. 야밤중에 넘에 집 담장 넘는 것만 도
적질이 아니다. 그보담 휘긴 더 고약시런 도적질이 바로 넘에 집
안 족보 빼돌리고 촌수 훔치는 도적질이니라. 시방 나 말, 무신
뜻인지 알어들었냐?"

전주 처자는 대뜸 말 아닌 울음으로 대응했다.

"알어들었걸랑 인자 고만 물러가거라!"

낙담에 빠져 단박에 시르죽는 전주 처자 거동 일삼아 지켜보
면서 야마니시 영감은 혀끝에 착착 감기는 깨소금 맛을 야금야금
음미했다. 어차피 못 먹을 감 쇠꼬챙이로 콱콱 쑤셔버린 기분이
었다. 직접 리노이에 경부 상대로 벌이기 어려운 앙갚음을 급한
대로 우선 그 딸년한테 해대고 나니 얼추 반분이나마 풀리는 것
같았다.

"울지 말어요. 울 것 하나도 없어요, 올케."

그새 잠자코 지켜보고만 있던 순금이년이 또다시 정면으로 쏙볼가져나오면서 제 아비 한창 즐기는 깨소금 맛에 듬뿍 초를 치고 나섰다. 그 사품에 야마니시 영감은 하마터면 사레가 들릴 뻔했다.

"육신에 아버지한티는 혹 버림받을지 몰라도 영혼에 아버지한티 버림받는 일은 절대로 없으니께요. 창조주 하나님께서는 인간에 겉모냥이 아니라 그 중심을 보시고 진즉에 두 사람을 정당헌 부부로 인쳐주셨으리라 믿어요."

"저, 저런 쎗바닥을 한 자 다섯 치는 확 잡어늘일 년!"

부대한 몸집 벌떡 일으킴과 동시에 야마니시 영감은 손에 잡을 만한 흉기 종류 물색하느라 연신 사방을 두리번거렸다. 하지만 그새 순금이년은 축 늘어진 전주 처자 부액한 채 사랑채로부터 저만큼 멀어지는 중이었다. 야소귀신 뒷배 믿고 제 아비한테 불복 일삼는 딸년 그 방자무기하고도 발칙한 소행으로 말미암아 오랫동안 복통 두통에 흉통께나 앓아온 영감이었다. 하지만 웬만한 수단은 이미 오래전에 다 동원해버렸는지라 이제는 막돼먹은 딸년 징치하는 데 사용할 여벌 무기가 영감 수중에 남아 있을 턱이 없었다.

"저년을 당장 왜놈 첩 자리로 보내뿔든가 뙤놈 손에 팔어를 먹든가 양단간에 무신 수를 내야지, 요대로 그냥 내비뒀다가는 나가 필경 천수 지대로 못다 누리고 뻐드러질 것이여!"

야마니시 영감은 대나무 그림 멋들어지게 들어앉은 합죽선 활짝 펼쳐 모시적삼 앞섶에 거친 바람 활랑활랑 잡아넣음으로써 가마솥처럼 끓는 가슴속을 식히고자 했다. 애물단지 딸년 아무데로나 후딱 치워버릴 궁리 쥐어짜는 한편 오랑캐 풍속에 젖은 남녀가 금수어충 본새로 덮어놓고 합치기부터 하면서 제 부모 면전에서 까치살무사처럼 대가리 꼿꼿이 치켜들기를 예사로이 하는 이즈막 젊은것들 몹쓸 행티를 한목에 싸잡아 개탄하고 통탄했다.

"으쩌다가 요 모냥 요 지경으로 망국 풍조가 깝북 들어갖고는 공맹안증(孔孟顔曾) 같은 성현님들도 젊은것들 앞에서 쪽을 못 쓰고 오금을 못 펴는 아수라 천지가 되야뿔고 말었는고! 그나저나 참말로 꺼억정시럽네그랴!"

28

2

하늘이 잔뜩 공들여 궂은비 장만하는 날씨였다. 밤공기가 몹시
도 눅진하고 후터분했다. 인간 향한 악감정과도 같이 습기 잔뜩
머금은 공기가 허파에 닿기도 전에 벌써 가래로 변해 기관지 벽
에 부레풀처럼 끈적끈적 들러붙는 느낌이었다. 숨쉬기조차 거북
하리만큼 기도를 압박하는 점액질 공기로 말미암아 부용은 근자
들어 적잖이 괴로움을 겪는 중이었다.

누님은 내내 연실과 함께 시간을 보내다가 밤이 이슥해서야 귀
갓길에 올랐다. 보호자인지 피보호자인지 구분이 애매한 춘풍이
가 누님 뒤를 따르며 고성방가 다름없이 불러대는 꼴머슴 타령이
차츰 멀어지는가 싶더니만 이내 잠잠해졌다. 아무리 반편이 사내
라 하더라도 없는 것보다는 한결 나은 사람과의 동행이 밤길 건
는 누님에게 제법 도움이 될 듯싶었다.

사찰집사 집 떠나기 직전까지, 누님은 망연자실 상태에 빠진 연실을 다독이는 일에 부조가 될 만한 말들 고르느라 머릿속을 간단없이 뒤장질하는 기색이었다. 하지만 그런 노력이 끝내 실패했다는 증거는 연실의 태도를 통해 금세 드러나고 말았다.

"나한티 무신 헐 얘기 더 남었소?"

부용이 겪는 괴로움이 반드시 날씨 탓만은 아니었다. 굴레 벗은 망아지처럼 가슴속에서 길길이 날뛰는 분노의 감정이 날씨보다 훨씬 더 고약한 짐승으로 돌변해 부용의 부실한 폐부에 더욱더 부담을 지우고 있었다.

"헐 얘기 없거들랑 고만 근너가서 쉬도록 허시요."

부용은 예사로운 말투로 애써 평상심을 가장하려 했다.

"내 말 안 들리요?"

아까부터 연실은 아무런 내색도 하지 않았다. 나무토막처럼 뻣뻣이 굳은 자세로 오랫동안 미동조차 하지 않았다. 본때 있게 불빛 등진 자세로 그저 툇마루 끝에 오도카니 앉아 있기만 했다. 나방이 종류나 하늘밥도둑 따위 벌레들이 불빛 탐하다가 방문에 툭툭 부딪거나 날개 바들거리면서 위아래로 정신없이 오르내리고 있었다. 창호지 대신 문짝에 붙여놓은 모기장 베를 통해 연실의 윤곽이 부옇게 잡혔다. 그 모습 보면서 부용은 엉뚱깽뚱하게도 밤바다에 쳐놓은 그물에 갇힌 한 마리 물고기를 연상했다.

"따지고 보면, 일착으로 연실씨 아버님이 내 궁뎅이 뻥 걷어찼고, 이착으로 우리 아버님이 연실씨 궁뎅이 뺑 걷어찼으니께 피장파장 아니겄소? 결국 양쪽 집안이 번갈어감시나 장군 멍군을 부른 꼴이잖소. 연실씨 혼자만 당헌 봉변 아니니께 그닥 억울헐 것도 없을 거요. 목사관으로 근너가든가 말든가, 거그 맴대로 허시요!"

부용은 세찬 입김 훅 날려 그새 밤의 어둠 밝히느라 수고 많았던 호롱불을 얌전히 잠재워놓았다. 그러자 와짝 밀어닥친 어둠 속에서 졸지에 길을 잃어버린 벌레들 날갯짓 소리가 한바탕 더 우심해졌다.

"구태여 더 따지자면, 이 최부용이가 바로 죄인이고 진짜로 죽일 놈이요. 연실씨 몸에 흡반을 갖다붙이고 자양액을 훔치는 몹쓸 짓으로 병든 목숨 알탕갈탕 연명허는 흡혈마나 진배없다는 자격지심이 날이날마다 내 양심을 고문허는 통에 참말로 미쳐뿔겄소."

부용은 오랫동안 필요할 적마다 곧잘 써먹어버릇하던 비장의 무기를 어둠 속에서 슬며시 또 꺼내들었다. 똘똘 뭉친 오기로 담금질하고 펄펄 끓는 적대감으로 날을 벼린, 그 서슬 퍼런 양날 비수를 마구잡이로 휘두름으로써 일차로 제 마음 자락부터 싹둑 자른 다음 이차로 연실의 가슴팍을 겨냥했다.

"아즉도 때는 안 늦었소. 기회는 시방도 얼매든지 남어 있소. 당장 전주 본가로 돌아가서 잘못을 싹싹 빌기만 헌다면, 연실씨

아버님도 외동딸 허물 죄다 잊어뿔고 너그럽게 용서허실 거요. 지금이라도 얼매든지 새 인생을 도모헐 수가 있소. 오날밤 안으로 결단을 내리도록 허시요. 그러고 동이 트기 무섭게 침을 퉤퉤 퉤 삼세번 내뱉고는 미련 안 두고 이 빌어먹을 산서 땅을 훌쩍 뜨도록 허시요!"

부용은 남의 등뒤를 노리는 비열한 자객처럼 연실의 취약한 구석을 집요하게 우벼파기 시작했다. 연이은 칼질에도 불구하고 연실은 비명은커녕 신음 한 가닥 내는 법 없이 그 행짜를 고스란히 견디는 중이었다.

"기왕지사 부탁허는 짐에 한 가지만 더 부탁허겠소. 아무 날 아무 시에 산서 땅을 떠나드래도 반다시 내가 잠든 틈을 타서 소리소문 없이 사리살짝 스리슬쩍 떠나줬으면 좋겠소!"

잘도 견디는 척하면서 태연하지만, 연실의 상처투성이 마음속은 시방 유혈이 낭자하리라. 하지만, 그보다 한 박자 앞서 난자당한 제 가슴팍에도 핏물이 홍건히 들어찬 느낌을 부용은 어쩌지 못했다. 양날 비수가 피아간 구분 없이 마구잡이로 휘둘러버릇하는 그 만행에는 으레 원색의 쾌감이 부산물로 따르곤 했다. 부용은 가해와 피해 쌍방 모두를 파멸로 몰아넣는 그 잔혹한 유희 통해 자존심 상했던 과거와 꾀죄죄한 현재를 동시에 보상받으려 했다. 리노이에 경부가 심복 부하 시켜, 자기 딸 절대 만나지 말라고 무시무시하게 을러메던 전주 유학 당시 사건이 아직도 기억

속에 능구렁이처럼 똬리 틀고 들어앉아 요지부동으로 버티는 모양새였다.

"요번이 첫번째 경험이라면 혹간 또 몰르겠소. 리노이에 경부 따님 떠나보내는 일에는 일찌감치 도가 트고 이골이 난 솜씨요. 나 같은 백해무익헌 놈 땜시 그동안 연실씨 맴고생이 얼매나 우심혔는지 잘 알고 있소. 그 정성 덕택으로 인제는 내가 제법 사람 꼴을 갖추게 된 것도 사실이요. 죽어가는 노점병자 소생시키는 용처에다 가진 것 전부를 몽땅 쏟아붓은 그 박애주의 정신 하나 만큼은 아매 죽는 날까장 내 복장 안에서 빛나고 있을 거요."

신파극 대사 다름없는 독백이 길어질수록 부용은 묘하게도 점점 더 소녀 취향에 빠져들고 있었다. 긴병에 시달리는 병자 특유의 갈고랑이 달린 심보가 사람을 한층 더 심통 사납고 변덕스러운 성격으로 자꾸만 꼬부라뜨려놓는 것 같았다.

"대관절 왜 대꾸가 없는 거요? 내 말이 말 같잖은 소리로 들린다, 이거요? 사람이 편지를 받었으면 답장을 보내주는 것이 예의 아니겠소?"

그만큼 위해를 입었으면 이제는 비명도 지르고 몸부림도 칠 법한데 연실은 어찌된 셈판인지 여전히 미동조차 하지 않았다.

"갑째기 귀라도 잡쉈뿌렀소?"

"나사렛 예수 이름으로 명하노니……"

"뭣이요? 방금 뭣이라 씨월거렸소?"

"사탄아, 물러가라! 사탄아, 물러가라! 사탄아, 물러가라!"

그 순간, 부용은 저도 모르게 그만 킥 하고 웃음소리 흘리고 말았다. 하지만 연실은 사뭇 진지한 낯꽃을 그대로 유지하고 있었다.

"사탄마귀가 우리를 갈라놓을 작정으로 호시탐탐 기회만 노리고 있어요. 저는 사탄마귀 세력 대적할 채비를 만단으로 갖추고 있어요. 문제는 부용씨 쪽이지요. 제발 간청을 드려요. 마귀한테 지지 말고, 절대로 마귀 농간에 휘둘리지 말고, 요번 시험을 반다시 이겨내셔야만 해요."

"나 원 참!"

"별을 찾는 중이었어요."

뜬금없는 연실의 말이 듣는 귀를 잠깐 의심하도록 만들었다.

"그건 또 무신 생뚱맞은 소리요?"

"눈을 부릅뜨고 하늘에서 별을 찾고 있었어요."

참으로 어처구니없는 말장난이었다. 큰비 장만하는 구름이 거대한 무쇠 솥뚜껑처럼 온 세상 무겁게 지지르면서 하늘을 줄곧 가리고 있었다. 사람들 숨통 잡죄는, 질식하리만큼 푹푹 찌물쿠는, 몹시도 후터분한 날씨였다. 애당초 그런 밤하늘에 별이 보일 리도 만무려니와, 더군다나 절박한 심정으로 한창 막중대사 논하는 마당에 마치 똥싸놓고 매화타령 읊조리듯 얼토당토않은 별 따위를 들먹이고 나서다니.

"시방 날 놀리는 거요, 뭐요? 먹장구름이 처마 끝까장 내려앉은 밤중인디, 별빛 따우가 하늘에 비칠 텍이 없잖소! 동문서답도 유분수지, 그렇게 불성실헌 태도로 사람을 상대허는 법이 어딨소?"

"눈에 안 뵌다고 별들이 말짱 다 사라진 건 아니지요. 햇빛이나 구름에 가려서 당장은 안 뵈더라도, 그 너머 하늘 어딘가에는 지금도 여전히 별들이 자기 자리를 지키고 있지요."

부용은 한쪽 다리 힘껏 뻗어 방문을 탁 걸어찼다. 느닷없이 방문이 벌컥 열리는 사품에 연실이 하마터면 툇마루에서 굴러떨어질 뻔했다.

"모기 들어가겠어요."

연실이 방문을 닫으려 했다.

"시방 모기란 놈이 문제요? 사람이 사람대접을 못 받아서 죽을 수는 있어도 모기한티 물어뜯겨서 죽는 법은 없소!"

방문을 도로 활짝 열어젖뜨리면서 부용은 냉큼 툇마루로 나앉았다.

"인제는 이판사판이다, 이거요? 어차어피에 앞으로 두 번 다시 상종도 안 헐 인간이라고 날 시방 짐짝맨치로 취급허는 거요?"

연신 나불거리는 부용의 입술을 연실이 별안간 손바닥으로 꽉 눌러 뚜껑을 덮어버렸다.

"이러다가는 필경 집사님 내외분 단잠 깨우겠어요."

"깰 티면 깨라지!"

"하늘이 알고 땅이 알아요. 부용씨도 알고 저 연실이도 알아요. 제가 어떤 마음으로 시방 어디를 향하고 있는지, 그걸 누구보다 부용씨 자신이 제일 잘 아시잖아요. 제 앞에서 공연히 그런 식으로 허풍 떨면서 무리하실 필요 전연 없어요."

"천만에! 열 질 물속은 알아도 한 질 사람 속은 몰르는 법이요!"

입단속용 연실의 손바닥을 옆으로 홱 치우면서 부용은 사찰집사 부부네 잠 멀리 도망가라고 되레 소리를 꽥꽥 내질렀다. 그러자 갑자기 곤두박이는 기세로 연실의 앉은키가 픽석 낮아졌다.

"자, 보셔요. 연실이가 시방 땅바닥에 이렇게 무릎을 꿇고 있어요."

어둠 속을 달려와 꽉 붙잡는 여자의 손이 이끄는 대로 남자의 손은 말소리의 출처를 향해 꼬물꼬물 움직였다.

"만져보셔요. 연실이가 시방 이렇게 눈물로 매달리고 있어요."

여자 얼굴에 손길 닿는 순간, 남자는 온몸이 얼어붙은 듯 동작 일체를 멈추고 말았다. 어둠 속 툇마루에 나앉아 소리 죽인 울음으로 내내 그렇게 침묵의 시위를 벌이고 있었던 듯했다. 온통 눈물로 범벅을 이룬 얼굴이 마치 소낙비에 젖은 오지그릇처럼 매끈매끈하게 느껴졌다.

"여학교 때 박물 과목 담당이던 일본인 교유(敎諭) 한 분이 계셨어요. 그분이 천체를 설명하면서 비유로 들려주신 이야기가 조금 전에 문득 생각났어요. 별에는 항성과 행성 두 종류가 있는데, 항성은 남성이고 행성은 여성이래요. 남성이 한자리에 붙박여 있는 동안 여성은 일정한 궤적을 그리면서 남성 둘레를 돌도록 운명을 타고났대요. 뭐, 대충 그런 내용이었어요."

말소리에 묻어나오는 더운 숨결이 부용의 얼굴에 고스란히 끼얹어졌다.

"저는 지금 두 눈이 짓무르도록 제 항성을 찾고 있어요. 행성 자격으로 여기 앉아서 숙명적으로 돌아야 할 제 항성을 오래전부터 애타게 기다리고 있어요. 그런데 안타깝게도 제 궤적을 알려줄 항성이 보이지를 않네요. 어떻게 된 건가요? 제 항성은 대관절 무슨 이유로 자기 행성을 외면하고 무시한 채 자꾸자꾸 다른 엉뚱한 곳으로 멀리멀리 달아나려고 기를 쓰는 것일까요?"

감정을 자제하려 애쓰면서 가만가만 이어가는 말소리가 복판에 들지 못한 채 변죽만 육장 서성이는 자의 아픔과 슬픔을 영탄하는 노랫소리처럼 들렸다. 작은 새소리 같은 목소리가 가냘프고도 처연한 가락 앞세워 시나브로 남자 귓속에 둥지를 틀려 하고 있었다.

"이연실이란 행성은 끝내 떠돌이별로만 머물러야 하는 신세인가요? 생명이 다하는 그날까지 저도 제 항성을 축으로 삼아서 일정한 궤적을 그리면서 살고 싶었어요. 그것이 저한테 지나친 욕심이고 과분한 소망일까요?"

형편없이 초라하고 왜소한 제 존재를 댓바람에 부용에게 실감하게끔 만드는 순간이었다.

"내가 쪼깨 생각이……"

비로소 부용은 연실의 손을 붙잡아 방안으로 끌어들였다. 나사렛 예수 이름에 쫓겨 마침내 사탄이 물러가는 듯했다.

"짧었든 것 같소."

"남들이야 뭐라 그러든 저는 상관없어요. 세상사람 전부가 덤벼들어서 손찌검하고 싸개통을 놓는다 하더라도 저는 그런 걸 죄다 견뎌낼 자신이 있어요. 그렇지만……"

방안에 좌정할 때까지 멈추지 않고 연실은 계속 종알거렸다.

"부용씨가 별달리 작정도 없이 툭툭 던지는 말마디들이 낱낱이 철퇴로 변해서 제 가슴을 쿵쿵 찧어대요. 저한테 너무 그렇게 모지락스럽게 굴지 말아주셔요. 제발요, 부용씨."

"전에 얼핏 비쳤든 그 말, 아즉도 기억허고 있소?"

제 설움에 겨워 혼잣말처럼 중얼중얼 주워섬기다 말고 연실은 갑자기 뜨악해하는 기척이었다.

"전에 나한티 혔든 그 말, 시방도 유효헌 거요?"

가뭄 타는 논바닥처럼 쩍쩍 갈라지는 목소리로 부용은 거푸 물었다. 여전히 말귀 전혀 못 알아듣는 연실을 보고 그는 몹시 성마른 어조로 재차 다그쳤다.

"내 말은 그러니깨 거 뭣이냐, 우리 애기를 갖고 잖으다든 그 소리 말이요!"

그러자 연실은 다짜고짜 남자 손 꽉 그러쥐는 동작으로 답변을 갈음했다. 두 남녀 틈바귀 비집으며 불청객 같고 염탐꾼 같은 침묵이 치신머리도 없이 불쑥 끼어들었다. 남자는 세 목구멍 타고 침 꿀꺽 넘어가는 소리가 지나치리만큼 요란하게 들리는 바람에 갑자기 겸연스러움을 느꼈다. 그러자 여자가 잔말 생략한 채 다짜고짜 제 저고리 안으로 남자 손을 욱여넣기 시작했다. 치마끈으로 단단히 동인 젖둔덕에 손끝이 닿는 순간, 남자는 차마 몹쓸 짓거리 저지르다 들킨 푼수로 어마뜨거라 하고 얼른 손을 거둬들이려 했다. 그러자 여자답지 않게 강한 아귀힘이 남자 손목 마구 잡아끌어 가슴 안쪽 깊은 골로 데려가기 시작했다. 남자는 또다시 마른침 한 덩이 꿀꺽 삼켰다. 여느 때와는 전혀 딴판으로 무척 대담하게 구는 여자 때문에 실인즉슨 숫보기 소년처럼 적잖이 주눅이 든 상태였다. 그러나 어둠 속에서 전해지는 무언의 재촉이야말로 그 어떤 말보다도 분명한 여자의 진정임을 알아차리는 순간, 남자는 위아래 어금니 딱딱 맞부딪힐 지경으로 한축기를 느끼며 온몸을 떨기 시작했다. 손아귀에 그들먹하게 잡히는 젖가슴의 질감만큼이나 뭉클한 심정에 사로잡힌 채 남자는 하마터면 눈물마저 찔끔 흘릴 뻔했다.

"연실씨 뜻이 뭔지를 알아채리기까장…… 나는 그새 첩경을 두고 먼질을 우회허는 어리석음을……"

갑자기 목이 꽉 메는 바람에 남자는 떠듬떠듬 잇던 말마저 거 둬들이고 말았다. 엉겁결에 항성으로서의 자격을 취득하게 된 남 자는 급기야 자기 세력권 안으로 행성을 끌어들이기 시작했다. 아버지 되기 위한 시도가 워낙 혼잣손으로는 불가능한 노릇인지 라 어머니 될 여자 쪽 울력이 절실히 필요한 실정이었다. 오랜 상 사불망(相思不忘) 기간을 서럽게 견딘 끝에 젊은 남녀가 드디어 하나의 꿰미에 꿰이는 순간이 왔다. 하지만 생애 최초의 경험에 도 불구하고 합환(合歡) 행위에 따르는 유열도, 말초 자극하는 쾌 감도 도통 느낄 겨를이 없었다. 남녀가 이미 불가분 비가역의 사 실혼 관계에 들어섰음을 양가의 고집불통 두 노인네한테 각인시 키기 위해 어쩔 수 없이 치러야 하는 절차라는 생각이 남자의 정 수리를 무겁게 찍어누르고 있었다. 이를테면 그것은, 뭔가 소중 한 것의 소유권이 아무개한테 있음을 공인받기 위한 증서에 인감 도장 꽝 찍듯 피차 상대방 몸뚱이에 요지부동의 증표를 남기는 거나 다를 바 없는 행위였다.

"울고 잪으면 그냥 울으시요."

상대방 귓전에 대고 최부용은 물기 촉촉한 목소리로 소곤거렸 다. 실인즉슨 이연실 쪽이 아니라 저 자신을 향한 소곤거림이었 다. 말을 마침과 동시에 부용은 비감에 휩싸이기 시작했다. 밑도 끝도 없이 덮치는 그 비감의 부추김에 따라 통곡이란 놈이 금세 목구멍 타고 입으로 꾸역꾸역 올라올 성만 싶었다. 참으로 후텁지근하기 짝이 없는 밤이었다. 잠자코 가만히 누워만 있어도 온몸에서 땀방울이 찌걱찌걱 배어나는 듯한, 몹시도 찌물쿠는 날씨였다. 남자나 여자 모두 동백기름이라도 흠뻑 뒤발한 푼수로 온몸이 미끈거리고 끈적거리는 상태였다.

앞으로는, 이제부터는 절대로 이 여자를 공격적이고 모멸적 의도가 다분히 담긴 '이연실군' 혹은 '연실군'이란 호칭으로 부르지 말아야지.

마치 그것이 언약의 증표삼아 상대방 왼손 무명지에 끼워주는 금지환이라도 되는 양 부용은 밑천 안 드는 호칭 선물로 연실한 테 생색을 낼 궁리를 하고 있었다.

3

"할렐루야!"

물론 문목사와 관련된 소식에 기쁨을 함께 나누려는 목적도 포함되어 있었다. 그러나 사모 만나려고 햇솜처럼 부푼 가슴 안고 부랴부랴 먼길 달려온 데는 진짜배기 목적이 따로 있었다.

"미안해요, 최선생. 아멘으로 화답할 수 없는 우리 처지를 너그럽게 이해해주셔요."

천만뜻밖의 반응이었다. 막상 목사관에 당도한 후 순금이 맞닥뜨린 사람은 평상시 그 사모가 아니었다. 놀랍게도 금시초견의 생면부지 인물인 양 서먹서먹하게 느껴지는 중년 여인이 땀에 젖어 허둥지둥 들이닥치는 순금을 무덤덤한 표정으로 상대하는 중이었다.

"우리 목사님께서 금명간에 풀려나실 거라는 희소식 접허고는 얼매나 감사허든지……"

"됐어요. 거기까지만요, 최선생!"

사모가 손바닥을 칼날처럼 사용해 빗금 좍 내리긋는 동작으로 순금의 말허리를 단숨에 무질러버렸다. 문목사에게 부용과 연실의 기독교식 혼례를 청탁하려던 속셈 또한 딩딜아 썩둑 잘려나가는 순간이었다.

"같이 기도드립시다."

미처 상대방이 좌정하기도 전에 사모는 다짜고짜 기도 자세에 돌입했다. 그 사품에 순금은 감나뭇골에서부터 공들여 꾸려 온 축하와 청탁의 말들 목사관에 풀어놓을 기회를 놓치고 말았다.

"자비 무한하시고 인애 풍성하신 하나님 아버지……"

곧바로 기도가 시작되었다. 그리스도 사랑 안에서 서로 사랑의 교제 나누며 진리의 길 함께 달려갈 믿음의 동반자를 허락하신 은총에 무한 감사를 표하는 내용이었다. 최순금 자매 걸어가는 인생행로가 평탄하고 형통해지게끔 굽은 것 펴주시고 맺힌 것 풀어주시며, 영육 간에 늘 강건한 가운데 평강과 희락이 넘치는 인생을 살아갈 수 있게끔 돕는 손길도 허락하시며, 하나님께 영광 돌리기에 부족함이 없게끔 모든 삶의 필요를 제때 공급해주심으로 자매의 앞길에 은총 위에 은총을 덧입혀주시라고 사모는 간구를 드렸다. 기도를 끝냄과 동시에 사모가 순금의 손을 답삭 움켜쥐었다.

"말씀은 가급적 줄이셔요. 그저 내 말을 듣기만 하셔요, 최선생."

일단 오금부터 꽉 박고 나서 사모는 자신의 언동이 좀 지나쳤다 싶었던지 얼른 뒷말을 서둘렀다.

"물론 최선생 그 심정은 이해하고도 남지요. 그렇지만 지금 목사님 근황에 환호작약할 형편이 못 된답니다. 애당초 목사님이 갈망하시던 결과가 아니기 때문이지요. 말하자면 최악의 결과를 만난 셈이지요."

"무신 말씸인지 저는 당최……"

"목사님은 지금 시험에 드셨어요. 사단마귀 세력이 놓은 올무에 걸리셨어요. 주의 종을 실족시킬 요량으로 저들이 온갖 유혹을 뻗치기 시작했어요."

"선헌 싸움에서 사도 바울맨치로 반다시 승리허실 수 있게코롬 옥문이 제절로 열리는 기적을 베풀어주십사고 그동안 우리 성도들이 신심을 다혀서 통성으로 합심기도를 올렸잖어요. 그 기도가 응답을 받어서 요번 참에 우리 목사님께서 풀려나시게 되았다고 다들 확신허고 있는디……"

"최선생이 잘못 아신 것이지요. 내가 올려드린 기도는 그런 게 아니었어요. 옥중에서 목사님이 십자가 고난을 몸소 체험하시기를 소망했어요. 초대 교인들, 위대한 믿음의 선진들이 그러셨던 것처럼 목사님도 당연히 그렇게 되시리라 믿었어요. 자기 목숨을 하나님께 산 제물로 드리는 마즈막 순간까지 충성과 헌신을 멈추는 일 없게스리 목사님 영혼에 성신 충만함을 허락해주시라고 그동안 밤낮없이 눈물로 간구를 드려왔지요."

순금은 저도 모르게 입을 딱 벌리고 말았다. 놀랍게도 사모는 치명(致命)까지 이르는 극단의 경우를 매우 천연덕스러운 어조로 입길에 올리고 있었다. 다른 누구도 아닌, 바로 자기 남편 문목사가 순교할 기회를 놓친 데 대해 못내 아쉬워하고 슬퍼하는 기색이 완연했다.

"유감스럽게도 목사님은 공중권세 잡은 자들 앞에 사실상 무릎을 꿇은 거나 마찬가지랍니다. 당신이 위불위없는 배교자 집단에 속한다는 사실을 목사님도 이제는 자인하실 도리밖에 없게 된 거지요. 장차 우리 주님께서 상급으로 내리실 의의 면류관은 유감스럽게도 목사님 차지가 아니랍니다."

도저한 신심의 소유자라면 마땅히 저런 경지까지 다다라야만 하는 것일까. 애오라지 여호와 하나님만 섬기며 목양 사역에 전념하기 위해 슬하에 소생도 두지 않기로 정혼 당시 이미 합의를 봤던 부부라고 소문나 있었다. 부부라기보다 차라리 동지 또는 동역자로 불리는 쪽이 더 어울릴 법한 관계였다. 사모는 천국 생명책에 문목사 성명 삼자 녹명(錄名)될 가능성이 희박해진 현실을 견디기가 몹시 힘들다는 내색을 굳이 감추지 않았다.

"그렇지만 사모님, 지가 들은 소문으로는……"

신심의 높낮이 때문일까. 순금은 여태껏 사모와 자신을 밀착시켜주던 유대감의 홀게가 갑자기 느즈러지는 듯싶은 허탈감에 빠졌다.

"요번 임시 석방이 우리 목사님 본심허고는 전연 상관없이 타의로 강요된 처분이라고 그러든디……"

"관점에 따라서 사람마다 해석이 다를 수는 있겠지만, 내 생각은 그렇지 않답니다. 그런 얘기는 궁색한 변명에 불과할 뿐이지요. 그런 변명이 인간세상에서는 그럭저럭 통할지 몰라도 광대하시고 엄위하신 여호와 하나님 보시기에는 어림도 없는 핑계일 게 분명하지요."

세차게 도리머리 흔드는 몸짓으로 사모는 자신을 향해 접근하려는 위로의 낌새를 멀찌감치 물리쳐버렸다.

"사단마귀에게 수종드는 자들이 있지요. 주의 종이란 탈을 쓴 몇몇 배교자들이 목사님하고 신학교 동기라는 연고 내세우고 그동안 감옥을 무시로 출입했어요. 그자들이 교활하게 올무를 놓았지요. 그 올무에 발이 묶이는 바람에 목사님은 고만 실족하고 만 것이지요."

목사 탈 덮어쓴 사단마귀 얘기는 이미 사모 귀띔으로 순금도 대충 알고 있었다. 신학교 동기생 목사들이 간수들 묵인 아래 형무소 문턱 닳도록 번차례로 출입하면서 병감(病監)으로 옮겨진 문목사를 검질기게 회유한다는 소문이었다. 오로지 문목사 안위 염려하는 척 술책 부리면서, 목숨건 전면금식 중단하기만 한다면 형 집행정지로 풀려날 수 있게끔 동기생 일동 총의로 당국에 진정을 넣겠노라고 연방 꼬드기고 부추긴다는 것이었다. 교단 총회에서도 신사참배가 곧 우상숭배는 아니라고, 그냥 국민의식의 일환일 뿐이라고 결의안을 통과시켜 개 교회에 지침을 내린 사안이라는 얘기였다. 국가시책에 순응하면 그만인데, 이미 끝난 문제 때문에 스스로 굶어 죽는 길을 택한 어리보기 목사라면 하나님도 결코 천당 문을 열어주시지 않을 거라고 수없이 곱씹고 되새긴다는 것이었다.

"형 집행을 정지해준다는 올무, 그것이야말로 목사님을 무저갱 지옥으로 이끄는 길라잡이지요. 감옥에서 일시적으로 풀려나는 것이 속량(贖良)을 의미하지는 않으니까요. 수령 방백이 채우는 차꼬보다 사단마귀가 놓는 올무 쪽이 훨씬 더 무겁고 고약한 법이지요. 말하자면 목사님은 그럭저럭 견딜 만한 지옥에서 이제는 빠져나올 가망조차 없는 영벌(永罰) 지옥으로 자리를 옮겨가는 꼴이지요. 감옥 안에서 순교하는 것보다 몇 배, 몇십 배나 더 우심한 간난신고가 시방 감옥 문밖에서 목사님 출소하기만을 학수고대하고 있는 꼴이랍니다."

말을 마치면서 사모는 지그시 눈을 감았다. 서슬 퍼런 일제 헌병들한테 붙들려 남편이 가축처럼 끌려가는 꼴 지켜보면서도 끝까지 새된 목소리로 승리의 찬송 멈추지 않던, 참으로 담대하고 강인한 여인이었다. 복역중인 남편 옥바라지는 뒷전으로 밀쳐둔 채 졸지에 목자 잃은 양떼처럼 뿔뿔이 산지사방해버린 믿음의 권속들 찾아 매일같이 심방 다니느라 다리 뻗고 쉴 겨를이 없던, 참으로 굳세디굳센 여인이었다. 문목사가 금명간에 옥고에서 풀려날 거라는 소식 듣고 내남없이 경사라고 치하하는 판에 되레 깊은 시름과 비탄에 잠겨 있는 사모한테 무슨 말을 더 건네야 좋을지 순금은 도무지 갈피를 잡을 수가 없었다.

"모자라는 이 여종을 용서하셔요, 최선생. 신앙 선배로 믿음의 본을 보여주지 못해서 여러모로 면목이 없네요."

"무신 그런 말씸을 다……"

짧은 침묵 끝에 사모는 평상시 차분한 모습으로 돌아와 있었다.

"최선생, 부탁드리겠어요. 풍전등화 위기에 처한 목사님을 위해서 배전의 긍휼지심으로 부쩍 더 간절하게 기도해주셔요."

사모가 순금의 손을 다시금 꽉 거머쥐었다. 순금은 끄덕끄덕 고갯짓만 되풀이했다. 하지만 얼떨결에 약속은 했어도 그것은 실로 난감한 문제가 아닐 수 없었다. 대관절 어느 방향으로 기도의 물꼬를 터야 옳단 말인가. 문목사가 끝끝내 동기생 목사들 회유 뿌리치고 초지일관 순교의 외길만 어기차게 달려가게끔 성신님께서 단단히 부축해달라고 기도해야 하는가. 일단 빈사지경에 이른 건강부터 먼저 추스른 연후에 이미 신사참배가 대세인 조선 기독교 현실과 적당히 타협하는 척하면서 훗날을 도모하는 길로 문목사를 이끌어달라고 기도해야 하는가.

최부용과 이연실의 혼례 얘기는 아예 입도 벙긋 못한 채 순금은 서둘러 목사관을 빠져나왔다. 족제비란 놈도 낯짝이 있고 미꾸라지란 놈도 백통이 있는 법이었다. 염통 곪은 상대방 붙잡고 제 손톱 밑 가시 뽑아달라고 요구하는 건 차마 사람 된 도리로 할 짓이 아니었다. 혼례 부탁을 끝내 입길에 올리지 않은 게 얼마나 다행인지 모를 정도였다.

"그 고운 살결을 뭣 땜시 불볕에다 굽고 있어?"

쏟아지는 뙤약볕을 이마에 풍성하니 얹은 채 이연실이 빠른 걸음으로 목사관 빠져나오는 순금을 말없이 지켜보는 중이었다. 인사 대신 연실은 그저 배시시 웃어 보이기만 했다. 기독교식 혼례 계획을 연실에게 구체적으로 밝힌 적은 한 번도 없었다. 하지만 눈치로 때려잡아 시누이가 시방 무슨 용건 짊어지고 그처럼 사모 만날 작정으로 허위허위 달려온 참인지 연실은 벌써 알아차리고도 남았으리라.

"낭군님은 시방 뭣을 허고 기시는고?"

낭군님이란 말이 댓바람에 연실의 얼굴에 짙은 홍조를 피워올렸다. 얼마 전부터 부용과 연실의 관계는 연인 단계 지나 실질적인 부부지간으로 달라져 있었다. 덩달아 실질적인 시누올케라는 밀접한 관계로 바뀌었는데도 순금은 요즘 이연실 상대로 대화를 이어나가는 데 다소 어려움을 겪고 있었다. 합궁이 이루어진 뒤부터 시누이만 대할라치면 올케 쪽에서 유난스레 부끄럼을 타기 때문이었다.

"방안에서 그냥 빈둥빈둥 소일하느라……"

"잠깐 들여다봐도 괭기찮을까?"

"왜 그러는지는 몰라도 식전부터 신경이 예민해져 있어요. 오늘은 그냥 건너가시는 게 암만해도……"

"그렇다면 요담 번에 와서 만나기로 허지."

시누올케는 피차 어정쩡한 몸짓으로 작별을 나누었다. 올케는 복판 피해 변죽만 울리다 돌아가는 시누이 태도로 미루어 사모와의 면담이 기대에 어긋난 모양새로 끝났음을 어렵잖게 짐작했으리라.

애당초 순금이 머릿속에 담아둔 혼례 절차는 파격적이리만큼 소략하고 조촐한 그림이었다. 물론 혼전 동거중인 동생 부부 꽉 막힌 앞길 터주려는 의도가 앞서기도 했지만, 그보다는 문목사를 의식해 최소한도 격식 갖추기 쪽에 더 무게가 실린 절차였다. 영어의 몸 벗고 오랜만에 샛냇골로 돌아온 문목사가 교회 울안에 살림 차린 웬 젊은 남녀 목격한다면 얼마나 괴이쩍게 여기겠는가. 세상은 여전히 공맹 가르침이 지배하고 유교적 관습이 대세를 이루는 판국인데, 아무리 신식 학문 공부하고 서양 종교 섬기는 목사일지라도 그런 사회 분위기에서 운신이 자유로울 수는 없는 일 아니겠는가.

육례 제대로 갖춰 정식 절차 밟는 건 애초부터 언감생심이었다. 말 꺼내기 무섭게 입에 게거품 북적북적 물고 숨 꼴딱 넘어가도록 길길이 뛸 게 불을 보듯 뻔한 양가 부모한테는 아예 기별조차 안 보낼 작정이었다. 문목사 내외와 사찰집사 내외, 그리고 두 당사자와 순금 자신만 참례한 가운데 그야말로 찬물 한 대접 올려놓고 모든 절차를 뚝딱 해치우고 싶었다.

하지만 다른 건 죄다 생략하더라도 녹의홍상 한 가지만은 기필코 신부에게 입혀 초례청에 세울 심산이었다. 자신이 거의 이룰 뻔했다가 결국 깨져버린 꿈을 연실이 대신 이룰 수 있도록 곁부축해주고 싶었다. 새것이나 다름없이 고운 때깔 그대로 오랜 세월 장롱 속에 깊이 간수해두었던 연두저고리와 다홍치마였다. 응달 속 그 입성을 양달로 끌어내 햇살과 잘 어울리게끔 연출할 계획이었다. 그런데, 그 화사했던 꿈이 한낱 물거품으로 변할 것만 같다는, 자발없는 예감이 자꾸만 골머리를 쑤셔대고 있었다. 신부가 흘리는 눈물로 말미암아 추저분하게 얼룩지는 연두저고리 다홍치마 꼬락서니가 연신 눈앞을 막아서는 바람에 순금은 하마터면 발을 헛디딜 뻔했다.

무척이나 후터분한 날씨였다. 산천초목 일체를 한목에 불살라버릴 기세로 늦더위가 마냥 기승을 부리고 있었다. 작년과 마찬가지로 올 농사도 보나마나 작황이 뻔할 거라고 새삼스레 일깨워

주둣 바싹 메마른 볏논들은 돌개바람에 휘둘리는 갈밭 흉내로 연방 서걱거리며 신음하는 성싶었다. 먼발치로 걸어가는 천석꾼 딸년 귓구멍에 화살처럼 꽂히라고 고래고래 왜장치던 지난날 어느 남정네 목소리가 또다시 환청처럼 다가왔다. 당나귀 귀 떼고 거시기 떼고 나면 남는 건 털가죽밖에 없다더니, 죽어라 농사지어봤자 야차 같고 흡혈마 같은 지주놈한테 살인적 도조 바치고 나면 결국 빈털터리로 길바닥에 나앉을 수밖에 없노라고 목청 한껏 돋우던 소작인들 원성이 또다시 귓전을 쟁쟁히 울리기 시작했다. 햇볕의 촘촘한 포위망 피해 숨바꼭질 벌이듯 이쪽 나무 그늘에서 저쪽 나무 그늘로 잠행하는 꼴인데도 등골 타고 내리긋는 땀방울들로 말미암아 적삼 자락이 등덜미에 찰싸닥 들러붙어 있었다. 땀으로 미역을 감으면서 순금은 마치 귓것에 쫓기는 어린애 걸음걸이로 감나뭇골까지 빠르게 간격을 좁혀나갔다. 호젓한 숲 그늘 빠져나와 뙤약볕 삼엄하게 지키는 노천으로 나서자 기다렸다는 듯 조갈증이 엄습해왔다.

어디선지 아이들 노랫소리가 들려왔다. 죽은 듯 까무러친 듯 늘컹늘컹 너부러진 산야 풍경 속에 오직 그 노랫가락만이 피둥피둥 살아 움직이는 듯했다. 생명 있는 모든 것이 흐물흐물 노그라지고 물크러지도록 사정없이 욱대기고 푹푹 고아대는 무더위 한복판을 관통하면서 웬 조무래기들이 새된 목청으로 신명지게 불러대는 노랫소리가 산들바람 같은 청량감으로 다가오는 중이었다. 어쩐지 몹시 귀에 선 가락이었다. 전에 한 번도 들어본 적 없는, 이상야릇한 노랫소리가 순금의 발걸음을 잡아끌었다.

"도로신 도로신 오야마 조오쪼!"

뜻밖에도 그것은 조선말이 아니었다. 국어, 그러니까 일본말이었다. 아니, 일본말 엇비슷이 들리는 노랫말이었다. 하지만 그 말뜻은 알아먹을 재간이 없었다. 오솔길 옆 비탈진 다랑논들 사이에 옴팍 들어앉은 둠벙이었다. 원래는 꽤 넓고 깊은 못인데, 오랜 가뭄으로 수위가 부쩍 낮아지는 바람에 이제는 보잘것없는 웅덩이 푼수로 형편없이 주저앉아 있었다. 굴뚝 검댕으로 뒤발한 듯 온몸이 새까맣게 그을어 있는 아이들이었다. 취학 연령을 넘겼을 법한 아이들인데도 둠벙에서 시간 까먹는 걸 보면 소학교 보낼 형편이 못 되는 집안 자식들인 듯했다. 밑자락 깡뚱한 베잠방이로 간신히 아랫도리만 가린 채 위통은 홀랑 드러낸 아이들이 노랫소리와 함께 둠벙 둘레를 빙빙 돌면서 왕잠자리를 유인하는 중이었다.

"도로신 도로신 오야마 조오쪼!"

암컷을 실로 묶어 막대 끝에 매달고 머리 위로 빙글빙글 돌리는 수법으로 수컷을 홀리고 있었다. 어릴 적부터 눈에 익혀온 풍경이었다. 다만, 수컷을 유인하기 위한 그 노랫말이 귀에 설 따름이었다. 도로신이란 게 대관절 무엇을 뜻하는 말일까. 어쩌면 비슷한 발음 가진 다른 말이 아이들 귀에 잘못 전해졌거나, 아니면 자신의 일본말 실력이 모자라는 탓이거나, 둘 중 하나일 거라고 순금은 짐작했다. 오야마(女形)는 대충 알 만했다. 주로 여자 역할 맡은 남자 배우, 이를테면 남사당 비슷한 걸 가리키는 말 아니던가. 조오조오는 가장 좋다는 뜻이겠지. 그러고 보니 어렴풋이 노랫말 윤곽이 잡히는 듯했다. 어린 동생들과 함께 왕잠자리 잡으러 둠벙 주위를 천방지축 뛰어다니던 추억이 퍼뜩 되살아났다.

왕잠자리 암수는 색깔로 또렷이 구분된다. 암컷 몸통과 날개가 노란빛을 띠는 데 반해 수컷은 파르스름한 빛이 도드라지는 편이다. 암컷을 구하면 다행이지만, 그게 여의치 않을작시면 아쉬운 대로 수컷이라도 붙잡아 미끼로 사용한다. 호박꽃가루로 수컷 날개를 노랗게 분칠해서 암컷인 양 제법 그럴싸하게 꾸민다. 이를테면 오야마처럼 분장시킴으로써 얼빠진 수컷을 혹하게 만드는 속임수인 셈이다.

"도로신 도로신 오야마 조오쬬!"

그러니까 그것은 종족 보존 본능에 눈이 멀어버린 수컷 왕잠자리를 함정에 빠뜨리기 위한 노래임이 틀림없었다. 진짜배기 여자보다 여장 남자가 더 좋다고 꼬드기는, 듣기에 따라서는 퍽 남세스럽게 느껴지는 노랫말이었다. 그렇다면 도로신은 '붙잡다' 또는 '맞아들이다'라는 의미의 '도루'와 연관된 말인 듯싶었다. 오야마를 신부로 맞아들이는 게 좋다고 수컷 왕잠자리를 연방 어르고 달래는 내용인 것 같았다.

"아그들아."

흘레붙을 욕심에 눈이 먼 잠자리보다 그 잠자리 잡을 욕심에 더 눈이 멀어버린 아이들인지라 그때까지 누가 둠벙 가까이 다가오는 기척도 전혀 알아채지 못할 정도였다.

"그런 노래는 어디서 배웠냐?"

노랫소리가 갑자기 자취를 감추었다. 아이들이 모든 동작을 일제히 멈추었다. 오뉴월에 내리는 된서리라도 함빡 덮어쓴 양 아이들은 무더위 속에 빳빳이 경직된 자세로 엉뚱깽뚱한 인물의 느닷없는 출현에 저마다 놀라움을 감추지 못하는 기색이었다.

"괭기찮다. 느그들 노랫소리가 귀에 솔깃허니 들리는 바람에 그냥 한번 물어본 것뿐이여."

하지만 아이들 얼굴에서는 여간해서 괜찮게 여길 성싶은 표정이 떠오를 징조가 안 보였다. 작은 녀석들이 또래 가운데 가장 덩치 큰 녀석 눈치를 흘끔흘끔 살피기 시작했다. 그러자 대장으로 보이는 큰 녀석 입에서 새된 외침이 단검처럼 예리하게 튀어나왔다.

"튀자!"

그 외침 군호삼아 아이들은 걸음아 날 살리라, 하고 탈토지세로 메마른 다랑논 지뻑지뻑 짓밟으며 내닫기 시작했다.

"아그들아! 아그들아!"

다급히 부르는 소리 들은 척도 않고 아이들은 순식간에 멀리멀리 내빼버렸다. 순금은 망연자실할 수밖에 없었다. 어른 쪽에서 먼저 내민 손 매몰차게 뿌리침과 동시에 경계심과 적대감만 그득 드러내는 아이들 심사를 이해하는 데는 좀 시간이 걸렸다. 뜬금없이 놀이판에 뛰어들어 저희네 신명 놀이 바싹 깨뜨리는 불청객의 정체를 아이들은 금세 알아보는 눈치였다. 사는 동네는 달라도 상대방이 다름 아닌 감나뭇골 천석꾼 지주 딸이라는 사실쯤 익히 알고 있는 듯했다. 십상팔구 소작인 집안 아이들일 것이었다. 그리고 그 아이들이 맞닥뜨린 사람은 단순히 천부잣집 딸이 아닐 것이었다. 소작인들한테 피도 눈물도 없이 혹독하게 구는 악덕 지주하고 한통속으로 그 딸을 대하고 있음이 분명했다.

"덴노헤이까 반자이!"

순간적으로 제 귀를 의심하리만큼 천만뜻밖의 외침이 울려퍼졌다. 다랑논들 저 아래쪽 솔숲에 몸을 숨긴 채 아이들은 목소리만 숲 밖으로 내보내고 있었다. 면 소재지 신사 앞에서 천황폐하 만세삼창 기행을 일삼음으로써 한동안 면민들 입길에 무수히 오르내리곤 했던 천석꾼 영감 겨냥한 야유일시 분명했다. 어른들 입과 입들 거쳐 만세삼창 소문은 철부지들 귀에까지 어김없이 들어박혔을 것이고, 때마침 그 천석꾼 영감 딸년 맞닥뜨린 김에 아이들은 중도이폐한 왕잠자리 잡기 대신 새로운 놀이를 즐길 작정인 듯했다.

"덴노헤이까 반자이!"

만세 소리는 삼창만으로 그치지 않았다. 아이들 목청 곧이곧대로 흉내내면서 솔숲은 연방 새된 만세 소리를 까마귀떼처럼 허공으로 풀어 날리는 중이었다. 그 해괴망측한 사건의 주인공이 천석꾼 아버지 아닌 저 자신이기나 한 듯이 순금은 갑자기 얼굴이 홧홧하게 달아오르기 시작했다. 서둘러 자리 뜨고자 하는 순금의 꽁무니를 악감정 품은 솔숲이 일정한 간격으로 끈질기게 따라붙으면서 도무지 지칠 줄 모르는 목청으로 천황폐하 만세를 연창하고 있었다.

4

시작 단계는 그럭저럭 무난한 편이었다. 우선 가을밤 선선한 공기가 오랫동안 지끈지끈 들쑤시던 골머리 잡도리하는 데 안성맞춤 양약인데다가, 대문턱 넘자마자 춘풍이란 놈 가차없이 윽박질러 슬금슬금 또 비어져나올 태세인 그 염병할 꼴머슴 타령 댓바람에 단속하는 데도 성공했다. 지엄하신 상곡 어르신 귓전 시도 때도 없이 어지럽히던 그 덜떨어진 노랫가락 초장에 싹둑 잘라버렸으니 이제 밤마을 동행하는 동안 반편이 머슴 상대로 낯짝 붉혀가며 시비곡직 가리느라 콩팔칠팔 다투는 수고는 더 없을 성싶었다.

"불을 비출라면 이놈아, 쪼깨 지대로 비추거라, 이놈아!"

부대한 몸피 좌우로 휘적휘적 흔들대며 앞장서서 걷는 춘풍이 뒤통수 겨냥하고 야마니시 아끼라 영감은 한 소래기 빽 내질렀다.

그러자 그놈 주둥아리에서 제꺽 맞받이 대거리가 튀어나왔다.

"으, 비추거라, 이놈아."

엉망진창인 걸음새에 맞추어 춘풍이 손에서 제멋대로 놀아나던 조족등의 왁살스러운 움직임은 어르신한테 꾸중을 먹고도 별반 달라지지 않았다. 오히려 호통 얻어맞기 전보다 더욱더 어지럽게 위아래로 오르내리며 춤을 추었다. 누구 좋은 일 시키자는 등롱인지, 먹빛보다 까만 길바닥 아닌 허공만 허투루 밝힐 따름이었다.

"춘풍이 네 이놈, 으디서 감히 어르신한티 놈 자를 팡팡 놓고 지랄 떨고 자빠졌냐, 이놈아!"

"으, 지랄이냐, 이놈아."

히힛, 하고 춘풍이는 말꼬리에 웃음까지 매달았다. 오랜만에 주종 간에 작반해 야반 출타에 나선 길인지라 춘풍이는 마치 백상산 단풍놀이 원족이라도 떠나는 푼수로 마냥 흥에 겨워 거추없이 나부대는 판이었다.

"아모짝에도 쓸모없는 그 조족등 대신 대갈박 정수리에다 장작개비 쌔려박아서 대낮같이 화톳불 밝혀뿔 놈 같으니라고!"

말본새는 몹시 험했지만, 야마니시 영감은 덩달아 히죽 웃을 수밖에 없었다. 춘풍이로 말할 것 같으면, 버르장머리 고치기를 초장에 일찌감치 포기해버린, 소싯적부터 헐수할수없는 반편이로 이미 정평이 나버린 인물이었다.

애당초 밤마을 길동무로 춘풍이를 달고 나서라고 꼬드긴 훈수꾼은 늙정이 마누라였다. 세월이 하 수상하고 민심이 원판 흉흉한지라 맹탕 같은 머슴이라도 거느린다면 제법 부조가 될 거라는 내주장이었다. 물론 야마니시 영감은 펄쩍 뛰었다. 산서 바닥 통틀어 감히 상곡 어르신한테 해코지하리만큼 배포 유한 사람 종자가 어디 있을쏘냐, 그러니 자발머리없는 그 조동아리 함부로 놀리지 마라, 하고 마누라한테 여지없이 지청구를 먹었다. 산서 바닥에서 두려울 게 아무것도 없는 천석꾼 대지주 아닌가. 산군(山君)으로 불리는 호랑이하고 정통으로 맞닥뜨려도, 둔갑장신(遁甲藏身)하는 귀신하고 맞상대하더라도 너끈히 이길 자신 있는 것처럼 야마니시는 기세등등하게 밤길에 올랐다. 하지만 조족등 밝혀들고 헐레벌떡 따라붙는 춘풍이를 굳이 집으로 돌려보낼 필요까지는 없다고 생각했다.

"저, 저런 썩을 놈……"

한동안 뱃구레 안에 갇혀 출구 물색하던 꼴머슴 타령이 슬그머니 또 비어져나올 조짐을 보이자 야마니시 영감은 눈살을 잔뜩 찌푸렸다. 그러나 초저녁잠 준비하는 동네 분위기 뒤흔들 정도만 아니라면 웬만한 목청쯤 너그러이 들어 넘길 아량은 있었다.

"똥은 매랍지요오……"

"기연시 또 옘병헐 풍월객 숭내가 도지고 말어뿌렀네그랴!"

어눌하기 짝이 없는 타령조가 드디어 조족등 불빛 안 닿는 길바닥 위로 난분분히 깔리기 시작했다. 반편이 머슴 한 마리라도 곁에 있어주는 편이 아예 없는 편보다는 한결 낫지 싶었다. 아무 짝에도 쓸모없는 물건이긴 할망정 깍짓동 같은 그 덩치 호신용으로 앞세워 야반 행차에 나선 것이 꽤 잇속 있는 선택인 것만은 틀림없는 듯했다. 아무런들 천석꾼 지주 어르신 체통에 몸소 조족등 한들거리며 구차스럽게 단신으로 밤길 걷는 건 어느 누가 봐도 꼴불견일 것만 같았다.

"님은 보고 잪으지요오······"

"얼씨구절씨구!"

때로는 숙질간인 듯 또 때로는 이복형제간인 듯 거의 너나들이에 가까운 말버릇으로 천석꾼 대지주 안전에서 평다리치는 유일무이한 인물이었다.

"쏘내기는 쏟아지지요오······"

"어절씨구저절씨구, 칠씨구팔씨구! 참말로 물지랄 불지랄 골고루 다 떨고 자빠졌네!"

문득 갈고랑이 같은 그 욕설에 코청이 꿰여 질질 끌려 나오는 어느 한 얼굴이 눈앞에 보이는 듯싶었다. 다름 아닌 면사무소 노무계장 시라야마 잡놈이었다. 제 동족들한테 온새미로 쪽발이인 척 무진장 떠세하는 그 반쪽발이 낯짝이 덩두렷이 떠오르는 사품에 야마니시 영감은 혹여 재수 옴 붙을세라 마음속으로 퉤 퉤 퉤 삼세번 침을 뱉고 쿵 쿵 쿵 삼세번 발을 굴러야 했다. 서늘한 밤

공기로 식히지 않으면 안 되리만큼 천석꾼 어르신 골머리 지끈지끈 패게끔 만든 장본인이 바로 그 천하잡놈 시라야마였다.

"조오지부쓰오 와즈라우 야쓰 같은 놈 같으니라고!"

야마니시는 마치 각혈하듯 '국어' 욕설을 토해냈다. 조선말로 '염병 앓다가 땀도 못 내고 뒈질 놈'을 딸년한테 국어로 번역시켜 얻어낸 욕쟁이 자산이었다. 하지만 그 말이 기껏 '장질부사를 앓을 놈'이란 뜻임을 뒤늦게 알아차리자 비싼 돈 잡아먹고 타지 유학까지 다녀온 딸년을 새삼스레 다시 도둑년 취급한 적도 있었다. 질펀하면서도 쫄깃쫄깃 씹히는 맛에다 혀에 착착 감기기까지 하는 그 조선 욕을 그따위 싱겁고도 민틋한 일본 욕하고 맞상대를 시키다니. 하지만 노상 내지인 행세에 고부라지는 시라야마 잡놈한테는 아무래도 조선말보다 국어 욕설이 제격인 듯싶어 그동안 틈날 때마다 심심찮게 써먹어버릇했다.

"거금 십만원이 무신 아그들 주전부리 과잣값인지 알았냐? 조오지부쓰오 와즈라우 야쓰 같은 놈 같으니라고!"

면내 전체에 소문 왜자하게 떠돌던 그 천황폐하 만세삼창 행사를 부득이 접을 도리밖에 없었다. 끈 떨어진 뒤웅박 신세로 전락한 천석꾼 처지에 언제 또 닥칠지 모를 관액(官厄)을 예방한다는 차원에서 벌인 만세삼창 거사였다. 이를테면 그것은 내 쌈지에서 피천 한 닢 덜어내지 않고도 황국신민의 충의와 적성(赤誠)을 만천하에 맨몸으로 적나라하게 보여주는 묘방인 셈이었다. 그런데

웬걸, 결과적으로 남의 두루마기 빌리러 갔다가 제 홑바지마저 홀랑 벗어주는 꼴이 되고 말았다.

만세 행사 끝내고 신사 앞을 막 뜨려는 참이었다. 수다한 구경꾼들 틈에 섞여 있던 시라야마 계장이 성큼성큼 다가와 앞길을 떡 막아섰다. 황은에 보답하고자 연일 충성심 바치는 야마니시상 장거를 한바탕 치하하던 끝에 시라야마는 천만뜻밖의 제안을 힘 하나 안 들이고 예사로이 내놓았다. 이왕지사 충성하는 김에 애국기(愛國機) 헌납운동에 동참하는 게 어떻겠냐는 이야기였다. 비행기 한 대 값이 물경 십만원이라는 말을 듣는 찰나, 야마니시는 하마터면 까무러쳐 낙상할 뻔했다. 전 재산 몽땅 팔아도 과연 당할 수 있을지 어쩔지 가늠조차 안 되는 거만대금이었다. 단박에 백지장같이 실색하는 상대방 낯꽃 살피고 나서 시라야마는 곧바로 대안을 제시했다. 인도지나반도에서 한창 용전분투중인 우리 황군에게 하다못해 고사기관총 한 정이라도 헌납하는 성심을 발휘하는 행동이 곧 황국신민 된 도리 아니겠냐는 것이었다. '하다못해'라니, 이건 또 무슨 자다가 봉창 두드리는 소리인가. 고사기관총은 또 어느 동네 강아지 이름이란 말인가. 가을걷이 끝낸 연후에 소출량 봐가며 한번 고민해보겠노라 얼렁뚱땅 대답 얼버무린 다음 야마니시는 서둘러 자리를 피하는 수밖에 없었다. 바로 그날 밤부터 줄곧 천석꾼 영감은 불면증에 호되게 시달리기 시작했다.

살랑거리는 바람결에 맞추어 볏잎들이 사각사각 노래하고 있었다. 길가 논에서 나락냄새가 풍겨오는 듯했다. 아니, 향기라고 불러 마땅한 벼 냄새가 야마니시 영감 코에 실제로 맡아졌다. 벼 포기들이 어둠 속에서도 쉬지 않고 낟알들 부지런히 여물리는 소리가 실제로 귀에 들리는 듯했다. 야마니시는 가던 걸음 잠시 멈추고 길가에서 가까운 벼이삭 한 움큼 훑어 쥐었다. 아직 제대로 여문 상태는 아니지만, 그래도 연일 가을볕으로 소세하고 목간하면서 선들바람이랑 무시로 연통하다보면 머잖아 단단하고 실해질 게 틀림없는 낟알들이었다. 오랜 가뭄 끝에 귀인처럼 빈객처럼 산서 땅 찾아올 황금 들녘 눈앞에 그려보다 말고 그는 부지불식간에 자탄에 빠져버렸다. 풍년거지 더 섧다는 옛말 그대로 논배미마다 황금 옷 두툼히 입혀봤자 그게 다 무슨 소용인가. 어차어피에 공들여 쑨 해송자죽(海松子粥) 엉뚱하게 비렁뱅이들 주둥아리만 좋은 일 시키고 말 것을!

그것은 공연한 엄살이 아니었다. 천석꾼 칭호는 빛 좋은 개살구에 지나지 않았다. 소작인들 상대로 제아무리 언성 높이고 낯꽃 붉혀가며 가혹하게 타조를 끝마쳐도 정작 곳간 천장에 닿도록 첩첩이 쌓이는 건 장탄식뿐이요 층층이 쟁여지는 건 울화통일 따름이었다. 가용에 당할 정도 미곡 외에는 소출량 삼 분의 이 이상을 공출할 수밖에 없게끔 일제가 강요하는 까닭이었다. 공출된 미곡은 총독부 멋대로 '미곡최고판매가격제'라는 괴상한 걸 만들어 시세에 턱없이 못 미치는 헐값으로 판매 대금을 지불했다. 그나마 장장 이십 년 후에나 찾을 수 있는, 그래서 사실상 휴지에 버금가는 국공채로 지불하는 방식이었다. 더군다나 근자에는 '백미취체규칙'이란 해괴한 법령까지 만들어 설령 집안에 볏섬이 쌓여 있을지라도 현미나 진배없는 칠분도미만 먹도록 강제하고 백미는 병자한테만 먹이도록 조처했다. 소문난 부자라 해서 남부럽게 잘 자시고 남달리 잘 싸시는 세상은 결단코 아니었다. 그냥 듣기 좋으라고 부르는 이름이 천석꾼일 뿐, 실인즉슨 구렁이란 놈이 벗어던지고 간 허물 같은 존재에 불과했다. 그러니 그 허물 보고 어느 아둔패기가 진짜 구렁이 대접을 해주겠는가.

"빌어 처먹을 요놈에 시국이 세월을 꺼꾸리로 돌릴라고 시방요 지랄버릇들 떨고 자빠졌다니깨! 그나저나 참말로 꺼억정이고만!"

범은 때려잡고 귀신은 굿판 벌여 물리치면 그만이겠지만, 쇠붙이 먹는 불가사리처럼 값나가는 재물들 닥치는 대로 아귀아귀 죄 먹어치우는 일제 총독부는 천석꾼 대지주 재간으로도 당최 손쓸 방도가 없었다. 소작인들은 세상물정 그런 줄 전혀 모르고 엉뚱하게도 일제 총독부 아닌 일개 지주만을 과녁삼았다. 삼척동자조차 빠삭하게 아는 그 냄새 지독한 거름통 같은 현실 위에 뚜껑 탁 덮어씌운 채 소작인들은 오히려 일제보다 훨씬 더 사납고 몇 곱절 더 위험천만한 괴물로 천석꾼 영감 지목하기를 망설이지 않는 실정이었다. 흉년 농사인데도 풍년에 맞먹는 가혹한 타조를 밀어붙이는 냉혈한이요 인색한이라고 소작인들 사이에 원성 자자한 줄 야마니시는 진작부터 익히 알고 있었다. 하지만 일제에 수탈당한 재물 다만 일부라도 벌충하려면 되레 지금보다 가일층 혹독하게 소작인들 다잡고 족쳐대는 수밖에 없는 것이 다름 아닌 천석꾼 영감 처지였다.

"쏘내기는 쏟아지지요오……"

더러는 건들건들 놀아나는 조족등 불빛 도움받으며, 또 더러는 덜떨어진 꼴머슴 타령 부축받으며 발맘발맘 걷다보니 발걸음이 어느새 김영감네 오두막 앞에 다다라 있었다. 되돌아서긴 이미 늦었으니 그냥 빨리 지나가는 수밖에 없었다. 거개의 소작인들에 해당하는 얘기지만, 그 가운데 특히 더 상종하기 꺼려지는 집구석이 바로 김영감네였다. 어린 시절, 샛내에서 함께 물장구치며 놀다 옹구바지 터진 틈새로 고추 꺼내들고 누구 오줌발 더 멀리 뻗치는지 겨루곤 하던 괴복친구 중 하나였다. 일출동산과 일락서산이 서로 만나기 불가능한 이치처럼 이제는 지주와 작인 관계로 지체가 현격히 달라졌을지라도, 워낙 경위 밝고 신실하게 타고난 성품만은 여전한지라 야마니시는 여태껏 김영감하고 그냥저냥 무던한 관계로 지내왔다. 둘 사이가 결정적으로 버그러진 것은 거번 2차 모집 당시였다. 다름 아닌 김영감 며느리 쌍가매네 때문이었다. 졸지에 서방 잃고 악에 받친 쌍가매네가 산서 최문 일족 모조리 싸잡아 마구잡이로 저주하고 포달 부리던 그때 그 일만 되작일작시면 아직도 치가 덜덜 떨릴 지경이었다.

"싸게싸게 지나가자, 이놈아!"

김영감네 오두막 서둘러 지나칠 요량으로 야마니시 영감은 앞선 춘풍이 따라잡으려 부쩍 보폭 넓히고 보속을 높였다.

"으, 싸게싸게, 이놈아…… 괴얄띠는 안 끌러지지요오……"

춘풍이가 제꺼덕 응수해왔다. 어디선가 바스락거리는 소리가 울렸다. 다 쓰러져가는 오두막 둘레 울바자 쪽인 듯했다.

"그 빌어 처먹을 입주뎅이 조깨 다물거라, 이놈아."

"갈 질은 멀지요오……"

"오매, 상곡 얼씬네 아니셔라우?"

전혀 반갑잖은 그 목소리 듣는 순간, 모처럼 밤길에서 맛보던 청량감은 쓰디쓴 소태맛으로 변하고 말았다. 문제의 쌍가매네였다. 소피보러 측간행 도모하려다 때아닌 인기척에 놀라 울바자 쪽으로 막 발길 돌린 참인 듯했다. 아무래도 재수 옴 붙은, 참으로 일진 더럽게 사나운 날이었다.

"그 얼씬네 아니라 항우장사 춘풍이라네."

발걸음 부쩍 재우쳐 울바자 곁 지나치면서 야마니시 영감은 북해도 과부 쌍가매네 말적수로 자기 아닌 춘풍이를 얼른 지목해버렸다. 지난날 엉겁결에 한 번 외간남자 품에 안겨본 이력 있으니 그 난봉꾼 머슴놈 상대로 수작을 걸어보라는 뜻이었다.

"님은 보고 잪으지요오……"

"이 오밤중에 상곡 얼씬네께서 무신 일로……"

아무한테나 헤프게 활수하는 딸년이 막무가내로 김영감네 두 남두는 바람에 일껏 박탈했던 소작권 되돌려준 것은 감히 천석꾼 영감한테 행악질하던 쌍가매네 그 소행을 용납해서가 결단코 아니었다. 그 시아비 되는 김영감 처지가 너무도 가긍해 보인 까닭이었다. 기운 좋은 춘풍이놈을 제짝으로 묶어주었는데도 굳이 그 짝 마다하고 애먼 천석꾼한테 자꾸만 지다위 붙으려 하는 쌍가매네가 여간 성가신 게 아니었다.

"송아치는 도망가지요오……"

"돼먹잖은 풍월 고만 읊어대고 싸게 못 따러오겄냐, 이놈아!"

야마니시 영감은 빠른 걸음으로 어둠 속 헤집으며 앞서가다가 뒤쪽에 대고 목청껏 호통을 날렸다. 반편이 소견구멍일망정 쇠갈고리 달린 그 호통에 뭔가 예사롭지 않은 낌새를 챈 모양이었다. 제 흥에 겨워 점점 더 커다래지던 노랫소리가 어느 겨를에 뚝 멎었다.

"팔난봉 뻑대기에다 조상 뫼를 쓴 천하잡놈 같으니라고!"

여러 길 놔두고 하필이면 김영감네 오두막 쪽으로 길을 잡아 나갈 건 뭐고, 때맞춰 하필이면 쌍가매네가 쏙 볼가져나올 건 또 뭔가. 복 없는 과수댁은 봉놋방에 누워도 으레 고자 옆에만 눕고, 재수없는 포수는 곰을 잡아도 낱낱이 웅담이 없다더니만, 시방 천석꾼 자기 처지가 꼭 그 꼴이었다. 무엇 하나 뜻대로 되는 일이 없었다. 노략질하고 살상하고 겁탈하기 일삼는 화적들로 사면팔방이 에워싸인 형국이었다.

씨 뿌려 물 대고 거름 주면 대풍 거둘 수 있으리라 기대했던 자식농사는 초저녁에 이미 시국이란 썰물에 휩쓸려가버렸다. 천석꾼 위엄 지켜줄 마지막 보루로 여겼던 논밭전지마저 이제는 대일본제국이란 해일에 휩쓸리고 할퀴어 뻘밭처럼 황폐화하기 직전이었다. 자식이 거머리고 소작인이 각다귀라면, 일제는 흡혈마에 식인귀였다. 그 식인귀한테 잡아먹히지 않으려는 안간힘 삼아 그동안 관공서 아가리에 소홀찮이 많은 인정전(人情錢) 쑤셔박고, 심지어 천황폐하 만세삼창까지 목청 부르트도록 부르짖으며 알랑방귀 뀌어댔건만, 결국 수중에 떨어진 건 애국기 아니면 고사기관총 헌납 운운하는 끔찍한 협박밖에 없었다. 이제는 면서기나 말단 순사 따위 같잖은 부류들마저 산서 제일의 천석꾼 대지주를 마치 먹을알인 양 시쁘게 보고 먼저 손대는 놈이 임자인 척 행세하는 말세기적 작태였다.

"참말로 망조라니깨, 망조! 요놈에 세상이 망허드래도 그냥 곱게 망혀야 쓰겄는디, 질래 요따우 뽄새로 가다가는 필경 하눌 무너지고 땅 꺼지덧기 폭삭 망혀뿌러서 세상천지 살어남을 종자 한 마리도 없을 것이고만. 그나저나 참말로 꺽정시럽네, 꺼억정시러!"

야마니시 영감은 자못 비감에 젖은 채 이미 망징패조(亡徵敗兆) 확연히 드러나버린 끝물 세상 통탄하면서 춘풍이놈 꽁무니만 따라가다 문득 주변을 둘러보니 왠지 모르게 낯선 느낌이었다. 거기가 백상암 초입에 해당하는 산자락임을 알아차리는 순간, 야마니시는 화들짝 놀람과 동시에 눈앞의 살진 궁둥이 향해 힘껏 발길질을 가했다.

"이런 능지처참에 부관참시를 곱쟁이로 덧보탤 놈 같으니라고!"

일차 발길질만으로 성에 덜 차서 잇달아 재차 삼차 발길질을 날렸다. 둘째아들이 장기간 백상암에 하숙 붙인 채 절밥 먹으며 지내는 중이었다. 반편이 머슴이 무슨 심보로 암자 가까이 제 주인 향도했는지 모를 일이지만, 좌우지간 백상암 방향이라면 오줌도 누고 싶지 않으리만큼 정나미 확 떨어지는 곳이었다. 실컷 아비 배반하고 패악질 도모한 주제에 속세와 인연 끊고 살겠다며 절간에 틀어박혀 제 아비 생피 같고 생살점 같은 숙식비만 축내는 놈이었다. 그런 아들과 상종하고 싶은 생각 호리만큼도 없는 주인어른을 엉뚱한 곳으로 잘못 향도한 머슴은 대역죄인 취급받아 마땅했다.

"쏜다! 쏜다!"

반편이 소견에도 얜하게 궁둥짝 연거푸 걷어차인 게 억울하고 분했던지 머슴놈이 슬금슬금 뒷걸음치면서 득의의 장기 내세워

제 주인 위협하기 시작했다. 한쪽 엄지손가락 콧방울에 갖다 붙이는 동작 뒤늦게 알아차린 야마니시 영감은 어마뜨거라 하고 소맷부리로 잽싸게 얼굴부터 가렸다. 만약 머슴놈이 쏘아대는 걸쭉한 콧물 탄알이 정통으로 주인어른 면상을 맞힌다면, 그것이야말로 이 세상 망징패조가 이미 절정 향해 치닫고 있음을 증명하는 초유의 불상사 아니겠는가.

"육갑 작작 떨고 싸게 감나뭇골로 돌아가자, 이놈아."

왔던 길 되짚어 막 돌아서려는 순간, 어떤 묵직한 물건이 발치에 툭 떨어지는 소리가 들렸다. 뒤이어 어둠 속에서 뭔가가 살금살금 움직이는 기척이 귓바퀴에 잡혔다. 갑자기 불길한 예감에 사로잡힘과 동시에 야마니시 영감은 부리나케 춘풍이 등뒤로 몸을 숨겼다.

"으떤 놈이냐!"

그들먹한 춘풍이란 놈 몸뚱어리 방패로 앞세운 채 야마니시는 제법 호기롭게 소리쳤다. 어둠 속 저편에서는 아무런 반응도 건너오지 않았다. 괴괴한 정적만이 사위를 무지근하게 찍어누르고 있을 따름이었다.

"거그 있는 게 누구냐!"

"덴노헤이까 반자이!"

두억시니 같은 어둠이 느닷없이 아갈머리 크게 벌려 엉뚱깽뚱한 대꾸를 보내왔다. 한 놈이 아니라 여러 놈이었다. 채 여물지 못한 목청으로 미루어 짐작건대, 이제 막 여드름 돋기 시작할 무렵 애송이들인 듯했다.

"덴노헤이까 반자이!"

두번째 만세 소리에 잇대어 여러 돌멩이가 한목에 날아들기 시작했고, 그중 하나가 조족등을 정확히 맞혔다. 거구답지 않게 오도깝스러운 몸짓으로 춘풍이가 비명 꽥 뽑으며 불 꺼진 조족등을 땅바닥에 팽개쳐버렸다. 그러고는 천석꾼 쥔장 어르신 등뒤로 허둥지둥 몸을 피했다.

"쏜다! 쏜다!"

듬직한 엄폐물 뒤에 숨은 채 춘풍이가 콧물 날리기 실력으로 눈에 안 뵈는 적들 위협하면서 거칠게 숨을 헐떡거렸다.

"마빡에 쇠똥도 들 벗겨진 놈들이 으디서 누구한티 감히!"

벽력같은 그 고함의 근원지를 과녁삼아 돌멩이들이 한바탕 또 우박처럼 쏟아져내렸다. 그 순간 어이쿠, 하고 된 신음소리 토하기 무섭게 야마니시는 본디 자신이 맡아놓았던 안전한 자리 되찾기 위해 춘풍이 뒷전으로 민첩하게 움직였다. 돌멩이에 되알지게 얻어맞은 허벅지가 단박에 욱신욱신 쑤시기 시작했다.

"덴노헤이까 반자이! 반자이! 반자이!"

애송이라고 시답잖게 여겼던 녀석들이 주둥이로는 만세삼창 불러 제놈들 승리 자축하고 손모가지로는 팔맷돌 펑펑 날려대고 있었다. 주종 간에 상대방 몸뚱이 제 방패삼기 위한 몸싸움이 사뭇 치열하게 벌어졌다. 안전한 피신처 서로 차지하려고 둘이서 밀치락달치락 드잡이하는 그 사이에도 팔맷돌은 쉼없이 속속 날아들었다. 주종 간에 이럴 일 아니라는 생각이 야마니시에게 문득 들었다. 애송이 망나니들 앞에서 지체 현격한 지주와 머슴이 저 혼자만 살겠다고 젖 먹던 기운까지 죄 쏟는 건 차마 사람으로서 할 짓이 아니었다. 생각이 그 대목에 미치자 야마니시 영감은 백상암 쪽 바라보고 냅다 달음박질치기 시작했다. 싹수머리라곤 반 푼어치도 없는 머슴놈이야 돌멩이 무덤에 파묻혀 숨지건 말건 상관할 바 아니었다. 지척조차 분간 안 되는 캄캄칠야 속을 고꾸라지고 나자빠지고 한바탕 모질음 써가며 도망치던 끝에 풀숲 위로 철퍼덕 엉덩이를 부렸다. 풀숲에 앉아 잠시 가쁜 숨 돌리려니 빨랫줄 같은 장탄식이 저절로 뻗쳐나왔다. 참담하기 이를 데 없는 심정이었다. 야마니시는 한동안 갱신조차 못하리만큼 망연자실에 빠져버렸다. 이 세상은 이제 망징패조 초동 단계에 들어선 정도가 아니라 초저녁에 이미 폭삭 망해버린 거라고 보는 게 옳았다. 세상 전체가 옹골지게 망해버렸으니 야마니시 아끼라도, 최명배도 덩달아 도매금으로 쌍을 지어 망한 꼴이었다. 세상 쫄딱 망하는 한이 있더라도 산서 최문만은 악착같이 살아남아야 한다고, 어느 산신령 부자지 틀어쥐고 버티든 좌우지간 기어이 살아남고야 말 거라고 흰소리 뺑뺑 치던 시절이 바로 엊그제 같았다. 두메산골 조무래기들한테 그토록 치욕을 당했는데도 웬일인지 분노나 원한 따위는 그다지 일지 않았다. 다만, 마음이 심히 허전하고 기분이 몹시 처참할 따름이었다.

"썩어 문드러질 잡놈 같으니라고."

그 굼뜬 몸뚱이 끌고 어느 어둠 구석 헤매다 나타난 건지, 춘풍이가 뒤늦게 제 주인 있는 자리 찾아 돌아왔다. 천석꾼 주인 본새로 풀숲에 안반짝만한 엉덩이 철퍼덕 부리면서 반편이 머슴은 씨근벌떡 가쁜 숨 들이쉬고 내쉬기를 한참이나 되풀이했다.

"예끼, 이 살가죽 홀러덩 벳겨서 사시장철 북채로 읃어맞고 앓는 소리 꿍꿍 게워내는 법고를 맨들어뿌러도 시연찮을 놈아."

바투 곁에 앉은 춘풍이 낯짝 돌아다보며 야마니시는 혼잣말에 가까운 호젓한 목소리로 미리 준비해둔 욕설을 길게 풀어놓았다. 머슴 주제에 제가 맞을 돌팔매 대신 맞으라고 무엄하게도 천석꾼 옥체 방패로 앞세워 제 일신 안녕만 도모하던 놈이었다. 그런데 하늘 같은 쥔어른 위험 구덩이로 마구 떠다밀던 그놈 소행이 어쩐 일인지 이제는 밉상으로 느껴지지 않는 바람에 스스로 당혹스러울 지경이었다. 놈이 저지른 패역을 두고 더 따따부따하고 싶지 않았다. 하마터면 잊을 뻔했다는 듯 팔맷돌에 된통 얻어맞은 허벅지 통증이 인두로 지지는 듯 홧홧하게 되살아났다. 그새 상처 부위가 딴딴하게 부풀어올라와 있었다.

"니놈은 신체 어느 한구석 고장난 자리 없냐?"

욱신거리는 제 허벅지 손수 문지르는 김에 야마니시는 혹 아랫

것 신체 어디엔가 생겼을지 모르는 상처도 함께 문질러주듯 몬존한 말씨로 물었다. 가쁜 숨소리만 요란할 뿐, 춘풍이는 여전히 묵묵부답이었다.

"팔맷돌에 은어맞어서 혹여 붕알이라도 바싹 안 깨졌냐, 이놈아?"

그제야 춘풍이 입에서 히힛, 하고 웃음소리가 새어나왔다. 다행히도 노총각 불알은 여태 무탈한 모양이었다. 덩달아 야마니시도 허허 웃고 말았다. 팔자에 없던 관대한 성품 하나가 팔맷돌인 양 자신을 향해 휙 날아들어 허벅지 아닌 흉당에 정통으로 박히는 것만 같았다. 요즘 들어 더욱 흉흉해진 민심 들먹이며 혹여 밤길에 누구한테 해코지라도 당하지 않을까 안달복달하던 늙정이 마누라 얼굴이 떠올랐다. 의지처삼고 길동무삼아 야반 행차에 춘풍이 대동하라 신칙해 마지않던 마누라 말이 절반만 맞고 절반은 틀린 셈이었다. 춘풍이란 놈은 비록 쏟아지는 팔맷돌 피할 의지처 노릇에는 젬병일지라도 길동무 노릇 한 가지만은 그럭저럭 잘 감당하고 있었다.

"이왕지사 요 골짝까장 발걸음헌 짐에 암자나 한 바꾸 둘러보고 가야 쓰겄다."

일어서려다 말고 야마니시 영감은 애구구 소리와 함께 손으로 허벅지 짚으며 도로 주저앉았다. 갈수록 통증과 부기가 우심해지는 듯싶었다. 허벅지보다 마음 쪽이 더 뜨끔거리고 욱신거리는 기분이었다. 평지에서도 이토록 아픈 판에 산자락 타고 백상암 올라 절간에서 무위도식 일삼는 둘째아들 낯바대기 대한다면 얼마나 더 속이 쓰리고 아릴 것인가. 아들하고 대면하기도 전에 미리감치 치밀어오르기 시작하는 울화통 지팡막대삼아 버티면서 야마니시는 끙하는 신음과 함께 간신히 몸을 일으켜세웠다.

"춘풍아, 이 하루가제야, 싸게 앞장을 스거라. 아까막시 쪼무래기 화적패한티 팔어먹은 조족등 대신 니놈 두 눈구녁에다 쌍심지 박고 쌍불 훤허니 밝혀서 백상암이 어느 방향인가 찾어보거라."

앞선 춘풍이 발소리 위에 자기 발소리 지뻑지뻑 포개면서 한참 산자락을 타다 말고 야마니시 영감은 부지불식간에 혼잣말을 흘렸다.

"조오지부쓰오 와즈라우 야쓰 같은 놈에 세상 같으니라고!"

5

"내가 뭘 잘못헌 거요?"

방문 밖에서 대답이 건너오기를 기다렸다.

"대관절 내가 잘못헌 게 뭐요?"

따지듯 재차 물었다.

"하나에서 열까지 죄다……"

비로소 이연실의 말소리가 창호지를 투과해 방안으로 꼬물꼬물 기어들었다. 방문 사이에 두고 침묵으로 대치한 지 몇 시간 만에 처음 들어보는 연실의 목소리였다.

"그중 한 가지만 예를 든다면?"

"왜 그걸 저한테 물으셔요, 누구보다도 부용씨 자신이 더 잘 아시면서?"

목소리가 그 어느 때보다 더 싸느랗게 치솟았다. 남자가 동곳

빼고 상투 풀듯 사죄 형식 제대로 갖출 때까지 시비곡직 명백히 가리기로 작심한 모양이었다. 그러기 위해 연실은 공방살이마저 불사할 각오인 듯했다.

"알았소. 최부용이란 인간이 소리만 요란헌 빈 수레에 불과허 다는 사실을 솔직허니 인정허겠소."

"그게 아니지요. 부용씨 주장은 낱낱이 다 궤변이고, 살인 행 위나 진배없는 폭언이지요."

"허어, 내가 문목사를 내 손으로 쥑이기라도 혔단 말이요?"

"더운 피가 도는 인간이라면, 그러잖아도 다 돌아가시게 생긴 분을 두고 그런 식으로 독설을 뿜어댈 수는 없는 일이지요."

엎어진 사람 꼭뒤 걷어차는 냉혈한 취급이 완연했다. 어느 쪽 이 궤변이고 어떤 것이 살인 행위에 해당하는지 모르지만, 지금 은 그런 걸 따질 계제가 아니었다. 부용은 닫혀 있던 방문 열고 밖으로 머리통 쑥 내밀었다.

"죄다 내 불찰인 것 같소. 왈시왈비를 계속허드래도 들어와서 서로 눈이나 마주보면서 헙시다."

오래지 않아 풀려날 것 같다. 금명간에 풀려난다더라, 하면서 그간 소문 속에서만 풀려나기를 여러 차례 되풀이하던 문목사가 마침내 실제로 풀려났다. 그 소문이 거의 잦아들 무렵, 집안에 밤 손님 들듯 문목사 귀가는 야심한 시간에 은밀하게 이루어졌다. 마치 누군가가 밤새 내린 숫눈 뭉쳐 만든 눈사람을 남의 집 안방에 몰래 앉혀놓은 것 같은 사건이었다. 경성에서부터 문목사 법정후견인 자격으로 따라왔다는 신학교 동기생 둘이 이른 아침에 목사관에서 나오는 걸 목격하고서야 이웃들은 간밤에 교회 안에 무슨 일이 생겼는지 알아차릴 수 있었다.

일단 풀려는 났으되, 여러 날 지나도록 문목사와 면대한 사람은 아무도 없었다. 목사관으로 통하는 문은 항상 굳게 닫혀 있는 상태였다. 목사 부부 마음의 문마저 자물쇠가 굳게 채워져 있는 듯했다. 며칠 후부터 사모가 바깥세상 드나드는 유일한 통로 구실을 시작했다. 그러나 그마저도, 당분간은 누구를 막론하고 절대로 만나지 않겠다는 문목사 강고한 의지를 교인들에게 전달하는 유성기판 노릇에 그치고 말았다. 목사님 기침 소리라도 한 토막 듣고 싶다며 신심 깊은 교인들이 목사관 찾았다가 허탕만 치고 돌아서기 일쑤였다. 교인들은 목사관이 보이는 예배당 모퉁이에 모여 마치 죽은 목사 부활하기 기원하듯 눈물 쏟아가며 통성기도에 고부라지곤 했다.

신심 깊기로 둘째가라면 서러워할 누님이 그 무리에 속해 있을 것은 당연지사였다. 통성기도 마친 후 누님은 으레 동생네 처소에 들러 눈물에 콧물로 엉망이 돼버린 얼굴 대충대충 수습하곤 했다. 그런 다음 밖에서 미진했던 분량 안에서 다 채울 작정인 듯 손아래 올케 데리고 사찰집사네 안방으로 건너가 그들 부부와 더불어 한바탕 또 통성기도에 고부라지느라 그 고운 얼굴 새잡이로 눈물 콧물 범벅을 만들곤 하는 것이었다. 그들 기도 속에 뻔질나게 등장하는 말은 놀랍게도 죽지 않고 살아 돌아온 문목사 두고 '우리 목사님 제발 덕분 살려주시옵소사'였다. 문목사는 벌써 죽었다. 영이 죽자 육도 덩달아 죽었다. 그러니 문목사 만날 생각일랑 당최 먹지도 말라던 사모의 신신당부가 그처럼 이해하기 어려운 기도 행위의 배경을 이루고 있었다.

가까이서 기도 소리 귀동냥할 적마다 부용이 매번 느끼는 건 모순당착이요 당혹감이며 회의심이었다. 남매지간 떠나 최순금이라는 인간 본연이 도무지 이해되지 않는 바람에 그는 무진 애를 먹어야 했다. 여고보까지 다닌 신여성 입에서 그렇듯 해괴한 논리가 아무 여과 없이 그냥 날것으로 튀어나온다는 건 언어도단이었다.

어디 한번 죽음과 부활에 얽힌 기도의 졸가리를 따져보자. 어떤 목사가 신을 위해, 그리고 자기 신앙 지키기 위해 결사(決死)의 외나무다리를 건넌다. 감옥 안에서 장기간 물조차 거부하는 전면금식 강행하지만, 관권 행정력이라는 불가항력에 이아침을 받은 나머지 끝내 죽음에 실패하고 만다. 그리고 우여곡절 끝에 비록 빈사지경이긴 할망정 엄연히 살아 있는 목숨으로 집에 돌아온다. 그런데 아무 물정 모르는 교인들은 그 목사 제발 살려달라고 날이면 날마다 신의 바짓자락 붙들고 울부짖는다. 죽은목숨일 경우에나 가능한 부활 기적을 아직도 멀쩡히 살아 숨쉬는 인간한테 기대하다니!

더더욱 이해할 수 없는 인물은 다름 아닌 이연실이었다. 소문 난 찰 야소꾼 누님이야 능히 그럴 수 있다지만, 햇병아리 교인 연실까지 무리에 합류해 덩더꿍이장단으로 놀아나는 건 도대체 무슨 조홧속인가. 먼길 달려와 한나절 울고불고 쥐어짜던 끝에 기진맥진해 돌아가는 누님 뒷모습 지켜보는 건 여간 괴로운 노릇이 아니었다. 누님 떠나자마자 곧장 침울에 잠겨 먼산바라기 자세로 돌변하는 연실을 바라보는 건 한층 더 고약한 노릇이었다. 바랄 수 없는 걸 바라고, 이뤄질 수 없는 걸 이뤄달라고 강청하는 행위는 오히려 문목사와 신을 동시에 욕보이는 거나 다름없는 행위였다. 한번 붙잡은 순교의 끈 여전히 놓지 못하는 문목사를 위해서라도, 더 나아가 자기네가 지성으로 받들어 모시는 신을 위해서라도 누님과 연실을 비롯한 교인들은 기도 내용과 형식을 바꾸는 게 마땅한 일 아닌가.

아무나 다 순교할 수 있는 건 아니다. 배교보다 천배 만배 어려운 게 바로 순교이리라. 순교가 강 건넛마을 가듯 심상하게 이뤄지는 일이라면, 마치 바늘구멍 통과한 낙타들이 세상에 지천으로 깔린 거나 다름없는, 참으로 우스꽝스럽고도 기형적인 구조로 세상은 벌써 변하고 말았으리라. 순교에 실패했다고 문목사 비난해서도 안 되지만, 그렇다고 동정해서도 안 된다. 배교자처럼 죽지 않고 살아 돌아온 문목사로 인해 슬퍼할 필요도 없고 기뻐할 이유도 없다. 야마니시 아끼라 영감이 만세삼창으로 천황폐하 앞에 충의를 나타내려는 시도와 문목사가 순교 열정 불태워 하나님 향한 자신의 도저한 신심을 증명하려는 시도는 결국 엇비슷한 발상이다. 천황폐하는 몰라도 하나님은 그 점을 잘 아실 것이다. 순교냐 배교냐 따질 것 없이 사람 죽고 사는 문제는 온새미로 하나님 손에 일임한 채 교인들은 살아 돌아온 문목사를 그저 조용히 지켜보기만 하면 된다. 그것이야말로 절체절명 위기에 빠진 문목사를 진정으로 곁부축해주는 길일 것이다. 설득이랍시고 대충 그런 취지로 누님한테 말했다가 부용은 귀싸대기 한 대 되알지게 얻어맞고 말았다.

"맞소. 모든 게 다 내 잘못이요. 끝까장 용서가 안 된다면 연실씨도 내 귀싸대기 한 대 철써덕 올려붙이시요."

"무엇을 얼마나 잘못했는지 알기나 하셔요? 부용씨는 아버님하고 목사님을 동류처럼 표현했어요. 그것도 부족해서 천황이랑 하나님을 동격으로 취급하는 폭거까지 저질렀지요."

"그야말로 그것은 천부당만부당헌 오해요, 오해! 내가 혔던 말은 원래 그런 뜻이 아니고……"

"아니긴 뭣이 아녀요? 당신 목숨 하나 부지하겠다고 궁여지책으로 천황폐하 만세 부르는 행위랑 자기 종교 신념 지킬 작정으로 목숨 던져 순교하려는 거사랑 어떻게 같을 수가 있어요? 일국의 왕이랑 우주 만물 창조하신 조물주 하나님을 어떻게 같은 반열에 세워서 논할 수가 있냐고요!"

손위 시누이 전철 고스란히 밟아 연실은 어느덧 끈끈한 믿음 소유한 찰 야소꾼으로 변신해 있었다.

"알겠소. 알았소. 내 실수를 인정허고 연실씨한티 백배사죄허리다."

"저는 괜찮아요. 더 늦기 전에 누님한테 진심으로 사죄하셔요!"

"알았소. 내가 알았다고 누누이 말허는 중이잖소. 꼭 그렇게 허리다. 그런디 거 뭣이냐, 혹시 귀양께서 찾으시는 책이 요 똘스또이 '복활'입니까?"

부용의 엉뚱깽뚱한 말갈망은 유감스럽게도 방문 밖의 반응을 끌어들이지 못했다. 남녀 간에 순화로운 관계 유지하려면 때로는 광대 노릇 필요한 경우도 더러 있음을 부용은 시나브로 익혀가는 단계였다. 그래서 지난날 연실하고 최초 만남이 이뤄졌던 전주 책방에서의 일화를 모처럼 오랜만에 재연해본 것이었다. 하지만 유감스럽게도 연실은 끝내 웃지 않았다. 해묵은 기억 소환하는 일에 동참할 의사가 전연 없는 눈치였다.

"배깥바람이 소홀찮이 쌀쌀헌디, 한데 마루는 오래 머물 만헌 자리가 아닌 줄로 알고 있소."

부용은 팔을 길게 뻗어 연실의 손목을 잡아끌었다. 비로소 연실이 마지못한 척 이끌려 방안으로 들어왔다. 방문 사이에 두고 치열하게 대치한 지 몇 시간 만에 가까스로 이루어진 합방이었다.

"시방 문목사 용태는 으떻다고 들었소?"

잠시 숨 돌릴 여유 갖고 나서 부용은 궁금했던 것부터 먼저 물었다. 그러자 연실의 낯꽃이 금세 어두워졌다.

"미음 몇 숟갈로 하루하루 간신히 연명하신대요. 사찰집사님 얘기로는, 살아는 계시지만 산목숨으로 느껴지지 않는다고, 교인들이 알고 있던 예전 그 목사님 신수가 당최 아니라고⋯⋯"

"의원은 두었다가 무신 용처에 써먹을라고 여적지 불러올 생심도 않고 있는 거요? 자기 남편 건강이 그 지경으로 빈사지경에 빠져뿌렀는디, 사모란 사람은 왜 여적지 왕진을 청허들 않는답디까?"

마치 잘못된 책임이 전적으로 연실에게 있기나 한 듯이 부용은 저도 모르게 목소리에 노염을 실었다.

"사모님 뜻이 아니라 목사님 신념 때문이라고 들었어요. 사는 것도 죽는 것도 생살여탈권을 쥐고 계신 창조주 하나님께 다 맡기고 하나님 뜻에 절대 순복하실 작정이라고⋯⋯"

"허, 그것참! 연실씨 생각으로는 문목사 본심이 어느 쪽에 있는 것 같소? 자기 건강상태에 상관없이 형 집행정지 혜택을 자진 반납헌 연후에 자기 발로 감옥에 다시 들어가서 새칠로 순교 열정을 불태울라는 쪽이요, 아니면 감옥에서 못다 이룬 순교자 꿈을 교회 안에서라도 대신 이룰 작정으로 그러코롬 용맹무쌍허니

식음을 전폐허고 아사를 택허는 쪽이요?"

아무래도 목청이 지나치리만큼 살천스럽게 들린 모양이었다. 연실이 뜨악한 눈빛으로 부용을 빤히 올려다보았다.

"그걸 왜 저한테 따져 물으셔요? 그건 인간세상 상식으로 섣불리 판단할 문제가 아닌 줄 알아요. 뭐가 옳고 뭐가 그르다고 누구도 간단명료하게 정리할 사안이 아니라고 생각해요."

들으면 들을수록 더욱 짜증만 돋우는 이야기였다. 무신론자 자처하는 부용으로서는 교인들 그 앞뒤 꽉 막힌 사고방식에 질식할 것만 같은 답답증 느낄 때가 한두 번이 아니었다.

"목사 쪽은 그렇다고 칩시다. 대관절 사모란 사람 본심은 또 어느 쪽이요? 죽어도 괜기찮으니꺼 목심이 경각에 달린 자기 냄편을 그냥 내싸두자는 쪽이요, 아니면 일단 살려놓은 연후에 도로 감옥으로 돌려보내자는 쪽이요?"

"악감정만 일방적으로 앞세우는 그런 질문에는 답변을 거부하겠어요!"

"한 가지만 더 물어봅시다. 누님이나 연실씨는 내심 문목사가 죽지 않고 살어나기를 바래는 눈치 같든디, 그 이유는 또 나변에 있는 거요?"

"이연실 피고인은 이제부터 묵비권을 행사하겠어요! 아울러서 최부용 면회자 접견도 앞으로는 절대 거부하겠어요!"

"알었소. 더 따따부따혀봤자 죄다 부질없는 짓거리요. 그 문제는 요 대목에서 고만 막설허기로 헙시다."

일껏 방안에 좌정하는 듯싶던 화해 기운이 밖으로 횡허케 빠져나가는 듯싶더니만, 어느 겨를에 부지거처가 되고 말았다. 입을 꾹 함봉한 채 본때 있게 돌아앉아버린 연실의 뒤태 눈여겨보고 있자니 일시에 피곤이 엄습했다. 부용은 벽에 뒤통수 쿵 찧으며 두 눈 질끈 감아버렸다. 하지만 막설한다 해서, 또는 눈을 감는다 해서 애당초 없었던 일인 양 모든 문제가 말짱 다 덮어지는 건 아니었다. 특히나 문목사 둘러싼 몇 가지 의문점들이 여전히 수수께끼로 남아 무신론자 인내심을 대고 시험하고 있었다.

군이 굶어죽기로 작정한 죄수를 일제 형무 당국은 무슨 이유로 기를 쓰고 살리려 했을까. 아무리 친일 인사로 활동중인 신학교 동기 목사들이 선처 탄원하고 신원 보증했다손, 그것만으로 다 설명되지 않는 대목이 분명히 있었다. 끝내 신사참배 거부하고 종교 탄압에 저항하는 기독교인들에게 드물잖게 주어지던 순교 기회인데, 유독 문목사한테만 그 차례를 허용하지 않는다는 건 무원칙하고 불공정한 공무집행 아닌가. 배교 가능성도, 그렇다고 개전의 낌새도 일절 안 내비치는 한 불령선인 목사를 일제는 무슨 억하심정으로 강제 회생시켜 형 집행정지 처분으로 풀어주었을까. 하기야 그것은 미운털 단단히 박힌 문목사를 어떻든 배교자 신분 만들어 마치 황은에 감읍하는 신민의 한 사람인 양 선전 도구로 활용하기 위해 일제 당국과 동기생 목사들이 합작으로 꾸민 일장 연극일 수도 있겠다.

하지만 누님이 내린 판단은 전혀 성질이 다른 것이었다. 질그
릇같이 연약한 인간을 정금같이 연단시켜 장차 더욱 요긴한 용처
에 사용하기 위해 창조주 하나님께서 그에게 배교자 오명 덮어쓰
고 갖은 멸시 천대 고루 맛보게끔 역사하시는 중이라고 누님은
열변 토한 적이 있었다. 그 황당한 논리 앞에 부용은 그저 멀뚱히
천장만 올려다볼 수밖에 없었다.

"저는 목사님께서 끝까지 살아남으셨으면 좋겠어요."

묵비권 운운했던 연실이 제풀에 입을 연 것은 그리 오래지 않
아서였다.

"목사님이 청청하게 살아남으셔서 훗날을 기약한 연후에 신실
한 목회자로 우뚝 서시고, 그러고 또……"

"또 뭐요?"

"기회가 온다면 우리 결혼식에……"

또 그 소리! 순번 바꾸어 이번에는 부용이 마루로 나앉을 차례
였다. 새벽녘 남새밭에 무서리 내리듯 냉습한 기운이 방안에 켜
켜이 쌓이면서 두 사람 사이에 저절로 마음의 칸막이가 생겼다.
묵은 승강이질이 재발할 조짐 때문에 부용은 저도 모르게 긴 한
숨 내쉬고 말았다. 고릿적에 벌써 산 넘고 물 건너간 줄 알았던
그 결혼식 꿈을 새퉁빠지게 또다시 꾸는 연실의 처사가 그지없이
밉살맞게 느껴지는 순간이었다.

시누올케가 손발 척척 맞춰 한때 기독교식 혼례 추진한 적이 있었다. 문목사 석방 소문이 처음 나돌던 무렵이었다. 사모 후견에 힘입어 교회 경역 안에서 동거중인 혼전 남녀를 단출하게나마 절차 밟아 정식 부부 만들자는 꿍꿍이였다. 그 속셈을 맨 먼저 부용에게 똥겨준 사람은 신부 자리에 서게 될 여자였다. 석방 후에 문목사는 결혼식 주례로 첫번째 목양 사역을 시작하게 될 거라는 예측이었다. 연실한테 귀띔받기 무섭게 부용이 대뜸 보인 반응은 당연하게도 노발대발 그것이었다.

우리 결혼식? 그 결혼식에 이연실이 신부라면 신랑 자리에 세울 작자는 대관절 누구란 말인가! 신랑 없이 신부 혼자 치르는 결혼식도 있단 말인가?

부용은 길길이 뛰며 고래고래 고함을 질러댔다. 무신론자 신랑이 예배당에서 목사 주례로, 그마저 양가 부모나 하객들 축복 없이 당사자끼리만 참석해 치르는 변칙적이고도 엽기적인 혼례, 그것이야말로 얼마나 꼴불견이고 얼마나 살풍경이겠는가. 그것은 한 인간이 여태껏 여일하게 품어나온 신념에 대한 능멸이요 자존심에 가해지는 치명상일시 분명했다. 물론 누님이나 연실의 처지 전혀 이해 못하는 바 아니었다. 문목사가 어느 날 오랜만에 돌아왔을 때 교회 경역 안에 웬 젊은 남녀, 더군다나 육례도 갖추지 않은 처녀 총각이 한 방에서 한 이불 덮고 지내는 꼴 목격한다면 얼마나 대경실색하겠는가. 뒤늦게나마 격식 갖춰줌으로써 동생네가 덮어쓸 무도몰륜(無道沒倫) 혐의 벗겨주는 한편, 떳떳한 부부 자격으로 교회 사찰 집에서 내처 곁방살이할 명분 살려주자는 것이 애초 누님 생각인 줄 부용은 익히 알고 있었다.

누님은 어느 구석 무얼 믿고 그랬는지, 목사관 안주인하고 제대로 합의가 이뤄지지 않아 날것 다름없이 분위기가 매우 설익은 상태에서 미리감치 희망적 언질 던짐으로써 연실 가슴에 큼지막한 허풍선을 들여앉혀놓았다. 문목사 건강상태 때문에 경황없이 지내는 사모 눈치 살피느라 누님이 차일피일 미루는 바람에 그 결혼식 계획은 흐지부지 꼬리 감춰가던 단계였다.

"천지가 홀러덩 뒤집어지는 한이 있드래도……"

그런데, 잔불마저 말끔히 다 잡힌 줄 알았던 그 산불이 연실의 내부에 여전히 잉걸불로 남아 주변 섶나무로 불씨가 번지는 모양새였다.

"기연시 그 꿈을 성취혀야만 쓰겄소?"

아까부터 고개 푹 수그린 채 말없이 윗목만 지키는 연실 향해 부용은 무릎걸음으로 문칫문칫 다가갔다. 고개 똑바로 곧추려다 침 꼴깍 삼키는 사품에 연실은 하마터면 사레들릴 뻔했다.

"그래요! 꼭 그러고 싶어요, 물론 부용씨가 동의하신다면!"

연실이 위아래로 세차게 고갯짓을 했다. 부용은 질척하게 젖은 눈언저리 발견하고서야 비로소 연실이 여태 소리 죽여 울고 있었음을 깨달았다.

"불쌍헌 우리 연실이!"

저도 모르게 탄성이 흘러나왔다. 부용은 양팔을 넓게 벌렸다. 그러자 기다렸다는 듯 연실이 불고염치하고 남자 가슴팍으로 파고들기 시작했다.

"으쩌자고 나맨치로 못난 사내를 만났다냐? 으쩌자고 우리 연실이는 사서 이 고생을 자초헌다냐?"

상대방 양 어깻죽지 꽉 붙잡고 흔들면서 부용은 소리쳤다.

"으쩌자고 너는 세상 여인네들 다 꾸는 그 흔허디흔헌 꿈 하나 못 이뤄주는 물켕이 사내 만나서 오날날 이 고생이란 말이냐? 으쩌자고 너는……"

'으쩌자고' 소리가 끝도 없이 이어질 기세였다. 그 소리 반복될 때마다 연실은 머리 썰레썰레 흔들면서 도리질에 열중하는 동작으로 매번 장단을 맞추곤 했다.

"최부용이란 인간은 참말로 아무짝에도 쓰잘데기 하나 없는 무능헌 사람이다. 천석꾼 영감님 입에 붙은 말버릇대로 나는 한갓 밥버럭지에 불과헌 놈이란 말이다!"

말이 길어질수록 설움 또한 더욱 깊어지고 있었다. 마침내 부용은 그 설움 어루만지고 달래줄 누군가의 손길 애타게 기다리는 천애의 고아와도 같이 몹시도 쓰리고 아린 목청으로 울음보를 터뜨리기 시작했다.

제14장

이제 고난은 장차 영광

1

"뭣이여? 진주만이란 놈이 으찌 되얐다고?"

놀랍고도 또 놀라운 그 소식 접하는 순간, 야마니시 아끼라 영
감은 은행알 크기 두 눈 한껏 치떠 간장종지 규모로 단박에 키워
놓았다.

"아, 아니, 그렇다 허이면, 그 서양 귀축 한 구텡이가 잠시잠간
에 뭉청 떨어져나가뿌렀다, 요따우 말뿐새냐?"

"그렇습니다요, 어르신! 대일본제국이 시방 미합중국을 상대
로 선전을 포고허고는 시방 진주만 태평양함대한티 궤멸적 타격
을 입혀뿌렀다고 면소 앞 게시판에 대문짝만허게 붙여놓은 방
문을 시방 요 두 눈구녁으로 똑똑허니 읽고 오는 질입니다요, 시
방!"

장조카 진용은 면소재지부터 온몸에 주렁주렁 매달고 돌아온

흥분을 내처 떨쳐내지 못하고 있었다. 볼일 생겨 소재지 나간 길에 면사무소 앞 게시판에 나붙은 전황 속보를 접했노라 떠벌렸다. 승전보 방문(榜文) 앞에 구물구물 모여 목통 터지도록 천황폐하 만세, 황군 만세 연창하는 관헌들과 면민들 똑똑히 목격했노라고도 했다. 사랑채 당도하기 무섭게 진용이 들입다 상곡 어르신 안전에 쏟뜨려놓은 말들의 폭포수였다.

"따른 만도 아니고 그 이름도 영롱헌 진주만이란 놈을 잠시잠간에 쑥대밭으로 맨들어뿔다니! 허어, 그것참!"

야마니시 영감은 연신 감탄을 금치 못했다. 일본 군대가 소홀찮이 강력한 줄이야 예전부터 익히 알고 있었지만, 동서양 막론하고 세계 만국 힘꼴깨나 쓴다는 나라들 제멋대로 쥐락펴락하는 그 천하막적 영미귀축(英米鬼畜)의 급소 겨냥해 그처럼 단방에 치명상 입히고도 남으리만큼 막막강병인 것까지는 미처 몰라본 실력이었다.

"그것은 그것이고, 거 뭣이냐, 진주만인가 비취만인가 허는 그 놈은 대관절 어드메 있는 잡것이라드냐?"

"예, 하와이라는 섬에 있는 잡것입니다요, 시방."

장조카가 손바닥에 쥐여주다시피 똥겨주는데도 불구하고 굳게 닫힌 야마니시 영감 박물학 창고는 좀처럼 문 열릴 기미가 안 보였다.

"그런디 그 하와이란 놈은 또 어드메 있는 잡놈이냐?"

묻는 어르신 쪽은 아무렇지도 않은 듯 태연한 낯꽃인 데 반해 일러주는 장조카 쪽이 오히려 민망해서 진땀 흘리며 어찌할 바 모르는 기색이었다.

"예, 미국 땅이기는 헌디, 본토에서 시방 천리만리나 뚝 떨어 져서는 시방 태평양 한복판에 둥둥 떠 있는 삽놈입니다요, 시방."

"게우 간이소핵교 나온 실력치고는 칠월 귀뚜리맨치로 잘도 아는고나. 나가 요짝 동양 동네 사정은 웬만침 뜨르르헌 편이다 마는, 저짝 서양 동네 사정은 쪼께 깜깜헌 것 같으다."

"아, 예. 그런디 시방 진주만을 쑥대밭으로 맨들기 전에 일본 군이 시방 마래반도에서 상륙작전을 개시혔다고 들었습니다요, 시방."

"그 마래반도가 어드메쯤 자빠져 있는 놈인지는 나도 제법 빠 삭허니 알고 있느니라!"

바로 그 대목에서 야마니시 영감은 늙다리 화상을 자부심 실린 미소로 그득 도배했다. 그러자 진용이 애꿎은 제 뒤통수만 일없 이 긁적거렸다.

"아, 예……"

풀방구리 새앙쥐 드나들듯 면소재지 뻔질나게 드나들면서 그 동안 눈동냥에 귀동냥으로 공들인 가늠 있어 야마니시는 지나사 변에 이어 대동아전쟁이라는 새로운 전단이 열리기 무섭게 일본 군이 최단기간에 불령 인도지나반도를 일거에 석권한 사실쯤 이미 알고 있던 처지였다. 전장이 남태평양으로 삽시에 확대되자 마래반도(馬來半島)나 비율빈(比律賓) 등 동남아 국가들 운명이 풍전등화 위기에 처한 사실 또한 덤으로 알고 있었다. 군국 일제가 목쉬도록 드높여 부르짖던 대동아공영권이 드디어 코앞의 현실로 다가오는 듯싶은 판국에 일본군의 마래반도 상륙은 소식 축에도 들지 못할 하찮은 얘깃거리였다. 진주만 정도 외진 항구 아니라 일본이 가장 껄끄러운 상대로 꼽는다는 영국 수도 윤돈(倫敦)이나 미국 수도 화성돈(華盛頓)마저 황군 공습으로 하루아침에 쑥대밭 돼버렸다는 급보에 접한다면 혹간 또 모를까, 에멜무지로 그냥 놀라는 시늉에 그쳐도 무방하리만큼 이미 한물간 전황에 지나지 않는 것이었다.

"고놈에 전쟁 소식은 들을 만침 다 들었으니께 인자 고만 물러가거라."

그런데 막상 진주만 쑥대밭 소식 접하고 보니 대일본제국 쌈박질 실력이 이만저만 대단한 게 아니라는 사실에 새삼스레 놀라지 않을 수 없었다.

"아, 예."

평신저두에 뒷걸음질해 최대한 조신한 자세로 무르와가는 장조카 행동거지 잠시 곁눈질로 살피다 말고 야마니시는 서둘러 다시 불러들였다.

"오뉴월 똥파리맨치로 남새 하나 잘도 맡는 니 쇠견 구녁으로는, 대일본제국이랑 영미귀축이랑 죽자사자 한바탕 대판거리로 맞붙는다 허이면 어느 쪽에 더 승산이 있을 것 같으냐?"

"글씨요, 질고 짤룬 것은 시방 대봐야 알겄지만서도, 지 쫍은 쇠견 구녁으로는 시방……"

또다시 뒤통수 긁적거리며 장조카가 잠시 뜸을 들였다.

"한 마리도 아니고 시방 양귀 두 마리를 시방 한목에 싸잡어서 정면 대결을 도모헌다 허면은 시방 지아모리 난다 긴다 허는 대일본제국이라도 시방 쪼깨 기운이 부칠 것 같기는 헙니다만……"

"만약에 두 마리 중에 어느 한 마리만 상대헌다 허이면?"

"영국은 시방 구주대륙에서 되일군한티 발목을 단단허니 잽혀 뿌렀기 땜시 동남아 쪽에서는 시방 심쓸 여력이 당최 없다보니께 일본군한티는 시방 물컹물컹헌 상대로 얕잽힐 만허다고 생각헙니다만……"

"그렇다 허이면, 미국은?"

"미국은 시방 물산이 원판 풍부허기 땜시 영국맨치로 시방 만만허니 다룰 상대는 아니지만서도, 일대일로 단판 승부를 도모헐 경우에는 시방 일본 쪽에 쪼깨 더 승산이 있는 것 같다고 생각헙니다만……"

"땅뎅이가 자그만침 대륙허고도 맞먹는 미국을 손바닥만헌 섬나라가 무신 수로 이겨먹는단 말이냐?"

"물론 땅뎅이로 따지자면 시방 미국을 못 당허고, 사람 대가릿

수로 따지자면 시방 중국을 못 이겨먹겄지요. 허지만서도, 시방 미국이나 중국에는 없는 기맥힌 무기가 시방 일본에는 있다고 생각헙니다만……"

"고로콤 신통방통헌 무기가 대관절 뭣이다냐?"

"말로 허자면 시방 정신력이랑 애국심 따우겄지요. 천황폐하를 시방 우듬지로 받들어 뫼심시나 일억 총인구가 오빠시떼맨치로 똘똘 뭉쳐갖고 뎀벼들어서는 시방 상대를 불문허고 마구잽이로 독침을 쩔러대는 판국인디, 어느 장사가 시방 그 벌떼를 당허겄습니까요. 영미귀축이 시방 무신 수로 황군 파죽지세를 꺾을 수 있겄습니까요. 해군 함재기들이 시방 광대무변헌 태평양 바다 좁다 허고 멀리 진주만까장 쌩쌩 널러가서는 시방 청천에 벽력 쌔리덧기 미합중국 태평양 함대 전함들을 눈 깜작헐 새 파철 무데기로 맨들어뿔지를 시방 누가 짐작이나 혔겄습니까요. 함대 주력을 몽땅 잃어뿌렀으니께 미국은 시방 이빨 빠진 호랭이 매일반이지요. 미국은 시방 태평양 근방에서는 쪽도 못 쓰는 버꾸 신세로 꼰두백히고 말 것입니다요, 시방."

"참말로 알기는 칠월 귀뚜리가 여축없고나. 으쩌면 나 생각이랑 니놈 생각이랑 고로콤 쌍태맨치로 쏙 빼닮을 수가 있드란 말이냐."

"참말로 과분허신 말씸이십니다요. 지가 시방 으찌 감히 어르신이랑……"

"오냐, 수고가 많았다. 고만 가보거라."

실로 오랜만에 맛보는 뿌듯함이었다. 날이면 날마다 시들방귀같이 매양 시답잖고 안심찮게만 느껴지는 주변 대소사 잡도리하느라 노상 개도야지 소리 혀에 달고 지내던 구린 입으로 장조카와 더불어 한바탕 주고받은 고담준론이 야마니시 영감에게 때아닌 생기를 불어넣었다. 고담준론 자체뿐만 아니라 숙질간에 모처럼 의초로이 이야깃거리 보태고 나누던 그 분위기 또한 여간 흐뭇한 게 아니었다. 다른 무엇보다 마음에 쏙 드는 대목은, 태평양 전역으로 확장된 대동아전쟁에서 단연코 일본군이 승리하는 것으로 숙질간에 의기투합한 점이었다. 물론 야마니시가 가장 바라는 건 영미귀축 승리였다. 그것이야말로 식민지 조선이 마치 손 안 대고 코 풀듯 일본 손아귀에서 가뿐하게 놓여나는 길임과 동시에 대한제국 이씨 왕조 부활을 의미하기 때문이었다. 하지만 그것이 언감생심으로 느껴지는 작금의 전황 감안할작시면 일본이 승리하는 쪽도 그리 흉하지 않은 그림이었다. 왜냐하면, 그것은 지긋지긋한 전쟁 상황의 종식을 의미하니까.

어떤 종류 싸움이건 좌우지간 모든 싸움에서 야마니시가 여태껏 일관되게 취해온 태도는 '이기는 놈이 내 편' 바로 그것이었다. 어린것들 말마따나 '도망가는 놈 도적놈, 쫓아가는 사람 순사' 식 명료한 분별 방법은 야마니시에게 예나 이제나 만고불변 진리였다. 귀축 세력 상대로 크게 승전함으로써 드디어 대동아공영권 목표 달성에 가까워진 일제인데, 전시체제 구실삼아 화적질하듯 일삼던 강제징발 강제공출 따위 걸태질을 태평성대까지 지속할 리 만무했다. 야마니시 영감 고소원은, 누가 이기든 상관없으니 제발 하루빨리 이 빌어먹을 전쟁만 끝장내달라는 것이었다. 온갖 징발과 공출 지옥으로부터 자기 일신 무사히 건지고 천석꾼 재산 지켜낼 수만 있다면 드잡이판 싸움에서 왜놈이 이기든 양놈이 이기든, 하다못해 되놈이 이기든 좌우지간 당최 관심 둘 까닭이 없는 위인이었다.

고담준론 깨소금에 맛들인 나머지 야마니시는 하마터면 막중대사 한 가지를 그냥 지나칠 뻔했다. 장조카 보낸 지 한참 지난 후에야 뭔가 빠뜨리고 간 것이 있음을 퍼뜩 알아차렸다. 그는 화급히 춘풍이를 찾기 시작했다.

"하루가제야! 이 기사마야!"

방금까지 고담준론 나누던 입은 어느새 부지거처 돼버리고, 험한 욕지거리 연락부절로 출입하는 구리디구린 입으로 잽싸게 되돌아와 있었다.

"이 옘병헐 하루가제 기사마야!"

그것이 저 부르는 고함인 줄 용케도 알아차린 춘풍이가 행랑채 쪽에서 마냥 게을러빠진 걸음걸이로 느럭느럭 나타났다.

"으, 기사마."

제 상전 대하자마자 춘풍이는 헤벌쭉 웃기부터 했다.

"저, 저런, 등골을 작신 뿐질러서 절반으로 딱 접어뿔 잡놈을 봤는가! 네 이놈 싸게싸게 뛰어가서 진용이 아재 새칠로 불러들이거라, 이 기사마야!"

"알었다, 기사마!"

"저, 저런, 오살에 육시를 곱쟁이로 덧보태도 시연찮을 잡놈 같으니라고!"

주객 간 너나들이 수작으로 마치 과분한 칭찬이라도 들은 듯 거추없이 신바람난 춘풍이는 또다시 헤벌쭉 웃어 보이고 나서 느리광이 걸음으로 심부름 길에 올랐다. 곧이어 춘풍이 서 있던 자리로 갑자기 늙정이 마누라가 갈마들었다.

"요게 대관절 뭔 야단이다요? 무신 사무가 고로콤 화급허다고 춘풍이란 놈 사타귀에서 방울소리 짤랑짤랑 울리게코롬 심바람을 보낸다요?"

"그렇다 허이면, 방울 달린 춘풍이 내싸두고 방울 안 달린 임자가 심바람 조깨 댕겨올란가?"

"이녁은 입뚜껑만 벌어졌다 허면은 으찌 그리 숭칙시런 소리만 낱낱이 골라서 게워낸다요?"

"임자는 알 필요 없어! 몰라도 손해 안 보는 일이여!"

마빡에 피도 덜 마른 애송이들 돌팔매질에 쫓기던 당시 그 망신스럽고도 신산스럽기 그지없던 기억이 새록새록 되살아나는 바람에 늙정이 마누라 상대로 한유하게 노닥거릴 여유가 없었다.

야마니시는 덧문과 장지문 한목에 싸잡아 난폭하게 닫아버림으로써 호시탐탐 사랑채 안으로 진입할 기회 노리는 초겨울 바람과 불청객 마누라를 일거에 물리쳤다.

원원이 산골 조무래기들 적으로 삼아 쩨쩨하게 보복이나 꾀하자고 시작한 일은 아니었다. 천석꾼 대지주 체면에 돌팔매질로 인해 봉욕할 당시만 하더라도 망연자실한 나머지 그저 허탈한 심정뿐이었다. 요런 것들이 다 세상 종말 재촉하는 망징패조이겠거니, 하고 거지반 자포자기 상태에 빠지기도 했다. 어차어피에 맞닥뜨릴 수밖에 없는 망조라면 하루라도 빨리, 그리고 아주 철두철미하게 푹석 망해버리라고 싹싹 빌고 싶은 심정이었다.

하지만 측간 들어갈 때 마음과 큰 볼일 마치고 나올 때 마음이 다르듯 야마니시 생각에 차츰 변화가 일기 시작했다. 보복까지는 아니더라도 대관절 어떤 놈들 소행인지 알아나보자는 생각이 독사처럼 꿈틀꿈틀 대가리 쳐드는 것이었다. 최소한 뉘 집 자식들인지는 알고 있어야 장차 더욱 불미스러운 경우 부닥치더라도 적절히 대응할 게 아닌가. 그리하여 바지춤 내리깐 채 팔맷돌 맞아 땡땡 부어오른 허벅지에 옥도정기(沃度丁幾) 뒤발하다 말고 서둘러 장조카 호출하기에 이르렀다. 천석꾼 대지주 체통에 마치 뒷간 개구리란 놈한테 하문(下門) 단단히 물린 푼수로 남우세스럽기 그지없는 일이니 당최 소문 안 나게끔 은밀히 뒷조사하라고 장조카에게 단단히 지시하고 나서도 야마니시는 한동안 그런대

102

로 평정심을 유지할 수 있었다.

　문제는 그다음부터였다. 막둥이같이 대답은 잘도 하고 떠났던 장조카 일 처리가 지지부진하기 짝이 없었다. 차일피일 시간만 끌면서 분부 제대로 거행할 기미 좀처럼 안 비치는 것이었다. 장조카 태업이 길어짐에 따라 야마니시 자제력은 급속도로 고갈되어갔다. 어둠 속 팔매질에 대한 분노와 보복 감정 또한 된비알 타고 떽데구루루 굴러떨어지는 눈사태처럼 덩저리가 갈수록 엄청나게 불어나고 있었다. 그리하여 애당초 그냥 알아나보자는 심정으로 가볍게 시작했던 일이 이제는 끝까지 놈들 배경 추적해서 기필코 단죄하고 징치해야만 직성이 풀릴 일로 어느덧 태깔이 사뭇 바뀌어버렸다.

　"니놈이 빼먹고 그냥 간 것이 생각나서 새칠로 또 불렀니라."

　헐레벌떡 달려온 장조카에게 숨돌릴 겨를도 안 주고 야마니시는 들입다 추궁부터 서둘렀다.

　"돌팔매질 불한당 적발허라는 지시를 받은 게 은젯적 일이간디 여적지 펑 꾸워 잡숫고 입가심헌 자리냐?"

　"아, 예."

　"이놈아, 진주만 폭격보담도 나한티는 젖비린내 폴폴 나는 에린것들 돌팔매질이 휘긴 더 중대사란 걸 니놈이 시방 몰라서 그러냐!"

　"아, 예."

연방 뒤통수만 긁적거리면서 쩔쩔매는 시늉인 장조카 거조로 미루어 짐작건대 아직도 조사 활동에 별다른 진척이 없는 모양이었다.

"가만있자! 가마안있어!"

야마니시는 느닷없이 도끼눈 지릅떠 장조카 미간을 쾅 찍었다.

"진용이 바로 니놈 소행이지?"

"시방 무신 말씸이신지……"

"야밤중에 감히 야마니시 아끼라 어르신 과녁 삼어서 돌팔매질헌 그 불한당이 필시 니놈이고나!"

"어르신도 참……"

"이놈아, 죄 없는 뒤통시만 긁적거리고 자빠졌으면 조사가 제절로 다 이뤄지냐? 대관절 은제까장 조사만 허다가 늙어 뒤어질 작정이냐?"

"어르신 분부 받들고는 시방 사방으로 사람을 풀어서는 시방 백방으로 수소문을 허는 중인디, 그게 시방 쥐도 새도 몰르게코롬 원판 조심조심 알어봐야 되는 일이기 땜시 시방 사방팔방에 애로가 짝 깔려서는 시방……"

"백방 아니라 이놈아, 천방에 만방으로 발싸심허고 댕기는 한이 있드래도 기연시 알어내야 되는 일 아니냐, 이놈아!"

"아, 예."

"앞으로 딱 사흘간만 더 니놈한티 공적 세울 기회를 주겄다.

만약에 그때까장 그 불한당 놈들 색출 못헐작시면, 나는 니놈이니 새깽이들 부추겨서 니놈 자작으로 꾸며낸 일장 활극이라고 단정헐 작정이다! 그런지 알고 눈앞에서 썩 없어져뿔거라, 이놈아!"

발길로 궁둥이 걷어차는 식으로 야마니시는 억짓손 마구 휘둘러 장조카를 멀찌감치 쫓아버렸다. 장조카가 눈앞에서 사라지고 나니 눈앞에 있을 때보다 훨씬 더 부아가 새록새록 치밀었다. 아무래도 장조카하고 음으로 양으로 깊이 관련된 아랫것들 소행인 듯싶었다. 그렇지 않고서야 어떻게 계절이 바뀌도록 그런 일 하나 똑 부러지게 처결 못한 채 여전히 오리무중만 더듬고 자빠졌단 말인가. 아무리 천석꾼 체통 감안해 은밀히 뒷조사할 수밖에 없는 옹색한 처지라 할지라도 부지하세월 기다릴 수는 없는 노릇이었다. 능소능대하기로 소문난 장조카 수완도 안 통하리만큼 난공사가 틀림없다면 현상금 암만을 내걸고 경성 같은 대처에서 탐정이라도 모셔와 기필코 범인들을 밝혀내야 할 판이었다.

"나가 누구냐? 나로 말헐 것 같으면은 바로 최명배, 천하 독종 야마니시 아끼라 상이시다. 요놈들아!"

정말 그랬다. 그는 분명히 최명배였고, 다름 아닌 야마니시 아끼라 어르신이었다. 어쩌다 실수로 넘어졌을 경우, 하다못해 차돌멩이 한 개라도 주워든 연후에야 땅바닥에서 일어서는 위인이었다. 독종 중의 독종인 야마니시가 야밤중에 애송이들한테 불의

의 습격을 받았다는 건 실인즉슨 진주만 기습당한 미국이 받았을
충격보다 훨씬 더 고약한 사건이 아닐 수 없었다.

"요 싹바가지없는 잡살뱅이 물건들이 시방 나 최명배를 으떻
게 보고, 나 야마니시 아끼라 상을 시방 뭣으로 알고……"

2

오전 나절 내내 시누올케 사이 움직임이 어쩐지 예사롭지 않아 보였다. 넓게는 동천리와 상곡리, 좁게는 목사관과 사찰집사네 집 사이를 뻔질나게 오가면서 뭔가 사특한 음모라도 꾸미는 듯 자못 심각한 낯꽃들이었다.

맨 처음 시작은 사찰집사 출현이었다. 그가 조용히 연실을 밖으로 불러내는 것이었다. 그를 따라 연실은 부리나케 목사관으로 달려갔다. 잠시 후 해쓱하게 핏기 걸러낸 낯꽃으로 돌아온 연실이, 급히 감나뭇골 다녀올 일 생겼다며 길 떠날 채비를 서둘렀다. 무슨 일이냐고 물어도 연실은, 나중에 어쩌고저쩌고하면서 우물쭈물 얼버무리다 말고 그냥 횡허케 떠나버렸다.

다음 순서는 누님의 갑작스러운 출현이었다. 서로 앞서거니 뒤서거니 하면서 연실과 함께 허둥지둥 동천리로 들이닥친 누님은 목사관으로 직행하지 않고 먼저 사택 안방부터 들러 사찰집사 내외와 소곤소곤 밀담을 주고받기 시작했다. 그런 다음 누님은 결연한 낯꽃 앞세운 채 목사관으로 향했다.

"그 나중이란 게 대관절 은제요?"

"무슨 말씀이셔요?"

연실이 갑자기 뜨악해하는 낯꽃을 지었다.

"당신 입으로 약속했잖소, 나중에 말허겄다고."

쫀쫀히 추궁하는 어세에 연실은 곤혹스러워하는 기색이었다.

"지금은 뭐가 뭔지 저도 모르겠어요. 누님이 다녀오시면 알게 되겠지요."

"대관절 무신 일로 그러콤 날 제쳐놓고 야소꾼끼리만 쑥덕쑥덕 모사를 꾸미는 거요?"

"제가 아는 것이라고는…… 목사님께서 창졸간에 시력을 상실하셨다는 정도밖에는……"

"뭐요? 창졸간에 시력을?"

부용은 저도 모르게 소래기를 꽥 내질렀다. 그러자 연실이 질겁하고 잔망하면서 얼른 부용의 입술을 손바닥으로 덮어 누르려 했다.

"소리가 너무 커요. 집사님 내외분 귀에 들어가겠어요."

"들어갈 티면 들어가라지! 아니, 그 냥반이 하룻밤 새 앞 못 보는 소경으로, 그러니깨 청맹과니로 되야뿌렀다, 요런 뜻이요?"

벽 너머 있는 귀들 전혀 괘념하지 않은 채 부용은 계속 언성을 높였다. 연실은 말을 아끼면서 조용히 손사래만 쳐댔다.

"대관절 으쩌다가 그러코롬 처참헌 꼴을 만났답디까?"

그 말을 연실은 못 들은 척했다.

"참말로 밤새 안녕도 유분수지, 엊저녁까장 멀쩡허든 냥반이 하룻밤 새 실명을 헌다는 게 과학적으로나 의학적으로 말이나 되는 소리요?"

역시 연실은 아무런 대척도 하지 않았다.

"혹시 자기 손구락으로 자기 눈깔을 후벼판 건 아니요?"

"아무런들 그러실 리가!"

그제야 연실이 입을 열었다. 연실은 아직도 곤혹에 찬 눈빛으로 거푸 도리머리를 해댔다.

"저도 잘은 몰라요. 단지, 밤새 잘 주무시고 새벽에 일어나시면서 눈앞이 온통 깜깜해진 걸 알아차리셨다고 들었어요."

"꿩 대신 닭이라고, 실패헌 순교 대신 스사로 실명 쪽을 택허다니!"

뭇 사람 존경받는 이웃의 불행 두고 이죽이죽 비아냥거릴 생각은 추호도 없었다. 다만, 머릿속에서 꼿꼿이 고개 치켜드는 의아심을 표현하고 싶을 따름이었다. 만일 실명이 분명하다면, 열매 맺지 못한 순교 열정과 급작스러운 실명 사이에는 분명코 긴밀한 상관관계가 있을 듯싶었다. 날 선 부용의 반응에 연실은 전연 대거리하고 싶지 않은 눈치였다. 무례한 표현에 침묵으로 맞섬으로써 발언자를 두고두고 비난하고자 하는 의도인 듯했다.

누님이 목사관에 머무는 시간이 의외로 길어졌다. 족히 한나절은 지나서야 사찰집사네 사택에 다시 모습을 드러냈다. 갈 때 무겁던 발걸음과는 영 딴판으로 방안에 들어서는 몸놀림이 아주 날렵해 보였다. 목사관에서 목격했을 비극적 상황과는 한 마장이나 동떨어진, 매우 심상한 낯꽃으로 돌아온 누님 속내를 부용은 도무지 이해할 수 없었다.

"어떻게 된 겁니까? 하룻밤 새 청맹과니가 되야뿌렸다는 게 정말인가요?"

방안에 좌정한 뒤로 계속 말 아끼는 누님을 보다못해 부용이 자발없이 다그쳐 물었다. 누님은 갑자기 정색하면서 엄격한 눈초리로 동생을 대했다.

"지발 부용아, 배운 사람답게 언행에 쪼깨 진중헌 태도를 취허기 바랜다."

"죄송헙니다. 허지만 전후 사정이 지 머리로는 당최 이해가 안 가서······"

"이해가 안 가겠지만, 실명은 여부없는 사실이다."

"으떻게 그런 일이······"

"그런 경우를 두고 의학 지식으로는 뭐라고 설명허는지 나도 몰르겠다만, 우리 목사님은 갑째기 시력을 잃고 맹인으로 돌변허셨다."

놀랍도록 담담한 어조였다. 방금 동네 아무개 눈에 돋아난 다래끼라도 보고 온 사람처럼 대수롭잖게 흘리는 듯한 말투였다.

"충격적인 실상을 직접 확인허시고도 이렇다 허게 감정을 안 드러내시는 누님이 비정상입니까, 그럴수록 의혹을 더 키우는 지가 비정상입니까?"

"실명 당사자 목사님이나 사모께서 호리만침도 동요허시지 않는 판국에, 제삼자가 뭣 땜시 그분들 제쳐두고 오두방정을 떨어 댄단 말이냐."

한술 더 얹어 누님은 보일락 말락 미소마저 지어 보였다. 한 인생에 닥친 비극을 대하는 그 태도를 부용은 도무지 이해할 수 없었다. 누님보다 더더욱 이해할 수 없는 사람은 다름 아닌 목사 부부였다. 만일 실명 얘기가 자기네 신앙에 대한 간증(干證) 형식이라면, 지나치리만큼 시작과 중간이 생략된, 너무도 비약적 결말이 아닐 수 없었다. 어떻게 그럴 수 있단 말인가. 잠에서 깨자마자 밤새 자신에게 도둑처럼 은밀히 찾아든 실명을 알아챈 사람이 어떻게 좌절이나 분노 절차도 거치지 않은 채 흡사 막역지우라도 맞이하듯 그 참담한 결과를 넙죽 수용한단 말인가. 자기가 언어맞은 횡액에 걸맞게끔 한바탕 울고불고 요란 떨면서 자신이 지성으로 섬겨온 유일신 상대로 하소연에 통사정에 원망 잔뜩 늘어놓으면서 불같이 화를 내는 편이 차라리 더 정상에 가까운 반응 아닐까.

"우리 목사님은 밤새 당신한티 찾어온 실명을 하나님께서 주신 선물로 아신다. 그러고 또 그것을 특별헌 은총으로, 지극헌 감사로 받어들이신다."

그야말로 갈수록 수미산이요 건널수록 장강이었다.

"여부가 있겄습니까요. 그러고도 남을 만헌 분이지요. 순교 행위에 비허자면 실명 상태 쪽이 고통도 덜허고 부담도 휘낀 적을 테니깨요."

"부용아!"

누님이 흡뜬 눈으로 동생을 매섭게 째렸다.

"니 머리로 이해가 불가능헌 사변이 일어났다 혀서 따른 사람 종교적 체험을 기롱지거리로 삼을 권한이 너한티 있다고 생각허냐?"

"천만에요. 절대로 기롱지거리가 아닙니다. 순교란 것이 누구라도 맘만 먹으면 여반장으로 성공허는 게 아니라는 뜻이지요."

"부탁이다. 같은 뜻이라도 지발 말을 개려가면서 분별 있게 표현허거라. 좀 이따가 목사님 내외분께서 심방허실 예정인디, 목사님 맞이힐 적에 고등과 졸업헌 사람답게 예의를 채려줬으면 쓰겄다."

"그건 또 무신 말씸입니까?"

"기독교 탄압 땜시 오래 중단허셨든 목양 사역을 다시 시작허기로 급기야 결단을 내리셨다. 우리 목사님은 출소 후 첫번째 심방 대상으로 길 잃은 어린 양 부부를 지목허셨다."

마치 첫 심방 대상으로 선택된 그 일이 어마어마한 은택이자 영광인 줄 알라고 생색내는 듯싶은 말투였다. 부용의 숨소리가 갑자기 거칠어졌다.

"시방 요 방안에 어린 양은 없습니다! 더군다나 길 잃은 어린 양은 반 마리도 없지요! 목양 사역이건 심방이건 좌우지간 말짱 다 사절헐랍니다!"

"없기는 왜 없단 말이냐?"

누님이 연실 쪽을 은근슬쩍 돌아다보았다. 그러자 연실이 마른침 꼴깍 삼키는 바람에 놀라움에 붙잡힌 그 마음 상태가 들통나 버렸다. 뜬금없는 심방 예고로 말미암아 엔간히 긴장하고 당황하는 기색이 역력했다.

"길 잃은 어린 양이 바로 연실씨였단 말이요? 언짓적부텀 연실씨가 양들 족속으로 편입되았소?"

질문보다 야유 의미가 다분함에도 불구하고 연실은 그 말에 일절 대거리하지 않았다. 문목사 심방이 뜻밖이긴 하지만, 양이 목자 만나는 건 당연지사 아니겠냐고 우길 작정인 눈치였다.

"정 그렇다면, 연실씨 혼자 심방을 받으시요. 목자가 자기 양한티 꼴을 멕이는 동안 요 늑대는 백상암에나 올라가 있겠소."

계속 어깃장 놓고 찌그렁이 부리는 부용을 보면서 누님과 연실은 무척이나 난감해하는 기색이었다.

"그러콤 심판자 같은 눈초리로 날 함부로 정죄헐라 마시요. 절
밥 먹고 지내는 우리 귀용이 안부도 궁금허고, 범천스님 찾어뵌
지도 솔찮이 오래되야서 허는 말이요."

"부용씨!"

연실이 별안간 새된 목청을 뽑았다. 연실의 눈자위에 맺힌 절
망의 기운이 부용의 마음을 송곳처럼 찌르는 순간이었다.

"알었소. 연실씨가 정 그렇게 끙짜를 놓는다면 백상암은 낭중
에 가겠소."

"둘이서 같이 심방을 받겠다는 뜻이냐?"

연실의 단호한 태도에 금세 숙지근해지는 어린 양을 누님이 깜
짝 반겼다. 부용은 절레절레 도리머리를 했다.

"앞 못 보는 목양자께서 불편허신 몸 이끌고 이 누옥으로 왕림
허시게코롬 맨드는 건 당최 도리가 아니지요. 사대삭신 멀쩡헌
어린 양들이 목양자 처소로 찾어가는 게 옳은 순서겠지요."

"양들이 목자 찾어가는 게 아니라 목자가 양들 찾어가는 게 바
로 심방이란 것이다."

말을 마치자마자 누님은 벌떡 일어났다. 언제 어떻게 또 마음
이 바뀔지 모르는 변덕꾸러기 동생 미덥지 못해 심방을 몹시 서
두르는 눈치였다.

"금방 댕겨오마. 꼼짝도 말고 방안에서 얌전허니 지달리고 있
거라."

단김에 빼야 할 쇠뿔 다름없는 심방 행사 주선하기 위해 누님은 지체없이 방을 나섰다. 둘만 있는 방안에 갑자기 찾아든 서먹한 분위기가 누님이 앉았던 자리를 메웠다. 그 어색한 기운 몰아낼 요량인지 연실은 정리할 세간도, 눈에 거슬리게 어지러뜨린 잡살뱅이 물건도 없는 방바닥을 일삼아 걸레질 치고 비실하면서 귀빈 맞을 준비에 고부라지는 시늉이었다.

"아까부터 요 말이 입안에서 자꾸만 뱅뱅 돌고 있었어요. 좀 늦긴 했지만, 당신한테 고맙단 말을 전하고 싶어요."

잠시 걸레질 멈추고 연실이 들릴락 말락 작은 소리로 중얼거렸다.

"저는 부용씨 인격을 믿어요."

목소리는 작았지만, 천둥 같은 엄포나 다름없는 발언이었다. 문목사 내외분 앞에서 어떻게 처신할 것인지 스스로 알아서 결정하라는 협박인 셈이었다. 연실 아닌 천장을 상대로 부용은 나지막이 대꾸했다.

"염려 놓으시요. 연실씨 입장을 난처하게 맨드는 일은 아매 없을 거요."

꿈에도 상상 못했던 심방 행사는 이내 현실이 되었다. 사모 곁부축 받으면서 문목사가 키 낮은 방문 힘겹게 통과하는 광경을 부용은 조마조마한 마음으로 지켜보았다. 미리감치 마당까지 마중나갔던 연실이 그 뒤를 따라붙고, 곧이어 누님과 사찰집사 내외까지 들어서자 그러잖아도 좁아터진 방안이 이제는 송곳 세울 자리 하나 없을 지경으로 초만원을 이루었다.

"급작스럽게 기별을 받고도 흔쾌하게 심방을 받아주셔서 고맙습니다, 최부용 선생."

짧은 묵기도 후에 문목사가 감았던 눈 번쩍 뜨면서 건너편에 앉은 부용을 똑바로 바라보았다. 듣던 바와 전연 딴판이었다. 최근까지 빈사지경 헤맸던 사람답지 않게 목소리에 힘이 실려 있었다. 눈빛마저 형형해 보이는데다 곧은 시선으로 목표물을 정확히 포착하는 듯싶어 부용은 적잖이 당혹했다. 실명이 혹 꾀병은 아닌지 부쩍 의심이 갈 정도로 문목사는 깔축없는 정상인처럼 느껴졌다.

"하여간에 목사님을 처음 뵙게 되야서 저도……"

어물어물 말대접 시도하다 말고 부용은 순간적으로 짓궂은 마음이 동해서 연실 뒤로 얼른 몸을 숨겼다. 문목사는 갑자기 이동한 표적 제때 따라잡지 못한 채 여전히 처음 자리에 시선을 고정하고 있었다.

"허허, 시방 내 눈을 시험하시는 중인가요? 최선생이 기척도 없이 그렇게 얼굴을 숨기신다면, 나는 숨박질 놀음에서 꼼짝없이 질 수밖에 없지요."

조금 전까지 상대방 얼굴이 차지하고 있던 공간을 내처 응시하면서 문목사가 가만히 미소를 지어 보였다. 부용은 부랴부랴 앉음새 바룸과 동시에 얼굴을 원래 자리에 도로 옮겨놓았다.

"실은 책상다리가 거북혀서······"

"인사가 늦었습니다. 주님 집을 도피성으로 택하신 두 분을 뒤늦게나마 우리 주님 이름으로 환영합니다."

"말씀중에 쪼깨 실례헙니다만, 그 도피성이란 게 애시당초 과실치사죄를 범헌 자가 보복 살해를 모면헐 요량으로 찾어가서 숨어 지내는 피난 시설이라고 알고 있는디······"

"물론이지요. 구약시대 도피성이 그러했지요. 그렇지만 온갖 환란이 중첩하고 허다한 핍박이 사방으로 욱여싸는 작금 세태에는 악법이나 악습으로 말매암아 죄인 아닌 죄인이 될 수밖에 없는 피압박 백성이 의지가지없는 자기 영혼과 육신을 의탁할 곳으로 믿고 찾아올 경우, 오늘날 교회가 도피성 노릇을 감당하는 게 마땅한 일이지요."

졸지에 의지가지없는 피압박 백성으로 취급당하는 바람에 기분이 씁쓸해졌다. 그러나 부용은 신학적 문제 놓고 그 분야 전문가 상대로 콩팔칠팔 다투고 싶은 생각은 호리만큼도 없었다.

"즈이를 환영허신다니, 좌우지간에 감사헙니다."

문목사와는 사실상 초대면이었다. 동천리 샛내교회가 세워진 이후 좁은 바닥에서 오래 목회한 목사인데도 부용은 입때껏 그와 정식으로 통성명하거나 수인사할 기회를 한 번도 만나지 못했다. 무신론자 자처하는 청년으로서 그동안 교회나 목사 접촉하기를 애써 기피해나온 결과였다. 어쩌다 우연히 먼발치에서 두툼한 성경책 옆구리에 끼고 걷는 그를 잠깐씩 보았을 뿐, 되도록 마주칠 기회 멀리한 채 처음부터 무연하고 무관한 처지로 그냥 데면데면하게 지내왔다. 그가 형 집행정지로 풀려난 뒤로도 사정은 매한가지였다. 감옥 안에서 망가질 대로 망가진 건강 돌보느라 목사관에 칩거하며 몸조섭중이라는 사실도 간접적으로 전해듣기만 했을 뿐, 집밖으로 그림자도 안 내비치는 그를 실제로 만나볼 기회는 없었다.

이 세상에 근심된 일이 많고
참 평안을 몰랐고나.

찬송 순서로 마침내 심방예배가 시작되었다. 참석자 모두 상체 좌우로 흔들어 박자 맞춰가며 입 크게 벌려 애조 띤 가락을 뽑아냈다.

내 주 예수 날 오라 부르시니
곧 평안히 쉬리로다.

약속이라도 한 듯 눈들 지그시 감은 채 일제히 찬송에 고부라지는 고참 교인들과 달리 연실은 누님이 무릎 위에 펼쳐준 책자

골똘히 들여다보며 목청을 뽑았다. 연실의 노랫소리 듣기는 그때가 난생처음이었다. 신출내기 신자인데도 연실은 제법 청승스러운 가락으로 곧잘 따라 부르고 있었다.

주 예수에 구원에 은혜로다.
차암 기쁘고 즐겁고나.
그 은혜를 영원히 누리겠네.
곧 평안히 쉬리로다.

모든 입이 하나같이 부지런히 일하고 있는 판에 유독 제 입만 하릴없이 놀고먹는 꼴이었다. 혼자서 우두커니 앉아 있기 차마 거식해서 부용은 빈틈 노리는 도둑처럼 이 얼굴 저 얼굴 훔쳐보는 일로 시간을 땜질하려 했다.

이 세상에 곤고한 일이 많고
참 쉬난 날 없었고나.

문목사는 지난날 먼발치로 보았던 그 얼굴 그 풍채가 도무지 아니었다. 깡마른 얼굴에 낯빛마저 거무칙칙하게 변해 있었다. 살집이 몽땅 발아버려 기형에 가깝도록 면상이 길쭉해 보이는데다 하관마저 눈에 띄게 빨아져서 몹시 팔초한 인상을 풍겼다. 원

만한 인상 위에 기품이 얹혀 있던 그 얼굴은 이제 어느 구석에서도 찾아볼 수 없었다. 하지만 목소리와 자세만은 아주 의연했다. 거덜나버린 건강과 실명의 충격으로 말미암아 의당 실의에 빠질 법도 하련만, 곱송그리는 기색 전혀 없이 평안하게 느껴지는 낯꽃이었다. 마치 형님이 아우 다루듯 영혼의 안정이 육신의 불안정을 솜씨껏 잘 다독여주는 듯한 모양새였다.

내 주 예수 날 사랑하시오니
곧 평안히 쉬리로다.

3절 끝까지 줄기차게 달려간 후에야 장거리경주 같던 찬송이 가까스로 결승선을 통과했다. 맨 마지막 후렴구를 끝냄과 동시에 참석자들은 감았던 눈 번쩍 뜨면서 상체 좌우로 흔드는 동작을 일제히 멈추었다. 곧이어 성경 봉독 순서가 왔다.

"오늘 이 가정 심방예배에 임하여서 하나님 아버지께서 우리 최부용 형제와 이연실 자매에게 내려주시는 성경 말씀은 로마 팔장 십육절로 십팔절입니다. 말씀이 선포되는 순간에 크고도 놀라우신 은혜가 이 젊은 가정에 충만하게 임재하시기를 주님의 일홈으로 간절히 축원합니다."

문목사는 짧지도 않은 성경 구절을 좔좔 암송하기 시작했다.

"성신이 친히 우리 신으로 더브러 우리가 하나님의 자녀 된 것을 증거하시나니 자녀가 된즉 후사가 되어 곧 하나님의 후사라. 그리스도로 더브러 후사가 되나니 만일 그와 함께 고난을 받으면 또한 그와 함께 영광을 받을지니라. 내 생각에 이제 고난받는 것과 장찻 우리의게 나타날 영광을 비교하면 족히 비교할 수 없나니라. 할렐루야!"

아멘, 하고 참석자 모두 큰 소리 외쳐 화답했다. 본의 아니게 난생처음 예배 자리에 휩쓸리게 된 부용은 교인들 사이에 행해지는 모든 의식과 절차가 그저 기이하고 생경하게만 느껴졌다.

"구태여 제목을 붙이자면, 요번 설교 제목은 '이제 고난과 장차 영광'이라 칭하고 싶습니다."

문목사는 조선을 주변 강대국 압제 밑에 신음하던 옛 유다왕국에 비유했다. 환란 질곡에 빠진 유다의 참상을 전하기 위해 그는 성경 속 하박국 선지자를 샛내교회로 호출했다.

하박국이 목구멍으로 피 토하듯 하나님 향해 연거푸 부르짖는다. 어찌하여 내게 죄악을 보게 하시며 패역을 보게 하십니까! 어찌하여 거짓된 자들을 방관하시며 악인이 의인을 삼키는데도 잠잠하십니까! 어찌하여 사람을 바다의 고기 같게 하시며 벌레 같게 하십니까! 그러자 하나님이 하박국에게 묵시를 내리신다. 비록 더딜지라도 내가 정한 묵시의 때를 기다리면 반드시 응하리라. 의인은 그의 믿음으로 말미암아 살리라.

하나님 약속을 믿고 고난을 참으며 하나님의 때를 기다리면 결국 구원받을 수 있다는 의미인 듯했다. 설교 내용이 손에 쥐어지듯 머릿속으로 순순히 들어오지 않았지만, 신상에 해로운 얘기가 아닌 것만은 분명했다.

문목사는 고난을 상징하는 인물로 바울 사도를 다시 성경 속에서 끌어내 사찰집사네 집으로 데려왔다.

바울이 카랑카랑한 쇳소리로 자신이 몸소 겪은 고난의 사례들을 소개한다. 나는 명문가 출신에 당대 최고 지식인이요 율법학자요 남들 모두 선망하는 로마 시민권자로서 자랑거리가 참 많은 사람이었다. 하지만 부활하신 주님을 만난 뒤부터는 그 모든 자랑거리를 해로 여길뿐더러 심지어 똥으로 여겼기에 몽땅 다 버릴 수 있었다. 십자가 한 가지만 붙들고 자랑하면서 주님의 고난과 죽음을 본받아 투옥당하고 무수히 매질당하고 여러 번 죽을 고비 넘기는 등 파란만장한 사도의 길을 오직 부활에 대한 소망으로 참고 견디며 끝까지 달려갔다. 하나님 영광을 위해 그토록 충성하고 헌신했음에도 불구하고 하나님은 내 살을 찌르는 가시 같은 질고를 주셨다. 사탄의 사자인 그것이 내게서 떠나게 해달라고 세 번이나 주님께 간구했다. 하지만 그때마다 주님은, 내 은혜가 네게 족하다고, 내 권능은 약한 데서 온전히 이루어지는 법이라고 말씀하시곤 했다. 그런고로 나는 그리스도를 위하여 여러 가지 약한 것과 능욕과 궁핍과 핍박과 곤고당함을 기뻐하면서 그것을 자랑으로 여긴다. 내가 약할 때 교만하지 않고 오히려 강해지기 때문이다.

암만해도 설교의 발걸음이 애당초 목적지 벗어나 딴 동네로 멀리 빗나가는 느낌이었다. 여태껏 나라나 백성, 종교 등 거창한 대상들과 일정한 거리 유지한 채 살아온 부용에게는 문목사 설교 내용이 왈칵 마음에 와닿지 않았다. 양들 처지 아닌 목자 처지를 염두에 두고 행하는 설교처럼 들리는 까닭이었다. 도탄지고(塗炭之苦)에 빠져 옴치고 뛸 수조차 없게 된, 고립무원 신세의 자신을 위무하고 격려할 심산으로 우군에 해당하는 하박국 선지자와 바울 사도를 먼 조선 땅까지 차례로 불러낸 성싶었다.

"세상에서 받는 고난은 그 종류가 참 다양하지요. 혹자는 진리를 위하야, 혹자는 대의를 위하야, 혹자는 신념을 위하야 고난을 당합니다. 개인적인 불행이나 옳지 않은 선택이나 잘못된 판단으로 인하야 고난에 빠지는 경우도 흔히 있습니다."

내내 설교 내용을 한 귀로 듣고 한 귀로 흘리는 부용의 태도가 눈먼 사람도 얼른 알아차릴 정도로 많이 불성실하게 느껴지는 모양이었다. 문목사는 곧바로 성경 속 인물들과 방안에 모인 사람들을 한 꿰미에 꿰어 모개로 다루기 시작했다.

이 가운데 고난이 뭔지도 모르고 살아온 유복지인(有福之人)이 누가 있느냐. 고난 없이 꽃길만 걷는 인간은 이 세상에 아무도 없을 것이다. 부모로부터 인정받지 못하고 주변으로부터 축복받지 못한 결혼생활로 인해 전통 윤리나 관습이 가하는 박해에 시달리는 고난이 당자에게 얼마나 심중하고 심대한 아픔과 슬픔과

외로움을 주는지 너끈히 이해할 수 있다. 육신의 질고로 인해 결국 영혼이 먼저 사망하는 비극도 그동안 숱하게 봐왔다. 이 회중에 혹 자기가 짊어진 고난의 짐을 어거할 힘이 없어 금세라도 쓰러질 것 같은 심령이 있느냐. 그럴수록 오히려 지금 당하는 고난이 장차 누릴 영광을 위한 연단 과정임을 절대로 잊어서는 안 된다. 그럴수록 오히려 더 세상 죄를 대신 지고 십자가에 달려 돌아가신 예수 그리스도만 바라보면서 도움의 손길을 간구하라. 그리스도의 사랑과 희생을 본받아 고난의 길도 마다하지 않고 기쁨으로 달려간 바울 사도의 발자취를 부디 따르기 바란다.

오호라, 나는 괴로운 사람이로다. 누가 이 사망의 몸에서 나를 구원하랴. 문목사는 숱한 고난을 믿음으로 극복한 불굴의 사도 바울마저 때로는 장탄식하곤 했던 예화를 들려주기도 했다. 하지만 그 장탄식은 예수 그리스도야말로 유일한 구원자임을 확신하는 굳센 믿음을 전제한 것이기에 바울은 하나뿐인 아들을 속죄양으로 세상에 보내신 하나님께 오히려 감사할 수 있었노라고 강조하기도 했다.

"그리스도 사랑 안에서 사랑하는 우리 형제자매에게 묻습니다. 광야 같은 인생길 가는 동안 스사로 사고무친 고아같이 적막하고 암담한 심정에 빠져서 자기 신세를 한탄하고 누구를 원망했던 적은 혹 없습니까? 부형같이 자비하시고 인애하신 우리 주님께서 던져주시는 사랑의 구명줄 단단히 붙잡고 끝까지 매달리시기 바랍니다. 사면팔방 어디에도 소망의 빛 한 줄기 안 뵈는 캄캄 칠야 같은 인생살이로 말매암아 혹 낙담 가운데 홀로 서 있지는 않습니까? 흑암에 빠진 나를 위하야, 죄로 죽을 수밖에 없는 우리를 위하야 주님께서 대신 져주신 그 십자가 앞으로 지체 말고 나아가시기 바랍니다. 쉬지 않고 밀려드는 우심참참(憂心慘慘) 심정으로 말매암아 혹 한숨 쉬고 눈물 흘리실 때는 없습니까? 우리네 연약함을 익히 아시는 주님께서 친히 그 눈물 닦아주시고 한숨 소리를 환희의 노래로 바꿔주셔서 종당에는 우리로 하야곰 영광의 그날에 이르기까지 승리의 외길만을 걷도록 선하게 인도해주실 것을 확신하시기 바랍니다."

지루하다못해 지겹다 싶으리만큼 기나긴 설교가 드디어 종착점 향해 다가갈 무렵이었다. 주로 부용의 얼굴 근처에 머물던 문 목사 눈길이 갑자기 연실 쪽으로 자리를 홱 옮겨졌다. 시력 상실한 눈이 오히려 멀쩡한 눈들 앞질러 회중 가운데서 뭔가 심상찮은 변화를 거니챈 듯싶었다. 그제야 부용의 귀에도 콧물 연방 훌쩍이는 소리가 어렴풋이 잡혔다. 놀랍게도 연실이 서럽게 느껴 우는 중이었다. 설교가 끝나고 기도가 시작되자 흐느낌은 어느덧 어깨까지 들썩이는 완연한 울음으로 바뀌었다. 특히나, 축복받지 못한 결합으로 두 젊은이가 받았을 깊은 상처를 여호와 라빠, 치료하시는 하나님 아바지께서 친히 권능의 손으로 싸매고 어루만져주시라고, 약속의 말씀 그대로 이제 받는 고난과 족히 비교할 수 없는 영광을 장차 두 젊은이 인생에 베풀어주실 줄 믿는다고, 그동안 자식들과 의절한 채 외어앉은 육의 아버지 대신 영의 아버지 하나님께서 두 젊은이가 세운 새 가정에 하늘의 신령한 복과 땅의 기름진 복으로 넉넉하게 채워주시라고 절절한 목소리로 기도했다. 그러자 연실의 울음소리는 마침내 절정에 다다르고 말았다.

하늘에 계신 우리 아바지 일홈을 거룩하게 하옵시며……

마치는 순서로 주기도문이 암송되었다. 복받치는 감정에 치여 연실은 한마음 한목소리로 달려가는 암송 대열을 제때 따라잡지 못하고 연신 터덕거리다가 끝내 낙오자가 돼버렸다. 주기도문을 끝으로 심방예배가 마무리되자 연실이 발딱 일어섰다. 양손으로 얼굴 감싸쥔 채 방문 밖으로 뛰쳐나가는 연실을 지켜보고 있자니 부용은 만감이 엇갈리는 기분이었다.

"하도 경황이 없는 바람에 대접헐 준비를 못혀서 죄송시럽고만요."

자리 비운 올케 대신 시누이가 사과했다. 아마도 심방받을 때마다 뭔가 먹을거나 마실 것으로 접대하는 것이 교인들 관습인 듯했다.

"목자한테 제일로 생색나는 접대는 어린 양 눈에서 흐르는 눈물이랍니다."

밝게 웃는 낯꽃으로 사모가 응수했다. 그렇다면 다행이라 생각하면서 부용은 쓴웃음을 머금었다. 사모 말마따나 문목사는 이미 이연실이란 어린 양한테서 최고의 품질로 최상의 접대를 받은 셈이었다.

"울고 잪은 판에 뺨싸대기 후리덧기 목사님이 마침맞게 어린 양 눈물보를 터쳐주신 덕분이지요. 그저 감사헐 뿐입니다."

때로는 혼자만의 시간을 갖는 것도 정신 위생에 좋은 일이지 싶었다. 뒤쫓아 나가 연실의 동태 살피는 대신 부용은 목사 부부 상대하는 쪽을 택했다. 그런데 교인들 특유 어법이나 말투에 익숙지 않은 까닭일까. 부용은 교인들끼리 나누는 대화에 매양 이질감을 느끼곤 했다. 그래서 자신이 시방 얼마나 위화감에 빠져 있는지 만좌중에 광고하고 싶어 아까부터 입이 근질거리던 참이었다. 노골적인 비아냥거림인 줄 번연히 알 터인데도 목사 부부는 부용의 말을 격의 없는 웃음으로 받아넘겼다.

"목사가 뺨을 때린다 해서 될 일이 아니지요. 성신님께서 어느 순간 이연실 자매님 중심에 임재하셔서 감동으로 역사하신 결과라고 믿습니다."

연실과 관련된 일로 길게 다툴 생각은 없었다. 그 대신 문목사와 관련된 문제로 화제를 돌리고 싶었다.

"많이 불편허신 신체 조건 무릅쓰고 목양 사역을 감당허시자면 이 모냥 저 모냥으로 애로가 소홀찮이 많으실 것 같은디……"

"시력 상실이 반다시 불편하고 불리한 것만은 아니지요. 자비하시고 인애하신 하나님 아바지께서는 죄와 허물로 말매암아 단

제14장 이제 고난은 장차 영광   127

혀버린 육안 대신 그보다 더 밝은 심안에다 영안을 열어주셨다고 믿습니다. 그 놀라우신 은총에 힘입어서 전에는 눈을 뜨고도 못 보던 대상들을 이제는 눈을 감고도 환히 보게 되리라고 생각합니다. 얼마나 감사한 일인지 모릅니다."

그 질문 나오기 기다렸다는 듯 문목사는 은총의 선물인 심안에 관해 장황하게 토를 달기 시작했다. 그의 주장에 의할 것 같으면, 심안 얻고 나서 맨 처음 발견한 것은 옴나위없는 죄인 형상의 자기 얼굴이었다. 죄인 중에서도 수괴급 중죄인이라는 사실이었다. 순교에 목말라하던 당시에는 자신이 의인 가운데 한 사람임을 추호도 의심하지 않았었다. 그런데 갑자기 밝아진 심안에 비친 자신의 진면모는 마치 창조주 하나님을 도구로 사용하고 하인처럼 부려 자신을 높이기 위해 안달하던 악인이요 죄인에 불과했다. 그동안 순교를 위해 벌여온 행위들도 실인즉슨 영적 교만에서 비롯된 죄과일 뿐이었다. 하나님의 정의와 공의 아닌, 개인의 의와 영광 바라보고 순교자 반열에 오르려 기를 쓴 결과였다. 그런 죄인 나 몰라라 외면하시지 않고 버리시지도 않은, 참으로 긍휼 많으시고 자비 풍성하신 하나님 아버지께서 교만의 허리 뚝 분질러 겸손으로 거듭나게끔 일차로 육안부터 손보심으로써 마침내 심안이 열리는 길을 터주는 은총을 덧입혀주셨다. 대충 그런 뜻의 이야기였다.

"할렐루야!"

문목사 간증이 마무리되는 순간, 사모가 갑자기 새된 목청으로 선창했다.

"아멘! 아멘! 아메엔!"

그러자 방안의 세 교인이 일제히 큰 소리로 화답했다. 잠시 밖에 머물던 어린 양 또한 때맞춰 안으로 들어서면서 화답의 덩저리 키우는 일에 십시일반으로 힘을 보탰다. 밖에서 공들여 눈물 흔적 수습했는지, 연실은 언제 울었더냐는 듯 아주 말짱한 낯꽃이었다.

"목사가 부재중인 동안 자매님이 교리 공부에 대단한 열성을 보이셨다고 들었습니다."

육안보다 더 밝다는 그 심안으로 상대방 일거수일투족을 속속들이 파악하는 모양이었다. 부자연스러운 구석 거의 드러나지 않게끔 시선을 곧바로 뻗어 연실에게 고정하면서 문목사가 말했다.

"하루라도 빨리 세례받으실 것을 주님 일홈으로 권면합니다. 자매님부터 먼저 세례 교인이 되시고, 뒤따라 형제님이 입교를 결단하신다면 두 분 혼인 예식에 주례를 맡겠습니다."

미처 그 말 끝나기도 전에 연실이 머리 조아리는 시늉부터 먼저 했다.

"감사합니다, 목사님!"

연실보다 오히려 누님이 한술 더 떴다. 누님은 아예 방바닥으로 나부죽이 자세 낮추면서 최경례 올리다시피 자기 마음을 전했다.

"목사님, 참말로 고맙고 또 고맙습니다!"

연실이 고개 들어 부용을 빤히 올려다보았다. 왜 아무런 반응도 없이 가만히 있느냐고 힐난하는 눈초리였다. 불신자 한 사람에워싸고 온 좌중이 얼싸절싸 울력에 나서 마소처럼 논틀밭틀 가리지 않고 마구 몰아가는 듯한 분위기였다. 부용은 차가운 미소와 함께 절레절레 머리 흔드는 동작으로 그 우격다짐에 항거했다.

"그런 일은 아매 절대로 안 일어날 겁니다. 저는 시방 요 모냥요 꼴로 지내는 것도 별반 불편허지 않다고 생각허는 쪽입니다."

표창 같은 시선들이 한목에 날아들어 면상에 턱턱 꽂히는 기분이었다. 무슨 억하심정으로 그따위 객기를 부리느냐고 온 회중이 하나같이 추궁하는 듯한 기세였다.

"저는 그 혼인 예식이란 게 인생에서 필수 절차는 아니라고 생각허는 쪽입니다. 하나님이 최초 인간 아담과 하와 부부 혼인 예식에 주례를 맡으셨더라, 허는 기록은 성경책 어느 구석에서도 읽은 기억이 없는 것 같습니다. 서로 간에 뜻이 맞고 맴이 합헌 남녀라 헌다면, 그런 절차 따우 안 밟고도 얼매든지 행복헌 부부로 해로헐 수 있다고 확신헙니다."

"허어, 그거참……"

문목사가 감탄인지 낙망인지 모를 이상야릇한 미소를 지었다.

"물론이지요. 성경 기록상으로는 분명히 그렇습니다. 창조주 하나님께서 애당초 남녀 배필을 목적하고 손수 빚으신 피조물들

130

인 고로 인류 최초 부부한테는 혼례 형식이란 게 따로 더 필요하지 않았겠지요."

"기독교에서는 아담과 하와뿐만 아니라 인간이라면 누가 되든지 간에 다 같은 하나님 피조물로 치부하고 있잖습니까?"

"물론이고 말고요. 같은 피조물이로되 창조주 하나님께서 손수 진흙으로 빚으신 피조물과 부모를 통해서 지으신 피조물이라는 차이점이 있지요. 공생애를 시작하신 예수 그리스도께서 가나 혼인 잔치에서 물을 포도주로 바꾸는 첫번째 기적을 행하신 것도 신랑 피조물과 신부 피조물이 부부지약을 맺는 그 혼례식을 인정하고 축하하시기 위함이지요."

스스로 생각하기에도 그것은 정말 유치하기 짝이 없는 도발이었다. 하지만 문목사는 그런 종류 도발에 따르게 마련인 진구덥도 참을성 좋게 감당하려 애썼다. 하나님이 아담과 하와의 혼례식을 생략하신 이유로 그는 식을 치르는 데 필요한 여건의 불비를 들기도 했다. 인류 최초 부부인지라 혼례 마당에 참석할 양가 부모 형제나 친인척도, 축하해줄 동무나 이웃도 숫제 없는 고로 하나님께서 몸소 주례까지 서실 필요성을 전혀 못 느끼셨을 거라는 논리였다. 바로 그 대목에서 부용은 부주의하게도 그만 킥 웃음소리를 흘리고 말았다. 종교적 견해 차이 내세워 문외한 주제에 신둥부러지게 감히 목사 상대로 벌이던 왈시왈비를 그쯤에서 막설해야 할 때가 왔다.

"말씀 도중에 쪼깨 실례허겄습니다만, 우리 부부랑 인류 최초 부부랑 사정이 소홀찮이 어슷비슷헌 것 같습니다. 설령 즈이들이 날을 잡고 혼례를 올린다 허드래도 양가 부모님이나 일가친척들 한자리에 뫼시고 축복받을 형편이 못 된다는 사실쯤 목사님도 잘 아시지 않습니까."

그러니까 쉽게 말해서, 인류 최초 부부는 아닐지언정 자기네 역시 혼례식도 목사 주례도 말짱 다 필요 없다는 얘기였다. 말을 마치기 무섭게 한바탕 사날 좋게 웃어대는 동생을 누님이 짯짯이 노려보았다.

"부용아, 제발 자중자애허기 바란다."

바로 그때 연실의 고개가 번쩍 들렸다.

"감사합니다, 목사님! 누가 뭐라고 그러든지 간에 저는 목사님 말씀하시는 대로 따르겠습니다."

언왕언래 틈서리 비집고 아금받게 끼어들어 연실이 똑 부러지게 선언했다. 마치 신랑 없이 신부 홀몸으로라도 기어이 목사가 주례하는 혼례식 치를 만반 준비가 돼 있다는 듯 사뭇 결기에 찬 어조였다. 그 당돌한 선언으로 말미암아 좌중 분위기가 그만 싹 바뀌고 말았다. 저마다 놀라움 가득한 눈초리로 부용과 연실을 번갈아 돌아다보며 두 사람 입에서 앞서거니 뒤서거니 튀어나온, 제각각 빛깔 다르고 속내 다른 발언들 놓고 눈어림으로 그 무게를 재보기에 바쁜 기색이었다.

"그렇게 동에서 서로 멀어지듯이 두 분 의견이 갈린다면 참 곤란한 일이지요. 우리 같은 제삼자가 어느 장단에 춤을 춰야 좋을지 당최 종을 잡을 수가 없잖겠어요?"

사모가 중재자 노릇 자임하고 나서면서 회삼물 바닥만큼이나 딱딱하게 굳어진 분위기를 웃음엣소리로 눙치려 들었다.

"화급을 요하는 일은 아니니까 당사자끼리 이마 맞대고 진지하게 얘기를 나눠보시는 게 어떨까요? 기왕이면 최순금 선생이랑 세 분이 같이 상의하시는 게 좋겠네요. 의견이 합쳐지는 대로 저한테 연락을 주시면 목사님께 잘 전달하겠습니다."

세 사람 앞으로 웃음 한 자락씩 고루 돌리고 나서 사모는 남편 무릎을 손끝으로 살짝 건드렸다. 그러자 문목사는 방심 상태에서 허를 찔린 듯 흠칫 놀라는 몸짓을 했다. 그는 서둘러 기독교식 덕담을 전했다.

"주님 사랑 안에서, 그리고 믿음 안에서 형제요 자매인 두 분 가정에 모쪼록 평강과 희락이 가득차고도 넘치기를 주님 이름으로 축원합니다."

올 때와 마찬가지로 목사 내외는 갈 때도 급작스럽게 떠나버렸다. 뒤이어 사찰집사 내외 또한 슬금슬금 무르와감으로써 예정에도 없이 이루어진 심방 행사는 모두 마무리되었다. 한바탕 돌개바람 휩쓸고 지나간 자리같이 삭막한 방안 풍경 속에 세 사람만 덩그러니 남겨졌다.

"나한티도 나름대로 의견이 없는 건 아니다마는, 엄밀허니 따져서 혼사 문제로는 나 역시 제삼자에 불과헌 몸이다."

누님이 무척이나 결곡한 어조로 말했다.

"동생네 일입네, 허고 넘에 제사상에 감 놔라 배 놔라 훈수허는 건 제삼자 된 도리가 아니라고 생각헌다. 내가 없는 자리서 당사자끼리 확 둘러엎든가 꽉 붙들어매든가 양단간에 의견을 합치기 바랜다."

"염려 마셔요, 형님. 저희가 알아서 잘 해결할 테니까요."

시누올케 사이에 매우 수상쩍은 눈짓이 섬광처럼 짧게 오갔다. 누님은 말없이 고개만 끄덕였다. 제 남자 휘어잡을 줄 아는 연실의 수완에 누님은 기대를 거는 눈치였다.

누님마저 떠나고, 단둘만 남게 되었다. 정원 초과한 회중으로 말미암아 숨쉬기도 버거우리만큼 옴나위없이 느껴지던 좀전 상황과 달리 이제는 방안에 호젓한 기운마저 감돌았다. 고립무원 궁경에서 가까스로 빠져나온 느낌이었다. 사면초가 포위망 뚫고 간신히 탈출한 느낌이었다. 우군이라 믿었던 연실마저 적군에 합류한 상황 속에 필마단기로 치른 전투나 매한가지였다. 그렇다고 구사일생했노라 안도감에 잠기기도 참 거식한 상황이었다. 흠씬 뭇매질에 시달린 뒤끝인 양 온몸이 녹작지근해지고, 수많은 사람 앞에서 된통 우세라도 당한 듯 더할 나위 없이 비참한 기분이었다. 이처럼 꼴사나운 결말로 낙착될 줄 알았더라면 두 여자 반대

무릅쓰고 처음부터 아예 문고리 걸어 잠근 채 문전 축객하다시피 문목사 일행 깝살려 보내는 편이 차라리 나을 뻔했다는, 마치 무엇에 씐 듯이 심방 제의에 덜컥 응하는 우를 범하고 말았다는, 뒤늦은 후회가 부용을 닦달질하기 시작했다.

"여보……"

은근한 목소리 앞세운 채 자그맣고 새하얀 손이 넌지시 건너오는 사품에 부용은 퍼뜩 정신이 들었다. 제 손바닥으로 남의 손등 슬며시 덮으면서 연실이 배시시 미소를 짓고 있었다.

"시방 내 기분이 으떠냐고 묻고 있는 거요? 그걸 내 입으로 말허고 잪들 않으니깨 괘얀시 내 심기 집적거릴라 마시요!"

어떤 언턱거리도 잡히지 않을 작정으로 부용은 미리감치 몰풍스럽게 엄포를 놓았다. 그러자 연실이 이번에는 손 아닌 무릎 쪽을 탐하기 시작했다.

"고마워요, 여보. 요번 심방 건을 두고 당신한테 우선 절반 정도만 감사를 표시하고 싶어요."

"그게 시방 무신 소리요?"

"나머지 절반은 당신 처신을 끝까지 다 지켜본 연후에 감사하든가 원망하든가 양단간에 결정을 내리겠어요."

"나 원 참, 기가 맥혀서……"

그것은 미농지같이 얄브스름하고 보드라운 웃음으로 포장된, 실인즉슨 무시무시한 협박이었다. 기독교식 혼례 치르기 위해 반드시 입교부터 결심해야 한다는, 만일 끝까지 불신자로 남겠다고 고집부릴작시면 앞으로 자기와의 관계가 온전하지 못할 줄 알라는 최후통첩 매한가지였다.

"많이 고단하시지요? 졸지에 심방 사변 겪느라고 참말로 고생하셨어요."

등 때리고 배 어루만지는 격이었다. 연실은 심방꾼 일행 맞이하느라 반닫이 위로 긴급 피난시켰던 이부자리 도로 내려 아랫목에 깔았다.

"구들장 뜨끈뜨끈하게 덥혀드릴 테니까 낮잠 한숨 푹 주무셔요."

오래지 않아 마른 솔가지 태우는 향긋한 냇내가 문틈으로 솔래솔래 스며들기 시작했다. 부용은 이부자리 속으로 파고든 다음 팔베개하고 누워 천장을 멀뚱멀뚱 올려다보았다. 천장에 닥지닥지 들러붙어 있던 피로물질이 너붓너붓 떨어져 눈꺼풀 위로 내려앉는 바람에 온몸이 갑자기 께느른해졌다.

한바탕 불땀 좋게 솔가지 태우고 나서도 연실은 방으로 돌아오지 않았다. 보나마나 뻔했다. 그새를 못 참고 목사관으로 또 쪼르르 달려갔으리라. 혼례 문제에 관해 문목사가 던진 조건부 언질만으로도 감지덕지해 어찌할 바 모르던 연실의 낯꽃이 자꾸만 눈에 밟혔다. 혼례식 꿈꾸어버릇하던 연실의 속내평은 진즉부터 짐작하고 있었지만, 그 정도로 절실하게 소망하는 줄은 그제야 비로소 깨닫게 되었다. 그리고 혼사 문제 둘러싸고 한통속으로 똘 똘 뭉친 야소꾼들한테 겹겹이 포위된 자신의 처지 생각하니 절로 한숨이 나왔다. 이미 시간의 문빗장은 자신 아닌 연실이 틀어쥐 고 있었다. 원삼 차림에 족두리 쓰고 신부 자리 꿰차고자 하는 한 여자의 지극한 소망이 한 남자의 지구력과 인내심을 연신 시험하 려 들었다. 눈꺼풀 위로 층층이 내려앉는 피로물질의 더께가 점 점 더 버겁게 느껴졌다. 예라, 모르겠다, 하고 부용은 벽 쪽으로 홱 돌아누워 잠을 불러들이기 시작했다.

연실의 고집이 그토록 요지부동으로 강고한 것이라면……

늪 같은 잠 속으로 빠져들기 직전, 부용은 체념에 가까운 결론 에 도달하고 말았다. 달리 뾰족한 수가 없었다. 숙원 풀려는 일 념으로 연실은 당장 내일부터 걸핏하면 눈물바람 앞세우며 억척 스레 매달릴 게 불 보듯 빤했다. 둘 사이 원만한 관계 유지하려 면 어떤 식으로든 곁부축 시늉이라도 해야 하지 않을까, 하는 생 각이 졸음 기운처럼 아슴푸레하게 이맛전을 맴돌고 있었다. 울 력 걸음에 봉충다리, 어쩌고 하는 옛말도 있지 않던가. 신심 유난 하기로 소문난 교인들 울력다짐에 마지못해 끼여 함께 길을 걷다 보면 구제 못 받을 불신자라 할지라도 부실한 한쪽 다리 눈치껏 놀려 먼 마을까지 동행하는 일도 어쩌면 가능할지 모르겠다는 생 각이 어렴풋이 들기는 했다.

3

두툼한 겨울 두루마기 차림새 같은 봄날이 찾아왔다. 그렇다고 불청객 자격은 아니었다. 다만, 반가움 반 낯가림 반 어정쩡한 심정으로 최순금은 이른 봄철을 대할 따름이었다. 웅덩이 같은 산서분지에 흙탕물처럼 흥건히 고인 혹한의 흔적들이 말끔히 다 씻겨나가려면 앞으로 한참 더 하늘의 자비를 기다려야 할 판이었다. 도무지 봄 같지 않은 봄 속에서 순금은 여전히 추위를 타고 있었다.

아버지가 모처럼 원거리 출타에 나섰다. 읍내에서 열리는 임전보국(臨戰報國) 결의대회에 면내 유지 중 한 명으로 참석해 황국신민의 충의를 다짐하기 위함이었다. 전쟁이란 괴물은 겨울철이라 해서 내닫던 발걸음 쉬는 법 없었고, 인명이든 재물이든 비켜갈 줄도 몰랐다. 조선이 애면글면 겨울나기 하는 동안, 남양제도는 전쟁 열기로 삼복더위 같은 고난에 시달리는 중이었고, 그 열기는 머나먼 조선 땅까지 고스란히 여파가 미쳤다. 진주만 기습 이후 대동아전쟁에서 태평양전쟁으로 범위가 확대되자 승전보에 취한 일본은 독일, 이태리와 함께 추축국 군사협정을 맺으면서 미국 서해안까지 작전지역을 넓혔다. 금세라도 추축국 세 나라가 천하를 삼분할 것만 같은 형세였다. 일거에 태평양 전역 석권할 기세로 남양제도를 무지막지하게 유린중인 일본군을 전폭적으로 지원하기 위해 근로 보국, 저축 보국, 사상 보국, 농업 보국, 해사 보국 등등 가지가지 보국 운동이 어지러이 벌어지고, 각종 관변 단체가 등장하면서 군 단위로 열리는 발기대회, 결성대회, 궐기 대회, 결의대회 등등 별의별 집회에 군민 다수가 뻔질나게 동원 되곤 했다.

이 빌어 처먹을 전쟁이 어서 속히 끝장을 봐야지, 하고 아버지는 집회 참가에 앞서 으레 한바탕 불퉁거리곤 했다. 대동아전쟁이든 태평양전쟁이든 좌우단간 전쟁이란 전쟁이 모조리 다 끝나야만 안 뜯기고 안 잡혀가고 안 얻어맞는 태평세월 누릴 게 아닌가. 그나저나 대동아공영권이 하루빨리 자리잡아야 하는데, 하면서 집회 참가에 따른 소회를 피력하기도 했다. 대일본제국이 영미귀축 목줄띠 왕창 물어뜯어 항복을 받아내야 전쟁이 물러갈 것이고, 대동아공영권이 완성되어야 염병할 강제공출과 애국헌납 따위 몹쓸 짓거리들도 자취를 감출 판이었다. 그런 기대 속에 아버지는 일제 관헌들 눈 밖에 나지 않으려고, 마냥 더디기만 한 태평세월 발걸음 재촉하는 울력에 미력이나마 보태기 위해 울며 겨자 먹기로 집회에 참석하곤 했다.

근자 들어 아버지는 개골창에 곤두박인 천석꾼 위엄 다분히 의식하는 듯했다. 두루마기 자락 떠들치고 솟을 지경으로 둥덩산같이 튀어나온 배통 더욱 쑥 내민 채 아버지는 전보다 한층 더 거만스러운 걸음새 과시함으로써 달랑거리는 자신의 권위 붙들어놓으려 안간힘 쓰는 듯했다. 순금은 검은 윤기 자르르 흐르는 호사품 단장 기운껏 휘두르며 집을 나서는 아버지를 부엌문 옆에 외어선 채 먼빛으로 배웅했다.

집 근처 어느 모퉁이에 숨어 천석꾼 영감 출타 기회만 노린 성싶었다. 아버지 그림자 멀어지기 무섭게 귀용이 불쑥 대문간에 모습을 드러냈다.

"저렇게 호사바치 차림을 하고서 어디로 행차하시는 겁니까?"

오랜만에 얼굴 맞닥뜨린 남매지간에 의당 오갈 법한 인사치레마저 생략한 채 귀용이 단도직입으로 물었다.

"읍내에서 농업보국청년대 집회가 열리는 모냥이드라."

"청년도 아니면서요?"

"면내 유지 아니냐. 그런 신분에 모르쇠만 잡고 기실 수는 없는 노릇이니깨 청년들 격려허는 숭내라도 내셔야 되겠지."

"그렇겠네요. 농업 보국이라면 자기랑 전연 상관없는 일도 아니니까요."

귀용은 오래전부터 아버지를 지칭하는 그 어떤 말도 입길에 올리지 않은 채 아버지와 관련된 이야기를 무리 없이 이어나가는 변칙 화법에 이미 익숙해져 있었다.

"접때 봤을 때보담도 신수가 나수 안 좋아 뵈는고나."

"신수가 좋으면 뭣합니까. 세상이 이 지경으로 어질병을 앓고 있는데."

귀용이 심드렁한 어조로 편찮은 심기를 드러냈다. 하기야 출옥 이후 신수 좋고 심기 편안한 동생 만나본 기억은 단 한 차례도 없었다.

"무신 일이라도 있냐?"

"자식이 본가 찾는 행사에도 꼭 무슨 일이 있어야만 합니까?"

"누님이 실언을 혔고나. 어서 들어가자."

바로 그때 안방 문이 벌컥 열렸다.

"아이고, 내 새깽이!"

바깥 기척으로 둘째아들 출현 기미 눈치껏 알아챈 관촌댁이 고무신 지르신은 채 안채에서 되뚱되뚱 달려나왔다.

"원 시상에나! 사흘에 피죽 한 그럭 못 읃어먹은 것맨치로 고새 빼짝 더 야워뿌렀네그랴!"

다짜고짜 여윈 뺨 감아쥐려 덤비는 어머니 손길을 아들이 고개 홱 외틀어 야멸치게 뿌리쳤다. 오랜만에 만난 아들이 워낙 노골적으로 냉갈령 부리는 바람에 어머니는 방안에 든 뒤로도 당혹감을 감추지 못했다. 갑자기 궁해진 화젯거리 뒤장질해서 침묵이 점령한 방안에 슬그머니 풀어놓는 일은 당연히 순금의 몫이었다.

"범천스님은 요새 으떻게 지내시냐?"

"머잖아서 열반에 드실지도 모릅니다."

"그 정도로 노환이 위중허시단 말이냐?"

"노환이라기보다는, 우선 식욕부터 멀리 떠나보낸 것 같습니다. 젊은 입에 한 술갈이라도 더 들어가는 게 옳다면서 제자들한테 자기 밥그릇 밀쳐놓고는 곡기를 거지반 끊다시피 하고 지냅니다. 어쩌면 아사 상태로 해탈성불을 작심했을지도 모르는 일이지요."

쯧쯧쯧, 하고 관촌댁이 부지불식간에 혀 차는 소리를 냈다. 굴레 벗은 말처럼 제멋대로 날뛰는 귀용의 험구 때문에 순금은 아까부터 여간 마음이 조마조마한 게 아니었다.

"방금 제자들이라고 했냐? 애기스님 말고도 따른 누가 더 암자에 기거헌다는 뜻이냐?"

"열반에 대비할 속셈인지, 범천스님이 느닷없이 옛날 제자를 도로 불러들여서 상좌로 앉혀놨습니다."

관촌댁 혀 차는 소리가 한바탕 또 자지러졌다. 어쩌면 식욕 문제 아니라 양식 문제 때문일지도 모른다는 생각이 들었다. 백상암에 시주가 끊긴 지는 이미 오래전이었다. 범천스님이 노구 끌

142

고 탁발 행각 나서는 건 아무래도 무리였다. 불심 남다른 관촌댁이 자린고비 영감 눈속임해가며 둘째아들 숙식비 조로 매달 올려보내는 백미 한 가마 분량으로 여태까지 애옥하기 그지없는 암자 살림 애면글면 꾸려온 셈이었다. 그런 형편에 느닷없이 장정 입 하나가 더 붙다니, 그 궁상이 오죽하랴 싶었다.

"젊은 시님이라도 탁발을 내보내시들 않고……"

관촌댁이 한숨을 푹 내쉬었다. 살날이 얼마 안 남은 듯하다는 범천스님 얘기를 끝으로 화젯거리가 다시 궁해졌다. 곡기 끊어버린 노승 두고 마음 아파하기는 기독교인이라 해서 별반 다를 바 없었다. 애옥살이 견디기는 암자나 교회나 매일반이었다. 군수품 원료에 해당하는 금속류 회수령에 따라 사찰 범종과 교회 성종이 강제징발 당하면서 종교 기관들은 졸지에 고유의 목소리를 잃고 말았다. 신심의 한복판을 뎅뎅 울려주던 타종 소리가 뚝 끊김에 따라 시주하고 연보하는 손길과 발걸음이 거지반 끊기다시피 했다. 그나마 사람들 출입이 자유로운 편인 백상암에 비해 신사참배 파동으로 폐문되고 집회가 금지된 샛내교회 형편은 더욱더 열악했다. 가뜩이나 먹고살기 팍팍한 세상에 예배마저 금지되자 그동안 십시일반 정성 여투어 연보금과 성미(誠米) 바치던 손길도 이제는 찾아보기 어려운 실정이었다. 오로지 천석꾼 딸 하나만 예외였다. 어머니가 암자에 유력한 시주 노릇 계속하듯 순금은 교회에 매달 연보를 거르지 않았다. 특히나 부용과 연실을 교회 사택에 맡긴 뒤부터는 밤도둑같이 야음 틈타 천석꾼 영감 감시 눈초리 피해가며 쌀자루 몰래 옮기는 일이 잦아졌다. 예배 있고 없음에 상관없이 교회에 바치는 그 성미 덕분에 동생네는 물론 사모와 사찰집사네까지 여러 목구멍 풀칠이 가능할 정도였다. 그러고도 모자라는 양식은 사찰 부부가 농번기 때 품팔고 농한기 때 가마니 치거나 짚신 삼아 메워나가는 형편이었다.

"암만 생각혀도 안 되겄다. 불자 된 도리로 니알이라도 당장 백상암을 댕겨와야 쓰겄다."

침묵 속에 들어앉아 오로지 그 생각 하나에만 골몰해 있었던가. 관촌댁이 불쑥 입을 열어 자신의 결의를 밝혔다. 죽어가는 범천스님 살리기 위한 거사라면 또다시 자린고비 영감한테 중방 밑 뚫고 곳간 축내는 인쥐라고 비난받는 수모쯤 얼마든지 무릅쓸 각오가 서 있는 듯했다. 귀용은 백상암에 신세 지는 제 처지랑 무관치 않은 얘기인데도 일절 반응을 안 보였다. 그냥 우두커니 앉아만 있다 돌아갈 작정으로 오랜만에 집을 찾아온 건 아닐 터였다. 뭔가 긴한 얘기가 있는 듯한데 선뜻 말 꺼낼 엄두를 못 내는 눈치였다.

"귀용아, 나 조깨 도와줄래? 환갑 진갑 다 지난 베틀이라 그런지 껄핏허면 고장이 나는디, 니가 손 조깨 봐줬으면 좋겄다."

"제가 베틀에 대해서 아는 게 뭐가 있어야지요."

어머니 눈 밖으로 제 몸뚱이 빼돌리려는 누님 속셈 뒤늦게 알아챈 모양이었다. 마땅찮은 기색이면서도 귀용은 순순히 순금을 따라나섰다.

"혹 누님한티 허고 잪은 말이라도 있냐?"

베틀 공방으로 향하면서 귀용에게 넌지시 물었다. 그러나 공방 안에 몸담을 때까지 순금은 아무런 대답도 들을 수 없었다.

"어디가 고장입니까?"

잠시 베틀을 눈으로 더듬는 시늉 끝에 귀용이 물었다.

"어디라고 일러주면 니가 고칠 수 있을 것 같으냐? 고령에도 불구허고 우리 베틀 영감은 여직 기력이 정정허시다."

앉을깨에 놓인 방석 동생 쪽으로 밀면서 순금은 미소 지었다.

"너랑 단둘이 있고 잪어서 베틀 핑계 조께 대봤다."

"어저께 이모님을 만났습니다."

그 말 듣는 순간, 통증 비슷한 감정이 송곳처럼 앙가슴을 쿡 쑤셨다. 낙철의 실형이 확정된 뒤로 상곡리와 오암리를 잇던 발걸음이 완전히 끊기다시피 했다. 그냥 끊긴 정도가 아니었다. 불공대천지원수 관계로 두 관촌댁 사이가 악화해 있었다. 순금이 새중간에 들어 여러 번 화해를 주선했건만, 한번 옴파기 시작한 어머니 마음은 끝내 요지부동이었다. 제 자식 벼락 맞았다고 남의 자식도 덩달아 벼락 맞으라 고사 지내는 여편네는 친동기간도 무엇도 아니라는 주장이었다. 각각 감옥의 안과 밖에 아들 둔 어미 입장만 고집할 뿐, 어머니도 이모도 도무지 상대방을 용납하려

하지 않았다.

"너라도 이모님을 찾어뵐 수 있어서 그나마 다행이고나."

귀용이 이따금 오암리를 드나든다는 사실은 진즉부터 알고 있었다. 조카로서 이모한테 특별한 용건이 있어서가 아니었다. 자신을 끊임없이 죄책감의 구렁텅이로 떼미는 이종사촌에 대한 의리 때문이었다.

"이모님은 안녕허시드냐?"

그 말은 이를테면, 낙철이는 수형생활 그럭저럭 잘 견디고 있다더냐, 하는 물음과 같은 성질의 것이었다.

"안녕하시지 못한 것 같습니다. 도통 말씀이 없으셨습니다. 제 손을 꽉 부여잡고서 이모님은 계속 울기만 하셨습니다. 그새 감옥 안에서 뭔가 심중한 사변이 발생한 게 분명합니다."

그 말은 이를테면, 낙철의 신상에 매우 좋지 않은 어떤 일이 벌어진 성싶다는 뜻이었다. 말말끝에 귀용은 제법 드레 있는 남자답게 진중한 척 꾸미던 태도 갑자기 허물면서 어린애처럼 비죽비죽 울먹이기 시작했다. 울음에 버무려 떠듬떠듬 내놓는 이야기 통해 순금은 그동안 아들 만나러 경성형무소로 찾아간 이모가 거푸 두 차례나 면회에 실패하고 헛걸음만 했음을 비로소 알게 되었다.

"무신 이유로 형무소에서 가족 면회를 안 시켜준다드냐?"

"자세한 내막은 저도 잘 모르겠는데…… 형무소 쪽 말로는 수

형자 일신상에…… 면회장으로 나오기가 어려운 상황이 발생해서……"

간신히 그 대목까지 말하고 나서 귀용은 울먹거림 아닌 본격 울음 단계로 올라섰다. 울고 싶은 만큼 실컷 울도록 순금은 부러 말리지 않았다. 어쩌면 제 울음소리 들어줄 누군가의 귀가 필요했고, 그래서 그 대상으로 누님 귀를 택했고, 누님 붙잡고 걸판지게 한번 울어볼 요량으로 집을 찾아 백상암을 나섰는지도 모른다. 노상 배신자, 배반자 자처하며 살아가는 귀용이 배낙철로 상징되는 사상의 질곡에서 다만 한 뼘 푼수라도 벗어날 수만 있다면 울음도 때로는 양약이 될 수 있으리라.

"누님, 인제 저는 어쩌지요? 만약에 낙철이 형님 신상에 어떤 심각한 문제라도 발생했다면, 제가 무슨 염치로 숨을 쉬고 무슨 자격으로 밥을 먹을 수가 있겠습니까!"

"귀용아, 울고 잪으면 실컨 울거라. 맺힌 속이 다 풀릴 때까장 얼매든지 더 크게 울어도 괭기찮다."

순금은 울보 동생 등덜미 가만가만 토닥여주면서 원도 한도 없이 울라고 속삭이는 소리로 부추겼다. 취조 과정과 재판 과정 거치면서 권력에 대한 비겁자 또는 동지들에 대한 배신자로 처신했던 제 과오를 끝내 용서하지 못한 채 종신형에 맞먹으리만큼 자신을 가혹한 형벌에 처하는 동생이 그지없이 측은하게 느껴졌다.

"허지만 귀용아, 그러콤 무턱대고 넘겨짚다가는 팔 뿌러지는 수가 있니라. 낙철이 신상에 무신 사변이 일어났는지 자세허니 알어보기도 전에 지레 비관에 빠지는 건 온당치 못헌 처신이다."

"전후 사정이 이런 판에 제가 어떻게 낙관이나 하고 있겠습니까!"

"금명간에 내가 이모님을 한번 만나볼란다. 우선 자세헌 내막을 알고 난 연후에 낙철이를 걱정허든가 말든가 니 맘대로 허거라."

겉발림만 제법 그럴싸해서 어른에 가까워 보일 따름이었다. 귀용의 속내평은 아직도 미성년 단계를 온전히 벗어나지 못한 상태였다. 아무리 어르고 달래봐야 백약이 무효였다. 낙철이 문제로 노심초사하는 동생을 어떤 말로도 안정시킬 재간이 없었다.

"귀용아, 요런 경우에 너한티 소개허고 잪은 분이 계신다. 마음에 평강이 없는 사람들한티 그분께서 주신 말씸이다. 너희 모든 염려를 다 주께 맡겨버릴지어다. 대개 저가 너희를 권고하시나니라."

그것은 근심을 끼니 삼고 걱정으로 건건이 삼아 지내는 동생한테 순금이 동원할 수 있는 유일한, 그리고 마지막 수단이었다.

"우리 집안에서 천당 갈 사람은 누님 한 분만으로 족합니다!"

말대꾸 마침과 동시에 귀용이 분연히 일어섰다. 차마 못 들을 소리라도 들은 것처럼 몹시 못마땅해하고 분격하는 기색으로 귀용은 횅허케 베틀 공방을 떠나버렸다.

곤경에 빠져 허우적거리는 동생 황황히 떠나보낸 다음 순금은 오도카니 공방에 남아 오래도록 낡은 베틀을 지켰다. 손위 누이로서 동생에게 줄 수 있는 도움이 아무것도 없다는 무력감으로 인해 한동안 망연해 있었다. 세 동생 중 막내 덕용 하나만이 예외였다. 덕용은 형들보다 상당히 차지는 머리를 부단한 노력으로 벌충하면서 심성 곱게 잘 커가는 중이었다. 특출한 재능들 두루 갖춰 태어난 두 동생이 언제나 말썽이었다. 두 동생에게 건네는 순금의 진정과 진심은 번번이 벽에 부딪혀 아무런 실속도 없는 메아리로 되돌아오기 일쑤였다. 금방 성사될 듯싶던 부용과 연실의 혼례는 하대명년으로 늦춰지는 중이었다. 문목사가 전제조건으로 내세운 부용의 입교 문제가 해결될 조짐이 전혀 안 보이는 까닭이었다. 연실을 위한 일이라면 신념도 주의나 주장도 죄다 양보할 용의가 있노라고 희떠운 소리 팡팡 치던 부용이 무슨 변덕이 끓었는지 갑자기 마음을 바꾸는 바람에 입교 절차가 차일피일 미뤄지고 있었다. 제 남자 변심에 크게 낙담할 법도 한데 연실은 여전히 참을성 좋게 기다리고 있는 상태였다. 음전 떨고 조빼는 자세로 진드근히 기다리노라면 언젠가는 멀리 출타했던 남자의 초심이 반드시 저한테 되돌아오고야 말리라 굳게 믿고 있었다.

"요게 대관절 뭔 야단이다냐? 귀용이랑 무신 말시비라도 주고받었냐?"

모처럼 집에 돌아온 아들이 간다는 인사 반 토막도 없이 훌쩍 떠나버린 줄 뒤늦게 알아차린 관촌댁이 허위단심 베틀 공방으로 들이닥쳤다.

"이모님을 찾어뵐 일이 생겼어요, 어머님."

"뭣이라? 니 눈구녁에는 오암리 그 예펜네가 시방도 이모로 뵈냐?"

"귀용이가 이모님을 만나고 왔다는디, 시방 낙철이 땜시 근심 보따리 끌어안고 눈물로 세월을 삼으신대요."

"잘들 허는 짓이다! 참말로 자알들 허는 짓이여! 즈네 에미 거역허고 에미 앙가심에다 전봇대만헌 말목 질르기로 남매찌리 작당이라도 혔단 말이냐?"

"어머님도 저랑 같이 가주셔야 쓰겄어요."

"뭣이 워찌고 워쪄? 지 새끼 가막소 콩밥 장복허게 되얐다고 지 성님 새끼도 덩달어서 망조 들으라고 고사 지내고 축수허는 그 물구신 같은 예펜네를 날더러 시방 내 발로 찾어가서 만나라고?"

관촌댁은 펄쩍 뛰는 시늉 위에 삿대질까지 곁들임으로써 그것이 천만부당한 억지다짐임을 온몸으로 표현했다. 어머니가 어떤 식으로 나올지 일찌감치 짐작하고 있었기 때문에 순금은 그런 반응에 조금도 휘둘리지 않았다.

"요번 기회에 이모님을 꼭 만나셔요."

"오암리 그 예펜네 얌통머리 하나 없는 소행만 생각헐라치면 시방도 치가 떨리고 몸서리가 쳐져서 나는 안 갈란다! 아니, 죽어도 못 가겄다! 그러니깨 너도 덩달어서 못 가는지 알그라!"

"저는 반다시 가요. 그러고 어머님도 당연허니 가시는 것으로 알고 기셔요. 요번 기회 놓쳐뿔고 나면 어머님이 살어생전 이모님이랑 화해허실 날은 영영 안 올지도 몰라요."

결곡한 어조로 오금 꽉 박자마자 순금은 곧바로 베틀을 다루기 시작했다. 한동안 쉬었던 직조 작업에 세상모르게 고부라지는 시늉으로 어머니 험악한 입 단단히 틀어막을 심산이었다.

4

"젊은 다릿심 짱짱허다고 시방 유세 떠는 것이냐, 뭣이냐? 발 바닥에다 도롱태라도 매달았냐, 시방? 낫살깨나 훔쳐먹은 느네 엄니 적선허는 폭 잡고 지발덕덕 싸목싸목 걷자, 이것아!"

집 나선 이후 처음으로 입 열어 호되게 지청구 먹이면서 관촌 댁은 딸년 뒤통수 뚫어지도록 노려보았다. 꼬박 이틀 버티던 끝에 결국 쇠심줄보다 질긴 딸년 고집에 코가 꿰여 앙앙불락하며 따라나선 길이었다. 가뜩이나 내키지 않는 발걸음 다그쳐 딸년 뒤꽁무니 허위허위 쫓아가자니 쌀쌀한 날씨인데도 가슴패기에 서 더운 기운이 모락모락 김으로 피어오를 지경이었다. 단손으로 고달픈 인생 살아가는 제 이모 위한답시고 쌀자루에 마른반찬서 껀 잔뜩 꾸린 보퉁이까지 더불고도 딸년 발놀림은 얄미우리만큼 가뿐하기만 했다. 뒤로 오는 호랑이는 속여도 앞으로 오는 팔자는 못 속인다더니만, 그 옛말은 정녕 순금이란 년 두고 만들어진 진리일시 분명했다. 동지섣달 헐벗은 나그네 만나면 겉옷은 말할 나위 없고 속속곳마저 홀랑 다 벗어주고도 남을 위인이었다. 그런 사람이라야 천당에 갈 수 있다고 야소귀신이 설파했다지만, 순금이란 년은 그 야소귀신 만나기 훨씬 전부터 내내 그 모양으로 자라고 그 꼴로 살아왔다. 원원이 성정을 그토록 헤프게 타고났으니 오늘날 제 팔자가 만판 고단할 수밖에!

"비상헌 니 대갈빡이 짚어낸 가늠으로는 그 오살에 육시를 헐 잡놈한티 생겼다는 변고가 대관절 으떤 종류 변고 같으냐?"

당장 똑 부러진 어떤 대답 듣고 싶어서가 아니라 종시일관 거침없이 내닫는 딸년 걸음새에 잠시나마 딴죽 걸려는 질문이었다.

"바로 그 내막 알어볼라고 시방 이모님 찾어가고 있잖어요."

딸년은 제 발걸음 다그치는 데 열중하느라 뒤도 안 돌아보고 샐쭉한 음색으로 핀둥이만 날렸다.

"오냐, 너 참말로 잘났다! 이왕지사 잘난 짐에 느그 엄니 머리 꼭지 직신직신 밟어뿔고는 일구월심 오암리만 바라보고 달음박질 놓그라!"

관촌댁은 딸년 상대로 계속 어깃장을 놓았다. 다른 누구도 아닌 제 이종동생한테 사회주의 구정물 배 터지게 처먹여 단단히 똥탈 나게끔 만든 천하잡놈 자식을 둔 어미 아닌가. 더군다나 사실관계가 여차여차하고 선후 맥락이 약시약시한 것으로 이미 백일하에 밝혀진 판국인데도 죄책감에 짜부라져 시르죽기는커녕 되레 살모사처럼 세모꼴 대가리 빳빳이 치켜들고 덤비는 여편네였다. 그렇듯 비인(非人)에다 불인(不人)까지 얹어 양수겸장 부름으로써 제 친정언니 집안 외통수로 몰아붙이지 못해 안달복달하는, 짐승보다 못한 인간이었다. 그런 여편네를 아직도 제 이모라고 믿고 그쪽 안위에 대해 노심초사하는 꼴불견이라니! 관촌댁은 어둑새벽 같은 딸년 속내평을 도무지 측량할 재간이 없었다.

"죄는 지은 대로 가고 덕은 닦은 대로 가는 벱이니라. 오암리 하눌에 차일 치딧기 덮은 먹장구름 보니깨 오날중으로 작죄헌 그 인간들 집구석에 앙화가 미칠 성불르다."

"어머님 본심이 어느 쪽에 있는지 지가 잘 알아요. 그러콤 맴에도 없는 악담으로 역부러 작죄헐라 마셔요."

"오냐, 잘났다! 참말로 너 잘났다! 이왕지사 잘난 짐에 난장 바닥에 느그 엄니 떨이로 내다팔어서 그 돈으로 느그 이모 알뜰살뜰 봉양허그라!"

모녀간에 티격태격 말다툼하던 끝에 어찌어찌 오암리에 당도했다. 썩어 문드러질 잡것 같으니! 관촌댁은 오랜만에 보는 친정 동생 면상에 돌팔매처럼 날릴 험담 한 보따리 장만한 채 집을 나선 참이었다. 하지만 막상 동생 대면하는 순간, 단단히 별렀던 욕지거리들 차마 입 밖으로 토설할 수가 없었다. 온전히 넋을 놓아버린 꼬락서니였다. 마루끝에 오도카니 나앉아 하염없이 먼산바라기로 세월을 까먹는 중이었다. 대문간으로 들어서는 인기척 분명코 들었을 텐데도, 오랜만에 찾아온 이질녀가 밝은 목소리로 초벌 인사 건네는데도 낙철이네는 그저 눈멀고 귀먹은 반실이 흉내로 일관하는 중이었다.

"순금이가 어머님 뫼시고 이모님 뵈러 왔어요!"

이고 지고 온 보퉁이들 마루에 내려놓으며 순금이 재벌 인사 닦자 낙철이네는, 맥이 누구시더라, 하는 표정으로 이질녀를 물끄러미 건너다보았다. 정신머리가 고장나도 아주 단단히 고장나 버렸음이 분명했다.

"가관이다, 참말로 가관이여! 게우 요 모냥 요 꼴로 넋 팔어먹은 예펜네 되고 잖어서 왕시에 나한티 그 포달 다 부리고 내 오장육부 홀러덩 뒤집어놨드란 말이냐?"

멀리 달아난 넋 도로 불러들이는 데는 뭐니 뭐니 해도 불난 집에 풀무질하듯 덧들이는 행동이 직방인 듯했다. 한결같은 먼산바라기 자세이던 낙철이네 시선이 그제야 자벌레처럼 꼼틀꼼틀 기어오더니만 관촌댁 양미간 근처에 흔들흔들 위태롭게 매달렸다. 굳게 닫혀 있던 입술이 마침내 옴질옴질 움직이기 시작했다.

"오셨소……"

"오냐, 오셨다! 최씨 집안 폭삭 망조 들라고 저주허든 그 시커먼 맴보재기로 시방 얼매나 호강에 잣죽 쑤고 잘사는지 요 눈으로 귀경허고 잖어서 요로콤 불원천리허고 찾어나선 질이다!"

"어머님!"

딸년이 두 눈 한껏 지릅떠 어미에게 경고를 발했다.

"고맙소."

낙철이네가 아무런 감정도 담기지 않은 민틋한 억양으로 들릴락 말락 간신히 중얼거렸다.

"어이구, 고마운지 아는 것 보니께 그새 니년이 찬물 먹고 맴보재기를 돌린 모냥인디……"

한바탕 또 사나운 입정 놀리다 말고 관촌댁은 별안간 아얏, 하는 비명과 동시에 딸년 향해 째지도록 눈을 흘겨댔다. 딸년한테 엉덩짝 살점 된통 꼬집히고 나니 그제야 좀 정신이 들었다. 그새 낙철이네는 다시 먼산바라기 자세로 멀찌막이 물러앉아 있었다. 초점 잃은 눈동자가 의지할 무엇인가를 찾는 듯 허공을 이리저리 더트며 헤매는 중이었다. 소리쳐 불러도 본래 자리로 되돌아올 성싶지 않은 그 눈빛에 접하는 순간, 관촌댁은 십전만 써도 너끈히 가라앉힐 수 있는 분심(忿心) 달래는 데 덤턱스럽게 일원이나 과용했음을 그제야 퍼뜩 깨달았다.

"어머님 말씀이 쪼깨 섭섭허게 들리시드래도 이모님이 잘 새겨들으시고 너그럽게 이해를 허셔요. 비단 자락도 더러는 꾸겨지는 수가 생긴다고 그러잖어요."

어떡하든 제 어미 흠구덕 덮어볼 요량으로 순금이 공들여 휘갑을 쳤다. 하지만 낙철이네는 이질녀 말에 일절 반응을 내보이지

156

않았다. 자신의 말동무는 오로지 먼산밖에 없노라고 주장하는 듯 개개풀린 눈초리로 허공만 멀뚱멀뚱 올려다볼 따름이었다.

"이모님, 대관절 왜 그러셔요? 낙철이 신상에 무신 문제라도 생겼나요?"

"고맙소."

"이모님, 저 순금이라고요, 순금이!"

"오냐, 고맙다."

"그러콤 혼자서만 속 끓이지 마시고 무신 일인지 사실대로 툭 털어놓으셔요! 무신 사연인지나 알아야 도와드릴 방도를 찾을 수도 있지요!"

안타까움에 겨워 순금은 제 이모 어깻죽지 붙잡고 앞뒤로 흔들어댔다. 그러자 낙철이네 시선이 이질녀 얼굴로 느릿느릿 옮아가기 시작했다. 순금이 양팔 넓게 벌려 이모를 꽉 보듬었다. 그때까지 애먼글면 버티는가 싶던 낙철이네가 댓바람에 풀썩 무너져 내렸다. 이질녀 품안에 든 낙철이네 모습은 어린애처럼 왜소하고 초라해 보였다. 이질녀 품에 안긴 채 낙철이네가 느닷없이 악머구리 소리로 울음보를 터뜨렸다. 이모와 이질녀 촌수 관계가 완전히 뒤바뀐 꼬락서니였다.

"우시고 잪은 만침 우셔요. 실컨 우시고 나면 꽉 맥혔던 숨통이 다소나마 뚫릴지도 몰라요."

어른 같은 이질녀가 어린애 같은 이모 등덜미 가만가만 토닥이면서 귀엣말로 속삭였다. 그야말로 가관 중에서도 우듬지 가관이었다. 정말 혼자 구경하기 아까운 굿판이었다. 썩을 년! 오살에 육시를 헐 년! 관촌댁은 딸년이나 동생년 중 누구라고 명토 박지 않은 채 푸짐한 욕설 한 바가지 건공중으로 흩뿌렸다.

"대처나 이 노릇을 으찌혀야 옳단 말이냐, 순금아!"

필경 낙철이네는 징징 쥐어짜는 소리로 원정(原情)을 늘어놓기 시작했다.

"요게 대관절 무신 재변이고 무신 횡액이란 말이냐, 순금아! 청천백일에 날벼락도 유분수지, 이 에미년이 대관절 무신 죄를 을매나 크게 졌다고 하눌님은 수절과부 한도 많고 설움도 많은 팔자에다 인정사정없이 급살까장 쌔리신단 말이냐, 순금아!"

"이모님, 맴속에 든 은결이 말짱 풀리게코롬 저한티 자초지종을 낱낱이 다 토설허셔요."

"시상에나! 원 시상에나! 낙철이가, 시상천지 한 점뿐인 내 새 깽이가 가막소에서 고만 뼝 돌아뿌렀단다!"

그 순간, 딸년과 어미 입이 동시에 딱 벌어졌다. 곧이어 딸과 어미 두 시선이 중간에서 만나 짤막한 신호를 서둘러 주고받았다. 처음부터 일정하게 유지하던 간격을 부지불식간에 좁히면서 관촌댁은 결국 동생 곁으로 바투 다가앉고 말았다.

"아, 아니, 뼝 돌아뿔다니? 그게 시방 무신 소리냐?"

"낙철이 갸가 고만 홰까닥 미치고 설쳐뿌렀다 안 그러요!"

"아니, 가막소 안에 있는 갸가 무단시 왜 미치고 설친단 말이냐?"

"성님도 참말로 깝깝허요! 에미랑 한 지붕 밑에서 순화롭게 지낸다면 갸가 뭣 땜시 미치겄소! 가막소 안에 갇혀서 육장 옴짝달싹도 못허는 신세니께 폴짝폴짝 뛰다가는 필경 미쳐뿔고 말었겄지라!"

주머니 속처럼 훌렁 뒤집어 보여줄 수 없는 제 가슴팍 주먹으로 퍽퍽 쳐대면서 낙철이네가 버럭 역정을 부렸다.

"그간 형무소로 면회를 갔어도 모자 상면을 못허고 번번이 헛걸음만 허셨다고 들었는디, 낙철이 그 실성 소문은 어디서 누구한티 들으셨어요?"

"누구긴 누구겄냐, 가막소 간수지! 연유도 안 밝히고, 하눌이 두 동갱이 나는 한이 있드래도 절대로 면회를 허가헐 수 없담시나 그냥 돌려세우는 바람에 하도 웬통허고 스러워서 면회소 문전에 퍼벌허고 주저앉어서는 한바탕 대성통곡을 허고 있자니께……"

그간 잦은 면회 덕분에 안면깨나 익힌 간수 하나가 슬그머니 다가오더니만 귀엣말로 노총 질러주더라는 것이었다. 상대가 누가 됐든 마구잡이로 물어뜯는 몹쓸 병에 걸렸다는 이야기였다. 동료 죄수도 물어뜯고, 그걸 뜯어말리는 간수도 물어뜯고, 그 병 치료허는 의사도 물어뜯었다 했다. 두 눈에 퍼렇게 쌍불 매단 채 그냥 아무나 닥치는 대로 물어뜯으며 길길이 날뛰기를 되풀이하던 끝에 시방은 독방에 격리 수용되어 있다는 것이었다.

"회오리밤 같은 외톨 자식이 시방 그 지경으로 물고가 나뿌렀는디, 이내 몸은 장차 무신 영광 바라보고 무신 낙으로 살아간단 말이냐!"

장탄식 끝에 낙철이네는 또다시 허겁스레 울음보를 터뜨렸다. 선지 빛깔로 번지는 그 울음소리가 한동안 관촌댁 내면에 잠들어 있던 측은지심을 흔들어 깨우는 순간이었다. 모처럼 만에 친정언니 자리로 돌아온 관촌댁이 취한 첫번째 행동은 방금 딸년이 그랬던 것처럼 몸부림치며 호곡하는 동생 와락 보듬어주는 일이었다.

"아이고 이 잡것아, 실정이 그러면 그럴시락 외려 더 맴을 독허게 먹고는 짐승맨치로 아득바득 집안 버팀목 노릇을 감당혀야 옳거늘, 자식이 뺑 돌아뿌렀다고 에미까장 덩달아서 홰까닥 돌아뿌러서야 쓰겄냐?"

"성님, 시상천지 단 하나뿐인 자식이 정신줄 탁 놓아뿌린 마당에 에미년이 시방 독헌 맴 먹어봤자 무신 소용이고 악착 떨어본들 무신 변통수가 생긴다요? 지는 인자 숨줄 간댕간댕 붙어는 있어도 죽은목심이나 매일반이어라!"

"아이고, 이 잡것아, 고장나뿌린 자식일망정 죽어 없어진 것보담은 휘긴 낫거니 치부허고 에미가 왼갖 정성 들여서 재주껏 잘 곤쳐갖고는……"

"어머님!"

한바탕 설레발 놓다 말고 관촌댁은 딸년이 소래기 빽 내지르는 사품에 갑자기 무르춤해졌다.

"어머님 먼첨 집에 가 기셔요. 저는 이모님이랑 쪼깨 더 있다 가 낭중에 갈 모냥이니께요."

매섭게 쏘아보는 눈씨가 아무래도 예사롭지 않았다. 제가 도모하려는 사업에 부조는커녕 오히려 훼살만 놓는다고 어미를 비난하는 기색이 완연했다. 자기 깜냥대로 수렁에 빠진 동생 건져준답시고 소맷부리 걷어붙이고 나선다는 풍신이 그 모양 그 꼴이었다. 관촌댁은 지각없는 언동으로 되레 산통 깨는 짓거리만 골라 저지른 자기 주제꼴을 뒤늦게 깨달았다. 등덜미 떼밀다시피 연방 눈치 주는 딸년 등쌀 못 이겨 마루 끝에 간신히 걸치고 있던 궁둥짝을 들어올릴 수밖에 없었다.

"썩을 년……"

동생네 집 등지면서 관촌댁은 섭섭한 속내를 기어코 감추지 못했다.

"명색이 즈네 에민디, 나가 푼수 빠진 소리 쪼깨 입에 담았기로서니 동냥아치 내치덧기 쫓아내는 건 또 무신 경우고 어느 나라 법도여?"

오암리 고샅길 빠져나갈 때까지 관촌댁은 불퉁거림을 멈추지 않았다. 그 와중에 왠지 모르게 수상쩍은 발소리가 언뜻 귀에 잡히는 듯했다. 일정한 간격 유지한 채 누군가가 발맘발맘 뒤밟아 따라오는 기척이었다. 관촌댁은 고개 외틀어 뒤쪽을 핼끔 살폈다. 그러자 웬 아낙 하나가 발걸음 황급히 멈추면서 경위도 밝게 허리 접고 머리 조아리는 시늉을 했다. 어쩐지 낯익은 느낌으로 미루어 짐작건대, 천석꾼 집안 땅뙈기 부치며 살아가는 수많은 소작인 가운데 하나인 듯싶었다.

"자네, 혹시 나한티 무신 허고 잪은 말이라도 있는가?"

대뜸 하대하며 추궁하는 어세에 눌린 아낙이 쪼르르 달려오더니만 천석꾼 마나님 앞에 두 손 가지런히 모으며 조신하게 공수(拱手) 자세를 취했다.

"허고 잪은 말이라기보담은, 저 뭣이냐……"

"나 헐말 있소, 허는 글씨가 시방 자네 이마빡에 끌로 새겨져 있네!"

"저 뭣이냐, 관촌댁이 요새 으떤 모냥으로 세월을 보내고 있는지 쪼깨 궁금시러서……"

"자네도 보다시피 관촌댁은 무탈허니 잘 지내고 있네마는, 내 안부는 알어서 얻다가 써먹을라고 자네가 팔소매 걷어붙이고 나서는가?"

오암리 관촌댁 가리키는 말인 줄 번연히 알면서도 상곡리 관촌댁은 짐짓 심통을 부렸다. 천석꾼 마나님 위신에 같은 칭호 하나를 지체 다른 동생이랑 공평하게 나눠 써야 하는 현실이 내심 못마땅하게 느껴지는 까닭이었다.

"아이고, 이런! 쇤네가 쪼깨 실언을 내뱉었고만요. 마님 쪽이 아니라 실은 낙철이네 일이 쪼깨 걱정이 되야서……"

아낙이 몸둘 바 모르는 낯꽃으로 이미 땅에 떨어신 실언 허둥지둥 도로 주워 담으려 했다.

"설령 그쪽 관촌댁 일이라 허드래도 헛다리짚기는 매일반 아닌가! 그 집구석 속내라면 산 넘고 물 건너는 상곡리보담은 오암리 한 고샅 이웃지간인 자네가 휘긴 더 빠삭허니 알고 있어야 옳잖은가!"

내친걸음에 관촌댁은 매섭게 추궁하는 어세를 누그러뜨리지 않았다.

"저 뭣이냐, 실은……"

"싸게 말을 허게, 말을! 낙철이네 일로 자네가 알고 있는 내막을 소상허니 읊어보란 말이네!"

"낙철이 실성기가 요만조만 우심허들 않다고 들었고만요."

"그것이사 나도 아는 일이네."

"마구잽이로 이 사람 저 사람 물어뜯는다고 들었고만요."

"그런 증상도 다 알고 있네."

"하나뿐인 자식이 실성헌 끝에 살어 있는 사람 생살점 한 입씩 뭉텅뭉텅 물어뜯고 우적우적 썹어먹는다는 야그 듣고시나 낙철이네가 얼마나 기가 맥히고 오직이나 억장이 무너앉었겄어라!"

　아무나 닥치는 대로 물어뜯는 대목까지는 이미 알고 있었지만, 물어뜯은 그 살점 우적우적 씹어먹는다는 얘기는 금시초문이었다. 미친증이 그 정도로 위중하리라곤 전혀 짐작도 못했던지라 관촌댁은 아낙의 귀띔질에 새삼스럽게 충격을 받았다. 아가리 주변을 온통 핏물로 시뻘겋게 뒤발한다. 일단 톱날 같은 송곳니로 물어뜯은 살점 맷돌 같은 어금니로 질근질근 씹어 삼킨다. 그러다가 구경꾼들 향해 시뻘게진 입속 활짝 드러내면서 히쭉히쭉 자꾸만 웃어쌓는다. 그렇듯 괴이쩍기 그지없는 일련의 장면이 줄지어 눈앞을 지나가는 바람에 관촌댁은 저도 모르게 부르르 푸르르 진저리칠 수밖에 없었다.

　"어째피 실성헌 자식은 그렇다 치드래도, 그 에미는 대관절 무신 죄다요? 필경 저러다가 낙철이네까장 실성허고 말겄다고, 날 궂이허는 날 장텃거리 한복판에 두 모자 짱짜런허니 나와서 굿 잽히는 꼴 귀경허게 생겼다고 이웃지간들은 시방 걱정이 태산이어라. 낙철이네가 양잿물이라도 먹고는 덜컥 자진헐 것만 같어서 쇤네는 요새 잠도 오들 않어라."

　아낙은 대짜배기 한숨으로 낙철이네 모자 이야기를 매조지려 했다. 그 한숨이 관촌댁에게 한 가닥 회한을 불러일으켰다. 뭔가 염탐할 작정으로 남 뒤꽁무니 밟은 게 아니었다. 오암리 관촌댁이 처한 절체절명 위기 알리고자 상곡리 관촌댁 뒤따라온 것이었다.

"자네 택호가 뭣인가?"

"쇤네 같은 무지렝이 예펜네한티 택호는 당치도 않은 말씸이어라. 허물없는 처지로 그냥 사람들이 막동이네라고……"

"막동이네, 내 말 잘 듣게. 낙철이네 걱정허고 위허는 그 심성이 참말로 가상허게 비쳐서 허는 말인디, 막동이네한티 한 가지 부탁헐 게 있네."

"쇤네 같은 것한티 무신 부탁 말씸을……"

"자네가 우리 동상 조께 지켜주소. 딴맴 먹고 엉뚱깽뚱헌 저지레 못허게코롬 자네가 일삼어서 보초를 스고 파수도 봄시나 혹시라도 어디 손닿는 자리에 양잿물 같은 것 있는지 없는지 집 안팎을 수시로 감찰허고……"

"그런 일이사 이웃 된 정리로 댕연지사 아니었어라?"

"아니네. 자네가 원체 심성을 곱다라니 타고났으니께 그걸 당연지사로 아는 것이네. 좌우지간 우리 동상 잘 챙겨만 준다면, 나가 섭섭허들 않게코롬 장차 자네를 괄목상대헐 모냥이네."

"아녀라! 괄목상대라니, 쇤네 같은 농투산이 지집한티는 참말로 당치도 않은 말씸이고만요. 낙철이네 정상이 하도 가긍허고 안씨러서 이웃지간에 맴자리 한쪽 실무시 열어주는 것뿐이어라."

관촌댁은 느닷없이 막동이네 손을 덥석 움켜잡았다. 그리고 그 손 마구 흔들면서 재삼재사 당부해 마지않았다.

"나는 막동이네만 꽉 믿고 있을라네. 그러고 막동이네 은공은 절대로 안 잊어먹을라네."

당장 가서 파수꾼 노릇에 충실하라 독촉하듯 관촌댁은 등 떠밀다시피 막동이네를 마을로 돌려보냈다. 좌우 엉덩짝 씰룩쌜룩 흔들면서 빠른 걸음으로 멀어지는 막동이네 뒤태 멀거니 바라보다가 관촌댁은 고만 길가 풀숲에 픽석 주저앉아버렸다. 떡심이 좍 풀려 두 다리로 몸통 받칠 수도, 걸을 수도 없을 지경이었다. 맨 처음 동생 이야기 들었을 때보다 훨씬 더 고약하고 충격적인 내용이었다. 증상은 양쪽이 어상반한 내용이지만, 막동이네 쪽 이야기 속에 낙철은 곱절 이상 끔찍한 형상으로 등장하고 있었다. 남의 생살점 뭉텅 물어뜯어 우적우적 씹어대다니, 그게 어디 사람으로서 할 짓인가. 미쳐도 그냥 곱다시 미쳐야지, 그따위 행위는 여러 날 배곯은 새벽 호랑이 아니면 미개한 남방 토인종이나 한다는 짓거리 아니던가. 하나뿐인 이질 녀석 미친증은 워낙 백약이 무효라서 도무지 고칠 방도가 없을 듯싶었다. 조금 전 뇌리를 관통했던 괴이쩍은 장면들이 고스란히 되살아나는 바람에 관촌댁은 하마터면 잊을 뻔했다는 듯이 한바탕 또 부르르 푸르르 진저리를 치지 않을 수 없었다.

"근디, 야는 으째 여적지 꿩 꾸워 잡순 소식이다냐? 요러다 필경 일락서산에 해가 꼴딱 넘어가고 말겄네!"

한참 기다려도 나타날 기미조차 안 보이는 딸년을 두고 관촌

166

댁은 불만을 토로했다. 오지 않는 딸년 길바닥에서 하대명년하고 기다릴 수도 없는 노릇이었다.

"이질녀가 즈네 이모 얼싸안고 따독따독 달래주는 것도 유정헌 풍경이기는 허다만서도, 적당헌 대목에서 궁뎅이 툭툭 털고는 고만 뽈딱 일어나뿔 지도 알어야지!"

그 경천동지할 소식 가슴속에 가둬둔 채 홀로 견뎌내는 건 사실 이만저만 가혹하고 불공정한 처사가 아니었다. 가까운 사람들이 십시일반으로 힘을 보태 그 어마어마한 비극의 덩저리 자디잘게 쪼개서 의초롭게 한 조각씩 나눠 갖는 것이야말로 당사자 혼 잣손으로는 감당하기 버거운 짐을 다소나마 줄여볼 수 있는 방책일 것이었다.

"요런 때 마침맞게 집구석에 있어야 되는디……"

버거운 짐 떠둥그뜨릴 상대로 천석꾼 영감 염두에 두고 관촌댁은 풀숲에 맡겼던 엉덩이 냉큼 돌려받아 발딱 일어섰다. 요긴할 때면 의례건 콧사배기조차 안 비치다가 불필요할 때면 어김없이 나타나 눈앞에서 연신 거치적거리며 애성이만 받치게 하는 영감이었다. 능구렁이 닮은 놀부 심보 두세 뭇은 실히 삶아 먹었을 위인이었다. 원원이 그런 인간인데, 태산 같은 근심 걱정 짊어진 채 낑낑 앓는 소리 입에 달고 돌아오는 늙정이 마누라가 과연 안중에나 있을까 싶었다.

"나무아미타불 관세음보살……"

신음하듯 중얼거리며 상곡리 초입에 들어선 관촌댁은 남은 기력 발끈 쥐어짜 감나뭇골 향해 두 다리 허청허청 놀리기 시작했다. 불현듯 태어나고 자란 고장 관촌에서 보낸 어린 시절이 눈앞에 아스라이 펼쳐졌다. 산천경개 빼어난 고향에서 의좋고 우애 돈독한 자매지간으로 보낸 세월이 꿈만 같게 여겨졌다. 한시도 떨어질 줄 모르고 일심동체로 화락하며 자라는 자매를 오히려 어른들이 걱정할 정도였다. 아주까리에 진둥개처럼 노상 붙어만 지내다 어느 날 제각기 다른 고장으로 시집가버리면 무슨 낙으로 살아갈 거냐며 쯧쯧 혀를 차곤 했다. 성년 되어 자매가 연달아 관촌에서 까마아득히 먼 두멧구석 산서로 시집을 가자 친정 동네에서는 내남없이 그 기막힌 우연을 한동안 입길에 올리곤 했다. 하늘도 차마 의초롭기 그지없는 자매 사이 갈라놓을 재간이 없어 결국 같은 고을 출신 신랑감들 물색해 인연으로 엮어준 것이 틀림없다는 감탄들이었다.

"썩을 년……"

그토록 각별했던 자매 사이가 오늘날 어쩌다 요 모양 요 지경으로 파투가 나버렸단 말인가. 친동기끼리 어쩌다 얼음과 숯처럼 도무지 용납할 줄 모르는 관계로, 물과 기름처럼 피차 배돌며 지내는 처지로 변해버렸단 말인가.

"썩어 문드러질 년……"

다른 까닭이 있을 리 만무했다. 오로지 낙철이 그놈 하나 때문이었다. 제 이종동생 신세 망친 것만으로 성에 안 차서 제 어미와 이모 사이마저 동과 서로 멀리 갈라놓은 장본인이었다. 그 잘난 이질 녀석이 새중간에 끼어 버티는 한, 그리고 그 어미가 제 속으로 퍼지른 제 새끼랍시고 무작정 싸고돌며 두남두고 역성드는 한, 자매 사이는 이미 금가버린 물동이처럼 아무리 굵다란 철사로 테메운다 한들 물이 줄줄 샐 수밖에 없을 것이었다.

"썩어 문드러져 뒤어질 년 같으니라고!"

갈수록 산은 더욱 높아지고 건널수록 골은 더욱 깊어졌다. 피차간에 왕래 끊기다시피 성글어진 자매 관계를 지난날 그 좋았던 시절로 되돌려놓기란 아예 불가능한 일로 느껴졌다. 동생네 처지만 생각할라치면 아직도 가슴 한구석에 짠하고 찡한 감정 없잖아 있지만, 관촌댁으로서는 어쩔 도리 없는 노릇이었다. 출가외인은 사람들이 상대방 속내 떠보려고 허실삼아 괜히 던져보는 치렛말이 아니었다. 삼강오륜에 견줄 만한 만고불변 진리가 분명했다. 어차어피에 최씨 집안 귀신 되어 젯밥 얻어먹기로 일찌감치 팔자 굳힌 몸이었다. 친정과 시댁 동시에 싸안을 수 없는 경우라면, 그리하여 부득불 양자택일할 수밖에 없는 경우라면, 어느 쪽 택하는 게 출가외인으로서 마땅한 도리인지 관촌댁은 너무도 잘 알고 있었다.

"나무아미타불 관세음보살……"

5

"하루가제 네 요노옴!"

문득 생각난 김에 야마니시 아끼라 영감은 행랑채 과녁 삼아 질자배기 깨지는 소리로 냅다 호통을 날렸다. 그 호통이 면소재지 두세 번 왕복하고도 남으리만큼 시간깨나 잡아먹은 다음인데도 행랑채에서는 숫제 아무런 기척도 건너오지 않았다.

"예라, 이 옘병헐 기사마야!"

두번째 호통 떨어지고 나서도, 거짓말 약간 보태 담배 한 대 참이 훨씬 겨워서야 춘풍이는 부대한 몸집 거느린 채 팔도유람 나선 활량이 걸음걸이로 느럭느럭 몰골을 드러냈다.

"얼씬네께서 하루가제야, 허고 호명을 허시면 응덩짝으로 비파 소리 뿌빠뿌빠 울림시나 득달같이 달려오는 게 마땅헌 도리거늘, 으디서 무신 사무에 고부라졌다가 인자사 어실렁어실렁 코빼

170

기 비치고 자빠졌냐, 이 기사마야!"

"으, 기사마."

싯누런 잇바디 활딱 드러내며 춘풍이가 사날 좋게 헤벌쭉 웃었다. 웃는 그 꼬락서니가 야마니시 영감 성깔 한층 더 덧들이는 구실을 했다.

"널러가는 참새 붕알이라도 봤단 말이냐? 무단시 왜 실떡벌떡 웃고 지랄이여, 이 기사마가!"

"으 지랄, 기사마."

"저, 저런 육시럴 놈이 어느 안전이라고 감히 행짜여, 행짜? 덕석말이를 혀서 숨줄 끊어지드락 떡메질을 쳐댈 놈 같으니라고!"

반편이 소견에도 그것이 물건 다루듯 저를 함부로 취급하는 말임을 용케 알아차린 모양이었다. 춘풍이가 콧방울에 엄지손가락 척 갖다붙이면서 곧바로 사격 자세를 취했다.

"쏜다? 쏜다?"

자칫하면 그 유명짜한 사격술에 꼼짝없이 또 봉변당할 판이었다. 팽 소리와 동시에 싯누런 콧물 총알이 면상으로 날아들기 전에 야마니시 영감은 잽싸게 뒤돌아섰다.

"육갑 떨고 자빠졌네! 오냐, 쏘기만 혀봐라! 당장에 니놈 콧사배기 확 잡어뽑아서 똥구녁에다 콱 쑤셔박어뿔 모냥이니께!"

"쏜다? 쏜다?"

"지랄버릇 고만 떨거라, 옘병헐 기사마야!"

주인과 머슴 사이에 너나들이하는 파격적 승강이가 한바탕 질펀히 오갔다. 마치 정해진 일과라도 치르듯 서로 희영수 주고받는 그 절차 통해 정 각각 흉 각각의 특별한 주종관계임을 새삼스레 확인한 연후에야 야마니시 영감은 본론으로 들어갔다.

"심바람 조깨 시킬라고 불렀느니라. 가다 오다 해찰 말고 핑허니 댕겨오느니라. 하루가제 기사마야."

"으, 댕겨오느니라, 기사마."

다녀오란 지시 떨어지기 무섭게 빙그르르 돌아서면서 등부터 돌려대는 춘풍이 발걸음에 서둘러 제동을 걸어야 했다.

"무신 심바람인지 들어도 안 보고 그냥 덮어놓고 출발부텀 헐 작정이냐, 기사마야?"

말귀 전혀 못 알아듣는 시늉으로 춘풍이가 갑자기 뜨악한 표정을 지었다.

"진용이란 놈 조깨 불러오란 말이여, 이 기사마야!"

"으, 알었다, 기사마."

알아들었다는 증거로 춘풍이가 헤벌쭉 웃어 보였다.

"저, 저런 단매에 요절을 내뿔 놈이 언다 대고 또 감히! 얼씬네 분부 말씸 떨어졌다 허이면 사추리에서 쌍방울소리 딸랑딸랑 울리게코롬 달음박질 놓는 게 마땅헌 도리거늘, 니놈은 으쩌자고 얼음판에 나자빠진 황소맨치로 눈깔만 때굴때굴 궁굴리고 자빠졌냐, 이 기사마야!"

"알았다, 기사마!"

한 차례 더 헤벌쭉 웃어 보이고 나서 대문간 향해 휭허케 달려가는 춘풍이 뒤통수 겨냥하고 아마니시 영감은 냅다 또 호통을 날렸다.

"저, 저런, 부젓가락 같은 돗바늘로 입주뎅이를 빈틈없이 꼬매 뿌러도 시연찮을 놈 같으니라고!"

그는 실타래 풀리듯 길게 뻗쳐나올 참인 욕설을 중동 부위에서 잘라버렸다. 순식간에 멀어져 대문 밖 저편으로 모습 감춰버린 머슴 더 욕해봤자 괜스레 천석꾼 어르신 입술만 부르틀 따름이었다.

"아서라 말어라, 우리 춘풍이 되린님 괄시를 말어라."

그래서 갑자기 몬존해진 말씨로 자신에게 타일렀다.

"지 에미 뱃속에서 열 달을 못다 채우고 나온 흠절만 빼고는 사실 우리 춘풍이 되린님만침 어련무던헌 놈도 없기는 허지. 암면, 없다마다. 방짜유기맨치로 잘 맨들어진 물건이라서 살림살이로나 노리갯감으로나 사시사철 쓸모가 다분헌 종자가 틀림없다니께."

그 소식이 아예 천석꾼 영감 멀찌막이 비껴 갔더라면 혹간 또 모르겠다. 늙정이 마누라 입싼 말전주 노릇에 잠시 귀 빌려준 것이 탈이라면 탈이었다. 일단 소식에 접혔으니, 일차로 놀라 나자빠지고, 이차로 호기심과 궁금증에 엉덩이 걷어차이면서 식전부

터 취침 전까지 내내 안달복달하는 건 성미 급하게 타고난 영감
몫이었다. 며칠 동안 잠자리에 들지도 못하고 앉은 채로 말뚝잠
만 자리만큼 영감을 흥분 상태로 몰아넣은 건 다름 아닌 그 해괴
망측한 소식이었다.

　'워매, 그 즘생만도 못헌 놈이 급기야 인육까장 처먹고 인혈까
장 처마실 지경으로 뺑그르르 돌아뿔다니!'

　물론 그가 실제로 접한 소식은, 배낙철이 가막소 안에서 미쳐
날뛰던 끝에 아무나 닥치는 대로 남의 살점 뭉텅뭉텅 물어뜯고
우적우적 씹는다더라, 하는 대목까지였다. 하지만 그 광기에 찬
모습은 평상시 천하잡놈 이질한테 유감이 많았던 이모부 상상 속
에서 곧바로 내용이 부풀려졌고, 한껏 더 끔찍한 형상으로 왜곡
되었다. 애당초 삼킬 목적 아니었다면 뭣 때문에 물어뜯은 살점
입안에 넣고 질겅질겅 공들여 씹겠는가.

　'두억시니맨치로 잔악무도헌 그놈이 인자는 남방 토인종맨치
로 식인귀 숭내까장 내고 자빠졌네그랴!'

　미쳐도 그냥 대충 미친 정도가 아니었다. 그동안 제 이모부한
테 저질렀던 패륜 만행에 합당한 천벌임을 확신하리만큼 아주 징
글맞고도 소름 쪽쪽 끼치도록 되알지게 미쳐버린 것이었다. 워낙
그놈이 배냇적부터 타고난 불인이고 비인이기 때문에 받아 마땅
한 천벌이라고 그는 철석같이 믿고 있었다.

　'그 패역무도 불한당놈이 종당에는 고로콤 험괴헌 응보를 받게

될지를 나는 애저녁에 일찌감치 알아봤지!'

인간말짜 이질한테 들이닥친 불행을 깨소금 맛 음미하듯 틈나는 대로 야금야금 즐겨버릇했다. 단것들 유난히 바치는 주전부리 버릇 공치는 날이 갈수록 늘어나는 바람에 그러잖아도 입과 혀가 심심하던 참이었다. 전시경제체제에서 불요불급한 사치품들 품귀 현상으로 수완 좋은 장조카도 어르신 주전부리용 마루보루 과자나 곤뻬이당 조달하기 위한 노력에서 결국 손을 놓다시피 했다. 이를테면, 이질한테 찾아온 그 불우지변은 공일과 반공일의 연속 같던 천석꾼 영감 한유한 입에 아주 맞춤한 군입정거리가 된 셈이었다.

'즈그 이모부 멱에다 시퍼런 비수 들이대고 재물 강탈헌 화적패 우듬지가 하로아침에 식인종으로 둔갑허는 건 댕연지사지, 댕연지사!'

"불르셨습니까요, 어르신?"

매우 조신한 몸가짐으로 장조카 진용이 대청마루 앞 신방돌 디디면서 주뼛주뼛 아뢰었다.

"불렀으니께 그 잘난 낯반대기 삐주룩이 내밀었겄지! 안 그러냐, 이놈아?"

야마니시 영감은 짐짓 몰풍스러운 가락으로 장조카 윽박질러 심기 매우 불편한 척하며 흥증을 부렸다. 그러자 진용은 단박에 시르죽는 꼬락서니로 움츠러들면서 죄 없는 제 뒤통수만 일없이 긁적거렸다.

"아, 예……"

"거번에 나가 반다시 찾어내그라 지시헌 그놈들은 왜 여적지 깜깜무소식이냐? 그새 반 토막짜리 뜬소문이라도 건진 게 있다 허이면, 어디 한번 싸게싸게 읊어보그라."

"참말로 죄송만만입니다요, 어르신. 백방으로 시방 사람들을 도처에다 풀어갖고는 시방 면내를 왼통 이잡덧기 고고샅샅 다 뒨 장질을 허는디도 시방…… 그게 당최……"

"되았다, 이놈아! 니놈이 그러콤 있는 재간 없는 재간 탈탈 다 털어서 호구조사를 벌렸는디도 여태까장 범인이 오리무중이라 허이면, 오냐, 좋다! 그 일은 오날부로 불문에 부칠 모냥이다."

"참말로 면목이 없습니다요, 시방."

"니놈이 여적지 범인을 못 밝히는 이유는 딱 한 개뿐이다. 그날 야밤중에 돌팔매질로 날 쳐쥑일 작정을 헌 불한당은 바로 니놈이 틀림없다. 그렇기 땜시 니놈이 첨부텀 끝까장 똥 싸질러놓고 매화타령만 허는 것이다."

그 얼토당토않은 억지소리에 진용은 한 길이나 펄쩍 뛰어오르다 말고 금세 도로 직수굿해졌다.

"고것은 고것이고, 인육 먹고 인혈 마신다는 그 식인귀 잡놈 뒷조사는 그뒤로 으찌되았냐?"

"아, 예……"

"백방으로 알어는 봤는디 별무소득이기는 요번에도 매일반이드라, 또 요런 따우 말뽄새냐?"

"가막소에서 그놈이 시방 상대를 안 개리고 이 팔뚝 저 팔뚝 아무 팔뚝이나 마구잽이로 시방 생살을 아구아구 물어뜯은 대목까장은 시방 지가 확인을 마쳤는디…… 그 이상은 암만혀도 시방……"

"이 밥버럭지 같은 놈아, 그러콤 번번이 얼씬네 지시 지대로 못 받들고도 밥술이 목구녁으로 술술 넘어가드냐, 이놈아?"

"참말로 시방 면목이 없습니다요, 어르신."

"그 잘난 면목 고이고이 애껴놨다가 장아찌나 박어 먹그라, 이 아모짝에도 쓰잘디없는 물건아!"

전에 이미 보고받은 바 있는 내용이었다. 그걸 토씨 하나 안 어긋나게끔 고대로 재탕해 올리는 소행머리로 말미암아 야마니시 영감은 또다시 한소끔 퍼르르 끓어오를 뻔했다. 하지만 장조카 정수리에 불벼락 내리치는 대신 숨구멍 안쪽에서 가래침 양껏 그러모아 타구 속에 퉤 내뱉는 것으로 간신히 부아를 삭였다. 옛날 같았으면 어림 반 닷곱도 없는 일이었다. 수족처럼 부리는 장조카라도 냅뜰힘이나 두름성이 성에 차지 않을작시면 장죽 설대 부러지거나 부젓가락 휘어지도록 된불로 징치하기 일쑤였다. 세월이 워낙 수상한지라 이제는 참을 인 한 글자 이마빡에 큼지막이 새긴 채 그저 생짜로 견딜 따름이었다. 군국 일제 손아귀에 먹살 잡히고 전쟁이란 놈 발길질에 엉덩이 걷어차이고 각종 강제공출과 애국헌납 등쌀에 지지눌려 지내는 동안, 어느덧 끈 떨어진 망석중이 신세로 곤두박질한 처지였다. 천석꾼 위엄 휘둘러 소작인들 위에 군림하고 영화 누리던 그 시절이 머나먼 과거지사인 양 아스라하게 기억될 날도 이제 얼마 안 남았다는 사실을 야마니시 영감은 몸서리치도록 실감하는 중이었다.

"요놈에 빌어 처먹을 세상이 장차 으쩌될라고 요 모냥 요 지경으로 폭삭 망조가 들어뿌렀는지, 참말로 알다가도 몰르겄네. 그나저나 걱정시럽고만! 참말로 걱정이여, 꺼억정!"

인육 먹고 인혈 빨겠다고 환심장하고 덤벼드는, 맹수보다 훨씬 더 사납고 탐욕에 찬 식인귀나 흡혈마가 세상에 어디 한두 마리인가. 제 이모부 멱에 비수 들이대고 재물 강탈해 간 사회주의 화적패 두목만이 아니었다. 쥐어짜면 뭐가 나올 줄 알고 걸핏하면 공출 운운에 툭하면 헌납 운운하는 일제 조선총독부 관헌들이야말로 둘째가라면 서러워할 식인귀였다. 전답 마지기 빌려줘 제 처자식들 먹여살리게끔 은공 베푼 지주 어른을 오히려 적대시하고 해코지할 기회만 엿보는 소작인들도 깔축없는 흡혈마였다. 야밤중에 지엄하신 천석꾼 어르신 겨냥해 몰래 돌팔매로 공격하는 놈들도 말짱 다 식인에 흡혈 일삼는 종자들이었다. 봉놋방 케케묵은 솜이불 속에 촘촘히 박힌 이나 허옇게 덮인 서캐같이, 오뉴월 된장독 안에 우글우글 들끓는 고자리같이 천지에 지천으로 널리고 흔전만전 깔린 게 온통 다 식인귀요 흡혈마라 해도 과언이 아닐 정도로 위험천만한 세상이었다. 미쳐도 아주 옹글게 미쳐 날뛰는 염량세태 통탄하느라 야마니시 영감은 안심하고 담배 한 대 태울 참 즐길 여유조차 못 누릴 지경이었다.

"허기사 진용이 니놈한티 무신 잘못이 있었냐. 낱낱이 다 꺼꾸리로만 돌아가는 요놈에 시국이란 물건이 파철맨치로 고장이 나뿌린 탓이겄지."

장조카 입장 전혀 이해 못하는 바 아니었다. 오암리 처제가 스스로 말문 열어 제 자식 미친증에 관해 자초지종 토설하지 않는 이상 동네 사람들도 자세한 내막 알아낼 재간이 없을 것이고, 아는 게 별로 없으니 발싸심하고 돌아다니며 수소문하는 천석꾼 집안 도마름 귓구멍에 좀더 진전된 내용 뚱겨줄 주둥이 또한 만나지 못할 수밖에 없는 건 너무도 뻔한 이치였다.

"탈래탈래 또 빈손으로 나타난 것이 쪼깨 흠결이기는 허다만서도, 좌우단간 알아보러 댕기니라고 솔찮이 욕봤다. 이왕지사 부려먹는 짐에 나가 심바람 한 자리 더 시켜야 쓰겄다."

"무신 심바람이신지……"

"니알 새복바람에 경성으로 발행을 허거라. 경성에 당도허는 즉시 어느 놈 부자지 틀어쥐는 한이 있드래도 니가 수완껏 연줄을 붙잡어서 지체없이 가막소 간수를 만나보거라."

"아, 예……"

"간수란 놈 져드랭이 살살 긁어서 그 식인종 소문이 으디서 으디까장 사실이고 으떤 대목이 헛소문에 불과헌 것인지를 니놈 귓구녁으로 듣고 낱낱이 확인헌 연후에 똑 뿐질러지게 가리새를 타갖고 오란 말이다."

"아, 예!"

그때까지 잔뜩 시르죽어 있던 진용의 얼굴에 갑자기 화색이 돌기 시작했다. 그런 일쯤이야 저한테는 마치 식은 죽 가장자리 둘러 먹듯 아주 손쉬운 노릇이라고 자신만만해하는 투였다.

"이왕지사 상투 거머잡은 짐에 기연시 동곳까장 확 잡어뽑아야만 나가 직성이 쪼깨 풀릴 성만 불르다. 그 미친놈 증상을 소상허니 파악허기 전까장은 나가 두 다리 쭉 뻗고 단잠 자기는 애저녁에 글러먹은 것 같으다. 나 말, 무신 뜻인지 알어들었냐?"

"여부가 있었습니까요, 시방. 지가 최선을 다혀서 시방 분부를 받들어 뫼시겄습니다요, 어르신!"

마음은 벌써 경성에 가 머물러 있는 듯했다. 새벽바람 아니라 지금 당장이라도 경성 향해 발행할 기세로 진용이 갑자기 서두르기 시작했다. 야마니시 영감은 내내 양수거지한 채 툇마루 끝에서 쩔쩔매는 시늉이던 진용을 그제야 비로소 방안으로 불러들이는 선심을 베풀었다.

"전쟁이란 놈이 시방 무신 나라 으떤 동네를 쑥대밭 맨드는 중인지 너는 궁금허지도 않드란 말이냐?"

그즈음 하루가 멀다고 뻔질나게 면소재지 출입하면서 면소 앞 게시판에 대문짝만하게 나붙은 전황 보도를 천석꾼 영감한테 일일이 물어나르는 것이 진용의 주된 일과 중 하나였다. 총망중에 그 중요한 보고 빼먹은 채 하마터면 그냥 돌아갈 뻔했던 진용이 얼른 앉음새를 바루었다.

"그새 새칠로 더 줏어들은 전과가 있는 것이냐, 없는 것이냐?"

"아, 예, 어르신!"

비록 식인귀 뒷소문 물어나르는 사업은 실패했을지언정 대동아전쟁 소식이라면 주둥이가 한 광주리라도 모자랄 지경으로 전하고 싶은 말이 쌔고쌨다는 투였다. 곧바로 진용은 최근 전황을 읊어대기 시작했다.

"화란령 인니제도를 석권헌 황군이 시방 화란 주둔군한티서 항복을 받어낸 연후에 여세를 몰아서 시방 전략 요충지 과다루까나루를 성공적으로 잘 방어허고 있다는 소식이고만요, 시방."

"그 과다루 뭣인가 허는 놈은 으떤 동네 있는 놈이냐?"

"아, 예, 소로몬제도에 있는 섬이라고 그러드만요, 시방."

"그 소로몬제도는 또 으떤 동네냐?"

"호주대륙 북쪽에 있는 놈이라고 들었습니다요, 시방."

"아, 인자사 대충 짐작이 간다. 황군이 당장 미국 본토를 먹을라고 껄떡거리기는 쪼깨 심이 부치니께 요참에 방향을 살짝 틀어서 위선 호주 땅뎅이부텀 침을 발러놓고 간을 볼 심산이 분명허고나."

"아, 예……"

"따른 소식은 더 줏어들은 게 없냐?"

"황군이 미도웨이 해상작전을 중단헌 대신에 시방 끼스까섬이랑 아뚜섬 상륙작전에서 승리를 거뒀다고……"

"그놈들은 또 으떤 놈들이냐?"

"아, 예, 남양군도에 딸린 놈들인지는 시방 저도 알겄는디, 남양이란 것이 시방 원판 넓어놔서 자세헌 족보는 저도 시방……"

"좌우지간에 천리만리 남양군도까장 여러 왕복 댕겨오니라고 너 참말로 욕봤다. 고만 집구석에 돌아가서 경성 댕겨올 채비나 채리거라."

"아, 예, 어르신!"

장조카 진용이 양수거지한 채 조신한 자세로 무르와갔다. 대동 아전쟁 덕분에 팔자에 없던 박물학 공부에 한바탕 매달리고 나니 갑자기 피곤이 몰려왔다. 야마니시 영감은 몹시 나른한 동작으로 구닥다리 끽연 도구들 주섬주섬 챙기기 시작했다. 전시체제 속에서 시끼시마 또는 아사히 같은 고급 궐련 구하기가 갈수록 힘들어지는 실정이었다. 제아무리 능갈맞고 두름성 좋기로 소문난 장조카 수완으로도 도무지 어찌할 재간 없는 일이 바로 그 궐련 조달이었다. 그 때문에 천석꾼 영감 노상 애용하던 상아 빨부리가 공치는 날이 요즘 들어 부쩍 잦아졌다. 무지렁이 산골고라리들이랑 천석꾼 대지주가 나란히 겸상하듯 똑같은 싸구려 살담배로 아쉬움 달랠 수밖에 없는 현실이 지나치게 불공정한 처사로 느껴졌다. 하지만, 엄연한 신분 차이마저 무시한 채 지주 작인 구분 없이 모든 사람을 똑같은 담배로 대하는 작금의 풍조 또한 미쳐 날뛰는 시국과 망조 단단히 든 세태에서 비롯된 일종의 지랄버릇 같은 병폐임이 분명한지라 그로서는 그저 꾹 눌러 참고 견디는 도리밖에 없었다.

"그 미도…… 뭣인가 허는 동네 해상작전을 중단혔다? 그런디 그 동네 말고 따른 동네 상륙작전은 성공을 혔다?"

쥘쌈지에서 덜어낸 살담배 한 줌 장죽 끝 담배통 속에 꾹꾹 눌러 쟁이다 말고 야마니시 영감은 갑자기 고개를 갸우뚱거렸다.

"암만혀도 해상작전허고 상륙작전 고것들 새중간에 필시 무신 말못헐 사연이 찡겨 있을 것만 같은디……"

신식 부시 살림에 해당하는 성냥개비 드윽 그어 구식 살담배에 불 댕기면서 그는 나지막이 중얼거렸다. 일본군 대본영 발표를 왈칵 신용하지 않는 건 물론 아니었다. 하지만 날이면 날마다 승승장구 전황만 뿌빠뿌빠 나발 불어대던 대일본 해군이, 특히나 개전 초기에 위용 한껏 떨쳐대던 야마모또 함대가 그 '미도' 뭣인가 하는 섬 위에 깔았던 멍석을 도로 둘둘 말아 다른 엉뚱한 동네로 이사했다는 건 얼핏 이해가 안 가는 대목이었다. 더군다나 그 '과다루' 뭣인가 하는 섬 동네 방어작전에 성공했다는 건 다름 아닌 그 동네가 미군 함대에 한창 공격당하는 중이라는 얘기나 마찬가지 아닌가. 도갓집 강아지같이 눈치가 비상한 야마니시 영감이었다. 아직 뭐가 뭔지 정확히는 모르지만, 대동아전쟁이 엿장수 가위질처럼 제 맘대로 남의 나라 땅덩이 만만하게 자르고 수월하게 붙이는 놀음놀이가 아니라는 사실쯤 짐작하기는 그리 어렵지 않았다.

"앓느니 죽겠다! 앓느니 차라리 죽었어!"

매우 약략스럽게 실연기만 흘려보내는 물부리를 양쪽 볼따구니 움푹 패도록 뻑뻑 빨아대면서 야마니시 영감은 장죽 상대로 나우 성깔을 부렸다. 품귀한 고급 궐련과 상아 빨부리 대신 궁여지책으로 벽장 속에서 되불러낸 그 살담배와 장죽이 자꾸만 까탈을 부려쌓는 것이었다.

"쪽발이가 되얐건 양코배기가 되얐건 좌우지간 아무 놈이나 빨랑빨랑 이겨뿔거라."

고생 끝에 한입 겨우 빨아 모은 연기 가닥을 허공으로 풀썩풀썩 뿜어내면서 야마니시 영감은 중얼거렸다.

"으떤 놈이 이기건 이기는 놈이 나 편이고 우리 편이다."

어느 나라 군대가 이기든 상관없었다. '앞에 가는 놈 도적놈, 뒤에 가는 사람 순사'인 것이 만고불변 진리이듯 야마니시 영감에게는 언제나 지는 쪽이 적군이고 이기는 쪽이 아군이었다. 승패가 갈려 마침내 전쟁이 끝나는 것은 곧 강제공출과 애국헌납과

각종 징발의 끝을 의미했다. 그따위 몹쓸 행태들이 끝장날 때 비로소 땅바닥 개골창에 곤두박인 천석꾼 대지주 위엄도, 끈 떨어진 뒤웅박 신세인 상곡 어르신 체통도 본래 자리로 어연번듯하게 되돌아올 것이었다.

일찌감치 창씨개명 마친 황국신민 야마니시 아끼라 영감은 하해와 같은 황은마저 저버린 채 감히 대일본제국 패망 가능성까지 염두에 두는, 이를테면 불충스럽기 그지없는 생각에 잠겨 있다가 애당초 출발점으로 슬그머니 되돌아왔다. 하마터면 잊을 뻔했다는 듯 그는 저만치 기억의 변두리로 밀쳐두었던 천하잡놈 이질 녀석 멱살 끄어들어 새잡이로 사랑채 윗목에 무릎 꿇렸다. 그 화적패 두목 배낙철이 인육 먹고 인혈 빠는 장면 두 눈으로 직접 목도할 수만 있다면 죽어도 여한이 없을 것 같았다. 만일 그 천하잡놈 정신머리가 홱 돌아버린 게 여부없는 사실로 밝혀질 경우, 그는 면소재지 사거리 한복판에 서서 중인환시리에 홀랑 고의 벗고 덩실덩실 한바탕 춤이라도 출 용의가 있었다.

장시간 심각한 두뇌활동에 매진하느라 고생이 우심했던 야마니시 영감 늙은 삭신을 한낮 더위가 녹작지근하게 풀어헤쳐놓았다. 이질 녀석 생각 대충 마무리할 임시에 손에 느슨히 쥐여 있던 담배설대를 방바닥에 툭 떨어뜨리고 말았다.

바로 그때였다. 마당 쪽에서 살금살금 다가오는 어떤 기척이 어렴풋이 느껴졌다. 무슨 일인지 궁금해서 밖을 내다보니 어렵쇼, 도대체 저게 무엇이란 말인가. 영락없이 바람 잔뜩 먹은 돼지 오줌보 닮은 정체불명 괴물이 공처럼 아래위로 통통 튀면서 지대를 훌쩍 건너뛰어 이제 막 신방돌 위로 올라서는 참이었다. 어마지두에 그저 입만 딱 벌린 채 외마디소리 한 토막 못 게워내고 멀뚱멀뚱 바라만 보는 사이, 그것은 어느 겨를에 방안까지 진입하고 말았다. 네놈은 또 웬 물건이냐고 입속말로 간신히 힐문 던지자 느닷없이 괴물은 둥그런 덩저리 전체가 하나의 거대한 아가리로 돌변하더니만, 별안간 흉물스럽게 씨익 웃어 보였다. 잔뜩 겁에 질린 천석꾼 영감은 네굽질하는 마소인 양 네활개 마구 버르적거리며 뒷걸음치기 시작했다. 물러난 만큼 거리 좁혀 바투 다가든 괴물이 제 몸뚱이 크기만한 아갈머리 쩍 벌려 메줏덩이 크기만한 이빨들 누렇게 드러냈다. 입 밖으로 비명 내보내기 위해 안간힘 쓰는 영감을 확 덮치면서 오줌보 괴물이 한쪽 팔뚝 와드득 깨물어 단숨에 뼈마디를 으스러뜨렸다. 통증 같은 건 전혀 느껴지지 않았다. 하지만 뭉텅 잘려나간 팔에서 묽은 미음같이 허연 피가 분수를 이루기 시작했다. 사람 살류! 드디어 입 밖으로 비명 내보내는 데 성공했다. 괴물이 흐흐흐 웃어젖히기 시작했다. 그 웃음소리 듣고서야 비로소 천석꾼 영감은 그 돼지 오줌보 괴물이 다름 아닌 천하잡놈 배낙철임을 가슴 저리도록 알아차릴 수 있었다.

　"사람 살류…… 사람 살류……"

새롭게 등장한 바깥 기척 하나가 곡두 현상에 사로잡혀 연방 신음중이던 야마니시 영감을 지옥 문턱에서 가까스로 건져올렸다. 달아났던 혼백 얼추 수습하고 보니 한낮에 개꿈 끝자락 붙잡고 한바탕 씨름하던 참이었다. 낮잠에서 깨자마자 그가 맨 먼저 확인한 것은 돼지 오줌보 괴물 이빨에 뭉텅 뜯겨나간 팔뚝의 안부였다. 천만다행이었다. 마땅히 있어야 할 것이 마땅히 있을 자리에 여전히 무탈하게 붙어 있었다.

　"왔어! 왔어!"

　저건 또 무슨 뚱딴지같은 소리냐 싶어 야마니시 영감은 미처 못다 돌아온 혼백의 나머지 절반을 허둥지둥 챙겼다. 다름 아닌 반편이 머슴 춘풍이 목소리였다.

　"왔다니? 오기는 뭣이 왔단 말이냐, 이 옘병헐 기사마야!"

　"으, 왔어, 기사마."

　"요런 단칼에 두 동갱이를 내뿔 기사마가 얻다 대고 감히……"

　그러잖아도 몹쓸 악몽으로 말미암아 심정이 잔뜩 상해 있던 참이었다. 천석꾼 영감은 꿈속에서 자신이 겪은 참경을 애먼 춘풍이한테 고스란히 대갚음할 요량으로 욕설 한 동이 걸쭉하게 끼얹었다. 그러자 여울 건너는 장마 도깨비 본새로 뭐라 뭐라 구시렁거리는 누군가의 목소리가 얼핏 들려왔다. 영감은 목을 길게 늘여 빼면서 바깥 동정 살피다가 급기야 소스라치게 놀라고 말았다. 아니, 저 작자가 누구냐. 면사무소 노무계장 시라야마 아니더냐. '관공리 삭발령'에 따라 민틋하게 배코 친 머리통이 번들번들 햇빛을 되쏘고 있었다. 스프(SF) 제품 국민복 차림에 군대식 각반까지 본때 있게 둘러찬 모습이었다. 아니, 저 우그러질 잡살뱅이 물건이 오늘은 또 무슨 사악한 바람이 불어서 요 귀꿈맞은 고샅까지 팔랑팔랑 원정길에 올랐단 말인가. 광주리같이 크고도 넙데데한 반편이 머슴 머리통 뒤편에서 반쪽발이 일본인 시라야마란 놈 상판대기가 쑥 불가져나왔다.

"이랏샤이마세, 시라야마 상!"

한소리 힘껏 외침과 동시에 야마니시 영감은 축 늘어져 있던 사대삭신 벌떡 일으켜 세웠다. 돼지 오줌보 괴물 상대로 한바탕 모질음 쓰고 난 뒤끝인지라 아직도 몹시 허든거리는 다리 달래가며 대청마루로 뒤뚱뒤뚱 달려나갔다. 그러자 시라야마가 무슨 트집거리 못 잡아 울화통이라도 앓는 표정으로 대뜸 요령부득의 일본말을 폭포수처럼 좍좍 쏟아내기 시작했다.

"스미마셍! 도오조, 오아가리구다사이!"

야마니시 영감은 죄도 허물도 없는 뒤통수 일없이 긁적이며 아첨조 웃음 가닥 물찌똥처럼 찍찍 내갈기기 시작했다. '스미마셍'이란 이를테면 '국어 공부가 여전히 부실한 형편이라 면목이 없다'는 뜻이고, '도오조, 오아가리구다사이'란 이를테면 '그러니까 이제 그 아갈머리 닥치고 얼른 마루로 오르기나 하라'는 뜻이었다. 그가 터득한 국어 재고량은 그것으로 금세 바닥이 드러나고 말았다. 집주인 쪽에서 깜냥대로 성의를 표시했음에도 불구하고 반쪽발이 손님 입에서 쏟아지는 국어 폭포수는 여간해서 멈출 기미가 안 보였다.

"헤헤헤. 워낙에 지가 오밤중에 잠시잠깐 배우다가 숭뚱무이헌 국어 실력이다보니깨 백주 대낮에는 듣는 귓구녁이나 말허는 입주뎅이나 다 국어라는 게 당최……"

불고체면하고 한바탕 떠벌리는 야마니시 영감 그 엉너릿손이 그동안 일본말 위세에 치이고 짓눌려 있던 시라야마 계장 내면의 조선말 실력을 일깨워 기어이 벌떡 일으키는 구실을 했다.

"그게 시방 말이나 되는 소리요?"

"우격다짐허다시피 한두 매디 어거지로 붙들어서 늙은 대갈빡 속에다 알탕갈탕 가두고 나면 고새를 못 참고는 서너 매디가 작당을 허고 한꺼번에 멀리멀리 도망가뿌러서 어느 저를에 부지거처가 되는 통에 당최 국어 실력이란 것이…… 헤헤헤."

"부끄러운 줄이나 아시오! 야마니시 상 같은 면내 지도급 인사가 아직도 국어에 까막눈인 걸 안다면 면민들이 무슨 생각을 하겠소? 그야말로 통탄을 금치 못할 일이오!"

"도오조! 도오조!"

"필경 국어 문맹자로 낙인찍혀서 가외로 불이익을 당하기 전에 황국신민 된 도리에 맞게 야마니시 상도 불철주야 국어 공부

에 매진하도록 하시오! '고꾸고노 조오요노 이에(국어 상용의
집)' 표찰을 대문 기둥에다 척 붙이는 솔선수범을 행하도록 가일
층 분발하란 말이오!"

"오아가리구다사이, 시라야마 상!"

학부대신이라도 된 것처럼 일장 훈시 늘어놓는 면사무소 계장
나부랭이 아가리에 재갈 물리기 위해 야마니시 영감은 계속 엉너
리를 쳐야만 했다. 여태껏 강약이 부동인 두 인간끼리 얼굴 마주
칠작시면 항용 그래 나왔듯 판에 박힌 순서와 절차들 일습으로
죄 밟고 나서야 다음 단계로 넘어갈 수 있었다. 갖은 수모 겪은
끝에 시라야마 계장 팔목 낚아채다시피 해서 대청마루로 함께 오
르는 데 어찌어찌 성공했다.

"물론 야마니시 상도 잘 아시겠지만, 전시상황이 현재 중대한
전기를 맞고 있소. 일억 총인구가 어떤 정신 자세로 어떻게 대처
하느냐에 따라서 우리 대일본제국이 영미귀축을 상대로 승전할
수도 있고, 패전할 수도 있고……"

이번에는 일본군 대본영 막료장 지위라도 꿰찬 것처럼 자못 근
엄한 표정에 숙연한 말투였다. 손님 주제에 시라야마는 방안 상
석에 해당하는 천석꾼 영감 전용 비단보료 위에 좌정하기 무섭게
수상쩍은 조짐을 슬몃슬몃 내비치기 시작했다. 그 구린내나는 입
에서 전시상황 평계한 고사기관총 헌납 따위 협박이 또다시 비어
져나오기 전에 얼른 말막음부터 서둘러야 했다.

"하루가제야! 이 기사마야!"

야마니시 영감은 마당 쪽으로 온몸 외틀면서 냅다 소래기를 내질렀다. 마냥 걸음걸이 더딘 춘풍이가 미처 사랑채 초입에 근접하기도 전에 재차 목청을 돋우었다.

"시라야마 계장 나으리께서 모치롬 만에 우리집에 왕림을 허셨으니께 상다리가 와지끈 뚝딱 뿐질러지드락 주안상 한번 걸판지게 채려서 올리라고 전허거라!"

"시라야마 다리 뿐질러지드락 주안상 채리라?"

"오냐, 이 기사마야!"

"으, 알었다, 기사마."

"저, 저런, 망나니 큰 칼로 사대육신 뎅겅뎅겅 쳐서 당장에 물고를 내뿔 놈 같으니라고!"

주종 간에 한바탕 농탁하게 주고받는 너나들이 희영수 낱낱이 다 지켜보고도 시라야마는 별다른 말참견을 달지 않았다. 여전히 근엄하고 숙연한 기색을 너울처럼 얼굴에 덮어쓴 모습이었다.

"내지인이고 반도인이고 구분할 것 없이 일억 총인구가 일심동체로 대동단결해서 가일층 충의를 다지고 전의를 불태워야 할 때요. 내 한 목숨 희생하는 것으로 대일본제국 전도가 양양하게스리 밑돌을 괴고자 하는 불퇴전의 각오가 필요한 때란 말이오."

"천황폐하께옵서 어련허니 다 알으셔서 신민들을 영도허실 것이고, 신출귀몰허신다는 야마모또 제독께서 오만가지 지략을 다

동원혀갖고 양코배기 영미귀축 놈들 납작코로 맨들어뿔고는 요번 전쟁을 기연시 승리에 질로 인도허시리라 확신허고 있고만요."

그러니 나 같은 산골 농투성이 일개 신민 주제에 전쟁 걱정 할 이유가 뭐냐는 듯한 말투였다. 그처럼 불경스럽고 무책임하기 짝이 없는 말투인데도 시라야마는 노염 타는 내색 별달리 없이 사뭇 진지한 표정으로 일관했다.

"물론 그렇기야 하지요. 그렇지만 미증유의 세계대전을 천황폐하 신통력이나 야마모또 사령관 지략에만 의존할 수는 없는 노릇 아니겠소. 그야말로 군수지원이 그 어느 때보다도 중요한 상황이란 말이오. 물산이 풍부하고 군비가 막강한 영미귀축을 궤멸시키자면 전쟁 수행에 필수불가결한 물자랑 인력이랑 제때제때 충분하게 조달될 필요가 있단 말이오."

"혹시 우리 일본군이 영미귀축한티 밀리는 판세는 아니요?"

"사이 상!"

시라야마가 홧김에 별안간 천석꾼 영감 옛 성씨 들먹이고 나오는 바람에 야마니시 영감은 순간적으로 아차 싶었다. 시라야마도 제 실언 깨닫자마자 얼른 창씨명으로 상대방을 고쳐 불렀다.

"이보쇼, 야마니시 상! 또다시 후뻬이센징 소리 듣고 싶소? 지금이 어느 때라고 감히 그따위 불순하고도 불경한 언사를 함부로 입에 올리는 거요?"

"계장님 귀에 그러콤 들리셨다니, 참말로 죄송만만이고만요. 최근 전황이 하도 궁금허든 판에 나도 몰르게 고만……"

"시끄럽소! 변명 따위는 뒷간에 앉아서 용쓸 때나 써먹으시오!"

생각 없이 허튼소리 공연히 보탰다가 반쪽발이 왜놈한테 단단히 책잡혀 한바탕 쩔쩔매는 참인데, 마침맞게 곤경에 처한 사랑채 주인 구해줄 도움의 손길이 예상보다 일찍 등장했다. 다름 아닌 주안상이었다. 짐작건대, 오랜 세월 큰살림 꾸리며 숱한 손님 치러낸 솜씨로 늙정이 마누라가 예고도 없이 들이닥친 상대방 손님 지체 눈치껏 측량해보고 나서 그 신분 높낮이 치수에 걸맞은 상차림을 서두른 듯싶었다.

"채린 것은 벨로 없지만서도 즈이 집안 성의로 아시고……"

벌떡 일어나 부엌어멈과 춘풍이가 맞잡아 옮기는 교자상 한끝 거드는 척하면서 야마니시 영감은 한껏 겸손 피우는 시늉을 했다. 보아하니 안줏감 위주 건교자라기보다 탕반 일습 제대로 갖춘 식교자에 가까운 상차림이었다. 마치 눈앞에 없는 물건인 양 시라야마는 먹음직스럽고 보암직한 반찬들이 기름지고 푸짐하게 올라앉은 교자상을 애써 외면하는 척했다.

"보시다시피 멩색이 주안상이긴 헌디 정작 술이란 놈이 빠져 뿌러서……"

마땅히 막걸리나 약주 따위가 들어앉을 자리를 시골 사람들이 흔히 단술이라 부르는 식혜가 대신 차지하고 있었다. 그것은 결코 손님 접대 소홀히 한 천석꾼 마나님 불찰도, 부엌어멈 실수도 아니었다. 가용으로 소량이나마 담그던 농주마저 관공서에서 엄벌에 처할 지경으로 밀주 단속이 갈수록 더욱 우심해지는 까닭이었다. 먹고 죽으려 해도 요즈음 구경조차 하기 힘든 것이 바로 농주요 가용주였다.

"관원이 근무중에 낮술은 무슨……"

언제는 뭐 공일이나 반공일로만 날 잡아 주안상 받았던 인간인 것처럼 시라야마는 절레절레 도리머리까지 해 보이며 의뭉을 떨었다.

"자아, 식기 전에 어서 드십시요."

상노(床奴) 노릇 맡은 아랫것들 물러가자 그때껏 내내 딴전만 부리던 시라야마가 기다렸다는 듯 냉큼 수저를 손에 쥐었다. 엔간히 시장했던 참인 듯했다. 사나흘 굶은 뒤끝인 양 그는 암소 혹살과 산적 따위가 뒤섞여 들어간 탕반을 이런저런 반찬 암냥해 걸신들린 듯 마구 걸터들이기 시작했다. 저러다 강아지나 애저처럼 자귀라도 나서 발목쟁이 홱 굽어 돌아가면 어쩌나 염려될 정도였다. 폭식하는 그 꼬락서니 참으로 가관이라서 야마니시 영감은 같이 수저질하는 것마저 잊은 채 한동안 시라야마를 흥미진진하게 구경했다.

"천석꾼 집에 와서 간만에 소증 면하게스리 거하게 잘 먹었소."

　인사 닦자마자 시라야마는 꺼억 소리도 요란하게 된트림을 토했다. 그런 다음 곧장 본론으로 들어갔다.

　"그런데 말이오, 야마니시 상은 과년한 따님을 기어이 노처녀로 주저앉히고 말 작정이오?"

　주먹처럼 불쑥 내지르는 돌발 질문에 야마니시 영감은 적잖이 당황했다. 하지만 실컷 잘 얻어 처먹은 주둥아리에서 비어져나온 첫 질문이 고사기관총 헌납 운운이 아니라는 사실에 적이나 안도감이 느껴졌다. 딸년 혼사에 관련된 얘기라면 얼마든지 맞받아 대거리할 자신이 있었다.

　"딸년 처녀구신 맨들 작정으로 역부러 주질러앉히는 애비 에미가 시상천지 으디 있겄습니까."

　"그렇다면 무시 못할 혼처가 가깝게 있는 줄 번연히 알면서도 야마니시 일가에서 계속 백안시하는 건 대관절 무슨 억하심정이오?"

　단도직입에 가까울 정도로 시라야마는 대뜸 동척농장 관리인 입길에 올리면서 슬하에 과년한 딸년 애물단지로 거느린 아비를 노골적으로 몰아세우기 시작했다. 그 애물단지로 말미암아 사는 게 도무지 사는 것 같지 않다는 뜻 드러낼 요량으로 야마니시 영감은 방구들 위에 대짜배기 한숨 자락 겹겹으로 깔아놓았다.

　"시방 당장 코뚜레를 혀서 우격다짐으로 시집보내뿔고 잪은 맴이 바지랑대 솟덧기 하루에도 열두 번씩 불끈불끈 솟으요! 허지만서도 혼인헐 당자가 죽기를 한허고 독신을 고집허는 판국인디, 이 애빈들 무신 재주로 혼사를 결정헐 수가 있겠소!"

"혹시 그 혼처가 반도인 아니라 내지인이란 이유로 동조동근, 내선일체 부르짖는 국가시책을 거역함과 동시에 대일본제국 천황체제에 저항하겠다, 그런 심보 아니오?"

시라야마란 놈이 끔찍하기 이를 데 없는 불령선인 혐의 더뻑 씌우려 덤비는 사품에 야마니시 영감은 앉은자리에서 한 길 높이로 펄쩍 뛰어올랐다.

"원, 천만에 말씸! 만만에 말씸!"

다른 거라면 혹간 또 모르겠다. 그게 조선사람한테 얼마나 치명적 불이익 안겨주는 딱지인지 지난 경험들 통해 익히 알기 때문에 불령선인 취급만은 어떡하든 회피하고 싶었다.

"백줴 생사람 잡는 그런 말씸은 당최 입초시에 올리들 마시요! 나 야마니시 아끼라가 얼매나 총독부 방침에 고분고분 순종허고 빈틈없이 협조허는지는 누구보담도 시라야마 상이 잘 아시잖소! 거역입네, 저항입네, 허는 말씸은 참말로 겁나게 듣기 거북살시럽소!"

"아무리 좋은 물건이라도 임자가 나섰을 때 팔아야 제값을 받지 않겠소? 매석(賣惜)도 정도껏 해야지, 그냥 무턱대고 오래 쟁여만 놓았다가는 나중에 똥값이 되고 마는 법이오."

196

"버선목맨치로 이내 가심속 홀렁 까뒤집어서 만좌중에 뵈야줄 수도 없고, 나가 참말로 폭폭혀서 폴짝폴짝 뛰다가 죽겄소. 거번에도 말씸디렸다시피, 그럴 수만 있다면 황우고집 딸년 대신 이 늙은 애비가 분 발르고 연지곤지 찍고 녹의홍상 채려입고 초례청에 서고 짚은 심정이라, 그 말이요."

"우리 일본군이 지구 면적 삼분지 일 이상을 휘덮을 정도로 시방 전선이 광대무변하게 확장된 상태요. 한없이 길어진 전선을 따라서 보급선도 그만치 길어지고, 그 보급선을 지원하는 인력도 태부족인 실정이오. 전선만 그런 게 아니오. 군수공장이나 탄광 등지에서 요구하는 노무 인력 역시 실정은 매일반이오. 모집이나 관 알선같이 구태의연한 방법으로는 그 수요를 감당할 수가 없기 때문에 내각에서는 시방 비상 대책을 강구하느라고 고심중이오."

저 혼자만 아는 국가 기밀이나 되는 듯 시라야마는 사뭇 정색한 채 거오스러운 자세로 일장연설을 토했다. 하지만 그 정도 시국 동향쯤 삼척동자도 이미 다 아는 사실이었다.

"야마니시 가문도 그동안 만석꾼 재부를 누리면서……"

"만석꾼은 무신! 당치도 않은 말씸이요! 게우 천석꾼 될까 말까 허는……"

또다시 고사기관총 헌납 문제하고 재산 정도를 결부시킬까 두려워 야마니시 영감은 만석꾼 자리로부터 최대한 멀찌막이 떨어져 앉으려 기를 썼다.

"하여튼지 간에 거만대금 재부 이용해서 신선놀음 즐기고 지내던 호시절은 벌써 다 지나간 줄 아시는 게 야마니시 상 신상에 이로울 거요."

"두말허면 잔소리지요. 물론 잘 알다마다요."

작년도에 '국민근로보국령'인가 뭣인가 하는 법령이 발효되었다. 14세부터 40세까지 남정네와 14세부터 25세까지 미혼녀는 그 법령에 따라 보국대로 동원되어 각종 사업장이나 공사장에서 연간 삼십 일 노역에 종사하도록 규정되어 있었다. 그러나 야마니시 가문은 무풍지대에 속해 있었다. 행인지 불행인지 몰라도, 아들 셋 가운데 한 놈은 일찌감치 무시무시한 전염병 환자로 확진을 받았고, 다른 한 놈은 사상범으로 보호관찰 대상 되어 집행유예 기간 보내는 중이었고, 나머지 한 놈은 나어린 학생 신분이라 아직은 해당 사항 없는 몸이었다. 더구나 하나뿐인 딸년은 보국대 징용 연령 25세 넘긴 지가 벌써 오래전이었다.

"따님도 잘 아시리라 믿지만, 끝까지 노처녀로 종신하겠다고 고집부리는 여자라면 보국대로 나가서 노역으로 세월 보내는 것도 결혼을 피할 수 있는 좋은 방법이 되겠지요."

예끼 요놈, 하고 야마니시 영감은 속으로 부르짖었다. 홍시 먹다 이빨 부러질 헛소리고, 여드레 삶은 호박에 도래송곳도 안 들어갈 잡소리였다. 감히 천하가 다 알아주는 상곡 어르신을 일개 코흘리개 솔봉이처럼 취급하는 망발일시 분명했다.

"나가 알기로, 총독부가 관장허는 조선반도 안에서 한 달가량만 그냥저냥 세월을……"

"무슨 뜻인지 알겠소. 이역만리 타국까지 화륜선 타고 강제로 실려갔다가 결국 집에도 못 돌아오고 이역 귀신 될 염려는 없으니까 보국대 나가는 건 무방하다, 이런 얘기지요?"

"그리고 또 뭣이냐, 남자 보국대는 사십세까장이라도 여자는……"

"잠깐만! 여자 보국대 나이 상한은 이십오세니까 댁의 따님은 해당이 안 된다, 이런 얘기겠지요? 세상물정 전연 모르시는 말씀!"

상대방 수준 깔보고 업신여기는 심보가 목소리와 시선 속에 그득 묻어나오고 있었다. 시라야마가 주안상 위로 상체 바짝 기울이면서 목소리를 은근한 가락으로 얼른 개비했다.

"우리 사이가 보통 친분이 아니니까 야마니시 상한테 살짝만 노총을 놓아드리리다. 가만히 혼자만 아시고, 다른 누구한테도 발설하지 마시오."

마치 천기누설이라도 도모하려는 것처럼 시라야마는 미리감치 설레발부터 놓음으로써 상대방 기를 확 꺾어놓았다. 야마니시 영감은 불시에 들이닥치는 긴장감으로 인해 저도 모르게 마른침을 꿀꺽 삼켰다.

"노무 인력 수급에 원활을 기하기 위하야 여자 보국대 나이도 남자 보국대랑 똑같이 사십세로 상향 조정할 예정이라는 소문이 요새 관가에 한창 나도는 중이오. 아니 땐 굴뚝에서 연기 날 리가 없잖소. 그것뿐만이 아니오. 반도 안에 배치되는 줄 알고 보국대에 나갔던 남녀들이 엉뚱하게도 미에(三重)나 사가(佐賀) 같은 내지 아니면 저멀리 만주 개척지까지 실려가서 한 달 기한이 훨씬 지난 후에도 집에 못 돌아오는 경우가 비일비재한 실정이오. 말하자면 복불복인 셈이지요. 재수없으면 아주 고약하게 걸리는 거요. 지금 전선에서는 위안소, 간이위안소, 오락소 같은 시설을 운영하는 현지 부대가 많소. 일종의 홍등가지요. 혈기방장한 젊은 군인들 상대할 그 많은 색시를 무슨 수로 현지에서 다 조달하겠소. 좋은 돈벌이가 있다는 감언이설로 속여서 데려가는 경우도 물론 있지만, 알선업자 통한 모집 방법만으로는 어림도 없는 규모지요. 현지 부대에서 요구하는 접대부 숫자를 대강이라도 맞추자면 결국 요쪽 방면에도 복불복 원리를 적용하는 수밖에 없지요. 다시 말하자면, 여자 보국대원 중에서⋯⋯"

느닷없이 눈앞이 온통 노래졌다. 별의별 자발없는 상상이 야마니시 영감 머릿속을 종횡무진 치닫기 시작했다. 최악의 그림들이, 절망의 극치를 이루는 활동사진들이 눈앞에 어지러이 펼쳐지고 있었다. 무엇보다 압권은, 보국대 나간 줄만 알았던 딸년이 엉뚱깽뚱하게도 환향녀(還鄕女) 신세로 전락해버리는 그림이었다. 하나뿐인 딸년이 어느 날 만신창이 몸뚱어리 이끌고 기신기신 집구석 찾아 돌아오는 상상이었다. 그 모든 책임이 아비한테 있노라고 동네방네 광고하듯, 만리타국에서 저 혼자 뒤집어써야 했던 오만가지 오욕들 아비한테 몽땅 떠넘길 작정으로 딸년은 집이 지척인데도 안 들어오고 계속 바깥으로만 배돌면서 보복을 꾀하려 했다. 망신살이 무지갯살 뻗치듯 제 아비 되알지게 우세시키려는 일념으로 상곡리 초입에 진치고 버티면서 동네 이웃들과 오가는 행인들 붙들고 그간 천석꾼 딸이 군 위안소에서 겪어야 했던, 필설로 다 형용할 길 없는 그 참상을 목청껏 실토하기에 여념이 없는 모습이었다.

　"……나중에 땅을 치고 후회하지 않으려거든 내 말 허투루 듣지 말고 치부책에다 적듯이 명심하시는 게 신상에 이로울 거요."

　마지막 엄포 퍼붓고 나서 시라야마란 놈은 비단보료 위에 알뜰히 건사했던 제 몸뚱이 발딱 일으켜세웠다. 그 엄포 이전에도 무슨 말인가를 장황히 떠벌리고 있었던 듯싶었다. 때로는 을러메고 또 때로는 달래는 척하면서 상대방 겁박하기 위해 줄곧 열변 토하는 눈치였는데, 야마니시 영감 귀에는 한마디도 들어오지 않았다. 상상 속에서 딸년이 우수마발같이 끼었는 그 망신살과 우셋거리 감당하느라 도무지 경황이 없는 까닭이었다. 시라야마란 놈 양다리에 채워진 각반 한 쌍이 방을 지나 대청마루로 향하는 걸 멀뚱멀뚱 내려다보면서도 제때 쫓아나가 배웅할 생심도 못하고 있었다. 아직도 머릿속에서는 악취 펄펄 풍기는 활동사진들이 쉼

없이 돌아가는 중이었다. 복잡다단하게 얽히고설킨 머릿속 실타래 푸는 일에 잔뜩 고부라진 나머지 시라야마 계장이 어느새 사랑채에서 멀찌감치 벗어난 후에야 간신히 그런 사실을 깨달을 정도였다.

"시라야마 상! 시라야마 상!"

그제야 비로소 야마니시 영감은 맨발 바람으로 허둥지둥 달려나가는 성의를 표시함으로써 괄목상대해 마땅한 귀객한테 범한 결례를 만회하고자 했다. 그러나 시라야마가 이미 대문 밖으로 모습을 감춘 다음이었다.

"워매, 참말로 재수 옴 붙어뿌렀네! 비렁뱅이허고 겸상헌 연후에 옴쟁이랑 한 목간통에서 같이 목간헌 꼴이네그랴! 퉷! 퉷! 퉤엣!"

시라야마란 작자가 밟고 지나갔을 법한 경로 대충 어림해 마당에 침을 세 번 뱉음과 동시에 발을 세 차례 힘지게 굴러댐으로써 야마니시는 집구석 어딘가에 아직도 머물러 있을 사위스러운 기운을 멀찌막이 내쫓으려 했다.

"하루가제야! 하루가제 이 기사마야!"

기껏 침 뱉기나 발 구름 따위로는 미흡한 감이 없잖아 있어 야마니시 영감은 온 집안 들썩이게끔 우레 같은 소리로 반편이 머슴을 찾기 시작했다. 쥔장 어른 배웅도 안 받고 터벅터벅 혼자 길나서는 손님 뒷모습 가까이서 지켜보고 있었던지, 동작 굼뜨고

202

발걸음 느리기로 호가 난 춘풍이란 놈이 의외에도 득달같이 달려
왔다.

"에잇, 재수 드럽게 없는 날이다! 왕소금 한 박적 듬뿍 퍼다가
대문간에 짝짝 찌클어뿌러라!"

다시 사랑채 안으로 들긴 했지만, 조금 전까지 깔밋잖은 시라
야마 엉덩이 밑에 깔려 있던 비단보료에 곧바로 앉기가 왠지 거
식한 기분이었다. 그야말로 좌불안석이었다.

"조오지부쓰오 와즈라우 야쓰 같은 놈 같으니라고!"

야마니시 영감은 위아래 어금니 맷돌처럼 갈아붙이면서 시라
야마란 놈 지목하고 한바탕 욕지거리를 퍼부었다. 건시가 곶감이
고 장옷이 긴 옷이듯 '장질부사 앓는 놈'과 '염병하다 땀도 못 내
고 뒈지는 놈'이 결국 똑같은 내용인데도 욕설의 강도나 어감의
농도에서 두 표현 사이에는 현격한 차이가 있었다. 야마니시 영
감 개인 취향은 단연 후자 쪽이었다. 하지만 특별한 경우, 예를
들어 반쪽발이 일본인 시라야마 같은 놈 상대할 경우 조선말 욕
지거리보다는 소위 국어인 일본말 욕지거리가 훨씬 더 제격이라
는 고정관념에 아직도 붙잡혀 있었다.

"그나저나 참말로 걱정시런 노릇이고만! 참말로 걱정이라니
깨, 꺼억정!"

아무한테도 발설 말고 혼자만 가만히 알고 있으라는 신칙과 더
불어 시라야마 작자가 사랑채에다 떠둥그뜨리고 간 걱정거리들이

사람을 도무지 못살게끔 괴롭혀대는 중이었다. 여자 보국대 징용 나이 상향 조정설과 재수없고 운수 사나우면 만리타국 최전방 군 위안소로 끌려가는 수도 있다는 복불복설이 마치 두 마리 맹수처 럼 무고한 양민을 아귀아귀 물어뜯는 것이었다. 자칫 잘못하다가 는 사랑채에서 천석꾼 영감이랑 그 맹수들이랑 한데 어우러져 하 룻밤 동침하면서 만리장성 쌓게 될지도 모르는 판국이었다.

제15장

옹이에 마디

1

삼복더위 무릅쓰고 길을 나서려 채비하는 남편을 연실이 극구 만류했다. 부실한 몸 이끌고 원거리 출타 도모하는 건 병자한테 매우 위험하다는 이유였다. 산서 땅에 눌러앉은 이래 말만 들었을 뿐 실제로 가본 적 없는 백상암이 연실에게는 서쪽으로 십만억 국토 저 너머에 있다는 서방정토만큼이나 비현실적으로 까마아득하게 느껴지는 모양이었다.

"산서 사람들은, 면소재지 한복판에서 오줌을 누면 백상암 측간에 떨어진다고 웃음엣소리로 말허지요. 엎어지면 코방애 찧을 지척지지란 뜻이요."

"아무리 가깝더라도 무리는 절대 금물이지요. 이렇게 푹푹 찌는 날씨라면 지척지지 방문도 병자한테는 얼마든지 건강을 해칠 수가 있어요."

"당신 눈에는 지금도 내가 병자로 뵈는 거요?"

연실의 헌신적인 병구완과 꾸준한 약제 복용 덕분에 건강이 눈에 띄게 호전되었다. 이제는 잔기침과 미열을 동반한 노점질환 특유 증상들로부터 웬만큼 자유로워진 몸이라고 자신하던 참이었다. 신사 참배 거부한 대가로 전주 야소병원이 폐쇄당한 뒤부터 양의한테 치료받을 길이 사실상 막혀 있었다. 그 대신 용하기로 소문난 읍내 한약방에서 보중익기탕을 지어 꾸준히 복용하는 한편 폐질환에 특효라고 알려진 마늘, 율무, 황기, 상백피(桑白皮), 백급(白芨) 등등 갖가지 약재를 구해다가 때로는 가루나 차로, 때로는 탕으로 만들어 날이면 날마다 상식하다시피 하는 등으로 그동안 단방약이나 민간요법을 곁들여 장기전을 벌여왔다.

"안 되겠어요. 저도 같이 가겠어요!"

연실의 단호한 어조에 놀란 부용은 얼른 도리질에 손사랫짓까지 곁들였다.

"당장 건강을 돌봐야 헐 사람은 내가 아니라 외려 당신이요. 괘얀시리 고집 피울라 마시요."

이른 더위 먹은 탓인지 연실은 벌써 여러 날째 심한 체증으로 고생하는 중이었다. 속이 더부룩하고 소화가 제대로 안 되는데다 입맛까지 싹 달아나버렸다며 끼니마저 거르기 일쑤였다. 등 떠다 밀어 거지반 감금하다시피 연실을 방안에 들여앉힌 다음 부용은 서둘러 길을 나섰다. 지체하면 큰 사달 붙을 어떤 긴급한 용무로 만난을 무릅쓰고 백상암 찾아가는 건 아니었다. 다만, 그쪽 사람들이 어떻게 지내고 있는지 궁금할 따름이었다. 실은 가도 그만, 안 가도 그만이라 치부하면서 차일피일 미루는 사이에 궁금증의 북데기는 부담스러우리만큼 커져버렸다. 곡기 멀리한 채 가까스로 연명중이라던 범천스님은 그뒤로 끊었던 곡기 다시 입에 대기 시작했을까. 감옥살이하는 이종형 신상에 뭔가 위중한 상황이 발생한 듯하다며 한바탕 울고불고 요란 떨다 갔던 귀용은 요즘 어떤 모양으로 지내고 있을까. 오래전에 누님 통해 백상암 쪽 얘기 전해듣고도 계속 미적거리기만 하던 부용에게 단안을 내리게 끔 부추긴 것은 간밤의 꿈자리였다. 귀용이 뜬금없이 꿈속에 나타나 잡담 제하고 무조건 손짓으로 신호를 보내는 것이었다. 어서 오라고 재촉하는 신호 같기도 하고, 제발 오지 말라고 호소하는 신호 같기도 했다. 우중충하게 그늘진 낯꽃으로 연거푸 요령부득의 신호만 보내오던, 그 수심에 찬 모습이 자꾸만 눈에 밟히는 바람에 부용은 밤의 나머지 부분을 흑암 가운데서 내내 엎치락뒤치락 자반뒤집기로 보낼 수밖에 없었다.

서두르지 않고 아치랑아치랑 걷는데도 온몸에서 땀방울이 찌걱찌걱 배어나왔다. 삼베 등거리 흠뻑 적시고도 남아도는 땀줄기가 등골 타고 흘러내리다가 괴춤 안으로 모여들었다. 생명 있는 모든 것들 마구 들볶고 사정없이 욱대김으로써 철저히 부수뜨리려 덤비는 것 같은, 악의에 찬 날씨였다. 별로 많이 걷지도 않았는데 벌써 숨결 가쁘고 숨소리 거칠어지기 시작했다. 병자한테 무리는 절대 금물이라며 앞을 막아서던 연실의 얼굴이 불현듯 떠올랐다. 그런데도 부용은 부득부득 백상암까지 가지 않으면 안 되었다. 꿈에서 본 동생의 손짓 신호가 정확히 뭘 의미하는지 기어이 알아내지 않으면 불면의 밤한테 계속 시달릴 성만 싶었다.

무인지경인 듯 산과 들이, 마을과 농경지가 온통 땀내 진동하는 정적 속에 묵직하게 가라앉아 있었다. 여느 때 같으면 피사리나 김매기가 한창일 논밭들인데도 사람 그림자 하나 찾아볼 수 없었다. 살인적 더위 탓도 있을 테지만, 그보다는 더위 이상의 살인적 농경 여건들로 말미암아 농부들 농사지을 의욕이 우지끈 꺾여버렸기 때문일 것이었다. 귀 달린 천석꾼 집안 권속들 다 들으라고 노골적으로 불평불만 터뜨리는 소작인들을 요즘 들어 드물잖게 만날 수 있었다. 심지어 미혼 여성인 누님 상대로 망측스럽기 그지없는 상소리까지 예사로이 들먹이는 소작인마저 생겨날 지경이었다. 당나귀 귀 떼고 '거시기' 떼고 나면 남는 건 털가죽밖에 없다고 왜장친다는 것이었다. 귀는 지주한테 바치는 살인적인 도조요, 거시기는 일제 총독부가 공출 명목으로 쓸어가는 소출을 의미할 터였다. 그것들 들어내고 나면 식구들 목구멍 풀칠할 양식조차 남아나지 않는 형편인데 뼛골 빠지게 농사지어봤자 무슨 소용이냐는 뜻이었다. 날이 갈수록 농민들 입은 더욱더 거칠어지고, 겪을수록 민심은 더욱더 눈에 띨 정도로 흉흉해지는 추세였다.

"살어는 있었고나?"

천신만고 끝에 백상암에 다다라 오랜만에 형제 상봉 이루어지자 부용의 입에서 맨 먼저 튀어나온 것은 혜식은 농담이었다. 살아 있는 것처럼 보여도 결코 살아 있는 게 아니라고 주장하듯 귀용은 손윗사람 접대용 웃음조차 내비치기 꺼리는 기색이었다. 웃음은커녕 그저 무표정한 낯꽃으로 형님 모셔 앉힐 자리 마련에만 골몰하는 기색이었다. 지난날 부용도 한동안 거처로 삼은 적 있는, 요사(寮舍) 옆댕이에 딸린 지대방이었다. 밥상 겸 책상으로 쓰는 개다리소반 하나와 개키지 않은 채 방구석에 아무렇게나 너부러진 이부자리 면적 제외한다면 그야말로 송곳 하나 세울 자리 못 찾으리만큼 좁아터진 방안에 장정 둘이 마주앉으니 이마와 이마가 맞닿을 지경이었다.

"지난번보담도 신수가 휘낀 더 좋아 뵈는 것 같다."

인사삼아 말은 보드랍게 건넸지만, 실인즉슨 보는 사람 가슴이 철렁 내려앉으리만큼 그 좋던 신수가 망가질 대로 망가진 매골이었다. 볼이 움푹 파이고 광대뼈가 두드러진 얼굴 바탕에 파리한 낯빛이 더께처럼 덧입혀 있었다. 겉허울로 봐서는 누가 노점병자고 누가 건강체인지 쉽사리 분간하기 어려울 정도였다. 귀용은 쓰다 달다 대꾸 없이 괜히 입맛만 쩝 다시고 나서 더부룩이 자란 턱수염을 손바닥으로 거칠게 쓸어내렸다.

"웬일로 이렇게 어려운 걸음을 하셨어요?"

"형이 동생 만나는 것도 꼭 이유가 있어야만 가능허냐?"

"그건 아니지만, 하도 뜻밖이라서……"

"뜬금없는 방문에 니가 으떤 반응을 보일지 궁금혀서 그냥 한 번 와봤다."

"아, 그러셨군요."

그것으로 그만이었다. 모처럼 이루어진 형제간 대화는 피차 넘지 못할 장벽이라도 새중간에 두고 있는 듯 처음부터 순화롭게 나아가지 못한 채 자꾸만 뭔가에 이아침을 받아 터덕거렸다. 동생 쪽에서 대화 자체를 아예 기피하는 듯한 태도였다.

"들어오다 보니깨 사면팔방이 말짱 다 조용허든디, 절간에 혹 무신 일이라도 생긴 것이나?"

"절간이니까 조용한 건 당연지사 아닙니까?"

가벼운 농담조마저 귀찮다는 듯 귀용은 툽상스러운 가락으로 매우 불친절하게 받아넘겼다.

"그새 범천스님은 별고 없으시고?"

잠시 귀용의 눈에 동요의 빛이 희미하게 떠오르는 듯싶다가 금세 사라지고 말았다.

"별고가 있으십니다."

부용은 저도 모르게 입을 반쯤 벌린 채 얼간이 같은 표정으로 동생의 다음 말을 기다렸다.

"스님께서 입적하신 것 같습니다."

"하신 것도 아니고, 하신 것 같다니? 그게 대관절 무신 말이냐?"

"상좌스님 말이 계속 오락가락하는 중입니다. 처음에는 입적이라고 했다가, 중간에는 적멸이라고 했다가, 나중에는 또 열반 운운……"

"제발 뜸 조께 고만 들이고 어서 자초지종을 털어놓거라!"

"실은 나흘 전부터 범천스님 행방이 묘연합니다."

"행방만 묘연허면 무조건 다 입적이고 열반이냐? 제자들한티 안 알리고 어느 먼 고을로 탁발 행각을 떠나셨을 수도……"

"아닙니다. 그 건강으로 탁발은 애시당초 어림도 없는 일입니다. 의심할 여지도 없이 이건 오래전부터 예고된 죽음입니다. 그동안 당신 장례 문제를 두고 범천스님께서 제자들한테 여러 차례 당부하신 말씀이 있답니다."

우여곡절 거쳐 마침내 귀용의 말문이 활짝 트였다. 그리고 부용이 애타게 기다리던 자초지종 또한 술술 풀려나오기 시작했다.

"나흘 전 일이지요. 상좌스님이 새벽에 도량석을 돌고 나서……"

밤새 무탈하셨는지 스승 안부가 걱정되어 범천스님 거처방을 살그미 들여다봤다. 그런데 웬일로 인기척이 전연 안 잡혔다. 평상시라면 와병중에도 피폐한 노구 곧추세운 채 가부좌 자세 견지하고 있을 시간이었다. 주인이 빠져나간 방안은 반닫이와 문갑, 연상(硯床) 등 가장집물 몇 점과 이부자리서껀 모두 말끔히 정리되고 정돈된 상태였다. 밤중에 갈증나면 목이라도 축이라고 초저녁에 넣어준 자리끼 대접은 한 모금 입에 댄 흔적도 없이 원래 분량 그대로 윗목에 얌전히 놓여 있었다. 혹시 소피라도 보러 나갔는가 싶어 상좌스님은 엄습하는 불길한 예감 애써 물리치면서 측간으로 달려갔다. 그러나 결과는 허탕이었다. 예감이 현실로 바뀌는 순간이었다. 그때부터 스님, 스님, 하고 연방 소리쳐 부르면서 암자 안팎을 사면팔방 헤집고 다니기 시작했다. 오도깝스럽기 짝이 없는 바깥 기척에 놀라 귀용이 퍼뜩 잠에서 깬 것은 바로 그 무렵이었다.

"큰일이 나뿌렀고만요!"

이 어둑새벽에 웬 소란이냐는 귀용의 물음에 상좌스님은 중년 불제자답지 않게끔 몹시 수선스럽게 대꾸했다.

"우리 스님께서 기연시 종적을 감추시고 말어뿌렀고만요!"

뒤늦게 잠자리에서 불려 나온 동자승이 졸린 눈 비비대며 눈곱 떼다 말고 갑자기 비죽비죽 입안에서 울음소리 장만하기 시작했다. 코흘리개 나이로 출가한 이래 노장 스님 한결같은 배려와 보살핌 속에 키 부쩍 자라고 머리통 제법 여물어가던 동자승인지라 사형(師兄)이 느닷없이 전하는 비보에 되우 충격을 받은 모양이었다.

"으짠다요! 우리 스님을 으짠다요!"

대뜸 징징 우는소리부터 늘어놓는 동자승이나 남의 얘기 귀에 담을 여력 도통 없어 뵈는 상좌승이나 귀용이 보기에는 딱하기가 어금버금한 상태였다. 다른 무엇보다도, 방에서 자고 있을 줄 알았던 주지스님이 잠시 눈에 안 보인다고 마치 천붕지괴라도 겪는 듯 제자들이 갈팡질팡하고 우왕좌왕하는 그 점이 도무지 이해가 안 되었다.

"혹시 노파심이 너무 과도하신 건 아닙니까? 언제 무슨 일 있었더냐, 하고 노장 스님께서 잠시 후에 천연덕스럽게 나타나셔서, 새벽 예불 작파한 채로 이렇게들 모여서 허무맹랑한 잡담만 나누느냐고 꾸짖으신다면, 그때는 뭐라고 변명하실 겁니까?"

귀용의 지적에 상좌승은 머리를 절레절레 흔들었다.

"처사님이 시방 무얼 몰라서 허시는 말씀이요. 처사님도 앞으로 우리 스님 만날 기회는 일절 없을 것이요."

"그렇다면 범천스님은 이미 저승 사람이란 얘깁니까?"

"저승이 아니라 극락이겠지요!"

"결국은 이 세상 사람이 아니란 뜻이잖습니까?"

"그렇소. 어느 날 갑째기 이런 불상사가 닥칠 것만 같아서 벌써부텀 벙어리 냉가심 앓덧기 누구한티 차마 말도 못 끄내고 제자들찌리만 노심초사허든 챔이었소."

그간의 경과를 들어보니 딴은 제법 그럴싸하기도 했다. 범천스님은 어느 하루 제자들 앞에 앉혀놓고 유언 아닌 유언을 시작했다. 언젠가 때가 이르러 당신이 홀연히 행방을 감추더라도 찾으러 나설 생각일랑 애당초 하지도 말라는 것이었다. 오래전에 오직 당신만 아는 은밀한 처소에다 미리 유택 장만해두었으니 백방으로 시신 수색해봤자 말짱 헛수고에 그칠 뿐이라는 얘기였다. 번뇌마에 사로잡혀 탐, 진, 치 삼독(三毒)에서 일평생 헤어나지 못한 채 연명해온 육신을 배고픈 산짐승 들짐승들한테 마지막 보시하는 것으로 참회하면서 저세상으로 건너갈 작정이라는 것이었다.

"제자 도리로 으찌 안 말렸겠습니까. 울고불고 매달림시나 말리고 또 말렸지요. 허나 허되, 다 소용없는 일입디다. 스님께서는 됩데로 제자들한티, 보살도를 훼방허는 사악헌 종자들이라고 노발대발 호통만 치십디다."

스승이 즐겨 사용하던 말투 '허나 허되'를 유산으로 상속받기라도 한 것처럼 상좌승은 어느새 그 말을 본래부터 자기 것이었던 양 천연덕스럽게 입길에 올리고 있었다. 제자들은 스승 유언 충실히 받들겠노라며 승복하는 수밖에 없었다. 오랫동안 곡기 멀리한 결과로 껑더리되고 철골 이룬 노장 스님이지만 눈빛만은 아직도 형형하게 살아 있었고, 그 눈빛 통해 요지부동의 결기가 충분히 전달되기 때문이었다.

"차라리 그때 더 심한 노염을 사고 사제 인연이 끊어지는 한이 있더라도 노장 스님 분부에 끝까지 불복할 걸 그랬다고, 허나 허되 뒤늦게 후회한들 무슨 소용이 있겠냐고, 만약에 다비를 치른다면 최소한 사리 열 과는 수습하고도 남을 고승이신데 이제는 시신조차도 수습 못하게 생겼으니 이 얼마나 참혹한 꼴이냐고 자책하면서 제자들은 두고두고 안타까워했지요."

행방이 묘연해졌던 그날, 범천스님이 유택으로 물색했을 법한 장소들 찾아 진종일 암자 일대를 이잡듯 뒤장질한 끝에 결국 허탕만 치고 돌아온 제자들의 넋두리 전하면서 귀용은 잔뜩 쓴웃음을 머금었다.

"당국에다 실종 신고는 했다냐?"

"첫날은 자체적으로 수색에 매달리느라 경황없이 보내고, 이틀째 되는 날 제가 권고해서 주재소에다 신고를 마쳤지요. 그러고 어저께부터는 칼 찬 순사가 나와서 수색 작업을 지휘하고 있습니다."

노장 스님 실종 사건을 수수방관하듯 사무적으로 전하는 심드렁한 말투가 영 마음에 안 들어 부용은 동생을 빤히 바라보았다. 그러자 귀용이 다시 한번 쓴웃음을 지어 보였다.

"저요? 그동안 저도 내동 수색에 동참했지요. 스님들이랑 연사흘간 산속을 헤매다가 포기하고 돌아와서 오늘은 저 혼자 암자를 지키는 중입니다. 물론 심신이 많이 지친 탓도 있지만, 수색을 암만 더 해봤자 범천스님 열반 흔적은 끝내 못 찾아낼 거라는 비관적인 생각이 앞섰기 때문이지요."

최처사, 절대로 축생을 살아서는 안 되는 법이네. 이후로는 부데 인생을 살으시게.

오래전, 암자에 죽치고 앉아 무위도식하는 동안 스스로 맹수가 되어 저 자신을 부단히 물어뜯고 찢어발기는 자해의 나날 보내다가 뒤늦게 하산을 결심한 젊은이한테 범천스님이 간곡히 당부하던 말이 퍼뜩 되살아났다. 제자들 말마따나 범천스님은 어쩌면 이미 득도의 경지에 다다른 고승일는지도 모른다는 생각이 슬며시 고개를 들기 시작했다.

"부탁인디, 어머님한티는 당분간 비밀로 허자. 범천스님 실종된 걸 아시는 날이면 어머님 상심이 이만저만이 아닐 것이다."

말을 마치고 부용은 곧바로 지대방을 벗어나려 했다. 천만뜻밖의 사건으로 얼추 혼이 달아나는 바람에 삼복더위 무릅쓰고 굳이 동생 만나고자 했던 애초 목적을 하마터면 까먹을 뻔했다.

"요새 낙철이 소식은 더러 듣고 있냐?"

귀용이 말없이 고개만 주억거렸다.

"제일 최근에 들은 소식이 뭐냐?"

이번에는 시선을 바닥으로 내려놓으면서 대답을 회피했다.

"진용이 형님이 얼매 전에 경성 댕겨오신 건 알고 있냐?"

귀용이 한숨을 길게 내쉬었다.

"안면 있는 형무소 간수를 구워삶어서 내막을 자세허니 알어보셨단다. 상식에서 벗어나는 행동을 자주 저질른 건 사실이지만, 인육을 먹는다는 둥 인피를 마신다는 둥 괴상망칙헌 소문은 죄다 낭설이라고 단언허시드라."

자신의 말에 설득력과 신빙성 보탤 요량으로 부용은 한 마디씩 또박또박 끊어 발음했다. 그런데도 귀용은 이렇다 할 반응을 드러내지 않았다.

"낙철이 일로 지나치게 심려허들 말어라. 너 혼자 무거운 죄책감 걸머메고 죄인 잡도리허덧기 자신을 육장 괴롭혀댄다 혀서 해결될 문제는 아니잖냐."

"인육을 먹고 안 먹은 게 중요한 대목은 아니지요. 핵심은 낙철이 형님이 그만 정신줄을 탁 놓아버렸다는 사실이지요."

좀전과 달리 귀용이 발밭게 대거리하고 나섰다.

"광질 병자로 전락한 낙철이 형님을 누가 상상이나 했겠습니까."

"광질이 명명백백헌 의학적 사실로 확인된 건 아니잖냐! 형무소 간수도 과장된 뜬소문이라고 일러줬다 그러잖냐!"

"형님, 못난 동생 때문에 공연히 무리하실 필요 없습니다. 저도 나름대로 판단력이란 게 있고, 제 앞가림은 웬만큼 할 줄 아는 놈입니다."

듣기 싫다는 소리였다. 듣기 싫으니 잔소리 그만하고 어서 떠나라는 뜻이었다. 번민에 싸인 채 고통스러운 나날 보내는 동생

위무한답시고 염천 고열에 원행하는 무리까지 범했다가 본전도 못 건지고 쫓겨나는 꼴이었다.

"귀용아, 종교인은 백해무익헌 반동이라고 지금도 믿고 있냐?"

지대를 내려선 다음 부용은 고개 힘껏 외틀어 동생을 돌아다보았다. 일주문까지 배웅할 기세이던 귀용은 지대방 속으로 제 몸뚱이 도로 욱여넣으면서 바싹 마른 음색으로 작별을 고했다.

"안녕히 가시고, 더위에 몸조심하십시오."

동생 처지 이해 못하는 바 아니었다. 오죽이나 심란했으면 오랜만에 만난 형인데 그런 식으로 홀대해서 떠나보낼까. 지대방에서 동생한테 대접받지 못한 찬물을 백상암 약수터가 양껏 제공했다. 한여름인데도 냉기 품은 약수 벌컥벌컥 들이켜 부용은 갈증부터 다잡았다. 기다렸다는 듯 칼날 세운 땡볕이 일주문 통과하는 속인의 이마빼기 훌렁 벗겨낼 기세로 살가죽을 예리하게 저미기 시작했다. 동작을 최소한으로 줄인 채 날짱날짱 걷던 그는 문득 길 가는 사람이 저 혼자가 아닌 듯싶은 기묘한 느낌에 사로잡혔다. 아까부터 누군가가 어깨 나란히 하면서 길동무 돼주는 듯한 기분이었다.

쵀처사, 절대로 축생을 살어서는 안 되는 뱁이네!

미지의 동행인이 누군지 부용은 그제야 퍼뜩 깨달았다.

이후로는 부데 인생을 살으시게!

220

행방불명 상태인 범천스님 육신에서 빠져나온 목소리 한 다발이 독자적 생명력으로 활동하면서 암자 구석구석 기웃거리고 다니다가 어떤 같잖은 인생 하나 발견하고 검질기게 꽁무니 따라붙기 시작했음이 분명했다. 남의 흠구덕 버르집어 시망스럽게 간섭할 작정으로 범천스님 쪽 빼닮은 그 목소리가 술책을 부리는 중이었다.

　부용은 산자락 따라 급하게 내리뻗은 지름길 버리고 부러 구불구불 에돌아가는 길 택하기로 갑자기 마음을 바꿔먹었다. 그 우회로 중간쯤에 감나뭇골 본가가 자리해 있었다. 아무래도 본가부터 들러 어떤 식으로든 백상암에 다녀온 티를 좀 내보는 게 좋을 듯싶었다. 당분간 어머니한테 비밀로 하고 싶다던 생각이 그새 바뀌어 있었다. 수십 년 세월 한결같이 이어진 두 승속 간의 각별한 관계 감안할 때 어머니 귀에 노장 스님 타계 소식 못 들어가게끔 끝까지 쉬쉬한다는 건 원원이 도리가 아닐뿐더러, 그래 봤자 아무런 실익도 없을 거라는 결론에 뒤늦게 도달했다. 어차어피에 때가 되면 산중 암자 떠나 인가 마을까지 기어이 하산하고야 말 부음이었다. 마을 사람들 왈왈한 입보다 친자식 신중한 입 통해 부음에 접하는 편이 차라리 어머니한테 닥칠 충격을 다소나마 줄이는 방법일 것 같았다.

　"아니, 얼매나 화급헌 용무가 생겼다고 이 염열 속에……"

　땀범벅에 파김치 꼴로 들어서는 부용을 발견하고 누님은 입이 딱 벌어졌다. 부용은 턱짓으로 사랑채와 안채를 잇달아 가리켰다.

"계시는가요?"

"아버님은 지금쯤 아매 낮잠에 드셨을 게다. 어머님은 한참 전에 이웃 동네로 마실을 나가셨다."

"실은 어머님한티 드릴 말씀이 있어서 왔는디……"

"두었다가 낭중에 드려도 그 말씀은 더우 먹을 염려 없다. 너더우 먹기 전에 등미역부텀 혀야 쓰겄다. 나랑 같이 시암으로 가자."

"더우 조개 먹는다고 사람이 죽는 법은 없지요. 역부러 곡기를 끊어서 자진헌다면 몰라도……"

"그게 시방 무신 소리냐?"

갑자기 두 눈이 회동그라지면서 누님은 뜨악한 낯빛을 감추지 못했다.

"범천스님이 메칠 전에 행방불명되셨답니다. 말이 행방불명이지, 실상은 열반허신 거나 매일반이랍니다."

백상암에서 들은 얘기를 부용은 더도 덜도 아닌 원본 그대로 누님에게 전달했다. 이야기가 진행될수록 누님이 드러내는 놀라움은 점점 더 북데기를 키워갔다. 특히나 범천스님이 행방 감추기 이전부터 제자들한테 미리감치 밝혔다는 유언 내용에 충격을 가누지 못하는 기색이었다.

"이 일을 으쩐다냐! 대처나 이 일을 으째야 옳다냐!"

아무도 못 찾을 은밀한 처소에다 당신 유택 스스로 장만해놓았다는, 오로지 당신만이 아는 그곳에서 배고픈 산짐승 들짐승에게 욕된 육신 제공함으로써 마지막 보시를 할 거라 유언했다는 말에 누님은 눈물을 질금거리기 시작했다. 어머니 영향받아 누님은 비록 섬기는 대상은 다를지라도 마땅히 괄목상대해야 할 인물로 범천스님을 평소에 높이 평가해왔다. 노장 스님이 평생 쌓은 법력에 합당한 대접을 그동안 누리지 못한 셈이라고, 난중지난(難中之難) 고약한 세월 만나 고적하고 애옥한 말년 보내는 모습이 제삼자 보기에도 안타깝기 그지없었노라고, 그런데 이제 엎친 데 덮쳐 시신조차 없는 초상 치르게 생겼으니 이 얼마나 기구한 사연이냐고 누님은 울먹이며 말했다.

"스님 찾는 일에 우리도 나서서 손을 보낼 무신 방도가 없을까?"

갑자기 누님이 정색했다.

"없습니다!"

부용은 단호하게 잘라 말했다.

"시간이 해결헐 문제라고 봅니다. 당분간은 그냥 죄용허니 지내는 게 상책이지요. 그러다가 불행 중 다행으로 배고픈 산짐승들이 다 처리허들 못헌 유해 일부라도 어찌어찌 수습된다면, 그때 가서 울력에 동참허드래도 우리 집안 체통이 떨어지지는 않을 겁니다."

동생의 냉연한 말투가 누님을 잠시 떠나 있던 손윗사람 입장으로 얼른 돌아오도록 부추긴 듯했다.

"부용아, 어머님 돌아오시기 전에 싸게 샛내로 돌아가는 게 좋것다. 범천스님 문제는 암만혀도 내 입으로 어머님께 고허는 편이 여러모로 임의로울 성불르다."

"거참, 듣던 중 반가운 제안이네요."

덕분에 부용은 힘에 부치던 짐짝 벗어던지듯 홀가분해지는 기분이었다.

"그러잖어도 수수께끼 같은 범천스님 행방불명 사변을 어머님이 이해허시게코롬 설명헐 방도가 도통 안 떠올르라서 심란허든 참입니다."

졸가리 타고 맥락 잡아 차근차근 상대방 설득하는 말재간은 누님 쪽이 언제나 한 수 윗길이었다.

"그럼 누님만 믿고 저는 이만 물러갈랍니다."

마을간 어머니가 불시에 들이닥치기 전에 부용은 퇴각을 서둘렀다.

"잠깐만, 부용아!"

쫓기듯 본가 떠나려는 부용을 누님이 불러 세웠다.

"내가 그저께 점심참에 니 처갓집으로 전보를 쳤다."

이 무슨 뚱딴지같은 소리냐고 온몸으로 힐문하는 부용을 보고 누님은 얄브스름한 웃음을 피워올렸다.

"그 전날 올케가 나한티 살째기 부탁허드라. 혹시 읍내 나갈 일 생기면 친정집으로 전보 한 통 보내달라고."

"으쩌자고 그런 귀꿈맞은 파발 노릇을 떠맡으셨습니까!"

부용은 저도 모르게 언성을 높였다. 여태껏 누님이 수행했던 허다한 역할 가운데서 그것은 아주 하지하(下之下)에 속하는 경거망동일시 분명했다.

"역부러 읍내 나가서 우편국에서 연실이 어머님 앞으로 전보 한 통 보내고 왔다. 일간에 한번 산서를 방문허시는 게 좋겠다는 내용으로 말이다."

저쪽에서 스스로 찾아오는 발걸음이야 막을 방도 없겠지만, 제발 와주십사, 하고 먼저 아쉬운 통지 보내는 행위는 한 인간, 한 남자 자존심이 걸린 문제였다. 부용은 불쾌감 넘어 모멸감에 가까운 감정을 느꼈다.

"오실 필요 없다고 지가 새칠로 전보를 치겠습니다!"

"아서라, 부용아! 그러면 못쓴다! 친정엄니가 얼매나 보고 짚었으면 시누한티 그런 부탁을 혔겄냐. 뭔지는 몰라도 요새 올케 신상에 무신 문제가 생긴 것 같은 눈치드라."

"내 식구 일은 내가 어련허니 다 알어서 처결헐 겁니다!"

더 붙잡고 잔소리 늘어놓을 여지 없애려고 부용은 분연히 돌아섰다. 근자 들어 모녀 상봉 기회가 뜸해진 건 사실이었다. 그렇다고 몽매지간에도 친정어머니 그리워 눈물로 베갯잇 적시리만큼 어떤 심각한 문제가 불거졌을 리 만무했다. 식욕 저하나 소화불량이 예상보다 길어지면서 그동안 연실의 몸이 다소 축난 건 사실이었다. 그렇다고 전보 쳐서 친정어머니 급히 불러와야 할 지경으로 위중한 상태는 결코 아니었다. 백번 눅여 생각해봐도 누님 행동은 지나친 간섭이었다.

누님 향한 불복지심이 등 떼미는 바람에 발놀림이 부쩍 더 빨라졌다. 그리고 그 발놀림보다 더욱 맹렬한 기세로 동천리 향해 앞서 달려가는 것은 덩치 큰 짐승 같은 의구심이었다. 어쩌면 흔한 위병 또는 장병 따위 가벼운 증상이 아닐는지도 모른다. 어쩌면 연실은 자신의 심각한 병세를 시집 식구들 아무도 모르게 꼭꼭 숨긴 채 혼자만 생으로 끙끙 속앓이하면서 친정으로부터 도움의 손길 애타게 기다리는 중일는지도 모른다. 어쩌면 연실은……

천우신조로 스님 유해 수습해 다비식 치르게 된다면, 하고 부용은 생각의 방향을 엉뚱하게도 암자 쪽으로 돌렸다. 제자들 장담대로 범천스님 몸에서 오채(五彩) 영롱한 사리가 나올 가능성은 과연 어느 정도일까. 최소한 사리 열 과는 남기고도 남을 고승이라고 제 스승 치켜세우던 상좌스님 발언은 얼마만큼 진실성을 담보하고 있을까. 만일 고승을 판별하는 척도로 사리 숫자가 유의미한 것이라면, 그 기준은 과연 몇 과 이상일까. 만일 한 과도 수습되지 않은 스님은 그저 그런 땡추중으로 굳어진 채 이승을 하직하게 되는가.

범천스님 문제에 집착하고자 부용은 한동안 무던히도 애를 썼다. 그러나 사리 문제 주변을 여러 고팽이 돌다보면 어느 겨를에 또 연실의 건강 문제와 맞닥뜨리곤 했다. 그는 뙤약볕도 아랑곳 없이 거지반 뜀박질놓다시피 샛내교회 향해 두 다리 한껏 재우쳐 걸었다.

"최선상이 당도허셨고만이라!"

교회 입구에서 어정거리던 사찰집사가 부용을 발견하기 무섭게 냅다 왜장치면서 쭈르르 사택 쪽으로 달음박질을 놓기 시작했다. 그 소리 오래 기다렸다는 듯 방문에 쳐놓은 대발이 때맞춰 옆으로 홱 젖혀졌다. 그러자 부용은 부지불식간에 입을 쩍 벌리고 말았다.

"아이고, 이 무심하기 한량없는 사람아, 어디 갔다 인제 오는가!"

맨발로 땅바닥 지뻑지뻑 밟으며 한달음에 다가온 장모가 들입다 사위 손 덥석 거머잡고 마구 흔들어댔다. 부용은 마치 생면부지 아낙네 대하듯, 댁은 뉘시오, 하는 눈초리로 장모를 멀뚱히 바라보았다. 참으로 빨리도 들이닥쳤다고 생각했다. 누님이 전보에 얼마나 다급한 사정 담아 보냈기에 이처럼 제백사하고 허위허위 달려왔을까.

"최서방, 놀라지 말게! 우리 연실이가 회임을 했다네!"

장모님은 시방 무슨 말씀을 하시는 것일까. 그런데 가만있자,

회임이라면 뱃속에 생명체를 품었다는 얘기 아닌가!

"내 말이 곧이들리지를 않는가? 자네 처 이연실이가 뱃속에 최부용이 자네 새끼를 품었다네!"

천만뜻밖의 그 상황이 도무지 실감으로 다가오지 않았다. 그래서 에멜무지로 저 건넛마을 아무개 부부네 얘기 흘려듣듯 그저 덤덤한 낯꽃으로 장모를 멀뚱멀뚱 바라다만 볼 따름이었다. 그런 사위 꼬락서니가 엔간히도 답답해 보이는 모양이었다. 장모는 거머잡은 사위 손목 더욱더 세차게 흔드느라 바삐 나부대고 있었다.

"그런 일을 으떻게……"

아직도 등신 흉내 벗어던지지 못한 채 여전히 칠칠찮게 구는 부용을 보고 장모가 그예 소래기를 빽 내질렀다.

"어떻게 알았냐고? 이 사람아, 이 경황중에 나온 첫마디가 겨우 그런 소린가? 하긴 눈치가 발바닥 밑같이 깜깜한 자네니까 모르는 게 당연하겠지! 산파가 아니고 의사가 아니더라도 우리 같은 유경험 어미들은 눈썰미 하나로 금세 다 알아보는 수가 있다네!"

대여섯 걸음 상거에 외어선 채 사위의 진양조와 장모의 자진모리장단이 서로 열심히 엇박자놓는 꼴 흥미진진하게 구경하던 사찰집사가 참았던 웃음 그예 킥 터뜨리면서 뒤란으로 종종걸음쳐 사라졌다.

"어서 안으로 드시잖고……"

대발을 위로 들치면서 연실이 방에서 나왔다. 이제 막 낮잠에서 깨어난 듯 부석부석한 얼굴에 부스스한 머릿결이었다. 연실을 보자마자 부용은 실쭉 한번 웃어 보였다. 그러자 장모가 뒤에서 사위 등판 힘껏 떠다밀었다.

"얼마 후면 애아버지 되시는 것, 미리 축하해요."

방에 들자마자 연실이 가만히 속삭였다.

"그것이사 피차일반 아니겠소."

이를테면 그 말은, 애어머니 자리 예약된 상대방에 대한 품앗이로 자기도 축하를 보낸다는 뜻이었다.

"어머니 말씀으로, 회임한 게 틀림없다네요. 때를 넘겼는데도 몸엣것이 안 비쳐서 뭔가 문제가 있는 것 같기는 하다 싶었는데, 어느새 임신 삼 개월째로 들어섰다네요."

행여 누가 엿들을세라 귀엣말로 가만가만 속삭이면서 연실은 놀랍게도 자기 몸에 찾아온 우주의 신비를 밝혔다.

"당신은 회임 소식이 기껍지도 않으셔요?"

"그럴 리가 있겠소."

"그런데 왜 그렇게 뚱한 표정으로 입을 꾹 다물고 계셔요?"

연실이 얼른 남편 손 낚아채 아랫배로 가져가면서 하얗게 눈을 흘겼다. 손바닥에 와닿는 뱃살의 감촉으로는 이렇다 할 특이 사항이 느껴지지 않는 듯싶었다. 윗배 아랫배 가릴 것 없이 복부 전체가 평상시 그대로 평퍼짐하고 밋밋한 모양새인 듯싶었다. 그런데, 그 작고도 동글납작한 집 터전삼아 이미 씨앗 한 톨이 싹을 틔워 자라는 중이란다. 임신 삼 개월째라는데 이래도 괜찮은 건가 싶었다. 이것이 과연 정상적인 임부의 배 모양이란 말인가. 한편으로 매우 의아스러우면서 다른 한편으로는, 바로 그 자그마한 아기집 속에서 비밀리에 이루어지는 생명현상이 그저 신비하게만 느껴지는 것이었다. 그 순간, 엉뚱깽뚱하게도 늙을수록 점점 더 어린애 형상 닮아가던 범천스님 얼굴이 문득 떠올랐다. 같은 날 비슷한 시간에 노장 스님 적멸과 연실의 회임 두 가지 소식 연달아 접한다는 게 왠지 몰라도 단순한 우연으로 여겨지지 않았다. 늙은 한 생명 떠난 자리를 어린 한 생명이 대신 채움으로써 지구 몸무게는 계속 적정선을 유지해나가는 것 같기도 했다.

"고맙소."

그런 말로는 아무래도 자신의 진정을 제대로 전달하지 못할 듯싶어 부용은 곧바로 표현 방식을 바꿨다.

"연실아, 고마워!"

"고맙기는요, 저 혼잣손으로 이룬 일도 아닌데."

감동이란 놈은 매우 더딘 발걸음으로 다가왔지만, 오래 뜸들여 숙성한 만큼 강렬하고도 확고하게 가슴속에 똬리 틀고 들어앉았다. 자기 존재의 극히 작은 일부가 또다른 존재의 모습으로 바뀌어 시방 모태에서 조성되고 있다는 건 얼마나 놀랍고 신묘한 생명의 조화인가. 인생에서 얼마나 대서특필할 만한, 얼마나 어마어마한 특종 사변인가. 자신은 장차 소멸하더라도 자신의 분신이 세상에 남아 먼저 간 자신의 존재를 대신 증명해줄지도 모른다. 자신이 세상에 흘리고 간 미완성의 삶을 훗날 자신의 분신이 완성된 모습으로 본때 있게 매조져놓을 수도 있지 않을까.

"참, 백상암은 잘 다녀오셨어요? 큰도련님은 어떻게 지내시던 가요?"

연실의 목소리가 한참 비현실 속을 활보중이던 부용을 얼른 현실계로 되돌아오게끔 강제했다.

"우리집 경사에는 별로 안 어울리는 화젯거리요. 암자 쪽 사정은 후제 다시 거론허기로 헙시다."

새 생명 들어선 감격 마당에 늙은 목숨 스스로 처리하고 떠난 스님에다 아직도 중심 못 잡고 여전히 갈팡질팡하는 동생까지 합석하는 건 정말 어울리지 않는 그림이었다.

"기분이 어떤가, 최서방?"

토방 근처 서성이던 장모가 그제야 방안으로 들면서 다분히 놀림조로 물었다. 그 소리 숫제 못 들은 척 부용이 의뭉 떨자 장모는 딸 쪽으로 슬그머니 방향을 돌렸다.

"노상 애기 타령 입에 달고 살다시피 하더니만, 이제는 소원성취를 했으니까 여한이 없겠구나?"

"할아버지 고집 꺾을 손자를 원했어요."

연실의 얼굴에 만월 닮은 웃음이 덩두렷이 떠올랐다.

"장차 우리 아기가 외할아버지 마음 돌려놓을 날이 틀림없이 오리라 믿어요. 어서 그날이 오기만을 학수고대하고 있어요."

보름달 닮은 딸의 웃음에 반비례해 장모 얼굴은 대뜸 그믐달로 변했다. 이번에는 장모 쪽에서 숫제 못 들은 척 의뭉떨 차례였다. 모지락스럽게 부녀관계 단절해버린 경부 나리가 연실의 입길에 오르는 순간, 부용은 넘지 못할 현실의 벽을 다시 한번 절감할 수밖에 없었다. 이씨 집안 부녀와 최씨 집안 부자 관계로 미루어 짐작하건대, 장차 태어날 아이와 자신과의 관계 또한 낙관적 전망에서 천리만리 멀어지는 듯싶었다. 그 아이가 선대의 전철 고스란히 밟지 말란 법 없다고 생각하니 신열 들끓는 이마 위에 얼음주머니 날름 올라앉는 느낌이었다. 양가 할아버지들한테 축복받지 못하는 존재로 태어난 생명체가 과연 행복한 인생을 누릴 수 있을까. 잠시 부용의 가슴속에 똬리 틀고 있던 감동은 눈 깜짝할 새 가뭇없이 사라져 어느새 부지거처가 돼버린 상태였다.

2

불문곡직하고, 두 아들 당장 붙잡아다 사랑채에 대령시키라는 천석꾼 어르신 서릿발 같은 분부 받들고 각기 길을 나누어 백상암과 동천리로 떠났던 진용 오라버니와 춘복이 아저씨가 앞서거니 뒤서거니 거의 같은 무렵에 돌아왔다. 범천스님 유고라는 핑계 아닌 핑계 내세워 귀용은 아버지의 느닷없는 호출에 대한 불복 의지를 제 사촌 손에 무겁게 들려 보내왔다.

뒤늦게 백상암 사정에 접한 어머니는 우려했던 것만큼 그리 요란한 반응을 보이지는 않았다. 스님 생존 시 공양에 소홀했던 자기 불찰 탓하던 끝에 삯꾼들 풀어 스님 시신 수색하는 일에 적잖은 금액 추렴하는 것으로 신심 깊은 우바이의 도리를 다하고자 했다. 마지막 가는 길에 배곯는 짐승들한테 선덕 베풀고 떠났으니 극락왕생은 애저녁에 떼놓은 당상 아니겠느냐고 확신에 찬 어조로 말하기도 했다. 젊은 축 우바새들 중심으로 수많은 남정네가 백상산 일대에 허옇게 풀려 마치 솔가리 틈에서 바늘 찾듯 노장 스님 쇠잔한 육신 뉘었을 법한 장소들 일일이 뒤지고 다녔으나 끝내 허탕만 치고 말았다. 실종 기간이 한정 없이 길어짐에 따라 주재소에서도 이제는 범천스님을 고인으로 치부하면서 사건을 아예 접어버리려는 분위기였다.

"아버님은 무신 긴간사로 파발꾼을 급파허신 겁니까?"

춘복이 아저씨 겅중거리는 걸음 따라잡느라 다리품깨나 판 까닭일까. 가쁜 숨 몰아쉬며 안채에 들자마자 부용은 볼멘소리부터 늘어놓기 시작했다. 순금은 웃는 낯꽃으로 동생 맞으면서 잘래잘래 도리머리를 했다. 알고도 감추려는 게 아니라 정말 아무것도 모르는 상태인 듯했다. 조반상 물리친 후 사랑채에서 내내 안정 취하던 아버지가 뜬금없이 왜 두 아들 소환하는 일로 그처럼 번잡을 일으켰는지, 아무리 짐작을 팔모로 뒹굴려봐도 짚이는 바가 도통 없었다.

"거 뭣이냐, 식솔들 잡도린지 육갑 떨음인지를 도모허실 모냥이드라."

그새 영감님 등쌀에 시달리느라 되우 불만이 쌓였던 어머니가 보드랍지 않은 말투로 덤턱스레 뚱겨주었다.

"부랴사랴 자식들 소집허지 않으면 안 될 무신 중차대헌 사변이라도 불거졌단 말씀인가요?"

"느네 아부지가 어디, 선은 여차여차허고 후는 저차저차허다고 낱낱이 순서 챙겨서 일판 꾸며대는 냥반이냐? 원원이 구중심처맨치로 시키면 그 속내를 나가 무신 재간으로 알어채릴 수가 있겄냐!"

영감 처사가 매우 마땅찮음을 어머니는 가감 없이 드러냈다. 아버지 의도에 궁금증 느끼기는 순금 역시 매일반이었다. 가부장으로서 식솔들 한자리에 집합시켜 일방적인 지침 하달하지 않으면 안 되리만큼 의미심장한 일이 집안에 발생했다면, 그건 어쩌면……

"혹시 올케가 애기 가진 것 땜시 그러시는 게 아닐까?"

"그럴 리가요!"

부용이 단박에 부정해버렸다.

"그 일로 식구들 앞에서 왼갖 조롱 왼갖 악담 고루 다 쏟으셨던 아버님이 새퉁빠지게 가족회의까장 열어서 그 문제를 재차 거론허실 것 같습니까?"

하긴 그랬다. 연실의 임신 소식 접하기 무섭게 어머니한테 낭보 전달한 죄로 순금은 사랑채로 불려간 바 있었다. 딸 통해 임신이 기정사실로 굳어지자 아버지가 취한 언동은 기실 상상을 초월하리만큼 험궂었던 까닭에 그 내용을 부용에게 옮기기가 차마 거식할 지경이었다. 참말로 잘들 노는 짓거리라고, 노점병자 주제에 새끼 만드는 재간 하나는 준수하게 갖춘 걸 보니까 고자가 아

닌 것만은 틀림없다고, 육례도 안 갖춘 연놈들이 지남철같이 철
써덕 들러붙어서 새끼부터 덜컥 까놓는다면 그게 금수어충들 흘
레붙는 짓거리하고 다를 게 뭐가 있냐고…… 왜장쳐대는 소리
사랑채 보꾹 뚫고 용마루 위로 솟구칠 기세로 아버지는 고래고래
언성을 드높였다. 뿐만이 아니었다. 장차 그것들이 사람 새끼를
까든 금수어충 새끼를 까든 당신하고는 파리똥만큼도 상관없는
일이니 다시는 그 추잡스러운 얘기 입길에 올릴 생심도 말라고,
야마니시 집안 호적에 새끼 이름 올릴 생각일랑 언감생심 꿈에도
먹지 말라고, 부득이 이름 올려야 할 상황이라면 성을 갈든 본관
을 새로 정하든 좌우지간 그 아비 되는 놈이 재량껏 판단해서 결
정하라고…… 아버지는 주먹질 진배없는 고함질을 마구 날렸다.

"올케 건강은 괭기찮고?"

순금은 얼른 화제를 다른 데로 돌렸다. 그러자 부용은 암띤 소
년처럼 얼굴에 홍조 띠면서 숫접게 웃었다.

"입덧이 가라앉은 담부텀 섭생 문제는 한시름 놓은 폭이지요."

"그런디, 니 안색이 괘얀시리 왜 뿔개지냐?"

"귀용이는 왜 여직 안 나타나는 겁니까?"

부용이 동문서답했다. 심부름 간 진용 오라버니 편에 일찌감치
불참 의사 밝혀왔다는 설명 듣고 부용은 고개를 끄덕거렸다.

"역시 그 녀석다운 처신이고만요. 아버님 심중을 알아채리고
는 뭔가 불편헌 구석이 느껴졌겠지요."

먼저 사랑채에 올라가 있던 사촌 오라버니가 안채로 내려왔다.

"어르신께서 시방 지달리시는 중이네, 시방."

진용은 오랜만에 얼굴 마주한 부용하고 건성건성 눈인사 닦았다.

"행랑것들 빼고는 시방 울안에서 숨쉬는 가솔들 한 사람도 빠지들 말고 시방 몽주리 다 사랑채로 집합허라는 분부 말씀이 떨어졌다네, 시방!"

사랑채로 불러들일 대상이 대규모 집단이나 되는 양 사촌 오라버니는 사뭇 거방지게 표현했다. 기껏해야 도합 셋에 불과한 숫자였다. 진용을 길라잡이 세워 세 식구는 안채를 나섰다. 한번 발을 들였다 하면 누구를 막론하고 함부로 휘둘리게 마련인 미궁과도 같은, 심통 사나운 마물(魔物)이 해코지할 기회만 노리는 복마전 같은 그 사위스러운 사랑채 향해 무거운 발걸음들 옮기기 시작했다.

"거그 그냥 앉거라."

큰아들이 오랜만에 올리려는 큰절을 아버지가 웬일로 퇴박했다. 아버지는 불편한 기색 그득 실린 눈초리로 어머니를 사납게 흘겨보았다.

"임자 그 둘째 소생은 소곰 단지에 곰팽이 피드락 백상암에 짚숙허니 처박어두고는 기연시 중을 맨들기로 작정이라도 혔소!"

다른 때 같으면, 그게 어디 이녁 부조 없이 내가 호락질로 생산한 자식이냐고 암팡지게 대들 법한 욱대김이었다. 하지만 어머니는 터무니없는 트집임에도 진드근히 잘 견디고 있었다.

"주지도 없어져뿌린 빈껍닥 암자에다 임자 둘째 소생 모가치로 다달이 공양미 바칠 생각은 인자 터럭만침도 없소. 요참에 차라리 대갈통 빡빡 배코 치고 본때 있게 출가를 혀서 진짜배기 중이 되야뿔든가. 장타령 찰지게 공부혀서 괴춤에 쪽박 하나 꿰여차고 각설이패 쫄래쫄래 따러나서든가, 양단간에 아퀴를 짓는 게 좋을 거라고 귓구녁에다 단단허니 말목을 질러두는 편이 임자나 그놈 신상에 두루두루 다 이로울 거요."

"갸가 허구헌 날 울안에서 얼쩡댐시나 애성이가 뻗치게코롬 아부지 심기 찔벅찔벅 쑤셔대는 쪽보담은 하숙비 조깨 축내드래도 암자에다 멀찌가니 떨궈두고 귀양살이시키는 쪽이 됩데로 이녁 건강에 이득 아니겠어라우?"

참을성 좋게 어머니는 몬존한 말씨로 아버지를 설득하려 들었다.

"뭣이여?"

그러자 회초리 또는 채찍 대용 체벌 도구로 아버지 손에 노상 쥐여 있던 빈 장죽이 딱 소리와 함께 애먼 방바닥을 호되게 징벌했다.

"그놈이 암자에 들앉은 덕분에 나가 얻을 이득은 애시당초 소분지일이란 말이여! 요짝편 이득이 쇠꼬랑지에 붙은 파리 푼수라 허이면 저짝편 이득은 쇠등에 올라탄 황새 푼수다, 그 말이여! 나 이득보담도 그놈 이득이 수수 백배 더 많은 꼴을 나가 앞으로는 절대 안 보기로 작정혔다, 요런 말쌈지여!"

"참말로 이녁 앉었든 자리에 풀 한 푀기도 안 돋겄소!"

참지 못하고 어머니가 그예 한소리 집어던졌다. 그러자 빈 장죽이 더욱 힘진 기세로 건방지게 말대꾸하는 방바닥을 다시 한번 훌닦았다.

"뭣이라? 이 늙다리 예펜네가 시방 급살을 못 맞어서 환장이라도 혔는가! 어느 안전이라고 감히……"

"알겄소, 알겄어. 불효자 생산헌 죄 많은 이 에미가 만사 제쳐놓고 귀용이란 놈 만나서는, 시방 당장 쎗바닥 작신 깨물고 자결을 단행허라고……"

"저, 아버님!"

마침내 최씨 집안 장자가 일촉즉발 위기 맞은 양친 사이로 발밭게 끼어들었다. 네놈은 또 뭐냐, 하는 눈초리로 아버지가 큰아들 무섭게 쨌렸다.

"뭔가 긴헌 말씀이 기셔서 즈이들을 호출허신 것 같은디, 고만 고정허시고 어서 말씸을 끄내시지요."

"오냐, 이놈아! 그러잖어도 막 끄낼라 허든 챔이다! 느네 모친이란 예펜네가 눌 자리도 안 보고 다리부텀 쭉 뻗는 바람에 나가 승깔이 쪼깨 뻗쳐서 언성이 쪼깨 높아졌느니라!"

"어서 시작을 허시지요. 즈이들이 경청허겄습니다."

쉬이 풀릴 성싶지 않은 부아 삭이느라 아버지는 대짜배기 들숨과 날숨으로 가슴 한껏 부풀리고 푹 꺼뜨리기를 여러 차례 되풀이했다.

"에에 또, 느그들도 잘 아다시피 오날날은 태평성대가 아니니라. 현재 시국으로 말헐 것 같으면, 이만저만 비상시국이 아니란 말이다."

드디어 아버지가 부아통 밑바닥에 은밀히 꾸려두었던 본론을 풀어내기 시작했다. 대관절 무슨 얘기를 하려고 저토록 시국이란 놈 머리끄덩이부터 덥석 끄어든 채 거창하게 나서는가 싶어 순금은 아버지를 잔뜩 주목했다.

"거번에 각의에서 조선에도 징병제를 실시허기로 결정을 내렸고, 총독부에서는 미나미 총독 후임으로 고이소 총독이 부임허자마자 각의 결정에 부응허니라고 조선인 호적을 정비허는 절차에 착수했니라."

순금과 부용의 시선이 짧게 엇갈렸다. 그것으로 연실의 임신과 관련한 문제는 아니라는 사실이 분명해진 셈이었다.

"요러다가는 근로보국대 가야지, 군대 가야지, 기운깨나 쓰는 남정네는 조선 땅에서 장차 씨도 안 남어날 판국이다. 허지만서도, 우리 최씨 집안은 굽은 솔낭구가 선산 지키덧기 그런 걱정 잊고 살어도 괭기찮을 것 같으다. 한 놈은 뇌점병 앓는 히고꾸밍이고, 따른 한 놈은 사상이 불순헌 후떼이센징인디, 대일본제국이 그런 무용지물들 어느 용처에 써먹을라고 델꼬 가겄냐. 보국대건 군대건 상관없으니께 지발덕분 그놈들 잡어가주십사 허고 싹싹 비숙원을 드려도 퇴짜 맞기 딱 십상인 놈들이다."

"백번 지당허신 말씀입니다."

부용이 지나치리만큼 저두평신 자세로 제꺼덕 맞장구쳤다.

"다믄 한 가지, 막둥이 그놈이 쪼깨 맴에 걸리기는 헌다만……"

"인제 게우 중학생 신분인디, 에리디에린 우리 덕용이를 징집 대상으로 삼을 리가 있겄어요?"

아버지 비틀거리는 마음 곁부축하기 위해 순금이 말문을 열자 기다렸다는 듯 매서운 눈씨가 표창처럼 날아들어 순금의 미간에 팍 꽂혔다.

"군대 안 가는 처자라고 순금이 니년은 암시랑토 않을 성불르냐? 남정네보담 휘낀 더 고약시런 꼴 당허는 쪽이 바로 처자들이니라! 여자 보국대 나이가 십사세 이상 이십오세 미만 여성이라고 당최 안심헐 처지가 못 된단 말이다! 요것은 천기누설 진배없는 발설이다마는……"

아버지는 요즘 관공리들 사이에 은밀히 나돈다는, 몹시 불길한 소문에 대해 심각한 우려를 나타냈다. 원활한 노무 인력 수급을 위해 총독부에서 조만간 여자 보국대 연령을 남자 보국대랑 똑같이 사십세 미만으로 상향 조정하게 될 거라는 이야기였다. 그 순간, 면사무소 노무계장 시라야마가 얼마 전 뜬금없이 아버지 만나러 왔던 사실을 순금은 퍼뜩 상기했다. 그러고 보니, 지금 아버지 말투는 실인즉슨 아버지 입만 빌린 시라야마 말투일시 분명했다. 그제야 비로소 아버지가 가족회의 소집한 애당초 목적이 바로 딸자식 문제 거론하는 것이었음을 퍼뜩 깨달았다.

"고것이 전부 다가 아니다. 그보담 휘낀 더 고약시런 놈이 더 있니라."

한 달 기한으로 반도 내 작업장에서 노역하는 줄 알고 보국대 나갔던 여자들이 엉뚱깽뚱하게도 내지 변방인 삼중현(三重縣)이나 좌하현(佐賀縣) 아니면 멀리 만주 벌판 개척지로 끌려가는 바람에 기한을 꽉 채우고도 돌아올 방도가 없어서 귀가하지 못하는 경우가 비일비재하다는 이야기였다. 그건 또 약과라 했다. 돈 많이 벌 수 있다는 감언이설에 속거나 강압에 내몰린 나머지 최전방 부대에서 운영하는 위안소나 간이위안소, 오락소 등으로 끌려감으로써 만신창이가 되어 신세 결딴나는 일도 심심찮게 벌어진다는 것이었다.

"말허자면 복불복 놀음이나 마찬가지 이치여. 재수에 옴 붙고 운수가 불길허이면 누구라도 꼼짝없이 당헐 수백이 없는 불행인디, 임자 같으면 딸년을 보국대로 보낼 수 있겄는가?"

느닷없는 지목에 어머니는 앉은자리에서 용수철처럼 펄쩍 뛰어올랐다.

"나가 미쳤소? 에미란 년이 미치고 설쳤다고 지 딸을 죽을 구덩이로 밀어옇는다요?"

"그렇다 허이면 임자는 되얐고, 부용이 니놈 쇠견은 으떠냐?"

"말씸 안 끝내신 것 같은디, 이왕지사 시작허신 짐에 마저 다 끝내시지요, 아버님."

부용이 반지빠르게 즉답을 회피했다. 정작 보국대 관련 당사자인 딸자식 소견은 어물쩍 건너뛰려는 아버지 속셈이 무엇인지 몰라 순금은 바짝 긴장하지 않을 수 없었다.

"에에 또, 여자 보국대만 생각헐라치면 나가 잠이 토옹 안 온다. 그 옘병헐 문제 붙잡고 불철주야 씨름판을 벌려봐도 당최 묘수가 떠오르들 않어서 참말로 꺽정이다, 꺼억정. 그렇다고 똥구녁에 불붙딧기 급박허게 돌아가는 요 시국에 그 묘수란 놈 지 발로 찾어올 날만 팔짱 끼고 하대명년 지달릴 수도 없는 일 아니겄냐."

식솔들 동의 구하는 눈찌로 아버지는 방안을 한 바퀴 휘 둘러보았다.

"허기사 그 신통방통헌 묘수가 애시당초 우리네 한또징 수중에 있을 텍이 없다. 혀서 시방 나가 고심 끝에 단안을 내려뿌렀다. 콩 줏어먹딧기 한꺼번에 나이를 곱빼기로 집어먹고는 후딱 사십세를 넹겨뿔든가, 좋다고 목매다는 사나가 있을 적에 못 이기는 치끼허고 덜컥 시집을 가뿔든가, 양단간에 결정헐 일만 남었다."

드디어 올 것이 오고야 말았다. 가족회의 소집한답시고 유난 떨던 아버지 속셈이 무엇인지 이제는 자명해졌다. 처음부터 아버지는 마음속에 동척농장 관리인 점찍어두고 있음이 분명했다. 제 의지와 전연 상관없이 눈앞에서 멋대로 펼쳐지는 그 구역질나는 광경 내내 지켜보는 것은 순금에게 정말 견디기 어려운 고역이었다.

"내지인 매부 두는 것을 너는 으떻게 생각허냐?"

"저는 당사자가 아니라서 그런 문제를 두고 생각이란 걸 혀본 적이 단 한 번도 없습니다."

대답을 마친 부용이 의미심장한 눈빛으로 괜찮으냐고 묻는 뜻을 전해왔다. 순금은 머리 끄덕거려 아직은 괜찮음을, 만난 무릅써가며 꿋꿋이 잘 버티는 중임을 표시했다.

"임자는 내지인 사우 보는 것을 으떻게 생각허시요?"

구렁이 담 넘어가듯 아버지는 음흉스럽게도 순금을 향한 포위망을 꿈틀꿈틀 좁혀오고 있었다.

"시방 우리가 찬밥 더운밥 개려서 먹을 때다요? 여자 신세 쫄딱 망쳐먹는 그놈에 보국대 안 보낼 수만 있다면 내지인 아니라 외지인 사우라도 얼매든지 볼 거시기가 있는 에미요!"

어머니가 거침없이 대답했다. 그러자 한층 더 자신감 얻은 듯 아

244

버지는 어험, 어험, 큰기침 두어 방으로 목청을 한껏 가다듬었다.

"요참에는 니가 대답을 헐 순번인 것 같다. 순금이 너는 냄편감으로 기꾸찌란 내지인을 으떻게 생각허냐?"

"아버님!"

"시라야마 상이 그러는디, 기꾸찌는 일편단심 너 한나만 바라봄시나 시방도 상곡리 쪽에서 무신 기별이 오기만을 하마하마 지달리고 있다드라."

순금은 눈을 치떠 아버지를 똑바로 응시했다.

"오래전서부텀 지 맴속에 두고 지내온 혼인 상대가 있고만요!"

폭탄선언 진배없는 그 말에 최씨 일족은 낱낱이 유구무언으로 변해버렸다. 한 볼때기씩 누구한테 호되게 꼬집힌 푼수로 모두 얼떨떨해하는 표정들이었다. 윗목에 국으로 앉아 내내 입단속하던 사촌오라버니가 후닥닥 앉음새 고치는 동작으로 놀라움의 크기를 드러냈다. 하지만 누구보다 깜짝 놀란 사람은 바로 순금 자신이었다. 의도했다기보다 아버지에 대한 반발심이 부추기는 대로 부지불식간에 불쑥 내뱉은 말에 지나지 않았다. 그런데 참으로 묘한 일도 다 있었다. 막상 그런 말 꺼내놓고 보니, 그것이 어김없는 사실인 양 매우 심상하게 느껴지는 것이었다.

"니가 말헌 그 혼인 상대라는 게 대관절 무엇이냐? 사람이냐, 구신이냐?"

잠깐의 침묵 벗어던진 아버지가 갑자기 따지는 투로 물었다.

"순금아, 죽어 구신 된 사나한티 시집가겠다는 말은 널러댕기는 참새가 들어도 웃을 소리 아니냐!"

어머니도 덩달아 아버지 의구심에 가세하고 나섰다. 거의 사위 될 뻔했던, 오래전에 이미 고인 된 약혼자 정세권을 지목하고 던지는 말일시 분명했다. 하기야 그동안 딸이 살아온 세월 지척에서 지켜본 당신들 처지에서 생각하자면 그런 식으로 오해하는 것도 결코 무리는 아닐 성싶었다.

"귀신이 아니라 더운 피가 돌고 피둥피둥 살어서 숨쉬는 사람이고만요. 인간이고, 남자고만요."

급조한 말인데도 미리 준비했던 것처럼 술술 잘도 풀려나왔다. 손톱 길게 달린 그 말에 가족들은 다시금 한 볼때기씩 할큄 당하는 눈치였다. 부용은 사실 여부가 궁금했던지 아예 누님 향해 돌아앉으면서 아예 드러내놓고 안색을 살피기까지 했다.

"구신이 아니라고? 그렇다 허이면, 살어 있는 그 사람은 대관절 어느 동네 뉘 집 자제란 말이냐?"

아버지는 상투 잡은 김에 기어이 동곳까지 뽑으려 드는 싸움꾼처럼 더욱 검질기게 들러붙었다.

"동척농장 그자는 절대로 아니고만요!"

순금은 목에 힘주어 또박또박 발음했다. 이번에는 어머니 쪽에서 일전을 별러대듯 앞으로 썩 나앉았다.

"야야, 순금아, 속이 보깨고 맴이 지랄 같어서 나가 시방 폴딱 폴딱 뛰다가 기함을 허겄다! 죽은 느그 엄니 살리는 폭 잡고 지발 덕분 속시연허니 죄다 실토정허그라!"

"지금은 때가 아니고만요. 낭중에 때가 되면 지 입으로 아버님 어머님께 자세헌 내막을 말씸 올리겄고만요."

"미혼 처자들 마구잽이로 잡어다가 보국대로 끌고 가는 시방 이 아니고 대관절 어느 때가 만단으로 잘 갖춘 때란 말이냐?"

"지 심중이 시방 솔찮이 복잡허고만요. 죄송허지만 나가서 배깥바람 조깨 쐬고 와야 쓰겄어요."

"허어, 저런! 천하에 고이얀 년 같으니라고!"

아버지 호통 소리 등덜미로 고스란히 받아내면서 순금은 거의 도망치다시피 빠른 걸음으로 사랑채를 빠져나왔다. 뒤밟아 사랑 채에서 뛰어나온 부용이 헐레벌떡 따라붙었다.

"누님, 솔직허니 다 털어놓으십쇼. 방금 그 얘기, 어느 대목이 참말이고 어느 대목이 그짓말입니까?"

"때가 되면 제일착으로 너한티 다 털어놓을란다."

"비가 오나 눈이 오나 최부용이는 노상 누님 편이란 사실을 설마 잊으신 건 아니겄지요?"

"과연 그럴까?"

"저는 해가 떠도 누님 편이고 달이 떠도 누님 편입니다. 이 최 부용이는 그저 종시일관 누님 편이란 말입니다."

"방금 그 소리, 어느 대목이 참말이고 어느 대목이 그짓말인지 몰르겄다."

잠시 상대방 얼굴 마주보던 남매는 결국 웃고 말았다. 부용이 대문간에서 누님을 배웅했다.

"말 그대로 잠시잠간 배깥바람이나 쐬다가 돌아오십쇼. 바람 쐰다는 핑계로 읍내까장 원행허지는 마십쇼."

일찍부터 유학차 도회지로 진출한 탓에 학교 친구가 인근에 있을 리 만무했다. 어린 시절 조가비 솥에 모래알로 밥 짓고 꽃잎 반찬에 풀잎 탕국물 끓이며 바꿈살이 함께 놀던 동무들도 벌써 타지로 시집가버려 이제는 동네 안에 거의 남아 있지 않았다. 정말 눈 씻고 찾아봐도 딱히 갈 만한 데가 안 보였다. 상곡리 벗어나 눈길 멀리 보내봐도 결과는 매일반이었다. 하지만 반겨줄 사람 하나 없고 하소연할 대상 좀처럼 찾지 못해 속이 더욱 허해지고 마음이 갑절로 헝클어질 때 언제든지 주저 말고 찾아오라고 순금에게 손짓하는 곳이 딱 한 군데 있었다. 신사참배 파동으로 말미암아 제구실 못하긴 할망정 갈급한 심령들 상대로 상처 싸매주고 슬픔 다독여주는 구실을 교회는 여일하게 수행하고 있었다.

낮 동안 가마솥처럼 부그르르 끓어올랐던 무더위도 어느새 기세가 한풀 꺾여 있었다. 순금은 교회가 있는 동천리 쪽만 바라보면서 두 다리 한껏 재우쳐 걸었다.

"최순금이가 왔고만요."

정해진 순서인 양 목사관부터 먼저 찾았다. 방문 밖에서 여쭙는 순금의 문안인사에 사모는 전에 없이 과민한 반응을 보였다. 발소리 감춘 채 조용히 모습 드러낸 사모는 손님을 친절히 맞아들이는 대신 다짜고짜 손목 잡아끌어 목사관에서 멀찌감치 떼어놓았다.

"미안해요, 최선생. 목사님께서 이제 막 잠이 드셔서요."

"우리 목사님 건강은 쪼깨 우선허신가요?"

"하날 아바지 부르심에 순복할 채비를 만단으로 차리시는 중이랍니다."

가슴 철렁할 소식을 마치 남의 일인 양, 흡사 항다반사인 양 대수롭잖게 표현하는 그 화법에 순금은 당혹감 느낀 적이 한두 번이 아니었다.

"우리 목사님 신혼(神魂)을 여호수아맨치로, 갈렙맨치로 강건허게 붙들어주십사, 허고 노상 기도 줄을 놓지 않고 있어요."

"고맙습니다, 최선생. 그리고 미안합니다, 최선생. 목사님 주무시는 동안 곁에서 항시 불침번을 서야만 해서요."

꼭 쥐었던 손 풀기 무섭게 사모는 부뚜막에 엿가락 붙여놓고 나온 사람처럼 허둥지둥 목사관으로 향했다. 사모 뒷모습 시야에서 사라질 때까지 기다린 다음 순금은 힘없이 발길을 돌렸다. 교회 찾아올 적마다 매양 지켜나온 버릇대로 성전 주위 맴돌며 외관을 살필 차례였다. 성전 기능은 오래전에 빼앗겼지만, 과거나 별반 차이 없이 건물은 어연번듯한 모습을 그럭저럭 잘 유지하고 있었다. 사찰집사가 자기 부모 섬기듯, 자기 몸뚱이 챙기듯 하루도 거르지 않고 충성스럽게 보살펴온 덕분이었다.

순금은 성전 입구에서 걸음을 멈추었다. 헌병 분견대가 두꺼운 송판 두 장 가새질러 출입을 막아버린 현관문이 눈에 들어왔다. 활짝 편 손바닥으로 현관문 짚은 채 순금은 기도하기 시작했다. 당국의 봉쇄 조치가 풀려 성전 출입문 다시 열리는 그날이 하루속히 오기를 맨 먼저 기도했다. 생사기로 헤매는 문목사가 영적 전쟁에서 최후 승리 거두기를 간절히 기도했다. 귀한 생명 태중에 품은 올케와 장차 태어날 조카를 위해 기도했다. 말째 순서로, 여자 보국대 문제에 대처하고자 뭔가 한바탕 일판 꾸미려 준비하는 자신을 위해서도 기도하고 싶었다. 그러나 그것이 하나님 보시기에 과연 온당한 대처법일지 아직도 확신이 서지 않았다.

"아멘!"

끝내 자신을 위한 간구는 입 밖으로 꺼내지도 못한 채 기도의 문을 닫고 말았다.

"아멘!"

별안간 기도 울력꾼이 근처에 있음을 알리는 목소리가 굵다랗게 울렸다.

"아, 집사님!"

"성신께서 밤낮으로 최선상님이랑 동행허시기를!"

사찰집사가 건네는 기독교인 방식 덕담에 순금은 어금지금한 덕담으로 화답했다.

"아까막시 언뜻 사모님이랑 주고받는 말씀 듣고서 최선상님이 오신 걸 알아채렸고만요."

사모하고 미처 나누지 못했던 이야기가 두 사람 사이에 자연스레 오가기 시작했다. 문목사 건강에 대해 사찰집사가 소상히 설명했다. 의식불명에 빠지거나 정신이 몽롱한 상태 가리켜 하나님과 맞대면하는 시간이라고 그는 단정적으로 말했다. 병세가 급격히 나빠지면서 하나님과 맞대면하는 시간이 부쩍 더 잦아졌다는 귀띔이었다.

"사모님은 사는 것도 죽는 것도 다 생명에 주인 되시는 하나님 손에 맡겨뿌렀다고 진즉부텀 말씀허시지만, 어느 때보담도 시방이 중보기도가 제일로 절실헌 대목인 것 같고만요. 성도들이 모다들 한맘으로 성전 바닥에 꿇어 엎져서 대성통곡을 험시나, 우리 목사님 지발 풀어주시라고, 지발 살려주시라고, 앞으로 헐일이 태산같이 많은 목사님인디 예정을 휘긴 앞댕겨서 서둘러 델꼬 가시들 말어달라고 한목소리로 부르짖고 기도헌다면 하나님 아바지께서 그런 소청 들어본 기억이 없담시나 끝까장 모르쇠만 잡고 기시지는 못헐 것 아니겠어라."

배움이 짧은 사찰집사가 놀랍게도 유다 왕 히스기야의 예까지 들어가면서 열변을 토했다. 죽을병 걸린 히스기야가 부르짖어 기도하는 소리 들으시고 수한(壽限)을 자그마치 십오 년이나 연장해주셨던 하나님 놀라우신 은총이 일개 두메산골 목사라 해서 그냥 무심하게 비켜 지나갈 리 만무하다는 주장이었다. 하늘로부터 그 은총 내려오는 길 닦기 위해 그는 조만간 일제 관헌들이 강제 폐쇄한 성전 출입문 자기 손으로 직접 열어젖히는, 매우 위험천만한 계획마저 스스럼없이 밝힐 정도였다.

"물론 집사님 그 심정은 저도 십분 이해허지요. 그렇지만 닫힌 성전 문을 임의로 개방허는 일은 쪼께……"

그런 행동이 오히려 문목사 처지를 더욱 비참하게 만들게 될지도 모른다는 사실을 사찰집사가 알아듣게끔 설명하느라 순금은 한참이나 말품을 팔아야 했다. 당국의 폐쇄 조치로 닫힌 문 함부로 다시 여는 것도 심각한 문제려니와 집회나 예배 행위 일체가 금지된 상황에서 교인들이 예배당에 모여 기도하는 건 더더욱 심각한 문제가 아닐 수 없었다. 그것은 대일본제국 권위와 국가시책에 정면으로 도전하는 범죄행위였다.

"원원이 무소부재허시고 무소불위허신 하나님이시니깨 골방이나 헛간에서 과부나 고아가 혼자 드리는 기도도 일일이 다 들으시고 몸소 그 기도 현장에 임재허시리라 믿어요. 세미헌 음성까장 안 놓치고 죄다 귀담어들어주시는 하나님이신지를 우리가 굳게 믿기 땜시 관헌들 몰르게 우리 맘속에 세워진 성전에는 밝은 불빛이 밤이나 낮이나 꺼지들 않고, 기도 소리가 노상 끊치들 않지요. 바로 그 덕분에 우리 성도들 흉중에는 어저께나 오늘이나 한결같이 소망이 넘치는 것 아니겠어요?"

한쪽이 몬존한 말투로 차근차근 설득하고, 다른 한쪽이 그 말에 순화롭게 동조하기를 몇 차례 되풀이하던 끝에 마침내 열심 있는 두 성도 사이에 하나의 공감대가 이루어졌다. 한시바삐 모든 성도에게 사발통문 돌려 합심 기도 시간을 매일 새벽 미명으로 통일하기로 하고, 기도처는 예배당 아닌 각자 처소 은밀한 자리로 정했음을 알려주기로 합의를 보았다.

"우리 올케는 무탈허니 잘 지내고 있었지요?"

"시방 가차이 와 기시니께 최선상님이 눈으로 즉접 확인을 허시기라."

사찰집사가 예배당 한쪽 벽면 모퉁이로 슬쩍 눈길을 돌렸다.

"호랭이도 지 말 허면 온다드니만……"

아니나 다르랴, 배시시 웃는 낯꽃 앞세운 채 연실이 자갈 깔린 통로를 자박자박 걸어오는 중이었다. 예배당 등지고 선 순금의 눈에는 아직 들어오지 않은 연실의 출현을 사찰집사는 아까부터 눈치채고 있었던 듯했다.

"오라, 이제나저제나 허고 출타허신 낭군 학수고대허니라고 미리감치 나와서 배깥을 서성거렸고만?"

불과 며칠 전에 만났으면서 순금은 오래 격조했던 양 깜짝 반색을 드러냈다. 가벼운 놀림에도 연실은 대뜸 정색하면서 변명을 서두르기 시작했다.

"그게 아니고요, 처음부터 형님 오신 걸 거니채고는 저쪽 구석에서 제 차례가 오기만 기다리던 참이었어요."

"아이고, 그러셨어? 다 큰 시누는 그냥 내싸두고 태중에 품은 애기 생각혀서 조심조심 운신허시들 않고!"

순금은 놀림조 말투 멈추지 않으면서 올케 아랫배 쪽으로 염탐꾼 시선을 급파했다. 맨눈으로 임신 여부 쉽사리 가늠하기 어려우리만큼 배는 아직도 평상시나 별반 차이 없이 평퍼짐해 보였다.

"우리 조카는 여전허니 무탈허게 잘 크고 있겠지?"

"며칠 전부터 미약하게나마 태동 같은 게 느껴지기 시작했어요."

"그 미숙헌 생명체가 벌써부텀 태동을 세상에 들이댐시나 지 존재를 주장허다니, 얼매나 신비헌 조화란 말인가! 태아 건강은 모체 허기 나름이라니께 하여튼지 간에 올케가 알아서 만단으로 잘 챙겨야 되야."

"명심하겠습니다, 형님."

"친정집으로 전보 보낼 일은 또 없어?"

열없다는 듯 연실은 그저 배시시 웃기만 했다.

"어느 때라도 나한티 살째기 귀뜸만 혀. 내가 또 득달같이 읍내 우편국으로 달음박질을 놓을 모냥이니께."

"아버님께서는 급작스럽게 무슨 용건으로……"

연실이 주뼛주뼛 딴말을 꺼냈다. 처음부터 연실의 관심이 온통 가족회의 문제에 쏠려 있었음을 순금은 그제야 알아차렸다. 혹시라도 저랑 연관된 일로 회의가 소집되지 않았나 싶어 속이 단단히 켕기는 눈치였다.

"고것이 궁금허다면 이따가 신랑한티 물어봐. 급히 댕겨올 자리가 있어서 나는 이만 가봐야 쓰것네."

그러고 보니, 부용이 하마하마 동천리로 되돌아올 때가 가까운 듯했다. 당분간은 동생하고 얼굴 마주칠 기회를 되도록 피하고 싶었다. 올케에게, 그리고 성전 건물 향해 차례로 작별 고하고 나서 순금은 빠른 발놀림으로 층층다리를 내려디디기 시작했다.

"누님!"

하지만 얼마 가지 못해 동생하고 정통으로 딱 맞닥뜨리고 말았다. 피할 수도, 숨을 수도 없는 외나무다리에서 만난 꼴이었다.

"벌써 가실라고요?"

"먼 걸음 왕복허니라고 욕봤다. 어서 들어가봐라."

"잠깐만요, 누님!"

"아까막시부텀 니 처가 두 눈 짓물러지드락 신랑 지달리고 있드라."

"저랑 면담 조깨 허십시다, 누님!"

"너, 그거 알고 있었냐? 태중에 애기가 드대여 태동을 시작혔다드라. 진심으로 축하헌다."

부용이 양팔 넓게 벌려 좁은 길 그들먹이 막아섰다. 그 팔 안에 갇히기 직전 순금은 갑자기 키를 낮춰 부용의 겨드랑이 밑을 잽싸게 통과했다.

"그러콤 기를 쓰고 저를 피허시는 이유가 뭡니까?"

"신랑 지달리다가 망부석 될라. 니 시악시한티 싸게 가봐라."

순금은 뒤도 안 돌아다보면서 큰 소리로 말했다. 동생 입에서 무슨 얘기 더 비어지기 전에 그저 앞만 바라보면서 남정네 같은 걸음걸이로 씨억씨억 멀어지기 시작했다. 본의 아니게 박정한 태도로 동생 따돌린 점이 개운찮은 뒷맛을 남겼다. 하지만 지금으로서는 어쩔 도리 없는 선택이었다. 마음속 은밀한 계획을 식구들, 특히 아버지에게 효과적으로 전달할 방법이 떠오를 때까지는 제아무리 의초로운 친동기간일지라도 일정한 거리 유지한 채 지낼 수밖에 없었다. 순금은 남정네처럼 씨억씨억 내닫는 기세 감나뭇골까지 고대로 유지한 채 집에 당도했다.

"애고마니나!"

무심결에 대문간으로 들어서려는 순간, 순금은 장승 같은 거한하고 정통으로 부딪칠 뻔했다. 춘풍이였다. 다름 아닌 춘복이 아저씨였다. 그가 까닭 없이 헤벌쭉 웃으면서 매우 굼뜬 동작으로 길을 비켜주었다. 거추없이 두방망이질하는 가슴 동계를 속마음으로 호되게 나무라면서 어머니가 들어 있을 본채 앞을 황급히 지나쳤다. 자신의 유일한 피난처이자 안식처인 베틀 공방 안에 한동안 틀어박혀 지내면서 난마처럼 얽히고설킨 생각의 실타래 차분히 정리할 시간을 갖고 싶었다.

노점질환 앓는 큰동생 치료비가 아버지 쌈지에서 나올 가능성이 도통 없다는 게 명약관화해지자 다소나마 약값에 보탤 요량으로 주야골몰(晝夜汨沒) 베 짜는 일에 고부라지던 시절이 있었다. 그게 불과 엊그제 일 같은데, 어느 겨를에 참 좋았던 과거인 양 그때를 미화해서 회상하는 버릇이 생겨났다. 당시 그 고단했던 일상으로 되돌아가고 싶어도 전시체제란 괴물이 도무지 허락하지 않는 바람에 요즘에는 멀쩡한 베틀 하릴없이 그냥 놀릴 수밖에 없는 실정이었다. 농가에서 생산한 목면이 군수품 원료로 당국에 의해 전량 공출되는 탓에 씨아가 먹고 토할 목화나 물레가 물고 잡아당길 솜이나 베틀이 가지고 놀 실꾸리 등 모든 게 구경조차 하기 어려운 세월이었다. 제아무리 먹성 좋은 베틀이라 할지라도 당최 먹을 게 없으니 싸지도 토하지도 못하는 건 너무도 뻔한 이치였다.

실인즉슨 베 짜는 일보다 기도가 훨씬 더 중요한 시기였다. 앉을개 위에 오도카니 앉아 흐트러진 마음 다잡기 위해 베틀만 뚫어지라 쏘아보고 있자니 기도보다 한 발짝 앞질러 찾아든 과거지사 한 대목이 뇌리에서 활동사진처럼 돌아가기 시작했다. 사상범 일당 추급(追及)한답시고 읍내 경찰력이 야밤중에 천석꾼 집안에 들이닥치던 날이었다. 순사한테 쫓기던 머슴 춘풍이가 천둥에 개 뛰어들듯 베틀 공방으로 들이닥치더니만 주인 아씨 치맛자락 피란처 삼아 다짜고짜 안으로 파고들면서 숨을 자리 찾는, 참으로 망측스럽기 짝이 없는 장면이었다. 누구한테도 차마 발설 못할 그 기억이 또다시 고개 되똑 치켜드는 순간, 순금은 그만 온 얼굴을 홧홧하게 붉히고 말았다.

이래서는 안 된다고, 이럴 때가 아니라고 순금은 자신을 호되게 담금질했다. 지금이야말로 기도 훼방꾼들 모조리 나사렛 예수이름으로 결박해 무저갱 안에 가둬버린 채 순결한 영과 정결한육으로 거듭나야 할 때라고 재삼재사 다짐했다. 순금은 과거 기억들 뒷전으로 멀찌막이 빼돌림으로써 어렵사리 기도의 줄 홀쳐매는 데 성공했다. 앞으로 제 신상에 일어날 놀라운 변화들 능히감당하고도 남으리만큼 큰 믿음과 불퇴전의 용기 내려주십사고간절히 기도했다. 자신을 둘러싸고 벌어질 일들로 말미암아 하나님 영광 가리는 일 없게끔 앞길을 선미한 방향으로 인도해주십사고 간구를 드렸다. 오랜 배회와 방황 끝에 마침내 옛 둥지 찾아돌아온 한 마리 떠돌이새의 안도감이 어느덧 순금의 내면에 깃들이기 시작했다.

"순금이 들어왔냐?"

발소리 감춘 채 은밀히 다가와 방문 밖에서 한동안 공방 내부동정 살피고 있었던 듯했다. '아멘' 소리로 기도 끝맺는 순간에 맞추어 어머니가 갑자기 떠지껄한 기척을 안으로 욱여넣었다.

"순금이 시방 거그 있냐?"

마치 그곳에 부재중인 사람인 양 순금은 살금살금 문으로 다가가 문고리를 꽉 붙잡았다. 실로 오랜만에 되찾은 제 모가치의 평안을 그 누구하고도 나누고 싶지 않았다. 마음속 은밀한 계획 어기차게 밀어붙일 그때까지는 저를 낳아준 친어머니한테도 제 속다짐을 드러내지 않을 심산이었다.

"니알 아침 일찍 읍내 나갔다 오겄어요."

"새복바람에 읍내는 무신 일로?"

순금은 딸깍 소리도 안 들리게끔 사리살짝 문고리를 잠가버렸다.

"그럴 일이 쪼깨 생겼어요."

이튿날 아침, 순금은 예고했던 대로 밥상 위에 숟가락 내려놓기 무섭게 나들잇벌로 입성을 갈아입었다. 마음 같아서는 소복담장하고 싶지만, 그 유별난 복색이 불필요하게 주위 이목 잡아끌 염려가 다분했다. 뿐만이 아니었다. 조선인들 백의(白衣) 차림이 민족의식 부추긴다는 이유로 읍내 길거리에서 일제 관헌들 단속 대상이 되거나 검정 물벼락 봉변당하기 일쑤였다. 순금은 검정 저고리에 검정 통치마 차림 우중충한 옷매무새로 집을 나섰다.

몇 년 동안 가슴 복판을 무지근히 지지르던 숙제 하나 끝마치기 위해 작심 끝에 도모하는 읍내행인데도 발걸음은 그다지 가뜬

하지 않았다. 죄책감이란 납덩이가 발목에 단단히 차꼬 채워 나들이 걸음을 마냥 무겁게 만들고 있었다. 한번 다녀와야지, 불원간에 꼭 찾아봬야지, 하고 노상 별러대다가도 막상 그 기회가 닿으면 의례건 실행을 저어하고 망설이게끔 그 무엇인가가 자꾸만 가로막는 바람에 또다시 이런 핑계 저런 구실 들그서내면서 차일피일 미루어나온 시댁 방문이었다. 심지어 올케 부탁으로 모처럼 읍내 나갔다가도 전보 한 통 달랑 치고 그냥 발길 돌려 휑허케 집으로 돌아오리만큼 시댁과 담 높이 쌓은 채 보낸 세월이었다.

읍내에 들어서자 우선 양과점부터 들러 두 노친네 좋아하는 오꼬시와 센베이 과자를 샀다. 제법 번듯하게 잘 지어진 기와집들 즐비한 중심지 부촌에 다다랐다. 지난날 융성했던 가세가 이제 흔적으로만 남은 시댁 바로 눈앞에 두고 순금은 요동치는 감회를 연이은 심호흡으로 어렵사리 다스렸다. 두짝열개 구조 대문이 빠끔히 열려 있었다. 한쪽은 지쳐놓고 다른 한쪽만 약간 열어놓은 대문짝 틈새로 울안이 빤히 들여다보였다. 예상과는 전혀 딴판으로 울안 풍경은 아주 멀끔하고도 정갈하게 손질되어 있었다. 고적하기 이를 데 없는 백수잔년(白首殘年) 힘겹게 견디느라 신변 돌볼 여유 도통 없을 거라 여겼던 노부부인데, 실상은 너무도 의외의 광경이었다. 그새 형편없이 퇴락해 있으리라 지레 단정했던 집채에서는 만만찮은 생기나 윤기마저 느껴질 정도였다.

"거그 섰는 게 뉘시단가?"

한편으로 낯익고 또 한편으로 낯설게 느껴지는 고옥의 변모 때문에 순금이 잠시 주춤거리는 사이 누군가가 다가왔다. 중년 아낙이었다. 남의 집 대문 안 사정 엿보는 낯선 행인한테 경계의 눈빛 보내는 중이었다.

"이 집 쥔어른 조깨 뵐라고요."

"내가 집주인인디, 댁은 뉘시여?"

그 순간, 순금은 머릿속이 온통 옥양목 빛깔로 표백되는 듯한 기분이었다.

"아니, 그 노인분들은……"

"아하, 전에 살었든 정영감님 내오간을 찾으시누만?"

벌어진 입 다물 겨를 없는 순금을 겨냥해 손찌검 진배없는 말들이 거침없이 날아들었다.

"그 노인분들, 이태 전에 펄씨 돌아가셨는디? 시난고난 앓든 안노인이 앞서 가뿔고, 배깥노인도 안노인 발뒤꿈치 붙잡고 고닥새 쫓아가뿌렀다니깨."

순금은 엄습하는 어지럼증으로 말미암아 옆으로 기우뚱 넘어갈 뻔한 몸뚱이 간신히 추슬러 문기둥에 의지했다. 뭐라 뭐라 계속 이어지는 아낙네 말을 정신이 몽롱한 상태로 들었다. 정영감네가 죽기 얼마 전에 자기네한테 집을 팔고 이웃동네로 이사했다는, 이사한 지 불과 얼마 만에 두 노인이 차례로 세상 떠났다는, 대충 그런 내용이었다.

"무신 사연인지는 몰라도 정영감님네랑 긴헌 소관사로 찾어온 손님 같은디, 안에 들어가서 잠깐이라도 쉬었다가……"

"아, 아니고만요! 초면에 실례가 많았고만요!"

상대방 호의 단호히 사절하고 나서 순금은 허둥지둥 발길을 돌렸다. 도무지 갈피 못 잡으리만큼 온갖 감정이 한목에 밀어닥쳤다. 그 가운데서도 가장 압도적인 감정은 회한과 자책이었다. 불끈 쥔 두 주먹으로 앙가슴 쿵쿵 찧어대면서 순금은 그동안 사람 도리에 너무도 인색했던 자신을 벌하고 또 벌했다. 두 해 전에 돌아가신 사실을 꿈에도 모르고 지낸, 그리고도 밥만 잘 먹고 잠만 잘 자면서 두 노인 안위에 관심조차 두지 않았던 자신에게 마구잡이 징벌을 가했다. 외아들 비명에 보낸 참척(慘慽)의 고통 속에서도 노상 자애로운 미소 잃지 않던 두 노인네 모습이 대고대고 눈에 밟혔다. 꽃다운 미혼 처자가 수절과부 자처하며 살아간다는 건 무단히 죽은 사람 따라 덤으로 죽는 짓이라고, 당장 그 마음 고쳐먹고 갱생을 도모하라고 노끈이 동아줄 되도록 설득하던 노인들 그 젖은 음성이 아직도 귓전을 울리고 있었다. 시부모 대접받기를 노인들은 한사코 사양하고 거부했지만, 누가 뭐래도 순금에게는 여전히 마음으로 섬기는 시부모였다. 비록 녹의홍상 위에 원삼 걸치고 어여머리에 족두리 얹고 육례 갖춰 초례청에서 법으로 홀맺어진 부부관계는 아닐지언정 순금은 제 몸에 숨기척 붙어 있는 한 정씨 집안을 시댁으로 알고 섬기면서 그 집 며느리로 종신하겠노라고 골백번씩 속다짐한 바 있었다.

"벌받어서 싸지! 벌받어도 싸!"

하마터면 잊을 뻔했다는 듯 또다시 주먹으로 앙가슴 쿵쿵 찧어 대면서 순금은 읍내 변두리로 방향을 틀었다. 저도 모르는 사이 발길은 지난날 기억 좇아 곧장 정씨 집안 선영으로 향하고 있었다. 추석을 한참 앞둔 때인지라 선영은 낫질을 기다리는 상태였다. 그동안 벌초하지 못해 봉분에 입힌 떼는 잡초들에 가려 보이지도 않았다. 하지만 여름내 우부룩이 자라난 온갖 풀들 훼방에도 불구하고 근년에 조성된 산소 찾기는 그리 어렵지 않았다. 빈자리 골라 성분(成墳)한 새로운 산소 한 기가 낯선 모습으로 잡초 속에 들어앉아 있었다. 비석에 새겨진 글씨로 내외 합장묘임을 확인한 다음 양과점에서 구입한 과자를 상석 위에 올렸다. 순금은 산소 향해 재배 올리는 대신 무릎 꿇고 조신한 자세로 양수거지했다. 이미 천국 백성 된 영혼들이 천상에서 누릴 영생복락 위해 간절히 기도했다. 두 노인 앞에 자신의 잘못과 허물을 고백하고 참회할 차례였다. 봉분 위로 웃자란 잡초 한 모숨 움켜잡아 뽑으면서 막 용서를 빌려는 참이었다. 말을 앞질러 울음이 먼저 입 밖으로 달려나왔다. 눈물 콧물과 함께 걷잡을 수 없이 쏟아지는 울음 기세 어거할 재간이 없어 순금은 결국 봉분 위로 덜퍽지게 엎드러지고 말았다. 양팔 넓게 벌려 생시의 두 노인 보듬듯 봉분을 껴안은 채 울음소리의 처분에 온몸을 맡겨버렸다.

그렇게 얼마나 울었을까. 소리가 졸아붙어 울음통이 바닥날 때까지 시간 가는 줄 모르고 흐벅지게 울었다. 원도 한도 없으리만큼 양껏 울고 나니까 비로소 얼키설키 꼬여 있던 매듭들이 한목에 스르르 풀려나가는 기분이었다. 장장 십 년 세월 지나도록 은결든 것처럼 몸속에 박혀 시시때때로 마치고 쑤시고 결리던 그 무엇이 뜨거운 울음에 녹아 형체도 없이 사라져버리는 것만 같았다.

위쪽에서 죄 쏟아낸 탓인지 아래쪽 산소로 자리 옮기고 나니 거짓말같이 울음이 온전히 잦아들었다. 고요에 가깝도록 마음이 차분히 가라앉은 사실에 순금 자신도 놀랄 지경이었다. 하긴 과거에도 그랬다. 무덤에서 고인으로 만난 정세권 앞에서 울고불고 몸부림했던 기억은 별반 없었다. 그저 더운 숨결 지닌 사람과 담소 나누듯 귀 없고 입 없는 무덤 상대로 약혼 시절 둘이서 합작했던 추억거리 어루만지거나 소소하고 비근한 자신의 일상 이야기 들려주고 나서 뒤돌아서기 일쑤였다.

'세상사람들은 팔자를 고친다고들 표현허지요. 어쩌면 불원간에 제 인생이 확연허게 달라질지도 몰라요.'

순금은 소리 없는 말로써 정세권에게 양해를 구했다. 혹여 자신의 인생이 지금과는 영 딴판으로 바뀐다고 할지라도 결코 옛 약혼자한테 누가 될 처신은 하지 않겠노라고 약속했다. 먼 훗날 천당에서 재회하는 그날까지 결코 좌절하거나 포기하는 법 없이 인생길 저 끄트머리까지 쉬지 않고 싸목싸목 걸어갈 작정임을 순금은 묵언 가운데서도 똑 부러지게 밝혔다.

볼일 다 마치고 정씨네 선영 등지려는 순간, 순금은 앞으로 그 곳 다시 찾을 일 없으리라는 것을 퍼뜩 직감했다.

3

소문은 장질부사나 호열자 같은 전염력으로 삽시간에 산지사
방 옮아붙기 시작했다. 악성 질환으로 고열에 들떠 헛소리 내지
르며 상토하사(上吐下瀉)하듯 문제의 소문은 수많은 사람 입길에
연락부절로 오르내리면서 고개 넘고 개천 건너 면내에 와자하게
퍼져나갔다. 귀 달린 사람들은 한층 더 자극적이고 충격적인 소
문에 갈급한 나머지 공연히 이 집 저 집 기웃거려버릇했고, 입 달
린 사람들은 상대방 호기심 더욱더 부추기려는 일념으로 본래 소
문에 간 맞추고 양념 치고 형형색색 고명까지 얹어버릇했다. 한
없이 길고도 질긴 소문의 띠가 산서 지역 전체를 몇 바퀴씩 칭칭
휘감아도는 동안, 소문의 주인공은 어느새 천하에 상종 못할 희
대의 흉악범으로 형상이 뚜렷이 갖춰지고 있었다. 소문에 접하는
즉시 엄청난 경악과 공포에 휩싸이기는 입이 근질거리는 인간이

나 귀가 솔깃한 인간 모두 매한가지였다.

최부용은, 경성에서 징역살이하던 배낙철이 쥐도 새도 모르게 은밀히 고향집으로 돌아왔다더라, 하는 놀라운 소문을 일찌감치 접한 부류에 속했다.

"접니다, 형님."

귀용이 목소리였다. 늦잠에서 깨어 조반도 아니고 점심도 아닌, 매우 어중된 밥상 받으려던 참이었다. 아침 끼니 때우기로는 많이 늦은 편이지만, 동생이 형네 집 방문하기에는 상당히 이른 시간이기도 했다.

"마침맞게 잘 왔다. 여태 식전이라면 나랑 겸상을 허자."

"아닙니다. 밖에서 잠깐만 뵙고 가겠습니다."

무엇에 쫓기는 사람처럼 몹시 서두르는 기색이 완연했다. 만류하는 제 형수도 뿌리친 채 귀용은 어느새 눈에서 멀어지고 있었다. 부용은 대충 겉옷 챙겨 걸치고 허둥지둥 방문 밖으로 나섰다. 예배당 앞 층층다리 근처에서 귀용이 자못 심각한 낯꽃으로 형을 기다리는 중이었다.

"낙철이 형님께서 어젯밤에 오암리 집으로 돌아오셨습니다."

너무도 뜻밖의 얘기라서 갑자기 말문이 턱 막히는 바람에 부용은 잠시 멀거니 동생 얼굴만 건너다보았다.

"갑자기 형 집행정지로 풀려나셨다고 들었습니다."

"시방 낙철이를 만나고 오는 질이냐?"

"제 처지에 낙철이 형님 만날 수만 있다면 여북이나 좋겠습니까만, 절대로 만나서는 안 된다는 엄중 경고를 받았습니다."

"누구한티서?"

"주재소 순사가 새벽바람으로 암자에 들이닥쳐서는 한바탕 엄포를 놓고 갔습니다."

읍내에서 인계받은 배낙철을 오암리로 호송하기 바쁘게 백상암으로 곧장 방향을 돌린 듯했다. 보호관찰 담당 순사가 마치 따귀 후려갈기듯 잠이 십 리나 달아날 소식을 귀용에게 전했다. 복역수 배낙철이 잔여 형기 집행정지 조치로 풀려났다는 것이었다. 만일 동일 사건의 주범과 종범 관계로 유죄판결 받은 자들끼리 회동한 사실이 발각될 경우, 최귀용은 집행유예 처분이 취소될 뿐 아니라 아직 경과하지 않은 형기를 실형으로 복역하게 되고, 배낙철은 형 집행정지가 철회됨과 동시에 즉각 재수감된다는 것이었다. 그러니 불철주야 보호관찰 업무에 임하는 관헌들 감시 눈초리가 지척지지에 있다는 사실을 자나깨나 명심하면서 경거망동하지 말라고 경고하더라는 것이었다.

"똑같은 경고를 나도 너한티 허고 잪으다. 그 순사 말이 백번 지당허다. 섣부르게 낙철이 찾어가 만날 생각 따우는 애시당초 품들 말거라."

부용은 매우 곡진한 어조로 동생을 타일렀다. 배낙철 얘기만 꺼낼라치면 징징 우는소리부터 늘어놓기 일쑤이던 지난날과 달리 귀용은 의외로 직수긋하게 충고를 받아들이는 눈치였다.

"부탁드릴 게 있어서 이렇게 찾아온 겁니다. 저 대신 형님께서 오암리를 한번 다녀오시는 게 어떻겠습니까?"

"알았다. 너를 대신헌다기보담은 사촌지간인 내 도리로 조만간에 낙철이를 한번 만나볼란다."

"고맙습니다, 형님!"

더 지체하지 않고 귀용은 미련 없이 발길을 돌렸다. 모처럼 오랜만에 형제끼리 겸상 받아보는 게 어떻겠냐고 거듭 권유했지만, 소용없는 일이었다. 부용은 아무 대꾸 없이 그냥 층층다리 내려가는 동생을 우두커니 바라보다가 하릴없이 거처방으로 돌아갈 수밖에 없었다.

"식전 공복으로 출타하시려고요?"

동생과 바깥에서 밀담 나누고 오자마자 급히 외출부터 서두르는 남편을 연실은 의아스러운 낯꽃으로 대했다.

"이 좁아터진 산골에서 행형이 정지된 국사범이 문목사 말고도 한 사람 더 생겨났다는 소식이오."

여름날 마을갈 때 편의(便衣)로 자주 걸치던 홑옷을 가을 날씨인데도 생각 없이 다시 걸치면서 부용은 사무적인 어조로 말했다. 그 말이 뭘 뜻하는지 연실은 용케도 금방 알아차렸다. 의아해하던 낯꽃이 어느새 두려움에 겨워하는 낯꽃으로 바뀌어 있었다.

"오암리까지 다녀오시려면 뱃속을 든든히 채우는 게 좋아요.

시간 정해놓고 만날 사람 아니니까 식사부터 먼저 하셔요."

"공복 덕분에 개붓헌 몸뗑이로 내 핑허니 갔다가 당신이 채려 놓은 반갱(飯羹)이 식기도 전에 후딱 돌아오겠소."

연실이 느끼는 두려움의 무게를 다소나마 덜어줄 요량으로 부용은 짐짓 희떱게 굴었다. 그 유별난 고집 아무래도 꺾을 재간 없겠다 싶었던지 연실이 한 발짝 물러섰다.

"부디 조심해서 다녀오셔요."

"조심허라니, 내 팔뚝을 말허는 거요? 그렇다고 이 화창헌 가을날 두툼헌 토시로 팔뚝을 무장허는 건 넘들 보기에 꼴불견이잖겠소?"

소문에 의하면, 감옥 안에서 낙철이 닥치는 대로 상대방 물어뜯는 부위는 주로 팔뚝이었다. 그 점만 유의한다면 형 집행정지 죄인 만나는 건 별문제 없을 성싶었다. 하지만 방심은 절대 금물임을 아직도 시름 못다 떨쳐낸 연실의 표정이 일삼아 경고하고 있었다.

"얼른 댕겨오겠소. 염려 말고 맴 편안허니 먹으시요."

이종제 배낙철이 그 지긋지긋한 영어(囹圄)에서 풀려난 건 얼싸절싸 모두 함께 기뻐해 마땅한 경사였다. 완전 석방 아닌 조건부 석방이라 해서 기쁨의 크기가 반감되는 것도 아니었다. 그런데도 축하차 이모네 집 방문한다기보다 참전하기 위해 전쟁터로 향하는 비장감마저 느껴지는 것이었다. 연실이 듣는 데서는 흰소리 뻥뻥 쳐댔지만, 기실 적진으로 침투하는 척후병같이 만만찮은 두려움과 긴장감 양어깨에 걸머멘 채 포복 자세로 나아가는 기분이었다.

오암리 어귀로 막 들어서는 순간, 부용은 별안간 발걸음을 우뚝 멈추었다. 때마침 이모네 집 대문간 나서는 낙철을 먼빛으로 얼른 알아본 까닭이었다. 오랜만에 보는 이종제 모습에 반가움부터 앞세우는 건 찰나의 감정에 지나지 않았다. 부용은 어마뜨거라 하고 길갓집 산울타리 뒤로 허둥지둥 몸을 숨겼다. 낙철이 거름통 두 개가 양끝에 묵직하게 매달린 물지게 지고 어딘가로 향하는 중이었다. 좌우 엉덩짝 비비적거리며 걸음걸음 옮길 적마다 똥물인지 오줌물인지 모를 것이 길바닥으로 질름질름 넘쳐흘렀다. 먼발치에서도 지독한 구린내가 코청을 찌를 듯한 기세였다. 한 무리 악취 거느린 채 낙철은 동네 모정(茅亭) 앞을 씨억씨억한 걸음새로 통과했다. 평상시 같으면 노인들 모여 한담 나눌 법한 시간인데도 모정에는 사람 그림자 하나 얼씬하지 않았다. 동네 고샅길도 인적 없이 고즈넉하기는 매일반이었다. 오암리 사람들이 저마다 울안 어딘가에 숨은 채 아까부터 비상한 관심으로 낙철의 일거수일투족 주시하고 있다는 사실을 부용은 고샅길 끄트머리쯤 다다를 무렵에야 겨우 알아차렸다.

낙철은 밭둑에다 거름통 내려놓고 물지게 질빵을 벗었다. 잠시 한숨 돌리는가 싶더니만, 갑자기 허리를 반으로 접으며 거름통 속을 골똘히 들여다보기 시작했다. 오줌 섞인 똥물을 면경삼아 제 얼굴 골골샅샅 비추어 살피고 갖가지 표정 만들면서 요모조모 감상하기 시작했다. 그런가 하면 고개 높이 쳐들어 하늘 우러르며 씨익 웃어 보이기도 했다. 부용은 숨어 엿보는 제 처지도 까먹은 채 하마터면 비명을 꽥 내지를 뻔했다. 낙철이 양 손바닥을 바가지 모양으로 만들어 똥물 그득 퍼담더니만 푸푸 소리도 요란하게 세면을 시도하는 참이었다.

부용은 황급히 도망쳐 고샅길 다 빠져나온 후에야 뒤늦게 이모 생각이 났다. 이왕지사 오암리까지 어려운 발걸음 도모한 김에 이모 찾아뵈는 건 이질로서 당연한 도리였다. 하지만, 황황하기 이를 데 없는 마음으로 이모 만난들 무슨 대화를 얼마나 나누겠는가. 취조 과정에서 당한 고문과 수형생활에서 받은 고초 견디다못해 끝내 미쳐버리고 말았다는 얘기가 공연히 떠도는 풍문 아니라 깔축없는 실화였음을 낙철은 방금 파천황의 기행 통해 스스로 입증하지 않았던가.

부용은 왔던 길 얼른 되짚어 허위허위 동천리로 향했다. 일찍이 산서 일대가 다 알아주는 신동 소리 들으며 장차 입신양명할 큰 인물 될 거라고 내남없이 믿어 의심치 않던 이종제였다. 하고 많은 사람으로부터 크나큰 기대 한몸에 받던 그 신동이 젊으나 젊은 나이에 막다른 골 덜컥 만나 제 인생 제 손으로 송두리째 망쳐놓다니! 똥물로 제 얼굴 씻던, 참담하기 그지없는 낙철의 거동을 새삼스레 다시 떠올리자마자 크나큰 충격에 압도당해 한동안 오금도 못 펴던 구역질이란 놈이 갑자기 목구멍 타고 기승스럽게 솟구쳐올라오기 시작했다.

4

"대처나 요놈에 노룻을 으찌혀야 옳다냐!"

큰아들 통해 끔찍하기 이를 데 없는 흉보에 접한 뒤부터 관촌
댁 입에서는 영락없이 휘파람소리 빼쏜 장탄식이 떠날 새가 없었
다. 자나깨나, 꿈이나 생시나, 밥상머리 앉거나 뒷간 출입하거나
간에 노상 이질 녀석이 벌였다는 그 잡상스러운 짓거리만 덩두렷
이 떠오를 뿐이었다. 제 깜냥에는 소세한답시고 거름통 속에 대
갈통 처박아 온 얼굴 똥오줌으로 뒤발해놓았으리라. 그야말로 똥
감태기 꼬락서니 이룬, 똥내 진동하는 낯짝 바투 들이대면서 헤
벌쭉 웃어쌓는 이질 녀석 몰골이 한시도 머릿속에서 떠나지 않는
것이었다.

"참말로 폭폭혀서 나가 시방 폴딱폴딱 뛰다가 죽겠네!"

어차어피에 한 번은 꼭 들여다봐야 할 집구석이었다. 아무개가

가막소에서 풀려났다더라, 하는 소식 들리면 핏방울 하나 안 튀긴 남남지간이라도 얼른 찾아가 치하의 말 건네는 게 사람 된 도리거늘, 황차 친정언니라는 여편네가 아직도 코빼기조차 안 비친다는 건 인두겁 덮어쓴 사람으로서 차마 해서는 안 될 짓거리였다.

"섭섭아!"

그런데 문제는 여간해서 결심이 서지 않는 바로 그 점이었다. 아무리 목놓아 불러봐도 결심이란 놈 다가올 낌새는 좀처럼 안 보였다.

"섭섭아! 섭섭아아!"

오암리로 행차하기 전에 반드시 확인해야 할 대목이 남아 있었다. 큰아들 목격담에 의해 낙철이란 놈 머리가 홱 돌아버렸다는 소문은 벌써 사실로 확인되었다. 그러나 그보다 더 중요한 것은 야차처럼 혹은 소증(素症)에 시달리다 죽은 귀신처럼 아무나 닥치는 대로 남의 생살 뜯어먹고 생피 빨아먹는다는 그 흉흉한 소문의 진위 문제였다. 큰아들이 오암리에서 무사 생환했다 해서 다른 사람들까지 다 무사하란 법은 없었다. 맞대면 피해 먼빛으로 엿보다 돌아온 상태라서 부용은 애당초 무사하거나 유사하거나 간에 뭔가 겪을 기회조차 얻지 못한 처지였다.

"섭섭이 거그 없냐?"

정신이 고장나버린 것과 무턱대고 사람 물어뜯는 행티는 처음부터 관촌댁에게 전혀 별개 증상이었다. 미쳐도 그냥 곱게 미친

푼수라면 혹간 또 모르겠다. 인구에 회자하는 그 식인귀 소문이 어림 반 닷곱도 없는 거짓말로 만천하에 밝혀질 때까지 차일피일 오암리 행차 미루고 싶은 것이 천석꾼 마나님 진짜 속내평이었다.

"섭섭아, 이 잡것아, 으째 대꾸가 없냐!"

천석꾼 마나님 손아귀에 머리끄덩이 단단히 끄어들린 꼬락서니로 부엌어멈 섭섭이네가 그제야 한달음에 모습을 드러냈다.

"불르셨어라우?"

"불렀다, 이것아! 니 귓구녁은 꼭 삼세판씩 불러대야 게우 알어들을까 말까 허는 바늘구녁 같은 귓구녁이냐?"

"아궁지에 불 조깨 다루니라고 지가 고만 결자휴지로……"

"뭣이여? 니가 곡마단 마술쟁이라도 된단 말이냐?"

"무신 말씸이신지……"

"입주뎅이로 불방맹이 물고 마술허니라고 대답 한마디 낼 수 없었냐, 그 말이다! 그나저나 그 못되야먹은 진서 숭내는 애저녁에 싹 접어뿔고 쎗바닥에 착 달라붙는 언문만 풀어먹으라고 나가 골백번도 더 신칙을 허잖드냐! 결자휴지는 또 대관절 으떤 구신이 쎗나락 까먹는 소리냐? 되나못되나 마구잽이로 육장 진서 숭내를 낸다고 니 지체가 서당 훈장 자리로 올라가기라도 헐 성불르드냐?"

섭섭이네 그 '되나못되나' 엉터리 사자성어 집착증은 이미 병세가 고황에 든지라 아무래도 죽어야 나을 병 같았다.

"마님이 그러콤 역증을 내시니깨 이년 맴자리가 시방 자불안색이고 죄송시럽기가 참말로 일추얼짱이고만요."

"아, 아니, 저 잡것이 시방! 자불안색은 또 으떤 구신이 싸래기 줏어먹다가 사레들리는 소리냐? 섭섭이 너 차후부텀 진서 숭내 한 번에 쎗바닥 한 자씩 잡어뽑힐지 알그라!"

천석꾼 마나님 그 뜨끔한 경고도 아랑곳없이 섭섭이네는 넉살 좋은 웃음 한 자락 펼쳐 제 허물 얼렁뚱땅 덮으려 했다.

"무신 심바람 시키실 일이라도……"

"싸게 가서 순금이 아씨 시방 으디서 무신 조화를 부리고 자빠졌는지 보고 오니라!"

분부 떨어지기 무섭게 섭섭이네는 데굴데굴 구르다시피 부대한 몸집 한껏 기민하게 놀려 베틀 공방 쪽으로 사라졌다.

"입으로는 비라리를 쳐댐시나 축수를 허고, 손으로는 싹싹 비벼댐시나 치성을 올리는 중이드만요."

금세 돌아온 섭섭이네가 제 눈에 그림처럼 담아온 바를 두루마리 펼치듯 대청마루에 풀어놓기 시작했다. 충분히 예견했던 광경이었다. 딸년 하는 짓거리 마땅찮은 김에 구정물 같은 욕설 한 바가지 뙤창문 너머로 확 끼얹으려는 참인데, 때마침 방문 밖에서 고무신 뒤축 끌리는 예리성이 빠른 걸음으로 다가왔다.

"잘허는 짓이다, 참말로 잘허는 짓이여! 눈사태맨치로 쏟아져 내리는 소문 땜시 왼 고을이 시방 고고샅샅 다 들썩들썩 흔들거리는 판국인디, 너 혼자만 공방 구석에 틀어백혀서 야소구신한티 치성만 올리고 자빠졌으면 장땅이란 말이냐?"

뜻밖에도 순금은 잔잔한 미소로써 어머니 악담에 대응했다.

"날개 달린 기도 우에다 낙철이랑 이모님을 태워서 우리 하나님 아바지께로 훨훨 간구를 띄워올리고 있었어요."

"오냐, 참말로 잘헌 짓이다! 너 참말로 장허고 잘났다! 니가 그러콤 신심을 다 바쳐서 치성을 올리고 전보를 치니깨 느네 하눌 아부지께서는 뭣이라고 답장을 보내시드냐?"

"모든 염려는 다 주께 맽기라고 말씀을 허셨어요. 그러니깨 은젠가 때가 되면 기도 응답을 주시겠지요."

"고것이 치성으로 해결될 일이라면 나는 돈을 주고 눕을 사서라도 한몫 거들고 잪으다!"

"사람 몸에 들어온 귀신을 쫓아내는 방법은 오즉 기도뿐이라고 성경 말씀에 나와 있어요."

"시방 니 코가 석 자허고도 치 닷 푼은 빠져뿌렀는디, 그러콤 넘에 일에만 매달릴 여력이 으디 있단 말이냐?"

"낙철이나 이모님이 어디 우리허고 넘넘지간이든가요? 설령 넘이라 허드래도 그렇지요. 누가 되얐든지 간에 곤경에 빠진 이웃이 있다면 당연허니 기도로 부조를……"

"오냐, 너 참말로 잘났다! 낱낱이 옳은 방구만 뿡뿡 뀌어대는 그 재조가 참말로 가관이고나, 가관!"

다람쥐 쳇바퀴 돌리듯 딸년 상대로 제자리만 맴도는 문답 한바탕 주고받은 끝에 관촌댁은 마침내 집구석 나온 지 이레쯤 된 계집년 속곳 속같이 어수선하기 짝이 없던 마음속을 얼추 가라앉힐 수 있었다. 이제 본심을 드러낼 차례였다.

"그렇다면 낙철이 그놈은 은제쯤 만나볼 심산이냐?"

"왜요? 어머님도 같이 가실라고요?"

"아니다, 아니여. 접때 허리 한번 삐끗허는 바람에 시방도 이 내 몸은 거동이 솔찮이 불편헌 형편이니라."

방문 밖에서 모녀간 대화에 귀 종긋 모으고 있던 섭섭이네가 눈치코치도 없이 쏙 볼가져나오면서 잔망을 떨었다.

"쇤네가 들처업어서 오암리로 뫼실까요?"

"저, 저런, 천하에 둘도 없는 입싸배기 예펜네 같으니라고!"

눈치가 발바닥 밑같이 캄캄한 섭섭이네가 제 웃음 단속하느라 키득거리는 소리 연방 입안으로 삼키면서 잽싸게 꽁무니를 빼버렸다.

"기도로 쪼깨 더 단단허니 무장을 헌 연후에 금명간에 오암리를 댕겨올 생각이고만요."

순금이 제 어미 실망하지 않게끔 여지를 두고 말했다. 관촌댁 귀에 제법 보들보들하게 들리는 대답이었다.

"그러쿰 허거라. 니가 일차로 댕겨온 연후에 나도 어느 하루로 날을 잡어서 이차로 댕겨올까 궁리중이다."

이를테면 그 말은, 딸년 팔뚝 온전한 상태로 돌아오는 걸 눈으로 직접 확인한 다음 오암리 행차에 나설지 말지 그때 가서 결정하겠다는 뜻이었다.

"또다른 말씸이라도 있으신지……"

"아니다. 너는 얼렁 가서 올리다가 중도이폐헌 그 치성 한 벌 끝까장 다 일습으로 마쳐뿔거라."

관촌댁은 거지반 내치다시피 순금을 방문 밖으로 내보냈다. 또다시 예리성 찍찍 거느리면서 멀어지는 딸년 뒤태에 잠시 눈길 두고 있으려니, 때가 되면 마음속에 품어온 그 남정이 누구인지 밝히겠노라 장담해 마지않던 그때 그 말이 퍼뜩 되살아났다. 날이면 날마다 치성드리기 바쁜 딸년인데, 의문투성이 신랑감 백일하에 드러낼 날은 대관절 얼마나 더 기다려야 한단 말인가. 이미 시야에서 사라져버린 딸년 뒤태에 여전히 눈길 꽂은 채 관촌댁은 이제 일상이 돼버린 습관으로 방고래 내려앉게끔 대짜배기 한숨 푸지도록 토하고 말았다.

5

묵은 소문들 위에 새 소문 하나가 덤으로 얹어졌다. 드디어 산서 땅에서 첫번째 희생자가 발생했다는 얘기였다. 보호관찰차 동정 살피러 나왔던 주재소 순사가 배낙철한테 한입 그득 팔뚝 물어뜯겨 살점 너덜거리는 깊은 상처 감아쥔 채 걸음아 날 살리라고 꽁지 빠지게 도망쳐버렸다는 둥 어쨌다는 둥 흉흉하기 그지없는 새 소문이 하루이틀 사이에 면내 곳곳을 또 연락부절로 휘젓고 다녔다.

이모네 집 방문 급히 서두르게끔 순금을 부추긴 것은 다름 아닌 그 소문이었다. 더 미루고 뜸들일 때가 아니었다. 기도를 통해 이제는 영적 무장도 웬만큼 갖추었것다. 불행의 늪에 멱까지 잠겨 허우적거리는 이종동생 그 꾀죄죄한 영혼 부조하는 사역 기꺼이 감당할 각오도 굳어졌것다. 이제야말로 행동에 나서지 않으면 안 될 때였다. 면민들 대다수가 낙철을 희대의 흉악범으로 못박아 접촉을 극구 꺼리는 실정이지만, 순금은 그가 전혀 두렵지 않았다. 하나님의 전신갑주(全身甲冑) 입고, 의의 호심경(護心鏡) 붙이고, 믿음의 방패 한 손에 들고, 성신의 검 한 손에 잡은 용사로서 담대히 앞으로 나아가는 마당인데 도대체 무섭고 떨릴 게 뭐가 있단 말인가. 낙철은 한낱 귀신 들린 자, 그래서 주변 관심과 도움이 절실히 필요한 일개 병자에 불과할 따름이었다.

"고맙다, 순금아. 늦게라도 니가 요로콤 찾아와주니께 모닥불 얹은 것맨치로 시방 내 가심팍이 뜩신허게 달궈지는 것만 같으다."

이질녀 두 손 단단히 부여잡은 채 이모는 대뜸 눈물샘부터 터뜨렸다. 퍽이나 지각해서 나타난 친정 쪽 거레붙이를 살갑게 팔목상대하려는 기색이 역력히 드러나고 있었다.

"이모님, 낙철이가 집에 돌아와서 얼매나 다행인지 몰라요."

이모가 알아차리지 못하게끔 순금은 적삼 소맷동에 가려진 이모의 좌우 팔뚝을 시선으로 신중하게 더듬었다. 다행히도 이모한테서는 별달리 피해 흔적이 느껴지지 않았다.

"그러매 말이다. 인자는 곧 죽어도 여한이 없을 것만 같으다. 눈만 뜨고 팔만 뻗으면 내 새깽이 얼골 무시로 딜여다보고 만져볼 수가 있으니께 나는 날이면 날마닥 열두 번씩 훨훨 우화등선 허는 것만 같으다."

낙철과 관련해 바깥세상에 출몰하는 험악한 평판 결코 모를 리 없으련만, 이모는 그 점에 대해 일절 괘념하지 않는 기색이었다. 아무래도 형 집행정지 처분과 만기 출옥을 동격으로 오해하고 있는 듯싶었다. 비록 정신머리 약간 부실해지긴 했을망정, 감옥에서 주검으로나 나올 줄로만 알았던 아들이 살아 돌아온 대목에 심장한 의미를 두는 모양이었다. 집에 돌아온 아들 조석으로 대면하는 그 기쁨 하나가 집밖에서 제멋대로 횡행하는 억측이나 험담 따위 옴짝달싹 못하게끔 잡도리하고 있는 것 같았다.

"어디 있어요? 낙철이가 안 뵈네요?"

"갸는 눈뚜껑이만 벌어졌다 허면 허우단심 밭으로 뛰어가니라. 왼종일 밭에서 살다시피 허다가 저녁 끄니때 임시에나 어둑발 타고 돌아온단다."

"시방 요 계절에 무신 밭농사를……"

"꼭 농사를 지어야만 장땅이냐? 당장은 안 짓드래도 미리감치 내년 농사 대비험담시나 거름지게도 져 날르고, 돌멩이도 골라내고, 땅띠기도 허고, 밭고랑이랑 밭둔덕도 곤쳐서 새로 맨들고…… 지 깜냥대로 손쓸 일이 참 많은갑드라. 이날 평생 농사가 뭔지도 몰르고 글 읽는 슨비로만 살어온 아가 영락없이 늦바람난 홀애비맨치로 시방 흙한티 푹 빠져 있니라."

그런 아들이 엔간찮게 대견하고 자랑스럽다는 말투였다. 이 모양 저 모양으로 밭일에 매달리는 아들 모습 열거하는 동안, 이모 얼굴에는 웃음기가 가실 겨를이 없었다. 짐작건대, 이모와 마찬가지로 낙철 또한 형 집행정지란 것을 자신에게 마냥 유리하게끔 해석하고 있는 듯했다. 남은 형기 대부분을 밭농사 짓는 일로 보내다가 끝내 자유의 몸으로 풀려나는 꿈에 부풀어 있음이 분명했다.

"그것참, 잘된 일이네요. 건강 돌보는 방법으로는 그 이상 좋은 운동이 없겠다 싶네요."

말도 많고 탈도 많은 낙철의 정신상태에 대해 차마 먼저 말 꺼낼 숫기가 없어 순금은 적당히 엉너리를 쳤다.

"낙철이 그 잘생긴 낯꽃 조깨 보고 잪은디……"

소싯적에 몇 번 둘러봤던 기억 덕분에 이모가 일러준 그 밭둑 찾기는 그리 어렵지 않았다. 낙철은 밭 가운데 네활개 쫙 펴고 벌렁 드러누워 뭉게구름 떠도는 가을하늘 일삼아 감상하듯 매우 방만한 자세를 취하고 있었다.

"낙철아!"

갑작스러운 인기척에 놀란 낙철이 몸을 벌떡 일으켜세웠다.

"어이쿠, 누님!"

"참 오래간만에 만났는디, 내가 누군지 얼른 알아보겄냐?"

예상했던 바와는 딴판으로 낙철의 상태가 정상에 가깝다는 걸 확인하는 순간, 순금은 소문의 진위 가려볼 요량으로 섣불리 질문 던진 자신의 성마름을 고대 후회했다.

"넘들은 죄다 나를 기피허고 도망댕기니라고 급급헌 판국인디, 누님은 이 배낙철이란 인간이 무섭지도 않으십니까?"

"내 눈에는 니가 눈꼽재기만침도 안 무서워 뵌다. 물고 잪으면 당장 내 팔뚝을 물어뜯어도 괭기찮다."

그 말을 일종의 농담인 양 꾸미기 위해 순금은 웃는 낯꽃으로 한쪽 팔을 불쑥 내밀었다. 그러자 낙철이 고개 발랑 잦히고 높다란 하늘 우러르면서 한바탕 질펀하게 홍소를 터뜨렸다.

"뭣이 그러콤 우습냐?"

"누님 역시 그렇고 그런 호사가가 틀림없고만요. 허기사 그 헛소문에 휘둘려서 놀아난 사람이 어디 한둘이든가요? 허지만 소문은 그냥 소문일 뿐입니다. 따른 사람이라면 혹간 몰라도 누님만은 제발 고따우 소문 귀담어듣지 마시기 바랍니다."

"그렇다면 감옥 안에서 닥치는 대로 사람을 물었다는 게, 넘에 팔뚝 물어뜯고 넘에 살점 씹어먹었다는 게 말짱 다 사실이 아니란 말이냐?"

"전연 사실이 아니지요. 국사범 배낙철 수인을 풀어줄 그럴듯헌 핑곗거리 찾다가 형무 당국이 궁여지책으로 지어낸 헛소문이지요."

"거참, 내 머리로는 당최 이해가 안 가는고나. 서슬도 시퍼런 대일본제국이 뭣이 아숩고 뭣이 깝깝혀서 배낙철 같은 중죄인을 자발적으로 풀어줄 맴을 먹었을 것이며, 또 풀어줄 핑곗감 찾는답시고 역부러 얼토당토않은 거짓 소문 지어내는 수고까장 자초헌단 말이냐?"

"그것이사 형무소 간수들이 감당허기가 솔찮이 벅찬 죄수기 때문이지요. 왼갖 고문도 안 통허고, 관식을 끊어 굶겨도 소용없고, 짐승 다루덧기 인격 모독허는 것도 당최 씨알이 안 멕히는, 그야말로 헐수할수없는 악질 중에 최악질 죄수라서 즈놈들도 뾰쪽헌 수가 없었든 탓이지요. 죄수 한 놈 땜시 형무소 전체 분위기가 엉망진창이 되고, 여타 죄수들한티 지속적으로 악영향을 미치기 전에 차라리 배깥세상으로 내보내는 게 즈놈들한티 이롭겄다고 판단을 내린 결과지요."

듣고 보니, 한편으로 여드레 삶은 호박에 도래송곳 안 꽂힐 거짓말 같기도 하고, 다른 한편으로 귀가 제법 솔깃해지는 변백 같기도 했다. 그 주장의 진위 밝히기 위해 스스로 낙철의 복장 안에 들어가 진짜 속사정 챙겨 나올 수도 없는 노릇이었다. 순금은 여전히 기연미연한 심정으로 낙철의 얼굴 찬찬히 뜯어보기 시작했다. 최근에 얻은 멍자국인 듯 얼굴 곳곳에 약간 파르무레한 얼룩들이 들어앉아 있었다. 상당히 흉스럽게 남은 생채기도 여러 군데 눈에 띄었다. 퀭한 눈꼴이었다. 광대뼈가 두드러지고, 볼은 움푹 파여 있었다. 예전과 달리 깡마른 상태로 얼굴 바탕 자체가 변한데다가 거무숙숙하게 변색한 낯빛이었다. 구타당한 흔적이나 병색만 뺀다면 그 얼굴 어느 구석에서도 정신이상 징후 따위는 집어낼 수가 없었다.

"누님 팔뚝이 별로 맛없을 것 같아서 안 물어뜯는 게 아닙니다.

애시당초 저는 넘에 팔뚝을 탐헌 적이 없습니다. 누님, 제발 부탁입니다. 제 앞에서 팔뚝 얘기는 두 번 다시 끄내지도 마십쇼!"

낙철이 정색한 채 항의 겸 당부를 쏟았다.

"미안허다, 낙철아."

정말 미안했다. 어찌나 미안하던지, 그 얼굴 정면으로 마주하기가 차마 거식할 정도였다. 서둘러 퇴로를 찾아야 할 때였다. 하지만 떠나기 전에 손윗사람으로서 마땅히 들려줄 잔소리 한 짐이 아직도 순금의 수중에 남아 있었다. 관헌들한테 책잡힐 짓 저질러 형 집행정지 취소로 재수감되는 불상사 절대로 생기지 않게끔 매사에 언행을 각별히 조심하라, 아무쪼록 자중자애하면서 언제나 신중하고 지혜롭게 처신하라……

"내년 농사 준비헌다고 너무 무리허지 말거라. 요담에 다시 만날 적에는 훠낀 더 건강인으로 변모헌 배낙철이를 봤으면 좋겄다."

물론 순금의 당부 가운데는 육신 건강뿐 아니라 정신 건강, 영혼 건강까지 두루 포함되어 있었다. 낙철은 쓴웃음인지 비웃음인지 모를 기묘한 웃음으로 작별을 고했다. 그 웃음의 의미에 뒤늦게 생각이 미치는 순간, 순금은 아차 싶었다. 낙철의 건강 회복은 곧 형집행정지의 취소로 연결될 게 뻔한 일 아닌가. 빨리 감옥으로 돌아가 남은 형기 다 채우고 나오라는 악담이나 다를 바 없는 당부의 말이었다.

떡심 좍 풀려버린 다리 때문에 귀갓길은 마냥 헙헙하기만 했다. 사탄마귀 세력에 붙잡힌 이종동생 구출하기 위한 영적 전쟁 별러대던 애당초 기세와는 전연 딴판이었다. 마치 귓것에 홀린 양 뭐가 뭔지 도무지 각단 잡을 수 없는 혼란이 집으로 돌아가는 길 내내 순금을 집요하게 괴롭혀대고 있었다.

똑같은 한 인물 두고 어떻게 남매지간 의견이 그처럼 극과 극으로 갈릴 수 있단 말인가. 부용은 생생한 목격담으로 낙철의 미치광이 영락없는 행동을 그림 그리듯 적나라하게 보여주었다. 정신 멀쩡한 인간이 똥물 위에 둥둥 뜬 제 얼굴 들여다보며 히히 웃고 그 똥물로 푸푸 세수할 수는 없는 노릇이었다. 하지만 순금 자신이 직접 확인한 낙철의 모습은 말짱한 정신에 깐깐한 이성으로 상대방 허점마저 날카롭게 파고드는, 정말 흠잡을 데 없는 정상인의 면모가 약여하지 않던가.

두 모습 가운데 어느 하나가 낙철의 진면모이고 다른 하나는 가면일시 분명했다. 어쩌면 자신이 사람 됨됨이 알아보는 데 결정적 실수를 범했을지도 모른다는 의구심마저 고개 들기 시작했다. 그토록 기도로 단단히 무장하고 나선 길인데도 마귀 정체 밝히는 사역에 끝내 실패하다니. 낙철의 복장 안에 들어앉아 낙철을 맘대로 조종하면서 낙철을 종으로 부리는, 교활하고도 사악한 귀신 판별할 능력을 전혀 갖추지 못한, 자신의 무딘 영안(靈眼)이 문제인 듯싶어 순금은 갑자기 무렴해지는 기분이었다.

6

늙정이 마누라가 넋이야 신이야 한바탕 수선스럽게 흩뿌리고 간, 수많은 말의 알갱이들이 먼지처럼 혹은 티끌처럼 사랑채 안을 어지러이 떠돌고 있었다. 필마단기로 적진 유린하고 개선한 조자룡이라도 되는 양 마누라는 되풀이 또 되풀이 무용담에 고부라진 나머지 영감의 부릅뜬 눈에 달린 돗바늘이 자기 입술 촘촘히 꿰매는 줄도 못 알아차릴 정도였다. 건져 쓸 말들보다 내다버릴 말들이 압도적으로 많은 그 장광설로 말미암아 아직도 골머리가 지끈지끈 팰 지경이었다. 수다쟁이 마누라 물러가고, 이제 덩그런 사랑채에 홀로 남아 호젓한 시간 보내게 됐으니, 얼키설키 꼬이고 매듭진 이야기에 반듯하게 졸가리 타서 마치 화적패 휩쓸고 지나간 집구석같이 어지럽혀진 자신의 머릿속 개운하게 정돈할 기회였다.

그러니까 선차는 미친놈이고, 후차는 안 미친놈이렷다. 천석꾼 대지주 야마니시 아끼라 영감은 마치 소작인 앞에서 벼이삭 손으로 훑어 낟알 일일이 헤아려 가혹하기 이를 데 없는 그 '잡을도조' 매기던 솜씨로 마누라가 풀어놓은 이야기 다발 한 줄로 늘어세운 다음 앞뒤 맥락 조곤조곤 따져보기 시작했다. 우선 아들놈은 미친 게 틀림없다고 단정했다. 그다음 딸년은, 미치지 않은 것 같더라고 얼버무렸다. 마지막으로 마누라는, 미쳤을 리 만무하다고 장담했다. 자식 둘에 마누라 하나, 합이 셋이서 내린 판단을 아우르건대, 결국 낙철이란 놈이 한편으로는 미쳤고 다른 한편으로는 안 미쳤다는 얘기였다. 신체의 오른쪽과 왼쪽이 반반씩 번차례로 미쳤다는 소리나 매일반이었다. 도대체 이게 말인가, 막걸리인가. 어떻게 한 인간 몸뚱어리에서 그처럼 괴이쩍기 짝이 없는 두 갈래 증상이 동시에 나타날 수 있단 말인가.

　하지만, 그놈이 미치고 설쳤든 온전한 정신이든 간에 그것은 애초부터 야마니시 영감 주된 관심사가 못 되었다. 소문 그대로 그놈이 정말 남의 생살 물어뜯어 우적우적 씹어 삼키고 남의 생피 쪽쪽 빨아 마시는 식인귀냐, 아니냐, 바로 그 점이 다른 무엇보다 중요한 문제였다. 가장 눈여겨볼 대목은 식솔들 모두 무사하고 무탈한 몸으로 귀가했다는 사실이었다. 물론 식솔들 상처 없는 팔뚝이 천석꾼 영감 안전까지 길이길이 보장해준다는 법은 없었다. 하기야, 밥상에 오른 여러 반찬 중 어떤 걸 골라먹을지는 순전히 수저 들고 밥상머리 앉은 놈 마음먹기에 달린 일 아니던가. 그러니 그놈 속내를 뉘라서 알쏜가, 워낙 낙철이 그놈 식성에 안 맞게 생긴 탓에 은연중 퇴짜 맞은 팔뚝들은 혹 아닐는지!

장고에 장고 거듭한 끝에 야마니시 영감은 드디어 단안을 내렸다. 안심해도 좋으리만큼 위험부담이 대폭 줄어든 건 물론 아니었다. 하지만 약간의 위험부담 떠안는 한이 있더라도 일단 시도해볼 만한 모험인 것만은 분명했다. 배낙철이 그 천하잡놈 철두철미하게 망가지고 안팎 두루 결딴나는 꼴 살아생전 목격하기를 그동안 얼마나 열망해왔던가. 그 사회주의자, 그 화적패 두목, 그 불한당, 그 인면수심 패륜아, 그 불공대천지원수 붙잡아 먹을 따고 숨통 끊는 꿈을 얼마나 자주 꾸곤 했던가. 그 오랜 열망이 실현되는 순간을 목전에 둔 거나 다름없는 상황이었다.

자고로 매사는 불여튼튼이라 했으렷다. 야마니시 영감은 사전 준비로 만전지책 세워 대비하고 싶었다. 만약의 사태 염두에 두고 장조카 아니면 춘풍이를 호위군으로 거느릴 생각도 없잖아 있었다. 그러나 불시에 당할지 모를 남우세스러운 꼴 아랫것들한테 보이기 차마 거식해서 그 생각은 이윽고 접어버렸다. 그 대신 아주 튼실한 호신용 도구를 택했다. 다름 아닌 흑단나무 지팡이였다. 여러 애장품 지팡이 가운데서 유독 그걸 추켜잡은 이유는 무겁고도 단단한 재질에 검은 광택에서 풍기는 위엄마저 만만찮다는 점에 있었다. 그 정도 무게와 위엄 거느린 연장이라면 이빨을 무기삼아 덤비는 놈을 겁주고 대적하기에 결코 모자람이 없을 성 싶었다.

마침내 야마니시 아끼라, 그러니까 천석꾼 대지주에 상곡 어르신까지 여러 존칭으로 대접받는 최명배 영감은 믿음직스러운 흑단 지팡이 호위받으며 위풍도 당당한 걸음걸이로 용약 출정길에 올랐다.

"거그 그 집구석에 암도 없느냐!"

개구리란 놈 턱주가리에 긴 수염 나기 전에는 결코 발 들여놓는 일 없으리라 치부했던 처제네 집구석이었다. 대문 안으로 헛기침 서너 방 연달아 날려보냈는데도 아무런 기척이 없자 야마니시 영감은 냅다 또 소래기를 내질렀다. 딴에는 제법 양반 처신이랍시고 홀로된 처제네 집 방문하는 기회 스스로 멀리해왔던 그로서는 손아래 동서 죽은 이후 첫 방문이나 다름없는 오암리 행차였다.

"사람은 없고 구신들만 사는 집구석이냐!"

재차 격센 고함질로 윽박지르자 비로소 방문이 빠끔히 열렸다. 예상과 달리 처제 아닌 이질 녀석 부스스한 몰골이 벌어진 문틈으로 게으르게 비어져나왔다. 미처 잠의 굴레에서 못 벗어난 듯 총기 하나 없이 어릿어릿한 표정이요 굼뜨기 짝이 없는 동작이었다.

"아이고, 어르신께서 으짠 일로……"

낙철이란 놈은 눈두덩 썩썩 비비대고 나서야 겨우 방문객이 누군지 알아보고 후닥닥 방에서 튀어나왔다. 놈이 맨발로 마당 밟는 순간, 야마니시 영감은 본능이 시키는 바에 따라 앞쪽 향해 얼른 흑단 지팡이를 꼬느질했다.

"그동안 어르신께서는 기체후 일향 만강허셨어라우?"

저두평신 자세로 놈이 극진히 문안인사 올렸다. 자고로 과공은 비례라 했거늘, 발칙하기 짝이 없는 놈이 생전 하지 않던 짓거리로 편지 서두 형식처럼 의례적인 말투에다 거추없이 떠받드는 태도 취하는 점으로 미루어 짐작건대 동방예의지국 자손 빙자해 제 이모부한테 윈도 한도 없이 엿 먹이려는 수작일시 분명했다.

"오냐, 니놈 눈구녁으로 보다시피 나 기체후는 요로콤 일향 만강허다마는, 니놈 몸땡이 사정은 시방 으떠냐?"

까치살무사 앞에서 제 몸집 최대한 부풀려 허세 부리는 개구리처럼 야마니시 영감은 아랫배 쑥 내밀고 목소리를 밑바닥까지 잔뜩 내리깔았다.

"염려지덕으로 지금까장은 그냥 그럭저럭……"

"느네 엄니는 어디 가고 니놈 혼자서 집구석 지키고 있냐?"

"지가 낮잠 자는 새 잠시잠간 마실이라도 나가셨는가……"

처제의 부재가 아무래도 좀 마음에 걸리긴 했지만, 이미 내친걸음이었다. 야마니시 영감은 여차하면 마구 휘둘러댈 요량으로 흑단 지팡이 잔뜩 꼬나쥔 채 매우 조심스럽게 시비 걸기에 임했다.

"과거허고는 영판 딴사람맨치로 신수가 팔초허니 상헌 것 보니께 니놈 입주뎅이허고는 가막소 콩밥이 벨로 연때가 안 맞었든 갑다?"

이를테면 그 말은, 형무소에서 물리도록 콩밥 장복하는 재미가 얼마나 오지더냐, 하는 비아냥이었다. 느닷없이 낙철이란 놈 몸뚱어리가 마당으로 철퍼덕 엎드러지더니만 땅바닥에 이마빡을 마구 짓찧기 시작했다.

"어르신께서 시방 으떤 눈으로 저를 보시는지 잘 알고 있습니다요. 지난적에 이놈이 어르신께 참말로 죽을죄를 겼습니다요. 불고염치허고 어르신께 용서를 빌겄습니다요."

"뭣이여? 용서라고? 요새 그 용서란 물건 금세가 한 근에 얼매씩이나 나가냐?"

갑자기 숨이 몹시 가빠지기 시작했다. 말을 하면 할수록 숨결은 더욱 가빠지고 심장은 더더욱 벌렁거렸다. 연방 씨근벌떡 가쁜 숨 몰아쉬면서 야마니시 영감은 부복 자세로 용서 구걸하는 천하잡놈 이질 녀석 집어삼킬 듯 무시무시한 눈초리로 쏘아보았다. 참담했던 과거지사와 결부되면서 실로 만감이 어지러이 오락가락하는 순간이었다.

"안 죽고 오래오래 버팅김시나 살다보니께 니놈 입주뎅이로 용서를 들멕이는 소리 듣는 날도 만나는 수가 있고나!"

하고 싶은 말들 켜켜이 쌓으면 백상산 꼭대기까지 닿고, 가슴 속에 들끓는 분노의 무게 합치면 백상암 석불도 거뜬히 자빠뜨릴

판이었다. 할말이 너무 많아 무슨 말부터 먼저 토설해야 좋을지 갈피 못 잡을 지경이었다.

"나는 니놈 땜시 두 번 죽었다 살아난 목심이다! 첫번짜는 이 질이란 불한당이 나를 포박허고 나 멱에다 비수 꼬느고 나 재물 강탈허는 화적질 도모헐 적에 죽었고, 두번짜는 그 일로 애먼 누명 덮어쓰고 억울허게 읍내 경찰서로 붙잽혀 가서 왜경들한티 왼갖 고문 골고루 맛보게코롬 고초당허는 바람에 죽어뿌렀니라! 그런디 인자는 니놈이 헐수헐수없는 츠지가 되고 보니께 억지춘향이로 죄인 자복허고 용서를 빌음시나 나를 시번짜로 또 쥑일라고 수작을 부린단 말이냐, 이 옘병헐 놈아!"

"참말로 유구가 무언입니다요. 백번 죽어 마땅헌 죄인입니다요. 용서를 빌 염치도 없는 놈이지만, 어르신께서 하해 같으신 아량으로 선처를 베풀어주시기만 요로콤 쌍수 합장으로 빌고 또 빌겠습니다요."

"시방 나 수중에 용서란 물건 반 토막짜리도 안 남었다. 설령 남었다 허드래도 절대로 니놈한티는 차례가 안 간다! 그날 니놈한티 뇌물 받어 처먹고는 밤새드락 짖지도 않고 화적패 분탕질허는 꼴 귀경만 허든 우리집 복구란 놈한티나 그 용서 앵겨주고 말어뿔란다!"

그것으로 오랜 세월 체물처럼 뱃속에 징건히 고여 있던 말들 대충 다 토해낸 셈이었다. 아직 반분도 안 풀린 상태였지만, 그놈

면전에 더 들이댈 얘기도 이제는 거의 고갈된 상태였다. 원수 집 구석에 더 머무를 생각 싹 없어졌을뿐더러 도무지 인간 같지도 않은 그놈 상대로 더 시간 낭비할 기분도 아니었다. 풀어놓은 입 거둬들이고 벌여놓은 일 마무리할 때였다.

"나 펭생 소원이 뭣인지 알고나 있냐? 배낙철이 니놈이 어느 날 천벌을 받어서 난장 바닥에서 폭삭 꼬꾸라져 뒤지는 꼴을 나 눈으로 똑똑허니 귀경허는 것이다! 그런 흐무진 꼴 만나는 그날 까장 나는 염라대왕 부자지 틀어쥐고 버팅기는 한이 있드래도 절 대로 안 죽을란다! 그저 우아래 어금니 꽉 사리물고 악착을 떨음 시나 니놈 천벌 받는 그날까장 아득바득 살어남을 작정이다, 이 오살에 육시를 곱쟁이로 덧보탤 놈아!"

"아니, 벌써 가실라고요?"

부복 자세 갑자기 허물면서 낙철이란 놈이 몸을 벌떡 일으켰 다. 그 사품에 소스라치게 놀란 야마니시 영감은 여차하면 석류 열매 쪼개듯 대갈통 깨부술 작정으로 낙철을 향해 황급히 흑단 지팡이를 겨누었다.

"더 가차이 오들 말어, 이놈아!"

"잠깐만요, 어르신! 귀허신 분을 문전박대허덧기 그냥 보내드 릴 수는 없습니다요. 누옥이긴 허지만, 어머님이 돌아오실 때까 장 어르신을 안으로 뫼시고 잪습니다요."

"요게 으떤 물건인지 알기나 허냐, 이놈아? 물속에 집어옇으면

296

무쇳뎅이맨치로 뽀그르르 가라앉는 남방산 오목 지팽이다, 이놈아! 나한티 슨불리 뎀비다가는 단매에 요절이 나는 수가 있니라!"

흑단 지팡이 다시 휘둘러 낙철의 근접을 물리치기 무섭게 야마니시 영감은 분연히 돌아섰다. 하지만 아뿔싸, 순간적으로 놈에게 등판 내보인 게 불찰이었다. 놈이 등뒤에서 비호같이 달려들어 지팡이 들린 오른팔 확 낚아채는 찰나, 야마니시 영감은 측량 못할 공포감에 휩싸이면서 오금이 뻣뻣이 굳어버렸다. 곧이어 팔뚝 콱 깨물림과 동시에 흑단 지팡이를 손에서 놓치고 말았다. 옷소매 꿰뚫고 맹수 잇바디가 살 속으로 깊숙이 파고드는 느낌이었다. 뼛속까지 쑤셔대는 동통이 천석꾼 대지주 입에서 기어이 자지러지는 비명을 짜내고 말았다. 상대방이 그러거나 말거나 상관않고 놈은 오로지 식인귀 놀음에만 잔뜩 고부라지면서 찍소리 한마디 내지 않았다. 야마니시 영감 비명 구슬플수록, 신음 자지러질수록 놈은 오히려 욕심껏 남의 살점 물어뜯고 흔들어대는 잇바디에 부쩍 더 힘을 실을 따름이었다.

"이놈아! 이 즘생만도 못헌 놈아!"

놈의 아가리에 물린 팔뚝 뽑아내려 제아무리 모질음 써봤자 별무신통이었다. 그럴수록 되레 동통만 더욱 우심해질 뿐이고, 그 바람에 거의 기함하리만큼 정신머리가 몸에서 까마아득하게 멀어지는 느낌이었다.

"나 죽겠네! 사람 살려! 아고머니, 나 죽네! 사람 살려!"

마침내 야마니시 영감 입에서 선지피 같은 비명이 빨랫줄 모양으로 쭉쭉 뻗쳐나오기 시작했다. 바로 그때였다.

"애고매! 요게 무신 재변이다냐!"

생각지도 못했던 순간에 구원의 손길이 바람같이 들이닥쳤다. 다름 아닌 오암리 관촌댁 목소리였다. 마을 갔던 처제가 느닷없이 뛰어들면서 새된 호통을 날렸다.

"이놈아, 이 육시럴 놈아, 얼씬네한티 이 무신 행악질이란 말이냐!"

"아이고, 처제! 지발덕분 성부 조께 살려주소!"

"당장 놓아라, 이놈아! 그 팔목 싸게 못 놓겄냐, 이놈아!"

처제가 땅에 떨어진 흑단 지팡이 주워들기 무섭게 등덜미고 대갈통이고 가릴 것 없이 제 자식 마구잡이로 매타작하기 시작했다.

"요참에 차라리 너 죽고 나 죽자, 이놈아! 요로콤 미물맨치로 즘생맨치로 알탕갈탕 연명헌들 장차 무신 영광을 보고 무신 영화를 누릴 것이냐, 이 창사구 빠진 잡색 인간아!"

어미가 인정사정 안 두고 몽둥이찜질 벌이는데도 놈이 끄떡도 하지 않자 처제는 놈과 똑같은 방식으로 자식 팔뚝 입으로 덥석 물고 좌우로 마구 흔들어대기 시작했다. 역시 이빨 공격 물리치는 데 탁효가 있는 수단은 뭐니 뭐니 해도 동일한 방식의 이빨 공격인 듯했다. 무는 힘이 갑자기 느슨해지는 듯한 느낌이었다. 그 기회 틈타 야마니시 영감은 놈의 잇바디에 끼여 한바탕 졸경 치르던 자기 팔뚝 확 잡아채었다. 그러고는 자신의 운명 온전히 두 다리에 맡긴 채 죽을힘 다해 줄행랑치기 시작했다.

"죄 많은 에미랑 새깽이가 한 많은 이 세상 알탕갈탕 더 살아간들 무신 의미가 있을 것이냐! 요참에 너랑 나랑 한목에 같이 칵 죽어뿔고 말자, 이 웬수 같은 놈아!"

핏빛 넋두리가 꽁무니에 바투 따라붙고 있었다. 제 어미 넋두리에 대한 화답인 양 음충맞기 그지없는 웃음 가닥이 으흐흐흐 소리치며 달음질쳐오더니만, 앞서 달리던 도망자 야마니시 발걸음을 어느새 저만치 앞질러버렸다.

죽을 둥 살 둥 기를 쓰고 먼 거리를 정신없이 달려왔다. 숨이 턱에 닿고 염통이 자꾸만 가슴 밖으로 튀어나오려 했다. 야마니시 영감은 길가 소나무 둥치에 몸을 부린 채 가쁜 숨을 다스렸다. 그러자 도망치는 일에 고부라지느라 한동안 잊고 있었던 동통이 기다렸다는 듯 또다시 기승부리기 시작했다. 벌겋게 불에 단 부젓가락으로 지져대듯 욱신욱신 쑤시는 상처로 말미암아 금방이라도 까무러칠 것만 같았다. 천석꾼 지체 걸맞게 한껏 모양낸답시고 차려입은 연둣빛 공단 저고리 소매 겉으로 핏물이 뻘겋게 번져 있었다. 바깥쪽이 그럴진대 안쪽 사정이 어떨지는 불문가지였다. 너무도 겁에 질려 차마 소매 안쪽 사정 눈으로 확인할 엄두조차 못 낼 지경이었다. 상처가 심각한 건 확실하지만, 그렇다고 살점이 뚝 떨어져나갈 정도는 아닌 듯했다. 흉악망측한 소문 속

주인공인 주재소 순사가 당한 것에 비하면, 물어뜯긴 살점 자잘하게 씹혀 식인귀 뱃구레 안으로 직행하지 않은 것만도 천만다행으로 여겨야 할 판이었다.

"허어, 나가 시방 으쩌다가 요런 흉살을 덜컥 만나게 되얐을꼬! 능지처참을 헐 그 화적놈한티 나가 또 새칠로 횡액을 당허고 말다니!"

야마니시 영감은 밤새 불어난 여울물 건너는 장마 도깨비 흉내로 연신 구시렁거리는 한편 지혈하기 위해 바짓가랑이 대님 풀어 물린 자리 단단히 묶는 응급처치를 취했다. 그러나 팔뚝 상처는 겉으로 그럭저럭 수습된 듯싶다 해도 대님 하나로 여전히 쑤시고 아린 동통이나 마음속 치명상까지 묶어지지는 않았다.

"아고매, 나 죽네! 나 죽겠네! 나 팔뚝이 나 저승으로 델꼬 갈라 그러네!"

눈빛이나 눈동자 굴리는 품이 정상으로 보였다. 말하는 거조나 생각 돌아가는 면에서도 전연 수상쩍은 낌새를 챌 수가 없었다. 어느 대목에서도 미친증 의심할 만한 조짐 찾아내지 못한 그 점이 바로 화근이라면 화근이었다. 처자식들이 작성해 바친 답안지에 후한 점수 매긴 것이 불찰 중에서도 상 불찰이었다. 특히 딸년과 마누라 쪽 답안 너무 믿고 방심했던 결과가 그 망종 인간 술수에 볼썽사납게 나가떨어지는 치욕으로 이어진 셈이었다.

"멩색이 천석꾼 대지주 체통인디, 젖비린내 폴폴 나는 그 에린

것한티 번번이 업어치기를 당허다니! 망신살이 뻗쳐도 대컨 무지 갯살맨치로 온 산서 땅에 오색찬란허게 뻗치게 생겼네그라!"

　구시렁거림과 통증 틈새로 왠지 모르게 허전한 기분이 비집고 들었다. 당연히 지니고 있어야 할 흑단 지팡이가 안 보인다는 사실을 야마니시 영감은 그제야 비로소 알싸하게 깨달았다. 평상시 천석꾼 위엄 대변하던 애장품이었다. 그 귀물을 총망지간에 그만 처제네 마당에 떨어뜨린 기억이 되살아나는 사품에 새로운 통증 하나가 얼른 추가되었다. 지금쯤 그 지팡이 전리품삼아 챙기고 희희낙락할 배낙철 그놈 상판대기 떠올리자니 자기 신세가 더한 층 처량하게 느껴지는 것이었다.

　"폭삭 망조가 들어뿌렀다는 증거여! 요런 재변들이 다 세상 문 닫기는 날 가차워졌다는 증거가 아니고 뭣이겄는가! 요놈에 빌어 처먹을 세상이 장차 망허드래도 으떤 모냥으로 을매나 요란 뻑적 지근허게 망헐라는지! 그나저나 걱정시럽고만! 참말로 꺼억정이 라니깨!"

　중상 입은 팔뚝 내버려둔 채 언제까지고 낯모를 소나무 둥치 끌어안고 푸넘만 늘어놓을 수는 없는 노릇이었다. 된비알 타는 신음소리 요란하게 토하고 나서 야마니시 영감은 다시 발걸음을 떼기 시작했다. 천석꾼 대저택 자리한 감나뭇골까지 아직도 남은 거리가 자그마치 한양 천 리만큼이나 까마아득하고도 아슴푸레 하게 느껴지는 순간이었다.

제16장

가는 세월 오는 인연

1

"뭣 땜시 지가 꼭 그래야만 되지요?"

"시간이 없다."

"무신 시간을 말씸허시는 겁니까?"

"목사님 시간이 얼매 안 남은 것 같으다."

"그게 저랑 무신 상관입니까?"

"목사님 시간이 끝난다는 건 니 인생에서 제일로 중요헌 기회가 없어진다는 뜻이다."

"참말로 걱정도 팔자십니다. 그 냥반 시간이사 으떻든지 간에 최부용이 시간은 앞으로도 창창헐 겁니다."

누님을 도발할 셈으로 부용은 계속 어깃장만 놓았다. 누님이 그예 참을성 접으며 분통 터뜨리기를 내심 고대하고 있었다. 우격다짐으로 코뚜레 해서 누군가를 원치 않는 방향으로 "이러! 이

러처처!" 하고 몰고 가려는 시도야말로 고집 센 찌럭소에게 날카로운 뿔 아무한테나 휘둘러 함부로 뜸베질할 명분을 제공하는 짓거리나 매일반이었다.

"너한티는 요번이 마즈막 기회니라. 요번 기회 놓쳐뿔고 나면 아매 일평생 천추유한이 될 것이다."

누님은 여전히 단조로운 목소리로, 그러면서도 매우 검질긴 가락으로 계속 설득을 시도했다.

"내 모가치로 오는 천추유한은 내가 어련허니 잘 알어서 따둑따둑 잠재울 테니께 염려 마십쇼. 더 허고 잪은 말씸 없으시면 요만 밭에 나가볼랍니다."

더부살이에 무위도식하는 딱한 신세 면하기 위해 이골 난 농사꾼 사찰집사 몽학훈도 삼아 한창 농사일 배우는 중이었다. 사찰집사네 야산자락 빌려 자드락밭 한 뙈기 일구는 일로 여름 가을 두 계절 내내 땀독에 빠져 지내다시피 생고생 자초하고 있었다.

"부용아, 이것은 느네 누님 말이 아니다. 우리 성신님께서 너한티 명령허시는 것이다. 만약에 니가 끝까장 명령에 불복헌다면 우리 성신님께서 많이 노염을 타실 것이다."

말하자면 천석꾼 대지주 맏아들에 고등과까지 나온 유식쟁이 젊은이가 엉뚱깽뚱하게도 영세한 자작농한테 빌붙어 소작인 노릇 자청한 꼴이었다. 그처럼 힘들게 일군 밭뙈기에 가을보리를 파종했다. 내년에는 경작 면적 더욱 넓혀 육도(陸稻)를 심을 심산이었다. 부용은 천석꾼 아버지한테 손 벌리는 수고 없이 순전히 자급자족 방식으로 따로난 살림 버젓이 꾸려가겠다는, 실로 당찬 꿈에 부풀어 있었다.

"누님네 성신님이 지 성신님은 아니지요. 그 성신님이 뉘신지, 이 몸은 당최 일면식도 없습니다."

한없이 되풀이될 듯싶던 남매간 말시비에 갑자기 종지부 찍고 나서는 사람이 있었다.

"저는 벌써 준비 다 끝냈어요."

방문이 벌컥 열림과 동시에 연실이 한창 승강이질중인 오누이 쪽으로 얼굴을 불쑥 디밀었다. 화사한 꽃무늬 원피스 차림이 얼른 눈에 들어왔다. 예복삼아 때깔 고운 입성으로 고르라던 누님 분부에 합당할 법한 복색이었다.

"당신도 어서 외출복으로 갈아입으셔야죠."

하지만, 눈에 띌 정도로 확연히 부풀어오른 복부 감추기에는 처녀 적에 즐겨 입었던 그 원피스가 아무래도 역부족인 느낌이었다. 그리고 어렵사리 임신오조(妊娠惡阻) 험난한 고비 벗어난 잉부한테는 그다지 보탬이 안 되는 듯한 차림새이기도 했다.

"내가 꼭 같이 가야만 쓰겠소?"

연실은 다따가 새퉁빠진 질문 던지는 남편을 빤히 쳐다보았다.

"당연하지요! 그리고 내가 아니라 우리지요! 혼례식은 혼자가 아니라 반다시 둘이 같이 가야만 성사되는 자리지요!"

"기필코 그런 자리에 참석을 허고 잪소?"

그러자 연실이 자신의 도드라져 나온 아랫배를 손으로 가리켰다.

"다른 일도 아니고 우리 아기 출생 내력에 정당한 근거를 덧입혀주는 일이잖아요. 우리 아기를 위해서라면 저는 무슨 일이든 행할 용의가 있어요."

출생 내력의 정당한 근거라니, 하고 부용은 속으로 꿍얼거렸다. 요즘 들어 남편 공박하고 자기 입지 다지는 양수겸장 무기로 연실은 걸핏하면 태중의 생명체를 들먹여버릇했다.

"알았소, 알었어. 얼른 옷 갈어입고 나올 테니께 잠깐만 지달리시요."

한바탕 우여곡절 거친 끝에 그들은 목사관으로 자리를 옮기기에 이르렀다.

"안 오시는 줄 알고 많이들 걱정하던 참이었답니다."

목사관 대청마루를 예식장으로 정한 듯했다. 많이 지각해서 대청으로 들어서는 일행을 사모가 웃음기 머금은 낯꽃으로 맞이했다. 긴 시간 진드근히 기다린 보람이 있다는 듯 사찰집사 내외 역시 반색을 드러냈다. 문목사는 벽에 붙여 허리 높이쯤 쌓아올린 이부자리에 등을 기댄 채 고요한 앉음새로 아랫목을 지키고 있었다. 손님들 불러놓고 느닷없이 모잡이로 쓰러지거나 앞으로 고꾸라지는 불상사에 대비해 그렇듯 파격적 앉음새를 취하고 있는 듯했다. 만일의 사태 염려하지 않으면 안 되리만큼 문목사 기력이 몹시 쇠잔해졌다는 증거였다. 눈꺼풀 밀어올릴 기력조차 없다는 듯 질끈 지르감은 눈매로 손님들 맞이하고 있었다. 하기야 이미 실명 상태인지라 눈 뜨나 감으나 별반 차이는 없을 터였다. 섬뜩해 보일 지경으로 철골 되고 껑더리된 신수인데도 그처럼 벽을 등지고 앉은 채 버티는 게 기이하게 느껴졌다.

"목사님 기력을 아껴드리고 시간도 절약하는 의미에서 제가 목사님 의중을 대변할까 합니다. 너그러이 이해하시기 바랍니다."

갑작스러운 모임에 대해 사모가 짧게 설명했다. 문목사 살아생전 마지막 목회 사역으로 두 남녀 혼례 주재를 소망해왔다는 것이었다. 여러 형편과 여건상 예식을 약식으로 간소하게 치를 수밖에 없는 상황에 대해 참석자들에게 양해를 구하기도 했다.

"최부용 선생과 이연실 성도에게 묻겠습니다."

사모는 곧바로 예식 순서를 밟아나가기 시작했다.

"두 분은 목사님 주례로 혼인예식을 올리는 것에 동의하십니까? 동의하시면 '예'라 답하시고, 동의하지 않으시면 '아니오'라 답하시기 바랍니다."

연실이 사뭇 떨리는 목소리로 예, 하고 대답했다. 부용은 끝내 올 것이 오고야 말았다고 생각했다. 누님 입에서 예복 운운하는 얘기 나오던 그때, 부용은 잠시 후면 벌어질 사변을 십분 예감하긴 했었다. 연실이 고개 확 틀어 아직도 대답을 미루적거리는 부용을 빤히 올려다보았다. 약간 거리 두고 옆에 앉은 누님도 꾸지람 실린 눈초리로 그 상황을 짯짯이 주시하는 중이었다. 동석자들 시선이 송곳 다발처럼 일제히 얼굴에 꽂히는 순간을 부용은 따갑게 의식해야만 했다. 문목사가 이부자리에 기대고 있던 윗몸 곧추세워 자신의 앉음새를 가파르게 단속하는 중이었다.

"만일 어느 일방이 동의하지 않는다면 이 혼인은 성립될 수가 없습니다. 혼인이 성립되기 위하야는 반다시 양방 동의가 필요합니다."

혼례에 전혀 어울리지 않게끔 식장 분위기는 몹시도 어둡고 무지근했다. 기독교 신자는 물론 아니고, 그렇다고 왈칵 불신자도 못 되는, 한낱 어정잡이 곤고한 영혼 하나를 기독교인 여러 명이 사방으로 욱여싼 채 어떤 불가항력의 자기장 안으로 강팔지게 끌어들이는 듯한 기세였다. 마치 심호흡 끝에 콧방울 손으로 감아 쥐고 깊이 모를 강물 속으로 풍덩 뛰어들어 자맥질하기 직전인 듯 부용은 눈앞이 갑자기 캄캄해지는 순간을 경험했다.

"예."

에라 모르겠다, 하는 심정으로 부용은 외통수 다름없는 그 불가항력 자기장 속으로 뛰어들고 말았다. 그러자 사찰집사 부인 입에서 부지불식간에 후유 하는 대짜배기 한숨이 비어져나왔다. 연실과 누님 얼굴에 짙게 묻어 있던 긴장감도 어느 겨를에 안도감으로 바뀌어 있었다. 만면에 웃음기 띄우면서 사모가 다시 입을 열었다.

"그러면 이제로부터 신랑 최부용군과 신부 이연실양의 혼인예식을 시작하겠습니다. 신랑 신부는 목사님 앞으로 가까이 다가앉아서 지존하시고 지귀하신 창조주 하나님 전에 겸손히 무릎을 꿇으십시오."

그다음부터 예식 절차는 일사천리로 진행되었다.

"하나님 아바지께서 이 예식을 통하야 신랑 신부에게 선포하시는 말씀을 봉독해올리겠습니다. 베드로전 사장 칠절로 십일절 말씀입니다."

'만물의 마지막이 가까왔으니 그런고로 마땅히 정신을 차리고 존절히 함으로 기도하라. 제일 긴한 것은 열심으로 서로 사랑할 것이니 사랑은 허다한 죄를 가리우나니라. 서로 대접하기를 원망 없이 하고 각각 은혜받은 대로 서로 섬기기를 하나님의 각양 은혜를 맡은 선한 자같이 하라……'

"신랑 신부는…… 얼골을 서로 마주보고…… 두 손을 맞잡으시오."

말씀 봉독이 끝나는 대목에 맞추어 문목사가 처음으로 입을 열었다. 내내 감겨 있던 눈꺼풀도 그제야 비로소 열렸다. 초점 애매한 시선이 신랑 신부 얼굴 언저리 잠시 떠돌던 끝에 어찌어찌 중간 지점에 불안정하게나마 자리잡는 데 성공했다.

"혼인서약 순서입니다. 두 사람은 마음으로 준비하시고……

진솔한 자세로······ 서약 행위에 임하시기 바랍니다."

　착 까라진 목소리였다. 신음처럼 들리는 소리가 고통스럽게 갈라져나오고 있었다. 그마저도 가쁜 숨 다스리느라 길게 이어나가지 못한 채 중간중간에 자주 끊기곤 했다. 몹시 힘에 부치는 표정으로 문목사가 질문을 건넸다. 언제든 어디서든, 어떤 처지와 형편에 처하든 주님 사랑 안에서 항상 아내를 사랑하고 아끼고 도우면서 성심을 다해 남편으로서 의무에 충실할 것을 서약하겠느냐, 하는 뜻의 질문이었다. 애당초 그럴 작정으로 덜컥 살림부터 차렸던지라 부용은 그 질문에 대답을 망설일 이유가 전혀 없었다. 곧이어 같은 내용의 질문이 신부한테도 건너갔다. 연실 또한 명료하고도 단호한 목소리로 제격 서약에 임했다.

　무엇인가에 쫓기듯 예식 절차는 매우 속성으로 진행되었다. 문목사가 성혼을 선언했다. 최초 남자 아담과 최초 여자 하와를 창조하신 하나님 아버지의 섭리에 따라 교회법 안에서 정당하게 이루어진 혼례임을, 최부용과 이연실은 이제 법적으로나 관습적으로나 도덕적으로 명실상부한 가시버시가 되었음을 선포했다. 먼 훗날 죽음이 둘 사이를 갈라놓을 때까지, 하나님께서 친히 짝지어주신 이 부부를 폄훼하고 이간하여 파탄으로 이끌 사악한 세력은 이 세상 어디에도 없다고 단언했다. 참 고맙고도 좋으신 말씀이라고 부용은 속으로 치하했다. 하지만, 애당초 두 사람을 배필로 정해주신 분에 관해서는 문목사와 견해가 좀 다를 수도 있다고 생각했다. 부용이 알고 있는 자기네 중신아비는 하나님이 아니었다. 빙상 세계와 빙하 세계만큼이나 판이한 환경 속에 서로 동떨어져 자란 이연실과 최부용 사이를 인연의 다리로 이어준 월하빙인(月下氷人) 노릇은 학창시절 단골 서점 서가에 꽂힌 그 소설책 속 털북숭이 영감 똘스또이의 몫일시 분명했다.

부용이 잠시 딴생각에 잠겨 해찰하는 사이 예식은 어느새 주례의 변으로 넘어가 있었다. 문목사가 바울 사도를 거론하는 중이었다.

원원이 바울의 겉사람은 로마 시민권자요 바리새인으로서 당대 세도가이자 뭇사람 선망의 대상이었다. 그렇던 바울이 다메섹 도상에서 부활의 주님 만나 회심한 후 속사람으로 거듭났다. 그때까지 겉사람 위한 장식물이던 명예와 특권 따위를 해악이나 똥으로 여겨 미련 없이 버리는 대신 예수 그리스도를 구주로 영접했다. 하나님만 섬기는 종의 신분으로 속사람을 개비한 바울은 온갖 간난신고 무릅쓰며 복음 전하는 사역에 목숨을 내걸었다. 지난날 로마 시민권 자랑하던 바울 입에서, 우리 시민권은 오직 하늘나라에 있다는 고백이 나올 정도였다. 그렇다. 비록 우리네 겉사람 손발에는 시방 대일본제국 신민이라는 수갑과 차꼬가 채워져 있을지라도 예수 그리스도로 말미암아 속사람의 옷을 갈아입은 우리는 바울 사도와 같은 하늘나라 시민권자라는 사실을 절대 잊지 말아야 한다. 수한(壽限)이 차 하나님께서 부르시는 그날까지, 우리는 이 지상의 고향 아닌 저 천상의 본향만을 바라보는 큰 소망 품고 일구월심 우리 영혼의 조국 하늘나라만을 사모하면서 지상에서 당하는 모든 환난과 핍박을 길이 견디고 끝내 이겨내야만 한다.

대충 그런 내용이었다. 듣고 있노라니 뭔가 좀 이상했다. 여느 신식 혼례에서 행해지는 주례사와는 한 마장 길이나 동떨어진, 매우 파격적 내용이었다. 검은 머리 파뿌리 되도록 해로하면서 행복하게 잘들 살라는 식의 덕담 수준이 아니었다. 문목사는 젊은 신혼부부 상대로 인생의 새 출발 아닌 인생의 궁극, 즉 죽음의 결말을 강조하고 싶은 눈치였다. 그리고 보니 사모가 봉독했던 성경 구절에도 뭔가 예사롭지 않은 속내평이 숨어 있는 듯했다. 만물의 마지막이 가까웠다는 것과 시민권이 하늘나라에 있다는 건 결국 죽음을 염두에 둔, 같은 뜻의 다른 표현이 틀림없었다.

잠시 뜸을 들이던 문목사가 바싹 메마른 입술에 침을 축였다. 오랜 기간 햇볕과 사귀지 못한 채 음지식물처럼 지내온데다 짙은 병색마저 더께를 이루고 있어 낯빛은 섬뜩하리만큼 파리했다. 북어처럼 깡마른 몸속 어느 구석에 아직도 쥐어짤 만한 물기가 남았던지, 문목사는 식은땀을 되우 흘리고 있었다. 하루나 이틀 전 죽은 사람 같은 그 얼굴 바라보고 있노라니 유언이란 말이 퍼뜩 뇌리를 스쳤다. 아, 이 양반이 시방 사람들 앞에서 유언하는 중이구나! 맞다, 떡 삶은 물에 중의 데치듯 남의 혼례 주례하는 김에 자기 주검 자기 손으로 장사지내는 의식을 덤으로 치르고 있음이 분명하구나!

그 놀라운 깨달음의 순간, 뭉둥이 닮은 감동이 느닷없이 부용의 가슴을 강타했다. 생애 마지막 목회 사역으로 혼례식 주례 맡겠다던 목사가 마지막 남은 기력 발끈 쥐어짜 유언에다 온통 쏟고 있었다. 한 줌밖에 안 남은 목숨의 잔량을 온새미로 하늘나라에 올려바침으로써 하나님의 환심을 사고자 겁나게 무리를 범하고 있었다. 그가 목숨과 맞바꿔 취하고자 하는 건 이후에 시민권자 자격으로 하늘나라에서 누릴 영생복락일 것이었다. 애오라지 사모하는 그 하늘 본향 가는 길목 막아서는 험산 준령들 허위넘는 데 거치적거리는 세상 것들 모조리 물리치기 위해 어쩌면 일부러 그처럼 맹목이 되기를 자초했는지도 모를 일이었다. 앞서가는 경주자로서 그는, 풍진세상에서 애오라지 하늘나라에만 소망 두고 살아가는 것이야말로 가장 복된 삶이라고 뒤처져 따라오는 신혼부부 향해 간곡히 권면하는 듯했다. 여느 혼례식에서 들을 수 없는, 특별한 주례사라는 점에서 그것은 부용에게 매우 특별한 경험이었다. 그 주례사 통해 받은 감동 또한 매우 특별한 것이었다.

"목사님 축도로 혼인예식을 마치겠습니다."

사회자 역할 내려놓고 주례자 말에 조용히 귀기울이고 있던 사모가 서둘러 입을 열었다.

"주 예수 그리스도의 은혜와 하나님의 사랑과 성신의 감화하심이 이제 부부로 인침을 받은 최부용 성도와 이연실 성도에게……"

바로 그 대목까지였다. 끝말 미처 마무르지 못한 상태에서 축도가 잠시 중단되는가 싶더니만, 문목사 상체가 갑자기 방바닥으로 픽석 엎드러졌다. 사찰집사 부인과 연실 두 여인 입에서 두 가닥 비명이 새되게 뻗쳐나왔다. 사모와 누님이 한꺼번에 달려들어 축 늘어진 문목사를 좌우에서 잽싸게 부액했다.

"미안해요. 자리 비켜주시면 나중에 다시 연락하겠어요."

일이 결국 이런 모양으로 끝날 것을 처음부터 예견하고 있었다는 듯 사모는 놀라우리만큼 심상하고 침착한 낯꽃으로 말했다.

"연실이 데리고 나가 있거라!"

아무 눈치코치 모르는 철부지들 꾸짖는 기세로 누님이 엄하게 지시했다. 그 소리에 등 떼밀려 허둥지둥 대청을 나서는 신혼부부 뒤따라 사찰집사 부부도 얼떨결에 목사관을 벗어났다. 거처방으로 향하는 동안 연실은 끊임없이 콧물 훌쩍이고 눈물 질금거렸다.

"아이고, 우리 목사님 안씨럽고 불쌍혀서 으짠다냐! 가막소 난장질에 저 지경으로 몸만 축나지 않었드라면 아즉도 팔팔허게 활동허실 연치에 천수도 못다 누리고 요로콤 비명에 가시게 생겼는디, 아이고, 이 억울허고 폭폭헌 노릇을 대처나 얻다 대고 누구한티 하소연을 헌다냐!"

316

살림집 모퉁이 돌아가기 무섭게 사찰 부인이 손바닥으로 흙벽 탁탁 쳐대면서 눌러 참았던 울음 그예 터뜨리고 말았다.

"우리 목사님 천당 가실 채비를 다 끝내신 마당인디, 고것이 시방 무신 객광시런 넋두리여?"

사찰집사가 얀정머리없이 핀둥이를 먹여대기 시작했다.

"몽매간에 사모허시든 하늘나라 잔치에 초대받으신 우리 목사님이란 말이여! 요단강 근너가신 연후에 우리 주님 영광보좌 우편에서 영생복락을 누리실 냥반인디, 백배 치하 말씸은 못 올릴망정 목사님 가시는 질목에다 고따우로 꼭 허방다리를 놔야만 쓰겄는가? 불신자맨치로 울고불고 쥐어짜고, 당골에미맨치로 넋두리 사설 질펀허니 깔아야만 쓰겄는가?"

사찰집사 대갈호령은 부인 집사 넋두리는 물론 연실의 눈물 줄기까지 한목에 무질러 동강을 내버렸다. 늙고 젊은 두 부부는 서로 어색한 눈짓 짤막하게 주고받은 다음 말없이 각각의 거처방으로 들어갔다.

"허다가 갑째기 중동무이헌 그 축도에서 원래 맨 끝자락에 들어가야 헐 말이 뭣인지 혹 알고 있소?"

방안에 든 다음 한동안 망연한 눈길로 천장과 방바닥만 올려다보고 내려다보던 부용이 불쑥 입을 열었다.

"있을지어다…… 아멘……"

벽을 등진 채 잔뜩 쏘아보는 눈씨를 끌처럼 휘둘러 내내 방바닥에 깊디깊은 확을 파고 앉아 있던 연실이 짧은 중얼거림 끝에 비로소 고개를 들었다.

"주 예수 그리스도의 은혜와 하나님의 사랑과 성신의 감화하심이 이제 부부로 인침을 받은 최부용 성도와 이연실 성도에게 있을지어다. 아멘."

연실의 조력으로 뒤늦게 완성된 축도 전문을 한 차례 나지막이 읊조리고 나서 부용은 별안간 정색하며 말했다.

"당신한티 한 가지 고백헐 게 있소."

그러자 연실의 눈이 단박에 간장종지만큼 커다래졌다.

"금일부로 나는 기독교 신자요. 그리고 문목사님을 참 목회자로 인정허고 존경허기로 결심을 혔소."

생애 마지막 목회 사역을 신혼부부 영혼 구원으로 정하고 자신의 잔명(殘命)을 그 일에 몽땅 털어 바친 문목사에 대한 고마움을 무슨 말로든 표현하고 싶었다. 그런데도 연실은 말귀 전혀 못 알아듣는 등신처럼 대고 눈만 껌뻑거렸다.

"인제부텀 나도 기독교인이란 말이요! 세상사람들이 흔히 멸칭으로 불러버릇허는 그 야소꾼, 바로 그 야소쟁이가 되기로 작심을 혀뿌렀단 말이요!"

"할렐루야!"

그제야 연실의 입에서 새된 환성이 튀어나왔다.

"축하해요, 여보! 고마워요, 여보! 더 늦기 전에 당신 영혼을 구원하시려고 사랑 무한하시고 은혜 풍성하신 우리 하나님 아바지께서 빈사지경을 헤매시는 문목사님을 유용한 도구로 들어 쓰신 게 틀림없어요!"

연실이 너무 지나치게 앞질러간다는 생각이 들었다. 쑥스럽고 낯간지러운 나머지 부용은 요란 뻑적지근한 감정을 여과 없이 드러내는 연실을 상대로 맞장구칠 엄두가 나지 않았다. 신심 깊은 기독교인 특유의 부담스러운 수사에도 여전히 적응을 못했을뿐더러 충동적인 신앙 고백이 낳은 후유증으로부터도 미처 벗어나지 못한 상태인 까닭이었다.

약간 불완전하게나마 방금 정식 부부로 성혼이 선포된 두 사람은 한동안 침묵 속에 상대방 얼굴을 물끄럼말끄럼 바라다보고만 있었다. 이제 막 하나님의 인침 받아 명실상부한 부부의 관계로 바뀌었다 해서 나무 주걱이 놋 주걱으로 둔갑하듯 당장 뭐가 눈에 띄게 달라지는 건 아니었다. 그저 어제나 다름없는 오늘일 뿐이었다. 어제까지 실질적 부부였던 남녀가 오늘 전격적으로 혼례 형식 밟았다 해서 예정에 없던 감격이나 희열이 밀어닥칠 리 만무했다. 다만 한 가지 신랑 쪽에 달라진 게 있다면, 기독교에 대해 그동안 강퍅하기만 했던 마음 한구석이 문목사의 변칙적 주례사에 영향받아 바늘귀만큼이나마 열리기 시작한 점이었다.

"오늘이 바로 그날이네요. 언젠가는 당신 입에서 그런 고백이 나올 날이 반다시 오리라고 저는 확신하고 있었어요. 고마워요,

여보!"

쏟아질 듯 불룩 나온 아랫배를 뒤뚱뒤뚱 밀면서 연실이 앉은 걸음으로 문치적문치적 다가왔다. 깜짝 놀란 부용이 임신부 수고 덜어주기 위해 엇비슷한 앉은걸음으로 부리나케 마중을 나갔다. 사전에 어떤 신호도 주고받은 적 없지만, 방안 한가운데서 해후 상봉한 부부는 이심전심이 시키는 바에 따라 상대방을 와락 보듬어버렸다. 그야말로 엎드러지면 코방아 찧을, 팔만 길게 뻗어도 너끈히 닿고도 남을, 매우 짧은 거리에 불과했지만, 그 새중간에 쳐놓은 마음의 금줄 넘어 한 덩어리로 합쳐지기까지 실로 기나긴 시간을 허비해나온 셈이었다.

그러구러 하루가 지났다. 다른 하루가 또 지났다. 그런데도 누님은 감나뭇골 집으로 돌아가지 않고 내처 목사관에 머물렀다. 그뿐만이 아니었다. 목사관 밖으로 단 한 차례도 모습을 내비치지 않았다. 그만큼 환자 병세가 몹시 위중하다는 방증이었다. 나중에 다시 연락하겠다던 사모의 언질은 아직도 지켜지지 않았다. 목사관 안에서 시방 어떤 상황이 벌어지고 있는지, 무슨 일이 어떤 모양으로 진행중인지, 목사관 안에서 객식구인 누님이 맡은 역할은 무엇인지, 모든 게 당최 종잡을 수가 없었다. 먼발치로 목사관 쪽 건너다보면서 젊은 부부는 제멋대로 상상력만 부려먹을 따름이었다.

일단 불붙은 상상력에 기름 끼얹은 사람은 고지식하기 짝이 없는 사찰집사였다. 아마도 사모로부터 함구령이 떨어진 모양이었다. 혼자서 무시로 목사관 출입하면서도 마치 입에 재갈 물린 짐승처럼 문목사 용태에 대해 일언반사 귀뜀조차 하지 않았다. 어쩌다 얼굴 마주치는 기회 틈타 슬쩍 의중을 떠볼라치면 그는 어김없이 철벽 방어 자세에 들곤 했다. 오만상 찌푸리며 금세 대들 것처럼 사나운 눈초리 날림으로써 궁금증에 겨워 있는 상대방을 적잖이 무렴하고 면구스럽게 만들어버리는 식이었다.

혼례 치른 지 사흘째 되는 날이었다. 아침나절부터 예배당 주변 분위기가 심상찮게 돌아가고 있었다. 목사관 다녀온 사찰집사가 급히 외출을 서두르기 시작했다. 아마도 면소재지 한약방 아니면 읍내 의원 찾아 급히 왕진을 청하려는 참인 듯했다.

"아이고, 대처나 이 노릇을 으쩌혀야 옳다냐! 아이고, 아이고……"

비탄에 빠진 사찰집사 부인 호곡성이 고스란히 벽체를 투과해 옆방까지 또렷이 전해져왔다.

"멩색이 집사라는 예펜네가 불신자맨치로 꼭 그러콤 울고불고 난리판을 꾸며야만 쓰겄는가!"

몰풍정하기 그지없는 당조짐 한소리에 바야흐로 방만하게 자리잡으려는 참이던 호곡성이 댓바람에 쑥 기어들었다. 사찰집사는 그 길로 곧장 외출 행보에 나섰다.

"대관절 무슨 용무로 저렇게 출타를 서두르시는 걸까요?"

방문 틈으로 바깥 동정 살피던 연실이 넌지시 물었다.

"낸들 그 속내를 으찌 알겠소. 방법은 딱 한 가지뿐이요. 당장 부인 집사님 찾아가서 당신이 직접 염탐을 허는 그 방법 말이요."

세상에 그런 묘책 있는 줄 처음 알았다는 듯 연실이 얼른 몸을 일으켰다. 잠시 후 옆방에서 주객 간에 말소리 두런두런 오가는가 싶더니만, 느닷없이 또 호곡성이 천장 뚫고 보꾹으로 치솟기 시작했다. 종주먹과 당조짐 번차례로 들이댈 영감 부재중임을 기화로 부인 집사는 처음부터 작심하고 울음 밑자락 넓게 펼쳐놓는 듯했다. 이윽고 외갈래 울음소리는 쌍갈래로 바뀌었다. 마치 둘이서 불신자 자처하기로 의기투합한 여인들 같았다. 주객 간에 서로 앞에서 끌고 뒤에서 밀면서 허위허위 오르막 타는 울음소리가 옆방에서 한동안 자지러졌다.

"불신자맨치로 당신까장 울고불고 덩더꿍이장단 놓을 필요는 없잖소?"

부용은 부인 집사 만나고 돌아온 연실을 놀림조로 대했다. 신앙 연조 짧은 연실로서는 하나님의 신실한 종이 허물 벗듯 육신 장막 벗어던지고 하늘나라 영광보좌 우편으로 영혼의 거처를 옮기려는 중대사 앞에서 아무래도 평정심 유지하기가 쉽지 않은 모양이었다.

"암만해도 우리 목사님 떠나실 때가 임박한 것 같아요."

그 짧은 동안에 얼마나 섧디섧게 울었던지, 연실은 눈자위에 핏발 서고 눈두덩이 도도록하게 부어올라 있었다.

"오늘밤을 넘기시기가 어려울 성싶다고 그러네요."

"나도 대충 짐작은 허고 있었소."

"심집사님은 성도님들 가가호호를 심방하러 가셨대요."

"의원을 뫼시러 간 게 아니고?"

"모든 성도는 제백사하고 목사관으로 집결하라는 사발통문을 돌린대요."

연실이 착 까라진 목소리로 부연했다. 부용은 그만 입을 꾹 다물고 말았다. 죽음을 목전에 둔 생령을 앞에 두고 의원 아닌 신자들 불러모으는 교인들 심리에 대해 왈시왈비하고 싶지는 않았다. 그런 사고방식 자체가 몹시 생경하게 느껴지는 걸 보면 자신은 여전히 불신자 티를 제대로 벗지 못한 상태인 게 분명했다.

오래지 않아 남녀 신자들이 하나씩 둘씩 예배당 근처에 모습을 드러내기 시작했다. 집안일이나 들일에 매달리다 말고 허둥지둥 달려오는 길인 듯 하나같이 허름하고 추레한 차림차림이었다. 그들은 예배당 뒤꼍에 모여 두런두런 말소리 주고받으며 한 걸음 뒤늦게 달려오는 동료들 기다렸다가 함께 목사관으로 향했다. 시간이 지날수록 신자들 숫자는 눈에 띄게 불어났다. 그런데도 누님한테서는 여태 아무런 기별도 건너오지 않았다. 연실은 초조한 기색을 감추지 못했다. 먼 동네 신자들마저 거의 다 모일 때까지 왜 지척지지에서 이제나저제나 하고 장시간 대기중인 자기 올케

나 친동기는 종시일관 허깨비 대하듯 무시하는지 부용은 누님의 의도를 당최 측량할 재간이 없었다.

내 주를 가까이 하게 함은
십자가 짐 같은 고생이나
내 일생 소원은 늘 찬송하면서
주께 더 나가기 원합네다

심방 마치고 돌아온 사찰집사를 안으로 삼키는 대신 목사관은 찬송 소리를 밖으로 토해내기 시작했다. 울려퍼지는 찬송 소리가 줄곧 목사관 안에 틀어박혀 있던 최순금 성도 몸뚱이를 갑자기 문밖으로 토해냈다. 부용과 함께 거처방 툇마루 앞을 일없이 서성이던 연실이 시누이 발견하기 무섭게 깜짝 반색했다.

"뛰지 마! 뛰지 말어, 올케!"

누님이 홰홰 손사랫짓하면서 발걸음 한껏 재우쳐 올케 쪽으로 가까이 다가왔다.

내 고생하난 것 넷 야곱이
돌벼개 베고 잠 같삽네다……

"그러콤 뛰다가는 큰일나. 태중에 애기가 널뛰기를 허잖어."

불과 며칠 사이에 누님은 전연 딴사람으로 돌변한 양 낯빛이 해쓱하게 바래고 몰골이 몹시 수척해져 있었다.

　"그새 별일은 없었고?"

　손목 덥석 부여잡으면서 누님은 영락없이 먼길 다녀온 사람 말본새로 연실에게 새통빠진 안부를 물었다.

　천당에 가난 길 험하여도
　생명길 되나니 은혜로다

　"별일이 있다마다요. 동기간 우애는 고사허고 누님한티 사람 대접도 못 받아서 그러잖어도 시방 앙앙불락허든 참입니다."

　연실 대신 부용이 볼멘소리로 받았다.

　천사 날 부르니 늘 찬송하면서
　주께 더 나가기 원합네다

　"미안허고나. 밤낮으로 하도 경황없이 지내다보니께 신혼부부한티 연락허마든 약속도 깜빡 잊어먹고 말었고나."

　찬송 소리가 한창 고비로 치닫는 목사관 쪽 힐끔거리며 누님은 거듭 미안쩍어했지만, 그냥 에멜무지로 던지는 치렛거리 말처럼 진정성이 별로 느껴지지 않았다.

"실은 홀몸도 아닌 올케가 참례혀도 괭기찮은 자린지 얼른 분별이 서들 않아서 망설망설 시간을 끌다보니께⋯⋯"

곧 죽어갈 생명과 장차 태어날 생명을 한자리에 합석시킨다는 게 여간 마음이 켕기지 않더라는 이야기였다. 하기야 연실 같은 초보 신자가 육신 소멸과 영혼 부활이 동시에 이루어진다는 기독교적 사고방식에 적응하기 위해서는 시간이 더 필요할지도 모른다. 천당행 장도에 오르는 문목사 환송하는 자리입네, 하고 흔히들 보드랍게 표현하지만, 한 인간의 임종 장면과 맞닥뜨리면 혹시라도 태아에게 좋지 않은 영향 미칠까봐 초보 신자가 꺼릴 법도 하다. 그런 이유로 태교에 유난히 신경쓰는 올케한테 섣불리 연락할 엄두가 나지 않더라는 이야기였다.

"혼례식을 주재하신 목사님 환송예밴데, 저희도 당연히 참례해야지요!"

결연한 표정으로 연실이 야무지게 말했다.

"참말로 괭기찮겄어?"

연실의 배 쪽을 눈짓으로 슬쩍 가리키며 누님이 넌지시 물었다. 여러 말 필요 없이 목사관 향해 앞장서는 행동으로 연실은 대답을 갈음했다. 그러자 의문부호 달린 누님 시선이 부용을 향해 빠르게 옮아왔다.

"저 말입니까? 명색이 가장이잖습니까. 가장 된 도리로 저한티 딸린 식솔을 옆에서 잘 지켜줘야 되겄지요."

혼례식에서 축도를 매조지지 못한 채 방바닥에 고꾸라진 이후, 문목사는 혼수상태에서 깨어나지 못하고 있었다. 이미 숨이 멎은 듯 빳빳한 자세로 누워 미동조차 하지 않았다. 새하얀 옥양목으로 지은 한복 정갈스레 차려입고 자는 듯 누워 있는 그 모습이 무척이나 인상적이었다. 광대뼈가 유난히 도드라진 얼굴이 한복 빛깔과 극명하게 대비되어 더한층 새까매 보였다. 비록 껑더리되고 철골 이룬 몸이긴 할망정 표정만은 의식불명 속에서도 그지없이 평안하게 느껴졌다. 살아생전 해야 할 일들 모두 마쳤기 때문에 여한이 없노라 주장하는 투로 매우 수상쩍은 안정감이 문목사 얼굴에 붙박이로 머물러 있었다.

날빛보다 더 밝은 천당
믿난 맘 가지고 가겠네
믿난 자 위하야 있을 곳
우리 주 예비해두셨네

통곡하는 사람 아무도 없었다. 아무도 눈물 흘리지 않았다. 불신자같이 울고불고 난리판 친다고 남편한테 호되게 지청구 먹던 사찰 부인도, 그와 함께 덩더꿍이장단 놓던 연실도 예외가 아니었다. 안방에서 대청마루까지 목사관 내부를 배게 메운 남녀 교인들이 큰 목청 한데 뭉뚱그려 찬송하고 또 찬송하고, 통성기도 끝에 또다시 통성기도 시작하기를 족히 한나절은 계속할 작정인 듯했다.

　며칠 후 며칠 후
　요단강 건너가 만나리

　그만하면 하늘에 닿고도 남으리만큼 찬송과 기도를 올려바친 셈이라 생각되었는지, 내내 회중 뒷전에 머물러 있던 누님이 마침내 앞자리로 나섰다. 최순금 선생이 흰 저고리 소맷부리 안에서 뭔가 꺼내자 모든 교인이 일제히 소리를 멈춘 채 지난날 풍금 반주자의 손놀림을 주시했다.

　"회중에 광고드릴 말씸이 있습니다."

　손에 든 종이쪽 펼쳐 들면서 누님은 또박또박 읽어나가기 시작했다. 뜻밖에도 입에 붙고 귀에 익은 고향 사투리가 아니었다. 사투리와 담을 쌓은 문어체, 어쩌면 사모 말투 그대로 빌렸을 듯싶은 경성 말씨였다.

　"우리 목사님께서 기력과 정신력이 온전하신 동안에 유언을 남기셨고, 사모님은 그 내용을 받아서 문서 기록으로 남기셨습니다. 이제부터 제가 사모님 뜻을 받들어서 우리 목사님 유언을 대독하겠습니다."

　수의는 필요 없다. 번거롭게 염습 절차 밟을 필요도 없다. 신랑 되시는 예수 그리스도 만나러 가는 신부 예복으로 흰옷 한 벌이면 족하다. 그 흰옷 입혀 평상시 누워 자던 모습 그대로 땅에 묻어주기 바란다. 장지는 사찰집사님 소유 땅으로 미리 정해두었다. 종시일관 타지 출신 나그네 선대하고 충성 봉사해온 사찰집사님 호의로 자드락밭 한쪽에 묘소 두 기 나란히 들어앉을 자리 마련해놓았다. 그 자리에 암장하듯 봉분 없이 민틋하게 평토장하고 비석 따위 흔적들 일절 남기지 말 것을 당부한다……

장례 절차 인도할 그 어떤 목사도 부르지 말라. 가까운 읍내나 전주 부내 교회에서 시무중인 신학교 동기가 여럿 있지만, 그들은 여호와 하나님과 천황폐하를 동격으로 놓고 한 마음으로 두 신을 섬기는, 배반과 불충과 패역의 길을 달려가는 자들이다. 타지 교회 목사 부조 없이 우리 샛내교회 성도들 자력으로, 오직 찬송과 기도 소리만 가득 울려퍼지는 가운데 문목사 가는 길을 은혜롭게 배웅해주기 바란다……

한 목회자로서, 그리고 한 인간으로서 문목사는 여태까지 실패자의 길을 걸어왔음을 고백한다. 주님께서 돌보라고 맡겨주신 양떼를 제대로 지켜내지 못했을뿐더러 하나님의 종으로서, 그리고 대장 되시는 예수 그리스도의 군사로서 적그리스도 세력에 맞서 싸우는 영적 전투에서도 번번이 패배만 거듭하고 말았다. 그렇지만 일개 목사의 실패가 곧 여호와 하나님의 실패를 의미하는 건 결코 아님을 믿어 의심치 않는다. 그리하여 겉사람 아닌 속사람을 중히 보시는 하나님께서 당최 변심할 줄 모르는 그 우직한 충성심 하나 어여삐 보시고 가상히 여기셔서 지친 날개 퍼덕거리며 떠나왔던 본향 찾아 생명의 시원으로 회귀하려는 문목사 영혼을 넓고도 따뜻한 품으로 보듬어주시는 큰 자비 베푸실 것 또한 믿어 의심치 않는다……

"우리 성도님들께 한 가지 물어보고 잪은 게 있습니다."

다 읽은 종이쪽 푼더분한 흰옷 소매통 안에 도로 넣으면서 누님은 잽싸게 고향 사투리를 되찾았다.

"우리 목사님이 실패자라고 생각들 허십니까?"

"아니요! 아니요!"

"목사님께서 우리네 어린 양들을 저 흉악무도헌 이리떼 아가리에 단 한 마리라도 넹겨준 사실이 있든가요?"

"천만에, 만만에 말씸이요!"

온 회중이 목청껏 소리쳐 물음에 답했다. 두 번에 걸친 문답이 이를테면 빗물 벙벙히 고인 장마철 논둑에 물꼬 트는 첫 삽질 같은 구실을 한 모양이었다. 목사관 내부는 봇물 터지듯 한꺼번에 쏟아지는 대성통곡으로 말미암아 순식간에 초상집 본연의 분위기로 돌변했다. 그토록 주체 못할 비통함 또는 지극한 상실감을 여태껏 어찌 그리 용케도 참고 견디었을까. 신심에 걸맞게끔 내남없이 확신에 찬 목소리로 찬송하고 기도하면서 문목사 천당행을 기정사실로 굳혀가던 그 움직임은 이미 가뭇없이 사라져버렸다. 환송 잔치가 별안간 초상마당 분위기로 바뀌는 사태에 누구보다 놀라고 당황한 사람은 누님과 사모였다. 촘촘히 들어앉은 교인들 틈새기 비집고 돌아다니며 두 여인은 애당초 의도했던 환송 잔치로 분위기를 되돌리기 위해 엔간찮게 안간힘을 쓰고 있었다.

"여보……"

부용은 곁자리 연실에게 넌지시 팔을 뻗었다. 질주하는 울음소리에 어떤 식으로든 딴죽 걸어두는 게 좋을 성싶어 연실의 손을 덥석 움켜잡았다. 뚝 그쳐, 하는 뜻의 손시늉임을 알아차리고도 연실은 내닫는 울음을 여간해서 멈추려 하지 않았다. 멈추기는커녕 오히려 윗몸 전체를 남편 어깨에 덤턱스레 부리면서 더욱 어기찬 가락으로 울음을 개비해버렸다.

"당신은 시방 혼잣몸이 아니잖소."

태중 생명에 대해 거론하는 순간, 연실이 온몸으로 뿜어내는 슬픔의 질량이 부용의 가슴으로 고스란히 옮아왔다. 어깨에 얹힌 연실의 머리통이 방아 찧듯 사뭇 경련하고 있었다. 연실의 눈에서 흘러내리는 눈물이 어깨 부위를 질척하게 적시고 있었다. 어깨 타고 심장으로 건너오는 소리의 떨림이 연실의 내부에 잠긴 슬픔의 두께와 농도가 어느 정도인지 잘 말해주고 있었다. 방관자 내지는 구경꾼 입장만 고수하던 부용에게 문목사와 영이별하는 절차는 그다지 슬프게 느껴지지 않았었다. 그런데 그것이 엄청난 애통이고 견디기 어려운 상실임을 뼈를 깎는 듯한 연실의 울음소리가 퍼뜩 일깨워준 셈이었다. 연실의 슬픔에 부용은 시나브로 감염되고 있었다. 아내가 슬퍼하니까 남편은 덩달아 슬퍼하고, 아내가 눈물 펑펑 쏟으니까 남편은 엇비슷한 감정으로 눈물 질금거리는 시늉이라도 해야 할 판이었다.

문목사는 그날 밤을 넘기지 못하고 끝내 숨을 거두었다. 장례 절차는 조선 전래 관습과 아무런 상관도 없이 고인의 유언에 맞추어 매우 독창적인 방식으로 치러졌다. 전날 미리감치 양껏 울어버렸기 때문에 이제 더는 흘릴 눈물도, 토해낼 울음소리도 남아 있지 않다는 듯 남녀 교인들은 놀랍도록 평온하고도 엄숙한 태도로 장례에 임했다.

하늘이 유난히 높푸르고 유리알처럼 투명해 보였다. 공기는 달착지근하게 느껴지리만큼 맑고도 상쾌했다. 육신 장막 벗어던지고 모든 세상 짐 훌훌 털어버린 채 홀가분한 존재로 변한 영혼이 머나먼 길 떠나기에 아주 제격인 날씨였다. 그처럼 안성맞춤 기상 조건이라면 비록 날개 안 달린 영혼일망정 천국 본향까지 얼마든지 비상이 가능할 듯싶은 만추의 오후였다. 동천리에서 야소꾼들끼리 모여 동서고금에 없는 해괴망측한 초상 치른다는 소문 듣고 인근 마을 남녀노소 주민들이 일찍부터 장지 주변으로 꾸역꾸역 모여들었다. 주재소에서 나온 순사도 제복 차림에 칼 찬 모습으로 주민들 뒤편 먼발치에서 장례 과정을 꼼꼼히 살펴보는 중이었다. 사찰집사 지휘 아래 남정네들이 묵묵히 산역(山役)에 매달리는 동안 소복담장 여인네들은 마치 문목사 가는 길 위에 점점이 꽃송이 뿌려놓듯 멈출 줄 모르는 찬송과 기도로 장례에 경건히 참여하고 있었다.

　내 본향 가난 길 보이도다
　인생의 갈 길을 다 달리고
　따 위의 수고를 그치라 하시니
　내 앞에 남은 일 오직 저 길

　끌끌 혀를 차거나 콧방귀 팽팽 뀌어대는 소리가 구경꾼들 사이에서 쉴새없이 불거져나왔다. 특히 하관에 해당하는 절차가 진행되는 동안 예서제서 터져나오는 구경꾼들 쑥덕거림과 탄식은 최고조에 다다랐다. 특히나 수의 대신 새하얀 한복에 싸여, 그리고 염습도 하지 않은 채, 더구나 관 속에 들지도 않고 그냥 이불보 같은 하얀 천에 덮여 백일하에 노출된 상태로 시신이 광중(壙中)에 내려질 때였다. 그 꼴을 보다못하고 참다못했던지 웬 영감 하나가 샛내교회 교인들 향해 고래고래 소래기를 질러대기 시작했다. 길거리에서 눈에 띈다면 일제 관헌들이 황민화 정책 내세워 가위 들고 덤벼들기 딱 십상인 상투머리 아직 그대로 온존함으로써 만천하에 유교 사상 고집스레 주장하는 것 같은 백발노인이었다.
　"이 무도막심헌 상것들아, 이게 다 무신 처참헌 작태들인가!

어서 싸게 곡을 허라고, 곡을! 곡소리 내는 숭내라도 뵈야줘야 즘
생 신세를 모면헐 수 있을 게 아닌가!"

여인네들은 장례에 참여한 교인들 모두 한목에 싸잡아 금수어
충 취급하는 백발노인 맹비난에도 불구하고 전혀 흔들림 없이 한
결같은 자세로 계속 찬송과 기도에 고부라졌다.

평생에 행한 일 돌아보니
못다 한 일 많아 부끄럽네
아바지 사랑이 날 용납하시고
생명의 면류관 주시리라

삽질하는 산역꾼들 몸놀림이 부쩍 더 빨라졌다. 광중이 점차
흙으로 메워짐에 따라 망자가 입은 새하얀 한복은 이내 벌건 황
토색으로 물들어갔다. 교인들이 꽃길 장식하듯 정성스레 깔아주
는 찬송가 소리에 싸인 채 문목사 육신은 빠르게 흙으로 덮여갔
다. 그리고 집행이 정지되었던 징역형의 잔여 형기도 시신과 함
께 땅속에 묻혀버렸다. 치안유지법 위반 죄수라는 족쇄도, 불령
선인에 비국민이라는 수갑도 덩달아 같이 묻힘으로써 문목사는
비로소 거치적거릴 것 하나 없는 자유로운 존재로 탈바꿈했다.
한 목회자로서나 한 인간으로서 실패한 인생이었노라며 가혹한
자기검열 서슴지 않던 문목사의 허울이 세상에서 완전히 자취 감

추는 순간이었다. 하나님의 종 노릇에 과연 실패했는지 성공했는지는 종 스스로 평가할 일이 아니라는 생각이 불현듯 들었다. 문목사를 종으로 삼고 변변한 새경 주는 대신 논일 밭일 가리지 않고 험하게 부리면서 석삼년 이상 지켜본 주인만이 평가할 수 있는 일이었다. 교인들이 마음 모으고 입 모아 부르는 그 찬송가 소리, 못다 한 일 많아 부끄럽긴 하지만 아버지 사랑이 날 용납하시고 생명의 면류관 씌우실 거라는 그 가사 내용이 살아생전 하나님의 종으로 일관했던 문목사 생애를, 그 처지와 형편을 어쩌면 가장 잘 대변하는지도 모른다고 부용은 생각했다.

고인 유언 충실히 좇는 장례 절차가 거지반 완성 단계에 이르렀다. 봉분 없는 평토장 작업 마무리하느라 쿵쾅쿵쾅 발 굴러 흙 다지는 산역꾼들 움직임을 내내 지켜보면서 부용은 정신적 지주로서 그동안 산서면 주민들 삶에 크나큰 영향력 미치던 두 인물의 연이은 죽음을 통해 한 시대가 속절없이 저물어감을 실감할 수 있었다. 정신적 지주 잃은 산서 사람들 앞으로의 삶은 전보다 훨씬 더 팍팍하고 부실해질 게 뻔했다. 종교는 서로 달랐지만, 그리고 평소 두 인물 간에 교류하고 대화 나눈 흔적은 전혀 찾아볼 수 없지만, 그러함에도 불구하고 앞서간 범천스님 유택이 없는 점과 뒤따라간 문목사 산소가 없는 점이 공교롭게 일치를 이루는 느낌이었다. '번뇌마에 사로잡혀 욕되게 연명한 육신' 배고픈 짐승들에게 마지막으로 보시하기 위해 무덤을 거부한 범천스님과

'떠나왔던 본향 찾아 생명의 시원으로 회귀'하는 길에 무용지물인 무덤을 거부한 문목사가 사후에야 각각 이쪽 진실의 끝과 저쪽 진실의 끝에서 서로 간격을 좁혀 수인사하고 통성명하는 그림이 머릿속에 그려지는 듯했다.

몰려들었던 구경꾼 무리는 미처 평토장 작업이 끝나기도 전에 뿔뿔이 흩어져 현장을 떠나버렸다. 장례 절차가 모두 마무리되자 최순금 성도와 사찰집사를 제외한 다른 교인들은 사모의 간곡한 당부에 못 이겨 먼저 산에서 내려갈 수밖에 없었다. 이연실은 시누이와 함께 사모 곁에 남기를 고집했다. 하지만 사모 쪽에서 잉부라는 이유 들어 거의 쫓아버리다시피 연실을 강제로 부용의 손에 떠넘겨버렸다.

"보고 듣는 사람 암도 없으니께 울고 잪으면 울으시요. 얼매든지 울어도 괭기찮소."

타박타박 위태롭게 다리 놀리는 연실을 곁에서 바짝 부액한 채 내리막길 가는 동안 부용은 선심 쓰듯 애도할 기회를 주었다. 그러자 연실은 우는 것도 웃는 것도 아닌 기묘한 낯꽃으로 거부 의사를 똑 부러지게 밝혀왔다.

"이제 막 천국 환송 잔치에서 돌아오는 길인데 아무 이유도 없이 울기는 왜 울어요?"

2

고인 떠나보낸 슬픔과 천국 본향 바라보는 소망 사이 번차례로 오가느라 교인들은 정신적으로 무척 혼란스러운 애도 기간을 보내야 했다. 끝내 소망이 슬픔 이겨내고 안정 되찾는 순간이 오게끔 교인들에게 결정적 부조를 제공한 사람은 놀랍게도 사모였다. 사모가 구심점 되어 문목사 빈자리 빠르게 메우면서 다윗의 팔맷돌 같은 믿음으로 골리앗 같은 일제 기독교 탄압으로부터 목자 잃은 양떼를 지켜나갔다. 마치 남편 잃은 여인이 아니라고 주장하듯 사모는 평상시나 다름없이 강건하고 담대한 면모 잃지 않는 가운데 조석으로 교인들 심기를 자상히 살피고 챙겼다. 위로할 사람과 위로받을 사람이 완전히 뒤바뀐 형국이었다. 최순금을 비롯한 모든 교인은 하늘의 뜻에 순복하는 사모의 언행을 낱낱이 지켜보면서 문목사가 지금쯤 틀림없이 천국 시민권자로 눌러앉아 지내리라는 확신 속에 앞으로 어느 땐가 그와 재회하게 될 날을 꿈꾸기에 이르렀다. 그날이 오기까지 교인들은 형제애로 똘똘 뭉쳐 유무상통(有無相通)으로 일용할 것 서로 나누고 위로와 격려 서로 주고받으면서 혹독한 시련기를 꿋꿋이 통과하는 중이었다. 어떤 면에서는 문목사 생시보다 더 끈끈하게 결속된 신앙 공동체, 사랑 공동체를 이 지상의 삶 속에 건설해나가는 과정이었다. 외지 출신인 사모는 교인들 간청에 따라 사후에 자신이 합장될 평장 묘가 있는 산서 땅을 떠나지 않고 내처 동천리에 머물기로 약속했다. 언제가 될지는 몰라도 후임 목사 부임하기 전까지 예배당과 목사관 지키면서 고아처럼 버려진 교인들 보살피는 수양어머니 노릇 쫀쫀히 감당하기 위함이었다.

교회 관련 문제가 한시름 놓게 되자 최순금은 한동안 멀찌감치 밀쳐두었던 저 자신의 문제를 다시 꺼내들었다. 이제는 마음속에서 오랫동안 다지고 별러온 결심을 행동으로 바꿔놓을 차례였다. 그 일에 조력자가 필요했다. 아버지로 하여금 급히 가족회의 소집하도록 부추기는 데 적임자는 당연하게도 어머니였다.

"궁금증 앓다가 필경 몸져눕고 말겄다. 대관절 무신 소관사로 뜬금없이 가족회의를 들멕이고 나선단 말이냐?"

딸이 다따가 왜 그처럼 가족회의 얘기를 끄집어내고 덤비는지, 그 이유를 짐작 못했을 리 만무했다. 그런데도 어머니는 굳이 딸 입을 통해 궁금증이 속시원히 풀리기 바라는 눈치였다.

"식구들 다 듣는 자리서 아버님께 한 가지 청을 드리고 잪어요."

"그 청이란 게 조청인지 석청인지는 몰르겄다만서도, 원원이 느네 아부지가, 오냐, 너 허고 잪은 대로 실컫 다 허거라, 허시고도 남을 냥반이겄다!"

어머니 얼굴에 안심찮은 기색이 역력히 떠올랐다. 하긴 맞는 말이었다. 여태껏 무슨 일 생겼다 하면 아버지 독단에 따라 수많은 가족회의가 열려왔지만, 아버지 외에 다른 누군가의 의견이 순리대로 채택된 적은 단 한 차례도 없었다. 패역무도한 만행으로 일찍이 아버지한테 미운털 단단히 박혀버린 귀용의 입바른 표현 빌려 말하자면, 시종일관 아버지 혼자서 징 치고 장구 치고 거기에다 꽹과리까지 덤으로 얹어 치는 식이었다. 허울만 그럴싸하게 가족회의일 뿐, 실인즉슨 뇌성벽력 같은 호통과 온갖 입에 담지 못할 상소리에 욕지거리와 누군가의 머리통 겨냥하고 흉기처럼 마구 휘둘러대는 장죽만이 난무하는, 말하자면 천석꾼 대지주 어르신 분부 말씀이 아랫것들에게 일방통행식으로 하달되는 자리에 불과했다.

"불시에 배달될지도 몰르는 징용 영장을 생각허신다면 아버님도 딸년 소청을 덮어놓고 그냥 물리치지는 못허실 거라고 믿어요."

"오냐, 알었다. 느그 아부지 고집허고 니 고집이 어상반허다는 걸 누가 몰를 것이냐. 두 고집 천칭 우에다 놓고 달어보면……"

양쪽 저울판이 어느 한쪽으로 기우는 법 없이 팽팽한 상태로 고집의 무게가 똑같이 나오는지를 온 세상이 뜨르르 다 꿰고 있을 거라는 이야기였다. 머잖아 한바탕 또 부녀간 기 싸움이 몰고 올 가정 풍파를 미리 내다보는 듯했다. 어머니는 요즘 들어 거의 일상 버릇으로 굳어진 장탄식을 끝으로 입에 빗장을 단단히 질러 버렸다.

가을철로 접어들면서 이른바 '노란 딱지'란 속칭으로 통하는 징용 영장에 대한 공포가 악성 전염병처럼 산서 지역을 휩쓸다시피 창궐했다. 비단 산서면 같은 두메산골뿐만 아니라 조선반도 전체가 매한가지 형편이라고 했다. 슬하에 지원병이나 징집병 또는 징용 노무자 노릇 감당할 적령기 아들딸 둔 집마다 걱정 근심에 싸인 채 전전긍긍하면서 무척 괴롭고 힘든 하루하루를 보내고 있었다. 천석꾼 집안이라 해서 그 전염병으로부터 특별히 예외일 수는 없었다.

진용 오라버니 말에 따르자면, 사흘 굶은 놈이 걸귀로 변해 아무거나 닥치는 대로 걸터들이는 식탐에 빠진 듯 근자에 들어 먹성 좋은 일제가 젊은 목숨들 못 잡아먹어 안달복달한다는 것이었다. 올해부터 징병제와 징용제가 법으로 굳어지더니만, 특히 가을철 되자 조선 땅에서 젊은 사람들 아예 씨를 말릴 작정인 듯 강제 동원 사업에 혈안이 된 일제가 이제는 수단 방법 가리지 않는 마구잡이 정책으로 치닫는 듯했다. 그만큼 전쟁 수행에 필요한 인력 충원이 경각을 다투리만큼 다급해졌다는 방증이었다. 딱히 뭐라 꼭 집어 설명할 수는 없지만, 대동아전쟁에서 태평양전쟁으로 범위와 규모가 확대된 양상이 애당초 일제가 기대했던 만큼 탄탄대로를 달리는 것 같지는 않았다. 그런 의심 뒷받침하듯 어쩐지 심상찮은 조짐들이 시나브로 나타나기 시작했다. 태평양 연안국과 도서들 일거에 석권하면서 파죽지세 위용 과시하던 일이 바로 엊그제 같은데, 그동안 면사무소 앞 게시판에 덕지덕지 나붙던 방문(榜文)에서 미드웨이해전 이후 어느 날부터 승전보가 거의 자취를 감추다시피 했다. 그 대신, 어느 마을 아무개가 해군 군속으로 채용되었다는 둥 어느 고을 아무개 처자는 부모 만류 뿌리친 채 용약 여자정신대에 자원했다는 둥 어느 마을 아무개 아들인 아무개 전문학생이 영광스럽게 학병 훈련소에 자진 입소했다는 둥, 주로 자진 입대와 관련된 고향 소식들이 미담 형식으로 뻔질나게 게시판에 오르기 시작했다.

수상쩍은 전황의 여파는 어김없이 천석꾼 집안에도 밀어닥쳤다. 당장 두 사람이 문제였다. 한 사람은 천석꾼이 농경지 관리와 집안 대소사에 수족처럼 믿고 부리는 도마름 격이고, 다른 한 사람은 장차 입신양명의 순탄대로 줄기차게 내달림으로써 천석꾼 가슴속 피맺힌 한 풀어줄 마지막 희망으로 자리잡은 중학생, 그러니까 학제 개편 이전으로 치면 고등보통학교 고학년생이었다.

각각 징용과 학병 대상임이 확실해진 그들 두 사람이야말로 천석꾼 인생 굴러가는 데 결단코 빠져서는 안 될, 매우 요긴한 부속품이었다. 노랑이로 소문 자자한 천석꾼 영감일지라도 어쩔 도리 없이 장조카와 셋째아들 두 몸뚱이 대신 그 몸값에 해당하는 돈다발을 머나먼 위험지로 보냄으로써 문제를 해결하는 변통수 찾기에 연일 골몰하는 기색이었다. 진용 오라버니 사랑채 출입과 원거리 출타가 부쩍 더 잦아지고, 사랑채에서 아버지와 진용 오라버니가 머리 맞대고 한나절씩 밀담 나누는 광경이 식구들 눈에 심심찮게 들어오곤 했다.

아마도 호랑이굴보다 무서운 사랑채 분위기 살피느라 어머니가 가족회의 이야기 선뜻 꺼내기를 계속 미적거리는 탓일 것이다. 어쩌면 가문의 명운이 걸린 중대사 앞두고 그 대책 마련에 부심하느라 여타 문제는 아예 아버지 안중에도 없을지 모른다. 며칠이 지났는데도 사랑채에서는 아무런 기별도 건너오지 않았다. 하기야 두 목숨 사지에서 건져내는 일이 워낙 천석꾼의 목숨과도 같은 돈궤 통째로 올려바친들 실제로 가능할까 말까 한 난제 중 난제라서 요즘 아버지 심기가 편할 리 없고, 진용 오라버니는 또 나름대로 자기 코가 댓 자나 빠져 있는 판에 남의 사정 돌볼 여유가 있을 리 만무했다. 사정이 급하기는 덕용 쪽도 마찬가지였다. 위험도로 따지자면 진용 오라버니보다 더하면 더했지 절대로 덜하지 않은 상황이었다. 중학교 졸업 앞두고 읍내에서 하숙중인 덕용에게는 이미 발등에 불이 떨어져 있었다. 조선인 학생의 징병 유예 제도를 폐지한다는 육군성 발표에 이어 최근에는 문과계 재학생 중 학병에 지원하지 않는 자는 강제 휴학시킨 후 곧바로 징용 영장을 발부한다는 후속 조치가 산서면까지 발 빠르게 전달되었다.

"즘심 먹은 연후에 시방 사랑채에서 시방 회의가 열릴 모냥이여, 시방."

마침내 고대하던 기별이 당도했다. 방금 사랑채에 다녀온 사촌 오라버니 얼굴은 취한 듯 홍조가 짙게 깔려 있었고, 말투에서는 감출 수 없는 흥분기가 속절없이 묻어나왔다. 어르신 분부 전하러 동천리와 백상암을 한 바퀴 돌아야 한다며 그는 몹시 서둘러 감나뭇골을 떠났다.

"요번에는 또 무신 일로 소집령이 떨어졌는지 누님은 아십니까?"

먼저 연락이 닿은 부용이 점심참에 이르기도 전에 본가로 달려왔다. 징용 피하는 수단으로 누가 봐도 완연한 결핵 환자 티 내기 위해 몸무게 부쩍 줄여놓으랴, 시도 때도 없이 마른기침 콩콩거리랴, 햇볕 피하고 바깥출입 삼가면서 낯빛 해쓱하게 표백하랴, 부용은 그동안 각고정려(刻苦精勵) 끝에 드디어 음지식물처럼 누렇게 뜨고 축 늘어진 몰골로 변해 있었다.

"나는 몰르는 일이다. 아버님 만나보면 곧 알게 되겄지."

"어머님도 아시는 게 없습니까?"

"나 말이냐? 나도 아는 게 없다."

그럴 리가 없지 싶어 순금은 어머니를 빤히 바라보았다. 그러자 어머니가 펄쩍 뛰는 시늉을 했다.

"참말로 무신 영문인지 몰른다. 느네 아부지란 사람이 요샛날 사흘 굶은 시에미 상을 허고는 나만 보면 무단시리 불량을 떨어 쌓는 판인디 나가 무신 배포로 그 냥반한티 말을 붙이겄냐."

어머니 주선으로 성사된 회의가 아님이 분명한 듯했다. 하지만 상관없는 일이었다. 아니, 오히려 더 잘된 일이었다. 제 소청에 의해서가 아니라 다른 어떤 일로 불시에 소집된 회의라면 떡 삶은 물에 중의 데치는 식으로 회의 끝자락에 자연스럽게 제 문제를 끼워넣을 수 있을 성싶었다.

"그나저나 요번에는 또 무신 변덕 바람이 우리 집안에 몰아닥칠꼬!"

어머니는 지레 근심에 겨워 노래기처럼 도로르 옴츠러드는 모습이었다. 회의 소집 목적이 어디에 있는지 알아내려고 세 사람은 장시간 궁리에 궁리를 거듭했지만, 결과는 별무신통이었다. 결국에는 돈과 관련된 어떤 문제로 식구들 들볶고 닦달할 구실 잡으려고 그런다는 쪽으로 그럭저럭 의견이 합쳐졌다. 전례로 미루어 보건대, 가족회의 대부분은 으레 아버지 재산상에 결손이 생길 만한 뜻밖의 지출이 발생하기 전후에 급히 소집되곤 했다.

"하루가제야! 하루가제, 이 기사마야!"

사랑채에서 춘풍이 찾는 고함질이 본채까지 생생하게 들려왔다. 불러도 대답 없는 춘풍이 대신 부엌 어멈 섭섭이네가 부리나케 사랑채로 달려갔다.

"큰일이 나뿌렀고만요! 얼씬네께서 정수리가 천장에 닿게코롬 펄쩍펄쩍 뛰심시나 싸게싸게 사랑채로 안 근너온다고 부애통을 막 터치시누만요!"

사랑채 다녀온 섭섭이네가 파랗게 질린 낯꽃으로 오도깝스럽게 떠벌렸다. 그러잖아도 점심참이 훨씬 기울도록 백상암으로 귀용을 데리러 간 진용 오라버니나 아버지 부름을 접했을 귀용이 둘 다 콧사배기조차 내비치지 않는 바람에 이제나저제나 하고 많이 걱정하며 기다리던 참이었다. 미처 성원이 안 된 상태에서 마치 장도에 오르는 심정으로 어머니와 순금 남매는 무거운 발걸음을 옮길 수밖에 없었다. 사랑채와의 거리가 점점 좁혀지는 중인데도 순금은 분노에 차 있을 아버지의 존재가 전혀 두렵게 느껴지지 않았다. 오랫동안 결의를 다지고 기도로 무장해온 덕분에 잠시 후면 제 문제로 일어날 풍파를 충분히 예견하면서도 오히려 마음속에는 그따위 두려움 능히 제압하고도 남으리만큼 도저한 평온이 우군으로 자리잡고 있었다.

"도척이맨치로 맴보 시커먼 두 놈더러 당장 안 나타나면 나가 물고를 내뿔 작정이라고 싸게 즌보를 치거라!"

식솔들 눈에 띄자마자 아버지가 냅다 터뜨리는 제일성이었다. 하지만 그것은 공연한 말씀이었다. 전보를 치려면 멀리 읍내까지 나가야 하고, 그 전보가 다시 백상암까지 자리 옮기려면 더 오랜 시간이 걸린다. 그러니까 그것은 지각하는 두 놈으로 말미암아 지금 당신 심기가 몹시 불편하다는 뜻이었다. 그 말에 섣불리 입 열어 토를 다는 사람 아무도 없는 가운데 사뭇 어색하고도 무지근한 공기가 사랑채를 휘감고 돌았다. 한바탕 이어지는 침묵을 깨뜨려준 사람은 고맙게도 진용 오라버니였다.

"늦어서 참말로 죄송시럽습니다요, 시방……"

염통이 가슴 밖으로 튀어나오리만큼 가쁜 숨 헐떡이며 진용 오라버니가 가까스로 말문을 열었다.

"드대여 고사기관총 한 정이 당도혔고나. 그런디 니놈 꼬랑지는 얻다가 띠여놓고 니놈 혼자서만 탈래탈래 돌아오냐?"

아버지가 쌓인 분노 한껏 억누르는 말씨로 장조카를 맞았다. 이게 무슨 소린가, 하고 순금은 물끄러미 아버지를 바라보았다.

"어르신 엄명이니깨 반다시 같이 가야 헌다고 시방…… 우격다짐으로 잡어끌고 올라고 기를 써도 시방…… 귀용이가 급작시럽게 복통이 나서는 시방…… 꼼찌락도 못허는 실정이라고……"

"뭣이라고, 이놈아? 복통은 이놈아, 그놈이 아니라 나가 시방 되알지게 앓고 있는 참이다! 인자는 자식놈이고 뭣이고 다아 소

346

용없다! 우리 최씨 집안에서 책임져야 헐 고사기관총은 최진용이허고 최덕용이 두 정만으로도 족허다! 따른 것들이사 지옥으로 붙잽혀 가든가 극락으로 되셔 가든가 좌우지간에 나가 일절 상관헐 배 아니다!"

귀용의 불참 소식에 아버지 역정이 부그르르 한소끔 더 끓어오르고 말았다. 그러자 어머니 눈이 단박에 회동그라졌다.

"그게 시방 뭔 소리다요?"

"임자는 알 필요 없어!"

"나가 무신 이붓에미요? 나 자식들 일이께 나도 쪼께 알어야 쓰겄소! 고사기관총은 뭣이고 지옥이랑 극락은 또 뭣이다요?"

어머니는 여전히 이해가 안 가는 모양이었다. 그러나 순금은 요령부득하던 아버지 말에 비로소 윤곽이 잡히기 시작했다.

"늙다리 예펜네 하나 내다 판 값으로 게우 한 정이나 살까 말까 허는 비싼 물건이 바로 고사기관총이란 것이여. 진용이 니놈이 말귀가 절벽인 느네 숙모님 알어듣게코롬 선은 여차여차했고 후는 저차저차했다고 자초지종을 소상허니 읊어주거라."

두 사람 목숨과 두 정 고사기관총 놓고 줄다리기 흥정 벌인 끝에 마침내 수지타산 맞는 장사에 성공했다는 듯 아버지는 자못 뻐기는 자세로 발언권을 장조카에게 넘겼다.

"고것이 시방 으떻게 된 일인가 허면은……"

진용 오라버니는 맨 먼저 엄청난 그 거래에서 세운 공을 어르신에게 오롯이 돌렸다. 어르신의 과단성과 치밀한 계획이 아니었다면 애당초 성사시키기 불가능한 거사라고 밝혔다. 그런 다음 발바닥 부르트도록 발품 팔아 관계 요로와 유력자들 일일이 찾아다니며 있는 수완 없는 수완 죄 발휘한 끝에 마침내 고사기관총 두 정 헌납하는 조건으로 최씨 집안 두 사람을 징용과 징병 대상에서 빼내는 데 성공하기까지의 전 과정을 길게 설명했다. 더군다나 남들 아무도 눈치 못 채게끔 잠행하듯 추진해야 하는 음지 속 거사였기에 그동안 쥐도 새도 모르게 일판 꾸미느라 얼마나 어렵고 힘들었는지를 장황히 밝힘으로써 공적의 작은 일부나마 자기 모가치로 슬쩍 챙기는 것 또한 진용 오라버니는 잊지 않았다.

"참말로 요번 일은 시방 넘들이 아는 날이면은 시방 긁어 부시럼 맨드는 꼴이 되니께 시방 절대 우리찌리만 아는 비밀로 허고는 시방 낮 새도 밤 쥐도 못 듣게코롬 시방 끝까장 멸구를 헌 채로 살어야 된다고 시방 어르신께서 몇 번이나 신칙을 허셨습니다요, 시방."

비밀 엄수의 중요성을 좌중에 강조하기 위함인 듯 진용 오라버니는 긴 이야기 중간중간에 쓸데없는 허드렛소리 끼워넣는 빈도가 평상시보다 유난히 더 잦아서 차마 듣기 거북할 지경이었다. 장조카 무용담이 채 매조지기도 전에 아버지는 일껏 주었던 발언권을 냉큼 채뜨렸다.

"덕용이란 놈은 오늘 아니면 니알 중으로 자진 휴학을 헌 연후에 집으로 돌아오기로 결정혔다. 징병 바람이 되얐건 징용 바람이 되얐건 좌우지간에 그 빌어 처먹을 시국 바람 피허는 디는 객지보담도 본가에서 지내는 쪽이 휘낀 더 안전헐 것이다."

그 대목까지는 가장으로서 아버지 역할이 얼마나 대단했는지를 식솔들 앉혀놓고 마냥 자랑하는 자리로 언뜻 느껴졌다. 그런데 관심의 화살이 부용 쪽으로 날아간 다음부터 아버지 태도는 전연 딴판으로 돌변했다.

"니놈 그 뇌점 버럭지는 요새 으떤 모냥으로 활동허고 있냐?"

결핵균 안부부터 먼저 묻는 말에 부용은 콩콩 마른기침으로 응수했다. 그동안 소문 물어나르는 동네 입들 통해 이연실의 회임 소식도, 부모 허락이나 참석 없이 저희 멋대로 치른 교회식 혼례 소식도 다 접했으련만 아버지는 그런 문제와 관련해 가타부타, 쓰다 달다, 일절 언급이 없었다. 일부러 오불관언 자세 견지함으로써 불편한 심기를 드러내는 듯했다. 아니, 알고도 모르쇠 잡는 방식으로 상대방을 철저히 무시하는 태도 같기도 했다.

"참말로 자알허는 짓이다. 니놈이 살아남을 유일무이헌 방도는 그 뇌점 버럭지들 정성 들여 잘 키우는 고것이니라. 오늘날 니놈이 뇌점 구신 덕을 톡톡허니 보게 될지를 누가 짐작이나 혔겄냐."

대답 대신 마른기침 소리가 길어지자 아버지는 아예 툭 터놓고 본색을 드러내기 시작했다. 그쯤에서 아버지 본심이 어느 곳에 있는지 대충 밝혀졌다. 아버지는 고사기관총 헌납에 지출할 돈이 생살 도려내는 듯 아팠던 것이고, 그 생살 되찾아 상처 아물릴 길 막연한 데서 비롯된 분통을 식솔들 앞에 펑펑 터뜨리고 싶었던 것이리라.

"허기사 전황이 영 불리허게 돌아갈 경우 병골이나 약골도 최전선으로 끌고 가서 총알받이로라도 써먹는다는 소문이 나돌기는 허드라만, 만약에 그 지경까장 간다 허이면 니놈 그 잘난 세도가 장인 영감이 전면에 나서서 해결책을 내놓으시겄지. 좌우지간에 니놈 차례로 몫 지어진 고사기관총은 애시당초 나 계산에 없는지 알거라!"

"아버님이 으떤 분이신지 잘 알기 땜시 그런 혜택은 애시당초 꿈에도 기대헌 적 없습니다."

"뭣이 워찌고 워쩌, 이놈아?"

아버지가 장죽을 번쩍 추켜들었다. 부용의 암팡진 말대꾸로 인해 사태가 더욱 험악해지려는 참인데, 바로 그때 뜻밖에도 귀용이 사랑채 대청마루 앞에 갑자기 모습을 드러냈다. 귀용은 대청 안으로 들자마자 너부죽이 엎드려 큰절부터 올렸다.

"늦어서 죄송합니다."

"본가 쪽에 발걸음 끊는 핑곗거리 삼어서 배냇버릇맨치로 노상 애지중지허든 그 복통이란 놈은 얻다가 내싸두고 니놈 단신으로 출두를 혔냐?"

장죽 방향을 맏아들로부터 둘째아들 쪽으로 잽싸게 옮기면서 아버지가 싸늘한 어세로 추궁했다.

"기어서라도 필히 참석해야 할 자리 같아서 뒤늦게 무리를 했습니다."

"장허다, 장혀! 그 복통 끌어안고 뻑뻑 기어서 먼질 오니라고 니놈 몸땡이가 만신창이 되야겄고나. 만고에 없는 효행 도모허니라고 참말로 욕봤다. 예라, 이 똥물에다 바싹 튀겨 쥑일 놈아!"

"그게 시방 아부지란 사람이 오래간만에 모치롬 보는 자식 면전에다 대고 헐 소리다요?"

그예 참지 못하고 부지불식간에 몇 마디 참견했다가 어머니는 하마터면 장죽의 된맛에 혼겁할 뻔했다.

"고놈에 입주뎅이 댐뱃불로 확 지져뿔기 전에 임자는 죽은덧기 그냥 나자빠져 있으란 말여!"

생각지도 않았던 귀용의 출현으로 말미암아 집안 분위기는 더욱 엉망진창으로 망가지고 말았다.

"말 나온 짐에 나가 똑 뿌러지게 일러두겄는디, 웬수 같은 놈 한 마리 더 살려보겄다고 고사기관총 한 정 가외로 더 헌납헐 생각은 나한티 터럭만침도 없다! 전쟁 막판에 가면 벨도리 없이 후떼이센징이나 히고꾸밍 같은 국사범들까장 총알받이로 최전방에 세우는 날도 올 거라는 소문이 돌기는 돌드라마는, 그것이사 나가 넘에 집안 제사상에 감 놔라 배 놔라 참섭헐 일은 아니니께 다들 그런지 알고나 있거라!"

"그런 말씀만으로도 고맙습니다, 아버님."

"오냐, 니놈이 그러콤 널룹디널룬 도량으로 이 애비 맴을 이해혀주니께 됩데로 나가 고맙고나!"

그야말로 점입가경이었다. 부자간 감정 대립과 신경전이 끝내 파국을 향해 치달을 기세였다. 제 차례가 올 때까지 국으로 가만있다가는 벼르고 별러온 그 결단 피력할 기회마저 영 놓치고 마는 게 아닌가 싶어 순금은 아까부터 몹시 좀이 쑤시던 참이었다.

"아버님께 사뢰고 짚은 말씀이 있고만요."

식솔들 틈에 딸년이 섞여 있는 줄 그제야 처음 알아차렸다는 듯 아버지는 깜짝 놀라는 시늉을 했다. 사랑채 안 모든 시선이 일제히 저한테 쏠림을 의식하면서 순금은 앉음새를 가다듬었다.

"오냐, 무신 말씸인지 싸게 사뢰거라."

비꼬는 투가 완연한데도 순금은 개의치 않고 아버지를 정면으로 응시했다.

"저 맴시 고사기관총 걱정은 허지 않으셔도 괭기찮을 것 같습니다."

"옳거니! 여자정신대 안 나갈 무신 묘방이라도 고새 확보헌 모냥이고나. 그 묘방이란 게 혹시 거번에 운만 띠여논 그 신랑감 야그냐?"

그제야 비로소 아버지는 한동안 잊은 채로 지낸, 지난번 가족 회의에서 딸년이 애매모호하게 밝힌 신랑감 얘기를 기억해낸 듯했다. 아버지 눈빛이 반가움 반 호기심 반으로 갑자기 환해졌다.

"드디어 니가 맴속에 오래 품어왔다는 그 냄편감을 밝힐 때가 왔는갑다. 어느 고을 뉘 집 자제분인지 나 속이 시연허게 털어놓거라!"

"예, 신춘복씨라고……"

"누님!"

바로 그 순간 부용이 날카롭게 소리쳤다. 좌중에 심상찮은 술 렁임이 번지기 시작했다. 하지만 아버지는 여전히 아무 물정도 모르는 표정이었다.

"뭣이여? 신춘복이라고?"

"예, 아버님도 잘 아시는 그 사람 맞습니다. 일명 춘풍이라고, 더러는 하루가제 기사마라고 불르시는 그……"

"아, 아니, 이년이 시방……"

아버지 노호(怒號)는 미완성인 채로 끝나버렸다. 그 말을 마지막으로 아버지는 흰자위 승한 눈 지릅떠 식솔들 한 바퀴 둘러보는가 싶더니만, 한 손 간신히 들어올려 뒷덜미 붙잡는 몸짓을 취했다. 그런 다음 육중한 몸뚱어리를 통나무처럼 쿵 소리 울리도록 방바닥에 덜퍽지게 부렸다. 곧바로 솟구치는 어머니 비명이 들리고, 부용과 진용 오라버니가 동시에 아버님과 어르신을 부르며 아랫목으로 달려가는 모습이 보였다.

"다꾸시를 불러! 의원을 뫼셔와야지!"

누구라고 명토 박지 않은 채 어머니는 아무나 붙잡고 연방 같은 소리를 되뇌고 있었다. 읍내에만 있는 택시는 어림도 없는 발상이었다. 다급한 대로 가까운 면소재지 의원 부르기 위해 대문간에 세워둔 자전거 향해 달려나가는 진용 오라버니 뒷모습이 마치 환상세계 안의 풍경인 양 아스라하게 느껴졌다. 어마지두에 겪는 돌발 상황이라서 순금은 도무지 갈피를 못 잡은 채 본의 아니게 구경꾼 노릇에 머물러야만 했다.

"아이고, 이년아! 이 불효가 막심헌 년아!"

얼추 혼백이 달아난 표정으로 까닭 없이 우왕좌왕만 일삼던 어머니가 마침내 마땅한 표적을 발견했다.

"순금이 니년이 기연시 아부지를 죽을 구뎅이로 밀어넣고 말어뿌렀고나! 아이고, 이 지옥을 가도 아랫목 지옥을 독차지헐 년아! 느네 아부지 잡어먹고 나면 니년 펭생에 왼갖 부귀영화 흔전만전 다 누리고 살 지 알었드란 말이냐, 이 호랭이 열두 번 물려가도 마땅헌 년아!"

잇달아 등덜미에 떨어지는 주먹질 고스란히 받으면서도 순금은 마치 비현실 속 음향인 듯 어머니가 목놓아 토해내는 절규를 그저 몽롱한 정신으로 듣고만 있었다.

3

그길로 곧장 영감과 영이별하는 줄만 알았다. 영감과 맺은 이생의 인연이 그토록 한순간에 허망하게 끝나버리는 줄만 알았다. 그런데 소슬바람에 날리는 낙엽 같기만 하던 영감 목숨이 아직도 간댕간댕하게나마 붙어 있으니, 그것만으로도 천만다행으로 여기면서 그저 감지덕지해야 할 판이었다.

"사람이 먹어야 사람 구실을 헐 수가 있잖겠소. 입맛 없드래도 다믄 몇 술이라도 더 뜨고 지무시요."

관촌댁은 스스로 움직이는 기능 거의 상실한 영감 일으켜 앉힐 때마다 섭섭이네 도움을 받지 않으면 안 되었다. 두 여인이 합세해서 쌀가마 옮기는 노력으로 죽살이치다시피 한바탕 기운을 써야만 영감 그 부대한 몸집 겨우 다룰 수 있었다.

"호강에 잣죽이라 안 그려요. 몸에 좋은 것이니께 마느래가 떠주는 대로 그냥 딸콕딸콕 받어먹기나 허시요."

영감은 미음처럼 묽게 쑨 잣죽을 먹는 듯 마는 듯 반나마 입가로 흘리곤 했다. 혀와 입술이 제대로 말을 듣지 않는 탓이었다. 혀와 입술만의 문제가 아니었다. 눈으로 보는 것이나 귀로 듣는 것이나 말짱 다 비정상이었다. 발성도 발음도 여의치 않아 뜻 모를 웅얼거림으로 뭔가 의사를 전달하려 몸부림쳤고, 상대방이 하는 말도 전연 이해를 못했다. 풍이란 놈이 머릿속을 마구 휘젓고 헝클어뜨려 바보 머슴 춘풍이보다 오히려 한층 더 아둔한 반실이 꼴로 만들어버린 것 같았다. 된통 풍을 맞아 신체 어느 부위 성한 데 없이 뻣뻣이 굳어버린 상태인데, 그중 좌반신 마비가 특히 더 심한 편이었다.

"긍깨로 그 불같은 승질머리 조깨 곤쳐야 쓴다고 나가 안 그럽디여? 되나못되나 무작정 불뚝성부텀 팩팩 터쳐쌓는 그 버릇 질래 못 놓았다가는 은젠가 큰코다칠 날 틀림없이 올 거라고 나가 노끈이 동아줄 되드락 수도 없이 일렀건마는, 으쩌자고 마느래 말 귀담어 안 듣고 쌩고집만 부리다가는 오날날 이 지경으로……"

관촌댁은 죽그릇 얹힌 소반 뒷전으로 물리면서 종알쫑알 잔소리 늘어놓기를 잊지 않았다. 밤낮으로 병구완에 매달리느라 기력을 온통 다 쏟으면서도 이미 공격성 상실한 영감 상대로 잔소리랑 입바른 소리랑 마음껏 쏟을 수 있게 된 그 점이 낙이라면 유일한 낙이었다. 과거 같으면 어림 반 닷곱도 없는 일이었다. 최씨 집안으로 시집온 후 입때껏 했던 양보다 더 많은 잔소리를 요즈막에 이르러 와짝 퍼붓고 있는 셈이었다.

"나한티 시방 뭣이라 혔소?"

대청마루로 소반 옮기려는 참인데 등뒤에서 신음도 아니고 투정도 아닌 괴상한 소리가 으, 으, 하고 연이어 들렸다.

"어느 자리 불편헌 대목이라도 있소?"

"으, 으, 으, 으……"

보아하니 입 쪽이 문제였다. 코흘리개 어린애처럼 비뚤어진 왼쪽 입아귀로 줄줄이 흘리는 침방울이 턱받이를 흥건히 적시고 있었다. 영감은 이제 천석꾼 대지주도, 감나뭇골 그 어르신도, 야마니시 아끼라 상을 비롯한 그 누구도 아니었다. 정말 그랬다. 산천초목마저 떨게 만들던 그 영감은 어느새 부지거처가 돼버렸고, 이제는 도와주는 손길 없으면 운신조차 불가능한 어린애 하나가 사랑채 아랫목 지난날 영감 자리를 꿰차고 있을 따름이었다.

"휘유우, 이놈에 팔자야……"

젖은 턱받이 벗겨 입언저리 대충 수습한 다음 새 턱받이로 갈아 채우고 대청마루로 나서자마자 절로 장탄식이 뽑혀나왔다. 잠시 숨이나 좀 돌릴 양으로 사랑채 막 벗어나는 순간, 얼굴을 건듯 스치는 찬바람이 초라한 모습으로 변해버린 천석꾼 마나님 실상을 차갑게 일깨워주었다. 바람결 따라 온갖 걱정 근심과 불안감의 행렬이 물밀듯 연이어 몰려왔다. 이랑이 고랑 되고 고랑이 이랑 된다는 옛말이 그른 데가 눈곱만큼도 없는 명언이고 진리임을 다시금 얼얼하게 깨닫는 순간이었다.

"무신 놈에 팔자가 요 모냥 요 지경으로 기구절창허단 말인고."

영감이 풍을 맞은 뒤로 관촌댁에게 닥친 가장 큰 변화는 집안에서 이사를 단행한 점이었다. 잠시도 눈을 뗄 수 없는 영감 지키고 수발들자면 별도리 없이 본채 떠나 사랑채로 거처를 완전히 옮겨야만 했다. 말하자면 다 늙어 부부관계 시들해진 연후에야 엉뚱하게도 수족 못 쓰는 영감과 전격적으로 합방이 이루어진 셈이었다.

관촌댁은 면사무소 소재지 한약방과 읍내 의원 차례로 거쳐 전주 큰 병원에서 치료받을 때까지 영감 곁을 시종일관 지켰다. 졸지에 과부 신세 될까봐 울고불고 난리 치면서 의원한테 매달려 통사정하고 의사한테 매달려 내 영감 살려달라 애걸하는 눈물겨운 노력 끝에 얻은 것이 다름 아닌 늙은 남편의 소중함이었다. 영감이 천행으로 죽지 않고 살아남아, 비록 사람 구실은 제대로 못할지언정 집안 어딘가에 말뚝처럼 박혀 있기만 하다면 어느 뉘도 최씨 집안 시쁘둥하게 보고 함부로 홀대하지 못하리라는 믿음이 생겼다. 과연 관촌댁 기대대로 영감은 애면글면 목숨 부지한 채 퇴원해 집으로 돌아올 수 있었다. 물론 그렇게 되기까지 신통한 의술에 힘입은 바 컸음은 말할 나위 없는 일이었다. 하지만 관촌댁이 생각하기에 그것은 검질기기 짝이 없게 타고난 영감의 성정이 어떡하든 저승사자한테 끌려가지 않으려고 짐승처럼 모질음 쓰면서 안간힘 다해 버텨낸 덕분일시 분명했다.

관촌댁에게는 영감 못지않은 두통거리 하나가 집안에 또 있었다. 하마터면 저 낳아준 아비 불귀의 황천객으로 만들 뻔했던 불효자식이었다. 그 막심불효 딸년 잠깐이라도 만나보려고 베틀 공방으로 향하는 중이었다.

"썩을 년! 자식이 아니라 웬수여, 웬수!"

요즘 들어 관촌댁한테 부쩍 심해진 것이 혼잣말 버릇이었다. 제 부모 잡아먹고도 포곽질 한 번 하지 않을 독종 중의 상 독종 딸년과 한 울안에서 기거한다는 건 이만저만 고역이 아니었다.

"아이고, 넘우세시러서 으떻게 살꼬! 아이고, 망신살이 사방팔방에 무지갯살맨치로 뻗쳤는디, 장차 이 노릇을 으찌혀야 옳단 말인고! 그나저나 참말로 넘우세시러서 못 살겠네!"

집안에 남우세스러운 일이 한두 가지만 있는 게 아니었다. 우선 맏아들이 시키는 집안 망신부터 꼽을 수 있었다. 부모 허락 없이, 부모 참석도 없이 당사자끼리 멋대로 치른 천석꾼 집안 혼사 얘기가 한동안 산서 사람들 입방아에 무시로 오르내리곤 했다. 하지만 이미 결판나버린 일인데 사또 떠난 뒤에 나팔 불어봤자 무슨 소용이 있겠는가. 왈칵 며느리도 아니고 얼추 며느리 비슷한 것이 시방 제 뱃속에 왈칵 손주도 아니고 얼추 손주 비슷한 것을 품고 있는 판국인데, 아예 처음부터 없었던 일인 양 기왕의 혼사를 원상으로 무를 수도 없는 일이었다. 최씨 집안 최초의 손자 아니면 손녀가 실물로 생산될 때까지 계속 모르쇠만 잡으면서 시간이 저절로 해결해주기를 기다리는 것 말고는 달리 뾰쪽한 방법이 없었다.

딸년 문제에 비하자면 맏아들 문제는 사실 망신살 축에도 못들 정도였다. 더군다나 영감이 풍을 맞아 몸져누운 뒤부터 맏아들이 보이기 시작한 활약상은 바로 그 앞자리 차지하고 있던 망신살을 능히 덮어 가리고도 남으리만큼 대단한 것이었다. 저게 엊그제까지 내가 알고 있던, 노점병자에다 무위도식 일삼는 반거들충이에다 백면서생에 불과하던 그 아들인가, 하고 관촌댁은 이따금 의아해할 정도였다.

"굽은 솔낭구가 선산 지킨다드니만, 우리 집안이 딱 그 짝이네 그랴. 무녀리 자식놈이 조자룡이 헌 칼 쓰딧기 천석꾼 살림 거머잡고 일도양단을 허게 될지를 누가 짐작이나 혔을꼬."

진짜배기 망신살은 오롯이 딸년 차지였다. 천석꾼 집안 딸년 못된 행실과 관련된 흉흉한 소문이 벌써 인근 삼동리에 파다하게 깔려 있었다. 제 아비 살해할 목적으로 바보 머슴과 혼인하겠다는 폭발탄 같은 선언을 흉기처럼 마구잡이로 휘둘러댔다는 식이었다. 부모 입장으로나 여태 그 바보 머슴 부려온 지주 입장으로

나 도저히 용납할 수 없는 일방적 통고에 급소 찔려 치명상 입은 나머지 천석꾼 영감은 시방 오늘내일하면서 사경을 헤매는 중이라고 떠벌리는 식이었다.

"아이고, 저 썩어 문드러질 년! 불집은 지 손으로 근드려놓고 불 끄는 일은 나 몰라라 허고 내동 귀경만 허고 자빠졌으니, 요게 대관절 어느 나라 법도고 어느 백성 예절이란 말인고!"

같은 울안에 있는 베틀 공방이 그토록 아스라하게 멀리 느껴질 수가 없었다. 관촌댁은 급한 마음에 발걸음을 최대한 재우치기 시작했다. 굳게 닫힌 공방 문 틈새기에서는 실낱같은 불빛 한 가닥도 새어나오지 않았다. 보나마나 또 딸년은 어둠 속에 무릎 착 꿇고 앉아 제가 지성으로 섬기는 그 야소귀신 상대로 치성드리기에 잔뜩 고부라져 있을 터였다.

"자냐?"

그 말 기다리고 있었다는 듯 별안간 공방 문이 벌컥 열리는 사품에 관촌댁은 하마터면 기함할 뻔했다.

"하이고, 느네 엄니 간 떨어져뿌렀다! 미리 헛지침이라도 한두 방 내보낸 연후에 문을 열든가 말든가 혀야지, 이 잡것아!"

"아버님한티 혹 무신 일이라도 있으신가요?"

"무신 일이 꼭 있었으면 좋겄냐? 방금 전까장 살어 기신 것 보고 나왔다. 다 죽은목심 같어도 아직은 숨줄 깔딱깔딱 붙어 있으니깨 염려 말그라!"

"죄송혀요, 어머님."

"나한티 죄송헐 것 쬐꼼도 없다!"

"아버님께는 더더욱 죄송허고요."

"죄송헌지 아는 년이 그 포악을 다 떨었단 말이냐?"

"죗값은 달게 받겠어요. 무신 처벌이 내려도 지가 다 감당허겄어요."

"니년 땜시 생긴 아부지 병 낫우는 방도는 딱 요것 한 가지뿐이다! 니 주뎅이로 뱉어낸 그 폭언을 아부지 앞에서 니 주뎅이에다 도로 줏어담는 것이다! 고게 바로 니가 죗값을 치룰 수 있는 유일헌 방도니라!"

"따른 일이라면 몰라도 그것만은 절대로 응헐 수가 없어요. 하루이틀 개볍게 생각헌 끝에 즉흥적으로 불쑥 올린 소청이 아니니깨요. 에릴 적부팀 맴속에 눈 내리고 비 내리닷기 채곡채곡 쌓이고 쌓여온 감정이 시키는 대로 진심을 다혀서 밝힌 결심이니깨요."

그것으로 모녀간 대화는 일단 끊겨버렸다. 항우장사 두셋이 덤벼도 못 꺾을, 참으로 유별난 고집이었다. 고집 세기로 둘째가라면 서러워할 천석꾼 영감도 야소귀신 뒷배 믿고 바득바득 맞서는 딸년한테는 매번 적수가 되지 못했다. 일찍이 야소교 수렁에 깊이 빠진 딸년 징치한답시고 긴 머리 사정없이 가위질당하는 치욕을 안겼다가 끝내 그 변통수 모르는 고집 앞에 두 손 바짝 들고만 전력이 있었다. 관촌댁 입에서 한 많은 사연 묻은 한숨이 서너 발 길이나 되도록 푸지게 뿜어져나왔다.

"니가 섬기는 그 사당에서는 요번 재변을 두고 뭣이라 신탁을 내리드냐?"

"자비허시고 인애허신 우리 주님께서는 자기 죄를 회개허는 자를 용서허시고 새 소망에 새 힘을 넘치드락 부어주시지요."

"오냐, 너 잘났다! 참말로 잘나뿌렀다! 말로는 죄를 회개헌담시나 실지로는 저 땜시 다 죽게 생긴 아부지 내싸두고 집안 망신시키는 짓거리만 계속 도모허는 것이 느네 주님께서 내리신 신탁이고 새 소망이란 말이냐?"

한바탕 얀정없이 쏘아붙이고 나서 관촌댁은 맵차게 발길을 돌려버렸다. 딸년 상대로 콩팔칠팔 시비 가려봤자 득 될 게 전혀 없을뿐더러 갑자기 사랑채에 혼자 두고 나온 영감이 눈에 밟히는 까닭이었다.

"휘유우, 이놈에 팔자야! 나가 으쩌다가 저 웬수 같은 것을 자식이라고 퍼질러갖고는 오날날 이 깝깝수에 저 폭폭수 다 당허고 사는고! 지금 맴 같어서는 옛날 옛적에 첫딸 낳고 살림 밑천 읃었담시나 뱃구레가 터지드락 양껏 퍼먹었든 그 미역국 왝왝 도로 게워내고 잪은 심정뿐이라니께! 아이고, 이 징글징글헌 놈에 팔자야!"

여울 건너가는 장마 도깨비 본새로 관촌댁은 끊임없이 구시렁거렸다. 영감이 몸져누운 사랑채에 이르기까지 한숨으로 어둠 밝히고 혼잣말로 길 내면서 걸었다. 발길이 미처 사랑채에 닿기도 전에 영감 코고는 소리가 먼저 알아차리고 마중을 나왔다. 비로소 관촌댁은 안도의 한숨을 내쉴 수가 있었다. 풍을 맞은 뒤로 영감 코골이는 귀 없는 사람도 얼른 알아들을 정도로 우심해졌다. 남편과 한 방에서 기거하던 새댁 시절, 잠자리에 들기가 몹시 고통스럽게 느껴졌던 원인은 밤새도록 신나게 콧나발 불어대는 남편의 그 유난스러운 잠버릇 때문이었다. 하지만 이제는 상황이 완전히 뒤바뀌어 있었다. 진종일 영감 병구완에다 약시중 드느라 파김치 꼴 되어 혼곤한 잠에 빠져들었다가도 옆에서 기차 화통 삶아 먹은 듯 미닫이문은 물론 들보까지 맹렬히 흔들고 울려대는 코골이가 들릴작시면 적이 마음이 놓임과 동시에 다시 잠의 수렁 속으로 깊숙이 자맥질해들어갈 수가 있었다.

4

　속된 표현으로, 오줌 누면서 무엇 굽어볼 여유조차 없이 바삐 나부대며 총총걸음으로 동분서주하는 나날이었다. 천만뜻밖의 유고와 와병으로 말미암은 야마니시 아끼라 상의 빈자리 꿰차기 무섭게 부용은 집안 대소사 양손에 휘어잡고 재량껏 관장해나갔다. 물론 사촌형 진용의 도움이나 조언 없이는 애당초 불가능한 일이었다. 천석꾼 어르신에게 무조건 심복하고 맹목적으로 충성 바치던 그 정신 그 자세 그대로 진용은 하루아침에 신분이 격상한 사촌동생을 마치 새로운 상전 떠받들듯 깍듯이 존중하며 괄목 상대했다. 지난날과 비교해 굳이 달라진 점 찾자면, 밖에서 임무 마치고 돌아온 그가 사랑채 들르지 않은 채 본채로 직행해 부용에게만 결과를 보고한 후 곧바로 귀갓길에 오르는 새로운 관행이었다.

"아버님, 방금 진용이 형님이 다녀갔습니다."

성공적인 업무 수행에 대한 치하의 말과 함께 사촌형을 돌려보내고 나서 부용은 자식 된 도리로 얼른 사랑채부터 찾았다.

"오늘 오후에 고사기관총 잔금을 다 납부허는 것으로 애국헌납 건을 깨끗허니 매듭지었다는 보고를 받었습니다."

맏아들 통해 집안 중대사 전달받고도 야마니시 영감은 연신 눈만 껌뻑거리고 침만 질질 흘릴 뿐 이렇다 할 반응을 나타내지 않았다. 헌납 건을 기획하고 추진한 사람은 야마니시 영감이 맞지만, 정작 그 대금을 분할로 납부하는 묘안을 짜낸 사람은 부용 자신이었다. 만일 거액을 한꺼번에 완납할 경우, 천석꾼 집안에 아직도 돈이 썩어나는 줄 알고 일제가 다른 군수물자 헌납을 재차 압박해올지도 모르는 상황이었다. 그럴 가능성 사전에 차단하기 위해서는 자금 사정이 여의치 않노라고 일찌감치 엄살떨어두는 편이 여러모로 이로울 성싶었다.

"집안에 큰일 치뤄내니라고 증말 수고가 많었고나."

쓰다 달다 일절 말이 없는, 가타부타 도무지 판단 못하는 영감 처지를 관촌댁이 곁에서 점잖게 대변해주었다. 요즘 들어 부용은 아들 바라보는 어머니 눈빛이 확연하게 달라졌음을 실감하는 중이었다. 어머니는 '밥버러지'라는 멸칭으로 아버지한테 질타당하기 일쑤이던 그 무녀리 자식이 뜻밖에도 천석꾼 대리인이라는 막중한 역할을 제법 어연번듯하게 수행하는 모습 지켜보면서 매우 기특하고 흡족하게 여기는 눈치였다. 그러면서도 건강 부실한 신체 이끌며 이른 아침부터 늦은 밤까지 날이면 날마다 진일 마른 일 처리하느라 쉴 겨를이 없는 맏아들의 곤고한 처지를 매양 안쓰럽게 여기면서 몹시 염려하는 기색이었다.

"달리 또 분부허실 일 없으시다면 저는 요만 물러가보겠습니다, 아버님."

달리 또 분부할 일이 없을 줄 번연히 알면서도 부용은 도리상 그렇게 하직 인사말을 마쳤다.

"오냐, 살펴 가그라. 니알 아침에 또 보자."

이번에도 대고 눈만 껌뻑거리는 야마니시 영감 대신 관촌댁이 중간에서 날렵하게 인사말 기회를 가로챘다. 누워 있는 환자에게 큰절 올리면 큰일 치르게 된다는 전래 속신에 따라 부용은 가벼운 눈인사만으로 아버지에게 하직을 고한 다음 사랑채를 나섰다. 본가 떠나 집으로 향하기 전에 부용이 마지막으로 들러버릇하는 장소는 누님이 머무는 베틀 공방이었다.

"벌써 밤이 다 되얐고나. 니 안사람이 많이 지달리고 있겄다."

동생을 안으로 들이지 않고 밖에서 그냥 따돌릴 구실 찾는 누님을 옆으로 밀치면서 부용은 공방 안으로 발을 들여놓았다. 짧게 머물던 겨울 해가 지고 사위에 벌써 어둠이 들어찼건만 누님은 공방 안에 불도 밝히지 않은 채 어둠 속에서 무슨 일인가를 하고 있었던 듯했다. 부용은 남포등에 불을 켜는 순간 누님의 젖은 눈자위를 발견하고서야 비로소 직전까지 했던 그 일이 무엇인지를 알아차렸다. 하루 한 끼로 버티는 금식기도가 시작된 게 오래전 일인 성싶은데, 그게 아직도 다 끝나지 않은 모양이었다.

"진용이 형님이 오늘 날짜로 고사기관총 문제를 완결지었습니다."

"부용아, 너는 인제 혼자가 아니다. 너한티 딸린 식구들 생각혀서 제발 건강 조심허거라. 물불 안 개리고 일에만 매달리다가 필경 쓰러지고 말라."

"내 건강보담도 저는 누님 건강이 더 걱정입니다."

많이 힘든 건 사실이었다. 동천리에서 상곡리 사이 먼 거리를 조석으로 왕래하면서 하루해를 꼬빡 본가 쪽 일거리에 매달려 보낸다는 게 무척 고단한 노릇이긴 했다. 그렇지만 금방 쓰러질 정도는 아니었다. 아직은 그럭저럭 견딜 만한 상태였다. 너무 잘 견디다가 일제 관헌들한테 건강체로 오해받음으로써 갑자기 징용 대상에 오를지도 모른다는 그 걱정이 오히려 더 앞서는 판이었다. 부용은 금식기도를 당장 중단하라고 누님에게 권고하고 싶었다. 아버지 건강에 치명상 입힌 불효녀라 해서 자기 건강에도 똑같은 치명상 입혀야만 속죄가 성립되는 건 아니었다.

"부용아, 너 혹시 이사야 사십장 말씀을 알고 있냐? 한번 들어보거라. 요런 말씀이니라. 소년이라도 피곤하며 곤비하며 장정이라도 넘어지며 자빠지되 오직 여호와를 앙망하는 자는 새 힘을 얻으리니 독수리의 날개 치며 올라감 같을 것이요 달음박질하여도 곤비치 아니하겠고 걸어가도 피곤치 아니하리로다……"

"그런 경지까장은 여태 가 본 적이 없지만, 여호와를 앙망험시나 동시에 무리헌 금식을 계속 고집허는 자는 지아모리 장정이라도 넘어지는 수가 있나니라. 허는 이치 정도는 알고 있지요."

"아니다. 자기가 죄인인 것을 자복하고 자기 죄를 진심으로 회개헐 지 아는 자만이 여호와를 앙망헐 자격을 얻는 법이다. 여호와께서는 바로 그런 자를 사랑허시는 증거로 새 힘을 공급허시는 은혜를 베푸신단다."

"지금 이 마당에 와서 귀꿈맞게 누님이랑 신학 논쟁에 불을 붙이고 잪은 생각은 추호도 없습니다."

그쯤에서 부용은 슬슬 철수할 채비를 시작했다. 지금이라도 신춘복씨와의 결혼 계획을 재고하는 게 좋지 않겠느냐고 묻고 싶은 마음이 굴뚝같았지만, 결국 입을 다물기로 했다. 여호와의 새 힘 공급 운운하는 그 말이 애초 자기 계획을 끝까지 어기차게 밀어붙이겠다는 누님의 완곡한 의사 표시였음을 뒤늦게 알아차린 까닭이었다.

"함지라는 니 아명은 출산이 임박헐 무렵에 지어졌니라. 산달이 얼매 안 남었으니께 인제는 우리 조카 아명도 슬슬 고민헐 때가 되잖었을까?"

누님은 연실의 회임이 사실로 밝혀진 뒤부터 줄곧 동생이나 올케보다 장차 태어날 조카 쪽에 더 많은 관심을 보여버릇했다.

"벌써 지어놨지요, 천년쇠라고."

"천년쇠?"

"예, 애비맨치로 병골래미 신세 되야서 비리비리허게 살지 말고 무쇳뎅이맨치로 튼실허고 강단지게 오래오래 살으라고 그렇게 지었습니다."

"만약에 기대허든 아들이 아니라 이쁜 딸이 나온다면 으쩔라고?"

"딸이라는 게 확인되는 순간에 맞춰서 즉각 천일홍이라고 개명허기로 합의를 봐뒀으니깨 염려허지 않으셔도 됩니다."

"그러니깨 천 자 돌림이고나."

최근 들어 잔주름이 부쩍 늘어난 듯한 누님 얼굴에 보일락 말락 옅은 웃음기가 번져나갔다.

"본의 아니게 오래 격조허고 지냈다고, 일간에 한번 만나보고 잪으다고 안사람한티 안부 전허거라."

부용은 인가도 별로 없고 불빛도 덩달아 없는 귀갓길이 덧씌우는 피로감으로 말미암아 발걸음 옮기는 일조차 매우 버겁게 느껴졌다. 더군다나 꺾일 조짐 전혀 안 보이는 누님 외고집이 안겨주는 부담감으로 인해 동천리로 향하는, 들길에서 언덕길로, 다시 들길로 이어지는 그 익숙한 행로가 평소보다 훨씬 더 멀고 낯설게 느껴지는 것이었다.

"장차 매부 될 사람을 그런 이름으로 불르다니, 그게 어디서 배워먹은 말버릇이냐!"

어느 정도냐 하면, 세상이 다 아는 춘풍이란 이름 무심결에 들먹였다가 하마터면 누님한테 따귀 얻어맞을 뻔한 경험이 있을 정도였다. 그런 일이 있은 뒤로 부용은 춘풍이 지칭할 일 생길 적마다 꼬박꼬박 신춘복이란 본명을 써버릇했다. 그 정도로 자신의 혼사 계획에 대한 누님의 확신은 시종일관 요지부동이라서 그 누가 무슨 말을 해도 귓구멍 딱 틀어막은 채 자기 말만 일방적으로 앞세우곤 했다.

"춘풍이 너는 인자 굶어도 배고픈지 몰르겄다. 자다가 얻은 떡 덩이맨치로 선녀 같은 우리 아씨를 느닷없이 각시로 삼게 되았는디, 요게 시방 꿈인가 생신가 분간이나 가겄냐?"

"으, 각시, 흐흐흐……"

"춘풍아, 사나 구실 지대로 헐 수 있을랑가 몰르겄다. 궁금헌 짐에 니놈 아랫두리 홀랑 까서 부자지 사정을 진찰 한번 혀봐야 쓰겄다."

"으, 부자지, 으, 진찰, 흐흐흐흐……"

밤중에 행랑채 곁을 지나다 머슴방에서 흘러나오는 짓궂은 농지거리와 질펀한 웃음소리에 발목이 잡혀 우뚝 멈춰 선 적도 있었다. 놀림가마리 신세인데도 동료 머슴들 그 농지거리 의미를 아는지 모르는지 신춘복씨는 누구보다 크고 기름진 목청으로 그저 헤프게 웃어쌓기만 했다. 이심전심이 시키는 바에 따라 당분간은 가족들만 아는 비밀로 묻어두기로 묵계가 이루어진 혼사 계획이었다. 손대기 계집아이부터 반품짜리 놉과 온 새경 받는 상머슴까지 집안에서 부리는 모든 일손에 엄한 함구령이 떨어졌다. 그런데도 울안 사람들이 그처럼 신춘복씨를 심심풀이 놀림감삼아 기탄없이 시시덕거리는 것이었다. 그런 점으로 미루어 보건대 그날 밤 사랑채에서 벌어졌던 혼사 소동이 천석꾼 집 담을 훌쩍 뛰어넘어 이미 바깥세상 활보하는 중임을 짐작하기는 그리 어렵지 않았다. 정작 신랑감으로 거론되는 당사자한테는 여태까지 누구를 통해서든 어떤 언질이나 귀띔도 건너간 적 없는 실정인지라 부용은 서글픔을 지나 참담한 심정에 이를 수밖에 없었다.

"말을 끄내기가 무섭게 기절허고도 초풍을 허드만요. 그러고는 신 내린 무당은 저리 가게코롬 훌쩍훌쩍 뜀질을 놓기 시작허드만요. 천지신명도 아시고 산천초목까장 죄다 아는 그 반편이 자식이 감히 눈 바로 뜨고 쳐다도 못 볼 감나뭇골 그 얼씬네 데릴사우가 된다는 게 말이나 되는 소리냐고, 그런 가혹허신 말씸 전허시느니 차라리 우리 두 늙은이더러 당장 칼이라도 입에 물고 팍 자진혀뿔라고 명령 내리시는 편이 휘긴 더 인정미 있는 처사가 아니겄냐고, 대관절 우리가 천석꾼 집안에다 무신 죽을죄를 졌길래 그러콤 무작시런 형벌을 내리시는 거냐고 막 넋두리를 늘어놓음시나, 이년 손 붙잡고 눈물을 펑펑 쏟음시나 한나절을 울어랩디다요."

혼담 형식과 기본적인 혼례 절차 갖추기 위해 매파 자격으로 아침 일찍 숯골에 파송했던 부엌 어멈 섭섭이네가 저녁참 무렵 되어서야 본채로 돌아와 한바탕 늘어놓는 장광설이었다. 청천벽력 같은 제안에 놀라고 두려움에 빠진 숯골 두 내외 어르ᄂᆞ 달래느라 한나절 진땀만 빼다가 빈손으로 돌아올 수밖에 없었노라며 섭섭이네는 절레절레 체머리를 흔들었다. 그랬음에도 불구하고 누님은 의당 그럴 거라 예상했다는 듯 오약눈 하나 깜빡하지 않았다.

"이리 봐도 저리 봐도 시방 성공헐 조짐이 도통 안 뵈누만. 시방 신영감 내오간을 설득허는 일이 시방 황소를 쥐구녁으로 몰아옇는 일보담도 시방 더 에룹다고 보면 틀림없다니께. 암만혀도 시방 순금이 동상이 맴을 곤쳐먹어야 헐 때가 아닌가 생각혀, 시방."

며칠 후 누님은 진용이 형님 구슬려 그를 두번째 중매쟁이 자격으로 숯골에 파송했다. 숯골에 다녀온 그의 보고 역시 지난번 섭섭이네 그것과 대동소이한 내용이었다. 결과적으로 두 차례에 걸친 혼담 제의가 볼썽사납게 퇴박을 맞고 말았다. 아니, 그냥 퇴박이라기보다 실인즉슨 극구 사절이었다. 그렇다고 애당초 계획을 체념하고 포기할 누님은 또 아닌 듯했다.

"누님 주장에 틀린 구석이 어디 있다는 겁니까? 저는 틀렸다고 말하는 그쪽이 외려 틀린 사람이라고 생각합니다. 우리 누님이야말로 사해동포주의를 몸으로 실천하는 신여성이 틀림없다고 믿습니다. 빈부귀천이나 출신성분을 따지는 법 없이 만민 평등 세상을 실현하기 위해서 이참에 솔선수범에 나선 누님이 저는 그저 자랑스럽기만 합니다."

집안을 통틀어 누님을 지지하는 유일한 인물은 귀용이었다. 귀용은 제가 신봉하는 사회주의사상에 누님을 무리하게 비끄러매어 견강부회하는 우를 범하고 있었다. 바보 머슴과의 결혼이 도대체 사회주의 실현에 무슨 도움이 되고 어떤 의미가 있단 말인가. 온 집안 한바탕 들었다 놓은 혼인 소동에서 귀용이 봤던 것은 누님 실상이 아니라 허상이었다. 부용이 생각하기에, 자기 신랑감으로 신춘복씨를 선택한 누님의 본심은 다른 누구를 위한, 어떤 주의 주장을 위한 게 아니라 오로지 자기 자신을 위한 것이었다. 거창하게 어떤 이상세계 지향하기 위한 목적이 아니라 극히 사사로운 목적으로 선택한 신랑감이었다. 동생들도 모르는 사이에 누님은 어느덧 일종의 숙명론자로 변신해 있었다.

"꼬맹이 시절에 싸나운 개한티 정신없이 쫓기다가 내 꽃당혜 한 짝이 머슴 아저씨 구럭 같은 짚세기 안으로 퐁당 빠져들어간 사건은 우연이었지. 그런디 그 우연이 세월 지나고 나이를 먹으면서 점차 필연으로 바뀌기 시작했던 것 같어. 그 우연 땜시 울안 어른들이나 동네 애들한티 알나리깔나리, 허는 놀림을 받고는 어린 마음에 서럽고 분혀서 넘들 알게 몰르게 울기도 퍽 많이 울었었는디……"

만약에 여자 신발과 남자 신발이 한데 포개졌다면 남녀 두 신발 주인은 처음부터 부부가 될 운명을 타고난 증거라는 우리네 전래 속신이 문제의 시발점인 셈이었다. 그리고 그 문제의 절정은 한밤중 베틀 공방 피신 사건이었다. 천석꾼 집안 급습한 경찰 무리에 쫓기던 반편이 머슴은 엉겁결에 공방 안으로 뛰어들어 젊은 아씨 치마폭 속에 몸을 숨김으로써 가까스로 화를 면할 수 있었다. 바로 그 사건이 누님을 숙명론 쪽으로 급격히 기울게끔 길라잡이 노릇을 수행한 듯했다.

"자비와 긍휼이 풍성허신 우리 하나님 아바지께서 에렸을 적에 원인불명 열병을 앓고 나서 갑째기 모지리가 되야뿌린 소년을 아름다운 천사로 변신시키는 은총을 내려주셨어. 불의가 판을 치고 악인들이 공중 권세를 잡는 타락 세상에서 신춘복씨맨치로 나이가 들어도 어린아이랑 똑같이 천진난만허고 순진무구헌 사람 찾는 건 아매 섶 속에서 바늘 찾는 것만침 힘들 것이라 믿어. 아매 최초 인간 아담이 신춘복씨 같은 사람이었을 것이여."

그 말 듣자마자 부용은 하마터면 실소할 뻔했다. 함부로 웃었다가는 뭔가 큰 탈이 붙어버릴 듯한 분위기였다. 그만큼 누님 어조는 진지했고, 그 표정은 사뭇 확신에 차 있었다. 하나님이 수십 년 전에 이미 자기 짝으로 정해놓으신 남자일시 분명하다는 확신이었다. 바로 그 대목에 이르러 누님의 숙명론은 종착점 단계로 접어든 셈이었다. 그러니 거기에 무슨 말을 더 보태고 토를 달겠는가. 대안을 모색해서 가능한 한 빨리 다른 신랑감 물색해보겠다는 제안을 부용은 끝내 입 밖에 내지 못하고 말았다.

징용 영장을 의미하는 '노란 딱지' 받은 남정 숫자가 갈수록 기하급수로 늘어나는 추세였다. 총동원법에 따라 전면 징용 제도가 시행되면서 부용이 평소에 알고 지내던 면민 중 다수가 그 불운한 딱지와 맞닥뜨렸고, 그들 가운데 상당수는 이미 고향 마을 떠나 어딘지 모를 이역 노무 현장으로 끌려갔다는 안타까운 소식이 연달아 들렸다. 운신 폭이 옹색하기로는 여인들도 남정들이나 매일반이었다. 특히 젊은 여인일수록 족집게에 뽑히듯 징용에 걸려 여자정신대에 끌려갔고, 그때마다 마을 곳곳에서는 너도나도 울고불고 서로서로 붙잡고 매달리면서 몸부림치는 한바탕 소동이 벌어지곤 했다. 더군다나 여자정신대 징용 연령이 현행 이십오세 미만에서 머잖아 사십세 미만으로 확대된다는 흉흉한 소문이 파다하게 나도는 실정이었다. 전황이 불리해질수록 다그치고 잡죄는 징용의 손떠퀴 역시 조선 남녀들 겨냥해 바싹 더 포위망을 좁혀오는 기색이었다. 어떤 형태로든 누님 문제를 확실히 해결하기 위해 촌각을 다퉈야 할, 참으로 막중한 시기가 아닐 수 없었다.

언제부터인지 눈송이가 한 알 두 알 얼굴에 내려앉기 시작했다. 갑자기 얼굴로 와닿는 선득한 기운에 퍼뜩 정신 차리고 보니 어느새 동천리 초입이었다. 샛내교회 사택에 앉아 깜빡깜빡 졸고 있는 불빛 하나가 먼발치에서도 확연히 눈에 띄었다. 그 미약한 불빛이 칠흑의 밤바다 밝히는 등대처럼 보이는 덕분에 부용은 후들거리던 다리에 새롭게 기운이 뻗치기 시작함을 느꼈다. 그동안 여럿이서 작반해 머나먼 길 함께 걸어온 듯한 기분이었다. 내내 동행인들 목소리가 귓전을 번차례로 오가고 있었다. 이 사람 이 말 건네고 저 사람 저 말 건네는 혼돈 속의 귀갓길이었다. 마침내 말 많은 동행인들 다 돌려보내고 부용 혼자서 조용히 집으로 다가갈 수 있게 되었다.

"여보, 배깥에 시방 눈이 내리고 있소."

만날 이른 잠자리에 들곤 하는 사찰집사 내외의 잠이 벽 하나 건너편에서 울리는 소리에 놀라 달아나지 않게끔 방문에 대고 가만히 속삭였다. 그랬는데도 방문이 얼른 알아듣고는 환영의 뜻을 나타냈다.

"어디요, 어디? 정말 눈이 내려요?"

연실은 진종일 떨어져 지낸 남편보다 눈 소식이 더 반가운 눈치였다.

"우리 천년쇠는 오늘 하루도 잘 놀았소?"

눈이 내리는 현장 직접 눈으로 확인하고 나서 방에 들어온 연실이 남편 손 붙잡아 만삭에 가까운 배로 가져갔다.

"아빠 되시는 분께서 천년쇠한테 직접 물어보셔요."

부부는 천년쇠란 이름 서로 들먹이면서 함께 키득거렸다. 아직은 익숙지 않은 그 아명을 입길에 올릴 적마다 어쩐지 어색하고도 낯간지럽게 느껴지는 바람에 젊은 부부는 매번 그렇게 철없는 애들처럼 한참씩 키득거리곤 했다. 연실의 뱃속에서 건너오는 천년쇠의 힘찬 태동이 부용의 하루치 피로를 말끔히 앗아가버렸다.

"오늘은 또 어떤 일들이 있었어요?"

"가만있자, 오늘 중요헌 일이 뭐였드라……"

좀 늦은 저녁 먹는 자리에서 부부는 하루 일들 밥상 위에 올려놓고 도란도란 이야기를 나눴다. 당일 본가에서 있었던 일들 간추려 방안에 풀어놓는 일이 요즘 부용의 일중 행사로 굳어지다시피 했다. 뭐니 뭐니 해도 그날 가장 중요했던 일은 단연 고사기관총 헌납 건이었다.

"암만혀도 살림을 본가로 욍기는 게 좋을 것 같소."

저녁상 물린 후 부용은 며칠 전부터 잔뜩 별러온 얘기를 꺼냈다.

"새삼스럽게 왜 또 이사 이야기를……"

그것은 지난번 얘기의 재탕이고 복제판이었다. 첫번째 이사 종용은 일언지하에 거부당하고 말았다. 연실의 거부 이유는 너무도 명백했고, 그 나름대로 그럴 만한 명분도 숱하게 갖추고 있었다. 첫째, 며느리로 인정받지도 못하는 주제에 자진해서 시집살이 택할 수는 없다. 둘째, 환영받지 못하는 시집살이로 말미암은 마음고생이 천년쇠 태교에 심각한 악영향을 미칠 가능성이 농후하다. 셋째, 시아버지 유고 기회를 틈타 본가로 밀고 들어가는 건 사람의 도리가 아니라고 생각한다. 넷째, 본가에 우리 두 식구, 아니, 장차 세 식구가 마음 편히 기거할 마땅한 공간도 없잖느냐. 다섯째……

"당신은 으떤지 몰라도 내가 불편혀서 못 살것소. 눈에 안 뵈니께 당신한티 무신 일이 생길 것만 같어서 노상 맴이 불안허고, 손이 안 닿으니께 만약에 무신 일이 생기드래도 도와줄 방도가 전연 없고……"

하다못해 딸꾹질이나 재채기 같은 것마저도 조심해야 할 만삭기 임부였다. 남편과 떨어져 혼자 보내는 긴 시간, 불편한 몸 이끌고 집안일 하던 중 당하는 가벼운 사고가 때로는 치명적 결과로 이어질 가능성도 얼마든지 있었다. 무엇보다 부용은 그 점이 가장 두려웠다.

"전번에도 말했지만, 지금도 불편한 줄 전연 모르겠어요. 여기서 누구 눈치도 안 보고 마음 편히 지내는 생활이 저는 제일 좋아요."

두번째 이사 제안 역시 보기 좋게 거부당했다. 남편이 아무리 어르고 달래도 연실은 처음 뜻을 굽히려 하지 않았다. 언왕언래에다 설왕설래 많은 이야기 주고받는 동안 부용은 비로소 연실이 시댁에 입주하기를 한사코 거부하는 진짜 이유를 알게 되었다. 다름 아닌 친정어머니 때문이었다. 자신이 시어른들로부터 받는 냉대나 백안시는 그럭저럭 견뎌낼 수 있지만, 그런 딸을 낳았다는 이유로 친정어머니까지 사돈 대접은 고사하고 딸과 똑같은 부류로 취급당하는 꼴은 도저히 참을 수 없다는 것이었다.

산달이 가까워질수록 장모의 산서 출입이 눈에 띄게 잦아졌다. 그리고 한 번 왔다 하면 산서에 머무는 기간도 훨씬 길어졌다. 잦은 출입 덕분에 장모는 그새 사모와 친분이 두터워져 있었다. 단칸살이하는 딸과 사위 둔 장모는 사모의 호의에 힘입어 방이 많은 목사관에 여러 날 묵으면서 잠자리 문제를 해결했다. 그리고 잠자는 시간 외에는 딸과 함께 지내면서 배가 등덩산같이 부풀어 오른 딸을 지극한 정성으로 돌봐주었다. 그 헌신적인 보살핌에 감동한 나머지 부용은 스스럼없이 장모님이라 불러버릇했다. 언제부턴가 부용의 의식 속에서는 '경부 마나님'이라는, 비아냥거리는 의도 다분한 호칭이 완전히 자취를 감추다시피 했다.

"산구완으로 끝날 일이라면 또 모르겠어요. 해산한 뒤로도 우리 아이 성장 과정에는 솜이불같이 푸근한 그 풀솜할머니 손길이 반다시 필요한 자양분이 된다고 생각해요."

외할머니 사랑 체험한 기억이 별로 없는 처지인데도 그 말은 부용에게 퍽 수긍이 가는 설득으로 다가왔다.

"저는 정말 아무렇지도 않아요. 불편한 게 하나도 없다고요. 지금까지도 그랬고, 앞으로도 계속 그럴 거라고 믿어요. 어머니가 없을 때는 사모께서 친정엄마 대역을 기껍게 맡아주고 계시지요. 집사님 내외분도 지근지처에서 외삼촌같이 외숙모같이 상시

대기하다시피 하면서 알뜰살뜰 챙겨주고 계시지요. 그런데 대관절 뭐가 문제고 뭐가 걱정이셔요? 앞으로 제 안위 문제에 대해서는 당최 염두에 두지도 마시라고요."

"알었소. 이런저런 걱정건지들 교회 층층다리 아래 노송나무 둥치에다 꽉 붙들어 매놓을라고 한번 애는 써보리다. 잘 알어들었으니께 인제 고만 불 끄고 잠이나 청헙시다."

부용은 눕자마자 곯아떨어져 금세 인사불성이 되고 말았다. 개꿈 한번 꾸는 일 없이 그 어느 날보다도 아주 깊디깊고 평안한 단잠 이루는 데 성공한 밤이었다.

겨우 하루만큼의 길이로 느껴지는 며칠이 훌쩍 지나갔다. 그 짧막한 기간에 몇 가지 특기할 만한 일들이 집안에서 연달아 벌어졌다. 장모가 읍내에서 전세 낸 택시에 미역서껀 식료와 기저귀서껀 유아 용품 잔뜩 싣고 또다시 동천리 딸네 집을 찾아들었다. 가방 숫자나 보퉁이 규모로 보아 딸이 해산할 무렵까지 내처 산서 땅에서 떠나지 않을 작정인 듯했다. 누님은 이십일 일간 작정 금식 다니엘기도를 모두 마쳤다. 하나님과 자신과의 약속 끝까지 지킨 연후에야 누님은 그동안 많이 축진 몸 섭생으로 추스르면서 새롭게 결의를 다지기 시작했다. 학부모 자격 위임받은 사촌형이 읍내 중학교 찾아가 덕용의 자진 휴학 절차를 밟은 후 하숙방에서 이삿짐 챙겨 덕용과 함께 감나뭇골로 돌아왔다. 오랜만에 집에 돌아온 덕용은 운신이 여의롭지 못한데다 표정마저 잃어버린 아버지의 변모를 목격하고 일차로 울음보를 터뜨렸다. 그리고 누님과 관련된 놀라운 소식에 접하면서 이차로 울음보를 터뜨렸다. 덕용이 자진 휴학으로 일단 징병부터 피한 다음 고사기관총 헌납으로 징용마저 피하게 됨으로써 얻은 게 많았던 반면 앞으로 잃게 될 것도 만만치 않으리란 것을 충분히 예감케 하는 광경이었다.

부용은 아침에 사랑채에 들러 부모에게 문안부터 아뢴 후 당일 처리할 주요 업무와 관련해 간략한 보고를 올렸다. 천석꾼 영감은 침을 질질 흘리면서 맹한 눈빛으로 아들을 그저 멀뚱멀뚱 바라보기만 했다. 눈앞에서 시방 뭐라 뭐라 지껄이고 앉아 있는 이 젊은 놈이 대관절 누구더라, 하고 안개처럼 뿌연 기억 속을 느릿느릿 더듬어보는 듯한 표정이었다. 보고 내용을 허가한다는 표시로 관촌댁이 고개 끄덕거리자 부용은 문갑에서 부친 함자 새겨진 인감도장 챙겨 사랑채를 나섰다.

대문간으로 향하는 중이던 부용은 섭섭이네 대동한 채 이제 막 본채에서 나오는 누님과 딱 마주쳤다. 둘 다 옷에서부터 신발에 이르기까지 완연한 나들잇벌 차림인 걸 보고 부용은 의아해했다.

"금식 끝내신 게 불과 며칠 전인디, 그 부실헌 몸으로 이 아침에 어디를 가실라는 겁니까?"

"숯골 조깨 댕겨올란다."

숯골이란 소리 들리는 순간, 부용은 가슴이 또 철렁 내려앉는 기분이었다. 누님은 특히 숯골이란 지명에 유난히 힘을 넣어 또박또박 발음했다.

"금식기도 응답이라도 받으신 겁니까? 하나님께서 누님이 직접 숯골에 댕겨오는 게 좋겠다는 전보라도 보내시든가요?"

그처럼 불경한 언사 들이미는 부용이 영 마땅찮음을 누님은 엄격한 표정에다 찌르는 눈초리로 표현했다.

"너는 이 시간에 무신 일로 집을 나서냐?"

누님이 숯골과 상관없는 쪽으로 얼른 말머리를 돌리려 했다.

"기간 만료가 임박헌 전답이 여러 곳이라서 임대차 계약을 새 칠로 갱신헐까 허고요."

굳이 그럴 필요까지는 없는 일인데도 어쩐지 그래야만 될 듯싶은 분위기라서 부용은 주머니 속 인감도장을 꺼내 누님에게 슬쩍 보여주었다.

"부용아, 계약을 갱신허드래도 너는 아버님맨치로 살인적 도조는 절대로 책정허지 말거라. 소작인들 옹색헌 처지를 살펴서 쌍방 간에 납득헐 만헌 범위 안에서 협상을 허기 바란다. 제발 부탁이다, 부용아."

누님 말투가 사뭇 진지하고도 간곡한 가락으로 다가왔다. 부용은 웃으면서 고개를 끄덕거렸다.

"염려 마십쇼, 누님. 그러잖어도 피차간에 어런무던헌 방식으로 처리헐 맴을 먹고 있든 참입니다."

"지주 어른이 갑째기 몸져눕는 덕분에 생각지도 않게 득을 보는 사람들이 생겨나겠고나. 고맙다, 부용아."

"아주머니, 혹시 가는 도중에 노상에서 갑째기 쓰러지실지도 몰르니깨 옆에서 우리 누님 잘 살펴주시기 바랍니다."

부용은 군이 싫다고, 그럴 필요 전연 없다고 극구 만류하는 누님을 동구 밖까지 부득부득 따라가 배웅한 다음에야 뒤돌아섰다. 산서면 동북단 숯골까지 원행 도모하는 누님이 퍽 딱해 보였다. 혼인하려는 당사자가 몸소 신랑감으로 점찍은 남자네 집 찾아 나서는 일은 조선 법도에 어긋나는 행동일뿐더러 동서고금에도 유례가 없는 만행일시 분명했다. 일차 중매 실패에 이어 이차 중매 실패까지 경험한 그 심중이 여북이나 착잡하리라는 걸 짐작 못하는 바 아니었다. 그렇다고 조상 전래 법도까지 어겨가며 중매쟁이 제쳐놓은 채 당사자가 직접 옷소매 걷어붙이고 앞장선다는 건 이만저만 무리가 아니었다. 그런 방식이 반드시 성공한다는 보장도 없을뿐더러 남들한테 손가락질당하고 욕먹기 딱 십상인 행위였다. 장도에 오른 누님이 이렇다 할 불상사 겪지 않은 채 그저 건강한 몸으로 무사히 돌아오기만 바랄 따름이었다.

계약 만료가 임박한 첫번째 집으로 향하면서 부용은 심호흡으로 마음부터 가다듬었다. 만일 아버지가 어느 날 온정신으로 돌아와 당신 유고중에 집안에서 벌어졌던 사건들을 알게 된다면, 틀림없이 또 '밥버럭지' 운운하면서 맹비난 퍼붓게 마련인, 바로 그런 사고 저지르기 위해 시방 길을 잡아 싸목싸목 나아가는 중이었다. 춘경(春耕)을 앞두고 계약 갱신할 일 생길 적마다 늘 아쉬운 입장인 소작인이 아쉬울 것 하나 없는 천석꾼 지주 저택 제 발로 찾아와 코가 땅 닿게 큰절부터 올리는 것이 예전 관행이었다. 도조 문제 놓고 지주와 소작인 간에 적절한 선에서 타협이 이루어지는 게 아니라 지주 쪽에서 매년 소출량의 몇 할을 도조로 바치라고 소작인에게 일방적으로 통고하는 방식은 관행 위로 솟은 철칙이었다. 큰소리치는 아버지 앞에서 지은 죄도 없이 그저 벌벌 떨고 쩔쩔매면서 머리 조아리고 허리 굽실거리던 소작인들 모습이 어린 시절 부용의 뇌리에 생채기로 각인되어 있었다. 나중에 아버지한테 날벼락 맞는 한이 있더라도, 부용은 일단 그 몹쓸 관행과 철칙 제 손으로 본때 있게 깨부수고 싶어 온몸이 근질거리던 참이었다.

누님은 해질녘이 겨워서야 흠씬 지친 모습으로 집에 돌아왔다. 돌처럼 딱딱하게 굳어진 누님 얼굴 대하면서 부용은 큰맘 먹고 도모한 숯골 방문이 형편없는 실패로 끝나버렸음을 직감했다. 부용은 아무런 말도 없이 그냥 베틀 공방으로 직행해버리는 누님 대신 섭섭이네를 불러 세웠다.

"저쪽 사람들이 으떤 반응을 뵈든가요?"

부용은 숯골이 자리한 쪽을 턱짓으로 가리켰다. 그러자 섭섭이네는 굳어진 버릇인 양 체머리부터 쌀쌀 흔들어댔다.

"하이고, 말도 마시기라! 참말로 점님가관도 유분수지, 그런 점님가관은 아매 조선 천지에서 두 번 다시 찾어보기 심들 것이 고만이라!"

아마도 점입가경을 뜻하는 말인 듯했다. 지난번 섭섭이네 단신으로 찾아갔을 때보다 훨씬 더 고약한 결과를 안고 돌아온 모양이었다.

"우리 아씨께서 말도 지대로 못 붙이게코롬 끝까장 품을 안 내주드만요. 낭중에는 아씨께서 싹싹 빌다시피 사정사정 하소연을 늘어놔도 안 통헙디다요. 이짝에서 일원어치 하소연 보내면 저짝에서는 십원어치 하소연으로 답장 보내는 판국인디, 우리 아씬들 무신 용빼는 재주가 있겄느니까요."

놀랍게도 누님은 그날 저녁 사촌오라버니를 집으로 불러들여 베틀 공방 개조하는 일을 상의했다. 베틀을 밖으로 들어내 다시 헛간 본래 자리로 옮기고 그곳에 신방을 꾸미는 공사였다. 누님은 공사 일체를 진용 형에게 일임했다. 상대방이 떡 줄 생심도 하지 않는 줄 번연히 알면서도 미리감치 김칫국부터 벌컥벌컥 들이켜는 꼴이었다.

성급하게도 공사는 바로 그 이튿날부터 시작되었다. 농한기라서 일없이 빈둥거리던 집안 장정 둘과 바깥에서 데려온 장정 둘이 아침부터 모여 진용 형 진두지휘 아래 일찌감치 작업에 착수했다. 난데없이 온 울안에 울리고 퍼지는 시끌벅적한 소리에 깜짝 놀라 어머니가 사랑채에서 쭈르르 달려왔다.

"요게 시방 웬 야단이다냐?"

"저걸 뜯어곤치겄답니다."

부용은 턱짓으로 공방 쪽을 슬쩍 가리켰다.

"멀쩡헌 공방을 무단시리 왜 뜯어곤치고 난리여?"

어머니 눈이 화등잔같이 휘둥그레졌다.

"곤쳐서 신방으로 쓸 생각인 모냥입니다."

어머니는 기가 막히고 맥이 풀려 서 있기조차 거북한 모양이었다.

"우리 집안에 이 무신 재변이다냐. 참말로 만고에 없는 재변이 들이닥쳤고나. 영축 없는 횡액이다. 횡액!"

어머니는 구시렁거리는 소리 띄엄띄엄 흘리면서 비치적비치적 사랑채로 돌아가기 시작했다. 개조 공사는 어떤 방해도 받지 않은 채 내리 일사천리로 진행되었다. 자기 신조에 충실한 나머지 좌고우면하지 않고 똑바로 앞만 보며 일직선으로 내닫는 누님 잰걸음에 섣불리 딴죽 걸고 나서는 사람은 이제 집안에 아무도 없었다.

5

　호락질로 김매기에 나선 밭이랑이 두렛일에 나설 때보다 갑절
이상 사래차게 느껴지는 건 당연한 이치였다. 길동무삼아 섭섭이
네랑 함께 갈 때는 그렇게 먼 줄 몰랐던 숯골이 막상 혼자서 찾아
가려니 마치 다가가면 그만큼 멀어진다는 그 신기루처럼 마냥 아
득하게만 느껴졌다. 더구나 며칠 전에 내린 폭설이 아직도 숫눈
처럼 새하얀 자태 유지한 채 온 산야에 두툼히 깔려 있는 탓에 짐
승 발자국 하나 찾아볼 수 없는 전인미답 산길 걷는 동안 발품을
가외로 더 팔아야만 했다. 냉습한 늦겨울 바람이 몽근 눈가루 잔
뜩 머금은 채 달려들어 안면을 강타했다. 순금은 손수 뜨개질한
털실 목도리 위쪽으로 끌어당겨 얼굴을 반나마 가림으로써 다음
순번 기다리는 다른 바람에 대비했다. 만약의 사태 생각하고 두
툼한 솜옷으로 단단히 무장한 채 집을 나선 덕분에 추위는 그다

지 문제가 되지 않았다. 그런데 옆구리에 낀 골풀자리가 걸을수록 더욱더 거추장스러운 부담으로 느껴졌다. 둘둘 말아 끈으로 묶은 그 자리는 이를테면 가슴속에 똬리 틀어버린 순금의 불요불굴 투지를 반영하는 일종의 상징물인 셈이었다. 자신의 굳센 의지를 다시 한번 숯골에다 펼칠 적에 함께 펼칠 도구로 찜하고 집에서 미리 챙겨 나온 물건이었다.

지난날 화전민들이 숯을 구워 팔았던 산골짝이었다. 그 안에 옴팍 들어앉은 외딴 오두막에는 빈집인 양 인기척 하나 없이 괴괴한 정적만이 감돌고 있었다. 하지만 순금은 알고 있었다. 이 험궂은 눈밭 천지 속으로 노부부 끌어낼 만큼 긴한 일거리가 바깥 세상에 있을 리 없다는 것을.

"안에 기시는지요? 감나뭇골 최순금이가 다시 찾아왔고만요."

역시 방안에서는 아무런 기척도 흘러나오지 않았다. 순금은 오두막 툇마루 바로 앞, 크고 작은 두 종류 발자국이 듬성듬성 찍힌 눈밭 위에 골풀자리를 펼치기 시작했다.

"안 기시다면 오실 때까장 여그서 지달리고 있겄습니다."

순금은 건공중에 띄워 큰 소리로 다시 한번 기별 보내고 나서 자리 위에 음전한 앉음새로 몸을 내려놓았다. 그러자 한데 마당 눈밭에 손님이 좌정하기 기다렸다는 듯 그때까지 미동조차 하지 않던 방문이 벌컥 열렸다. 뒤미처 머리 허연 안노인이 모습을 드러냈다.

"금지옥엽 아씨께서 이 무신 참담헌 노릇이다요!"

안노인은 나이에 걸맞지 않은 민첩한 동작으로 후닥닥 뛰쳐나오더니만 순금의 맞은편짝 눈밭에 맨발 바람으로 덜퍽지게 엎드러지고 말았다.

"절 받으셔요."

안노인 붙잡아 일으켜 골풀자리 위로 모신 다음 순금은 눈밭으로 뒷걸음치면서 큰절 동작에 들어갔다. 그러자 안노인이 잽싸게 선손을 써 나어린 아씨 앞에 코방아 찧듯 큰절로 먼저 인사를 닦아버렸다.

"차라리 우리 두 늙은이 그냥 팍 쥑여주시기라우! 아씨께서 자꼬만 천부당만부당헌 말씸을 앵겨주시는 통에 맨날 꿈자리가 뒤숭숭허고 맴자리가 지랄 같어서 참말로 즈이들 명대로 못 살겄고만이라우!"

안노인은 두 손바닥 싹싹 비비대며 울먹이기 시작했다. 그러는 안노인 향해 순금은 눈밭 위에 퍽석 무릎을 꿇었다.

"아무 때라도 두 어른 입에서 허락 말씸이 떨어질 때까장 절대로 요 자리를 안 떠날 작정이고만요."

언제 끝날지 모르는 그 팽팽한 실랑이질 견디다못한 바깥양반이 뒤늦게 방에서 내달아 나왔다. 그 역시 맨발 바람이었다.

"아씨, 세상천지 요런 법은 없습니다요! 무턱대고 요러콤 얼토당토않은 고집을 앞세우시면 안 됩니다요!"

안노인과 엇비슷한 자세로 안노인 옆에 무릎 꿇자마자 바깥양반은 읍소를 늘어놓기 시작했다.

"개발바닥에다 다갈을 박는 게 으디 당키나 헌 짓입니까요! 생기다가 만 것맨치로 온전헌 구석 한 간디도 없는 우리 춘복이란 놈을 감나뭇골 그 얼씬네 데릴사우로 삼으시겄다는 게 으디 말이나 되는 소립니까요! 아씨, 애시당초 씨알도 안 멕혀들 일은 지발덕분 거둬주시기라우! 그러고 또 차후로는 그런 일로 요 누추헌 집구석까장 발걸음허들 말어주시기라우! 요러콤 싹싹 빌고 또 빌어도 소용이 없으면은 차라리 천석꾼 집안허고 주종 관계를 싹 끊어뿔고는 춘복이란 놈 잡어다가 숯골에서 농우 대신 부려먹을랍니다요!"

"어른께서 무신 말씸을 허시든지 간에 시종일관 제 생각은 요지부동이고만요. 날이 솔찮이 차거운디, 두 어른께서는 방으로 들어가시지요. 저는 요 자리를 지킴시나 아무때라도 허락이 떨어질 때까장 지달리고 있겄습니다."

그 말 끝냄과 동시에 재채기가 터져나왔다. 재채기는 한두 번 정도로 멈출 기세가 아니었다. 눈석임물에 함빡 젖은 누비 치맛자락 뚫고 한기가 무릎 부위 지나 온몸으로 뻗쳐올라오는 중이었다.

"대처나 이 깝깝헌 노릇을 으찌혀야 좋을꼬! 참말로 기가 꽉 멕혀서 폴짝폴짝 뛰다가 죽을 노릇이네! 여태까장 섬섬옥수에 꾸정물 한 방울 안 묻히고 살어오신 금지옥엽 우리 아씨께서 이 무신 쌩고상이시다요?"

순금의 젖은 치맛자락 눈여겨보며 안노인이 연방 혀 차는 소리를 냈다. 곁에서 바깥양반도 거푸 한숨을 푹푹 쉬어댔다.

"고뿔 드시겄어라우. 허실 만침 허셨으니께 인자 고만 일어스시지요."

"제발 말씸 조께 낮추셔요. 웃어른한티서 꼬박꼬박 공대받고 있을라니께 꼭 바늘방석에 앉은 심정이고만요."

"아이고, 즈이들같이 밑바닥 빨빨 기어댕기는 무지랭이들이 으찌 감히 하눌 같으신 천석꾼 따님 면전에 대고……"

말하다 말고 바깥양반이 갑자기 입을 딱 다물어버렸다. 무심한 추위와 무거운 침묵이 한동안 주변을 촘촘하게 지배했다. 어느덧 중천 가까이 다다른 해가 지상 한 귀퉁이 눈밭 위에서 펼쳐지는 그 기묘한 대치 상황을 무연한 표정으로 내려다보고 있었다.

"아씨 땜시 감나뭇골 그 얼씬네께서 함마트라면 저승 문턱 넘어설 뻔했다고 소문이 짜허게 나돌드니만, 그게 백줴 그냥 지어낸 헛소문이 아닌지를 인자사 알겄고만."

한참 만에 안노인이 혼잣말처럼 중얼거렸다. 그러고는 그것으로 그만이었다. 또다시 추위와 침묵이 득세하는 분위기로 돌아서고 말았다. 발 없는 소문이 그새 진창 마른땅 가리는 법 없이 아무데나 닥치는 대로 마구 쏘다닌 모양이었다. 인가가 두어 가구에 불과하리만큼 궁벽하기 짝이 없는 숯골, 거기서도 가장 귀꿈맞은 산골짝에 자리잡은 외딴집마저도 소문은 예외로 두지 않은 듯했다. 이를테면 안노인 중얼거림은, 소문이 사실로 밝혀진 마당에 이제는 천석꾼 집안 젊은 아씨 진심을 의심할 건더기도 그만큼 줄어든 셈이라고 인정하는 뜻으로 해석되었다.

"암만혀도 안 되겠소. 요러다가는 필경 내남없이 고드름똥 누게 생겼소. 싸게 방으로 드십시다요, 아씨!"

안노인이 달려들어 순금의 팔을 답삭 끄어들려 했다. 목적 달성하기 전에는 움쩍도 하지 않을 태세로 순금은 그 자리에서 완강히 버티었다.

"다시 한번 양주 어르신께 간곡허니 당부 말씸 올리겄어요. 저 같은 손아래뻘한티 제발 존대를 허지 말어주셔요."

"허어, 그것참……"

안노인과 바깥양반 둘이서 서로 눈길 마주치면서 잠시 난감한 기색을 감추지 못했다.

"대관절 우리 춘복이란 놈 으떤 구석이 을매나 맘에 들어서 아씨 같은 귀골 처자가 그러콤 고집을 못 내려놓고 끝까장 버티기만 허신다요?"

"맘에 들고 안 들고는 문제가 안 되지요. 천정배필이 기냐, 아니냐, 허는 게 정작 문제지요. 저는 아주 에렸을 적부텀 신춘복 아저씨야말로 장차 내 신랑 될 사람이라고, 하늘이 맺어주시는 짝이 틀림없다고 맘속으로 확신을 점점 키워감시나 살어왔답니다."

"허어, 그것참!"

"말허자면 둘이서 부부 인연을 맺는 것이야말로 제 운명이기도 허고 댁에 아드님 운명이기도 허지요."

"허어, 그것참!"

안팎 두 노인은 찬탄인지 통탄인지 모를 소리를 번차례로 토했다. 노인들이 수상쩍은 눈짓 짧게 주고받은 다음 둘이서 한목에 와짝 달려들어 순금의 좌우를 점령해버렸다.

"질래 요러고 버티시다가는 큰 탈이 나뿔고 말겄소. 싸게 의짓간에 들어가서 어한을 허십시다요!"

"싫고만요! 두 내외분 허락 말씸 떨어지기 전에는 낮이고 밤이고 간에 시방 요 자리서 한 발짝도 안 움직일 작정이고만요!"

"알었소. 아씨 말씸 잘 알어들었으니께 인자는 지발덕분 적덕허시는 폭 잡고 즈이들 하소연도 쪼깨 들어주시요잉!"

"고맙습니다! 정말 고맙습니다!"

순금은 갑자기 감격에 겨운 나머지 꾸벅꾸벅 연거푸 절하면서 느닷없는 소리로 상대편을 당혹스럽게 만들었다. 뜬금없는 그 인사에 놀란 두 노인이 좌우에서 붙잡고 있던 젊은 처자 옷소매 끝동을 맥없이 놓아버렸다.

"고것은 또 대관절 무신 말씸이다요?"

마냥 뜨악해하는 두 노인 앞에서 순금은 감격의 기세를 조금도 누그러뜨리지 않았다.

"두 어른께서 늦게나마 제 진심을 아시고 제 진정을 받어주시니께 저는 그저 고맙고 또 고마울 따름이지요. 그럼 허락 말씸이 떨어진 줄로 믿고 저는 요만 물러가겄습니다."

순금은 공손히 큰절 올려 작별을 고했다. 두 노인은 어마지두에 맞절로 대응하긴 하면서도 아직 뭔가 할말이 많은 듯한 표정이었다.

"일이 진행되는 대로 기별을 드리고 또 찾어뵙겄습니다. 그때까장 두 어르신께서 내내 강녕허시고 평안허시기를 빌겄습니다."

두 노인은 서둘러 떠나려는 사람을 그저 멍하니 바라보기만 했다. 인사 일습을 닦자마자 순금은 두 노인 등지면서 오두막으로부터 빠른 걸음으로 멀어지기 시작했다. 등뒤에서 안노인의 다급한 목소리가 따라왔다.

"아씨! 아씨!"

그 소리 전연 못 들은 것으로 치부하면서 순금은 내닫던 발걸음을 더욱 재우쳤다. 오두막 전경이 시야에서 완전히 사라진 다음에야 총망지간에 골풀자리 챙겨오지 못한 사실을 깨달았다. 하지만 지금 와서 그까짓 자리 하나가 무슨 대수란 말인가. 오두막 앞을 잠시 점거한 것만으로도 골풀자리는 애당초 부여받은 제 소임을 훌륭히 완수한 셈이었다.

아무리 호락질로 임하는 김매기 고역이라 할지라도 남은 밭이랑이 절반 이하로 줄어들면 시작 당시와 달리 마음에 제법 여유도 생기고 힘도 솟게 마련이었다. 오는 길에 못 봤던 주변 설경이 가는 길에야 비로소 산수화처럼 눈에 들어오기 시작했다. 거의 가망 없어 보이던 혼인 승낙을 마침내 신춘복씨 양친으로부터 강탈하다시피 얻어내는 데 성공한 자신이 그지없이 대견스럽게 여겨졌다. 풀기 어려운 숙제 끝까지 다 마친 연후에 찾아드는 기쁨과 보람과 홀가분함 등등이 연합해서 감나뭇골로 돌아가는 순금의 발걸음에 부쩍 더 힘을 보태주고 있었다.

"대처나 요게 무신 꼴이다냐! 우리 집안 꼴이 으째 요 모냥 요 꼴로 망조가 드는 쪽으로만 굴러간다냐!"

귀가한 직후 순금이 어머니와 동생 상대로 숯골 다녀온 경과를 설명하는 자리였다. 관촌댁 입에서는 마치 슬픈 가락에 장단 맞추듯 같은 내용의 탄식이 간헐적으로 흘러나왔다.

"어머님, 제발 고정허시지요. 설령 어머님 기준에 안 들어맞는 일이라 허드래도 인제는 엎질러진 물이고 받어놓은 밥상이잖습니까."

참다못한 부용이 기어코 곁에서 한마디 던질 정도였다. 물론 순금도 어머니 심정 이해 못하는 바 아니었다. 저 스스로 어머니 입장에 서봐도 그런 식으로 반응할 수밖에 없을 듯싶었다. 전후 좌우 사정 골골샅샅 둘러볼 때 무작정 반대만 일삼을 수도 없고, 그렇다고 또 겨드랑이 살살 간질여가며 부추길 수도 없는 노릇이었다. 애당초 어머니 마음에 들 거라 믿고 시작한 일이 아닌지라 처음 계획대로 고집스레 밀고 나가는 길밖에 없었다. 순금은 어머니와 동생을 자신의 새 거처에 남겨둔 채 먼저 자리에서 일어섰다.

"사랑채로 가서 아버님을 만나뵙겄어요."

"오냐, 원원이 느그 아부지가 쌍수를 들어서 이뿌고 장헌 짓 저질르고 돌아온 딸년 얼싸둥둥 환영허시겄다!"

딸년 얘기 들어줄 만큼 아버지 상태가 정상이 아니라는 사실을 우회적으로 표현하는 말이었다. 못된 행실로 제 아비 불수(不隨) 상태에 빠뜨린 막심불효 딸년에 대한 원망이 담긴 말이기도 했다.

"어머님은 잠깐 배깥에서 지달리고 계셔요. 저 혼자만 들어가서 아버님을 독대허고 잪어요."

순금은 사랑채 지대 위로 올라서면서 뒤따라온 어머니에게 신신당부했다. 부녀간에 단둘이 만나는 게 좋겠다 싶었던지 어머니도 이번만큼은 끙짜놓는 기색 별로 드러내지 않았다. 혼수상태에서 깨어난 후 전주 병원에서 퇴원해 집으로 돌아온 아버지와 처음 맞대면하는 자리였다. 한 울안에 살면서 그동안 병석의 아버지를 직접 뵈옵고 문안 여쭙고 싶은 생각이 굴뚝같았다. 그리고 그럴 기회도 여러 번 있었다. 하지만 그때마다 관촌댁이 쌍지팡이 짚고 나서면서 가로막곤 했다. 딸년 얼굴 보는 순간 아버지 신상에 또다시 어떤 변고가 닥칠지 아무도 모른다는 게 반대 이유였다.

"아버님, 저 순금이고만요. 저를 알어보시겠어요?"

아버지는 보료 위에 모잡이로 비스듬히 누운 채 방금 방안에 들어선 딸을 멀거니 올려다보았다. 순금은 보료 쪽으로 가까이 다가앉았다.

"그새 한 번도 못 찾어뵈야서 참말로 죄송시럽고만요. 아버님께 지은 죄가 원판 크기 땜시 감히 찾어뵐 엄두가 안 났고만요."

모잡이로 누운 처음 상태 그대로 아버지는 연방 눈만 끔벅거렸다. 한쪽 입귀에서 줄줄이 흘러내리는 멀건 침으로 베갯잇을 흥건히 적시고 있었다. 부용에게서 여러 번 전해들었던 그 모습 그대로였다. 이 젊은 계집이 대관절 누구더라, 이 젊은 계집이 지금 무슨 소리를 씨부렁거리고 있는가, 하고 몹시 의아하게 여기는 듯했다.

"제가 엄청난 잘못을 저질른 건 맞어요. 그렇다고 인제 와서 아버님께 용서를 빌지는 않겠어요. 실은 용서를 빌 염치도 뭣도 없지만요. 제가 지은 그 불효 죗값은 잊어먹지 않고 사는 날 동안 두고두고 갚어나가겠어요. 아버님 병세에 얼른 차도가 생겨서 하루속히 건강이 회복되게코롬 약손으로 안수허시고 생명수로 되살리시는 은총을 덧입혀주십사고 전능허신 우리 하나님, 여호와 라빠 치료허시는 우리 하나님께 시시때때로 간구를 드리고 있어요."

이불 밖으로 비죽이 빠져나온 한쪽 팔이 얼핏 눈에 띄었다. 도로 이불 안으로 넣어드리고 싶어 그 팔을 넌지시 붙잡았다. 통나무처럼 뻣뻣하고 차가운 팔뚝이 주는 이물감에 순금은 소스라치게 놀랐다. 도무지 더운 피 도는 살이라 믿을 수 없으리만큼 섬뜩한 기분이었다. 곧이어 가슴 저미는 듯한 통증이 찾아들고, 그 통증은 삽시에 울음으로 바뀌었다. 때아닌 통곡소리에 놀란 관촌댁이 부리나케 방안으로 뛰어들었다.

"지멋대로 일 저질러뿔고 집안 다 망쳐먹은 년이 울기는 왜 우냐? 운다고 요게 해결될 일이냐? 니가 그렇게 울어 퍼댄다 혀서 느네 아부지가 자리 툭툭 털고 뽈딱 일어날 성불르냐?"

어머니 손에 머리끄덩이 잡힌 꼴 되어 순금은 윗목으로 질질 끌려가다시피 했다. 울음은 윗목이라고 특별히 낮가리는 법 없이 아랫목 기세 그대로 유지한 채 줄기차게 뻗어나왔다.

"아버님, 참말로 죄송혀요. 죄송헌지는 알지만, 저도 어쩔 도리가 없어요. 인제는 돌이킬 수 없는 일이 되고 말었어요."

거듭되는 어머니 욱대김에 눌려 울음이 잠시 잦아드는 틈을 타 순금은 애당초 사랑채 찾아온 목적을 밝히기 시작했다.

"숯골에 찾어가서 신춘복씨 부모님한티서 혼인 허락을 받어왔어요."

"그게 뭔 소린지 느네 아부지가 시방 한 매디라도 알어들을 성불르냐? 씨잘디없는 소리 고만허고 싸게 나가그라!"

어머니한테 등 떼밀려 사랑채에서 쫓겨나면서도 순금은 아버지한테 꼭 전해야 할 말들을 멈추지 않았다.

"물론 아버님 맴에 안 드실지 알어요. 평상시 아버님이라면 절대로 용납허시지 않을 일이란 것도 잘 알고 있어요. 허지만 저는 또 저대로 가야 헐 질이 있고 앞으로 살어가야 될 인생이 있기 땜시 아버님 뜻을 어쩔 도리 없이 거역허는 불효를 또……"

"누님, 다 끝난 일입니다."

지대 아래에서 대기중이던 부용이 득달같이 달려와 곁부축에 나섰다.

"그만침 허셨으면 된 겁니다. 인제는 더 우실 필요도 없고, 경위를 더 설명허실 필요도 다 없어졌습니다."

"부용아, 너한티 부탁이 있다."

순금은 겹저고리 고름을 손끝으로 집어 눈자위에 고인 눈물 찍어내고 나서 부용을 돌아다보며 정색을 했다.

"가서 진용이 오라버니 조깨 뫼셔왔으면 쓰겄다. 그러고 내가 오라버니 만나는 동안에 너는 신춘복씨를 안채로 죄용허니 불러서 내가 숯골 댕겨온 결과를 자세허니 일러주고, 우리가 곧 혼례를 치르게 되았다고 정식으로 통지를 허거라."

동생을 보낸 다음 순금은 며칠 전까지 공방이었던 곳으로 갔다. 개조 공사 뚝딱 해치운 직후라서 미처 벽지도 바르지 못한 상태였다. 이제 겨우 새벽질 끝낸 흙벽이 한참 더 마르기 기다려 도배 작업을 시작할 계획이었다. 연일연야 아궁이에 불을 지펴댄

덕분에 다행히도 구들장은 잘 달궈져 있어 추운 날씨에도 기거하기에 별다른 불편은 없었다. 순금은 신접살이 용도로 고친 그 방이 여간 마음에 드는 게 아니었다. 새로 놓은 방구들과 새벽질한 흙벽에서 풍기는 냄새가 빨랫줄에 널린 옷가지에서 나는 새물내처럼 향긋하게 다가올 정도였다. 이제 도배만 마치고 나면 본채 골방 어둠 속에 갇혀 징역살이하던 제 소유 장롱과 고리짝서껀 세간들 몽땅 꺼내 신혼살림용 밝은 공간으로 옮김으로써 오랜만에 빛을 보게 할 생각이었다. 골방 한쪽 벽면에 층층이 쌓인 버들고리 안에는 지난날 정세권과 정혼할 당시 공들여 장만했던 갖가지 혼수 대부분이 아직도 고스란히 간직되어 있었다. 초례청에서 입을 예복으로 이연실에게 선물한 녹의홍상 한 가지가 그 가운데서 빠져 있을 뿐이었다. 연두저고리 다홍치마 한 벌 가까운 시일 안에 새것으로 장만해둘 필요성이 그 어느 때보다 절실해졌다.

원로를 강행군한데다가 양쪽 어른들 번갈아 상대하느라 한바탕 고역 치르고 난 뒤끝인지라 피곤이 한목에 몰려들었다. 알맞게 달궈진 회삼물 바닥에서 따끈한 불기운이 스멀스멀 올라오고 있었다. 순금은 아직 장판지도 안 깔린 맨바닥에 노곤한 몸뚱이를 뉘었다. 아랫목에 온몸 지지고 있으려니 슬며시 졸음 기운이 찾아들었다. 가수면 상태 속을 어린 최순금이 댕기 머리 꺼떡꺼떡 춤추도록 팔짝팔짝 뛰어다니고 있었다. 처음 얻은 자식이라고 젊은 아버지가 유난히 귀애해 마지않던 그 시절이 순금의 머릿속에서 생생하게 재생되고 있었다. 똑똑하고 공부 잘하기로 소문난 딸이라 해서 큰 기대 걸고 기꺼이 타지 유학까지 보내주던 그 부성애가 엊그제 일인 양 또렷이 되살아났다. 거기까지였다. 바로 그 대목까지가 다른 무엇보다 중요했다. 순금은 그 좋았던 소녀 시절, 아버지와 친밀한 부녀관계 유지한 채 아무런 걱정 근심 없이 자라던 그 시절 그 기억까지만 마음속에 갈무리한 채 남은 평생 그 유복했던 기억들 야금야금 까먹으며 살아가자고 마음먹었다.

"순금이 동상 시방 안에 있는가?"

그러자 또다시 눈물이 슬금슬금 비어져나오려 했다. 아직도 가수면 상태 끝자락 밟은 채 기억 속을 바장이다보니 순금은 저벅거리는 발소리가 방문 바로 앞까지 다가온 사실조차 눈치채지 못했다.

"누님, 진용이 형님 뫼시고 왔고만요."

부용의 투박스러운 목소리에 쫓겨 졸음이란 놈이 순식간에 멀리멀리 달아나버렸다.

"아이고, 껄핏허면 오시라 가시라 자꼬만 구찮게 혀서 죄송허고만요."

순금은 입으로는 진용 오라버니 반기면서 눈으로는 부용에게 신호를 보냈다. 얼른 가서 신춘복씨를 만나보라는 뜻이었다.

"구들장이 얼매나 잘 놓아졌는지 몰라요. 아랫목에 한번 앉어보셔요."

상석을 권하면서 순금은 비록 단칸방이긴 하지만 신접살이 용도로 손색없게끔 공방을 솜씨 있게 개조한 사촌오라버니를 키 위에 올려놓고 검불이 휘날리도록 한바탕 까붐질을 해댔다. 그런 다음 이제 막 본론으로 건너가려는 참이었다.

"오는 질에 시방 부용이한티서 들을 만침 다 들었네, 시방."

사촌누이 말을 서두부터 무지르고 나서 진용이 입맛을 쩝 다셨다. 뭔가 마땅찮게 여기는 표정이 완연했다. 하지만 순금은 이미 기정사실로 굳어진 일에 대해 한 차례 더 유성기판 돌리는 수고가 덜어진 셈이라서 오히려 홀가분한 기분이었다.

"벌써 다 들으셨다니께 차라리 잘된 일이네요. 부용이한티 들으신 대로 그렇게 결정이 나뿌렀어요. 그렇기 땜시 여태까장 헌 일보담도 앞으로 헐일들이 휘긴 더 중요허게 되얐어요."

순금은 두 가지 중요한 일거리를 사촌에게 부탁했다. 첫째는 혼례식에 세울 집례(執禮)를 정하는 일이었다. 사촌남매끼리 상의한 결과, 산서 최문에서 항렬도 높을뿐더러 가장 연장자 축에 드는 새터 어른이 적임자로 선정되었다. 그를 설득하고 이해시키는 임무를 진용이 맡게 되었다. 둘째는 앞으로 천석꾼 집안에서 벌어질 희한한 혼례식에 관해 미리감치 소문 한 바가지씩 가가호호 돌리는 일이었다. 이 동네 저 동네 다니며 이 사람 저 사람 붙잡고, 천석꾼 어르신 외동딸이 오래지 않아 아무개네 새색시가 된다네, 하고 큰 소리로 떠벌릴 나발수들이 필요했다. 이왕지사 나발 부는 김에 동척농장 울타리 안쪽 깊숙한 구석까지 소문이 속속들이 파고들게끔 용의주도하게 대처한다면 더할 나위 없이 좋은 일이었다. 그 일 역시 진용이 책임지고 처리하기로 사촌 남매간에 합의를 보았다.

"순금이 동상이 시키는 일이니깨 시방 허기는 허겄네마는…… 산천초목도 벌벌 떨을 만침 시방 위세 등등허시든 우리 어르신께서 시방 저 지경으로 폐인이 되다시피 몸져누워 기시는 판국에 시방…… 순금이 동상이 요런 식으로 인정사정없이 밀어붙이는 게 옳은 일인지 으쩐지는 시방 나도 잘 몰르겄네, 시방."

일껏 합의까지 보고 나서 진용이 떠듬떠듬 조심스레 속마음을 드러냈다. 친자식과 달리 조카 위치에서 집안 대표격인 천석꾼 어르신 유고중에 그 엄청난 일들을 자신이 주도해나간다는 게 사실 이만저만 부담스러운 노릇이 아닐 것이었다.

"오라버님 그 심정은 지가 이해허고도 남어요. 허지만 너무 염려허지 말으셔요. 요번 일로 혹 무신 문제가 생기드래도 이 최순금이가 전부 다 책임을 떠맡겄어요. 오라버님은 그저 선량헌 의도를 갖고서 사촌누이를 도와주는 일이라 생각허셔요."

"동상이 그렇게 말허니깨 시방 으쩔 도리 없이 나가 앞에 나서기는 허겄네마는 시방 암만혀도 낭중에 어르신한터서 무신 소리를 듣게 될지……"

자신의 지휘하에 개조 공사가 본때 있게 마무리된 신접살이 방

떠나면서 진용은 여전히 찜찜한 기색을 떨쳐내지 못한 표정이었다. 진용이 떠난 자리에 부용이 곧바로 갈마들었다.

"신춘복씨를 만나서 미구에 닥칠 신상 변화를 친절허니 일러드렸습니다."

"일러주니깨 뭣이라고 그러시드냐?"

"말허는 동안에 흐흐흐, 허고 연방 웃기만 허십디다. 알어듣게 코롬 소상허니 설명을 허긴 혔는디, 과연 지가 허는 말을 얼매나 이해허셨는지는 확인헐 방도가 전무헌 것 같습니다."

안 봤어도 본채 안방에 마주앉은 두 남자 모습이 눈에 선했다. 하지만 처음부터 신춘복씨에게 뭔가 의미 있는 반응 기대하면서 동생을 심부름꾼으로 부린 건 아니었다. 혼인 당사자에 대한 최소한의 예의삼아 벌인 일이기 때문에 상대방 반응 여부에 따라 일희일비하고 싶지는 않았다.

"말품 많이 파니라고 욕봤다. 어서 근너가서 쉬거라."

뒤늦게 생각난 게 있어 순금은 방문 밖으로 막 나서려는 부용을 급히 불러 세웠다.

"우리 막내는 요새 으떤 모냥으로 지내고 있냐? 한 울안에 살면서도 그림자조차 귀경헐 수가 없드라."

만약의 사태. 이를테면 징병 또는 징용 당국자의 변심이나 변덕으로 인해 갑자기 동원유예 방침이 바뀌는 비상사태에 대비하기 위해 머슴들 시켜 뒤란 대숲 속에 임시방편으로 마련한 반지하 움막 안에서 덕용은 하루 대부분 시간을 보내는 것 같았다.

"움막에 들어앉아서 왼종일 영어 콘사이스만 죽자사자 암기허고 있습니다. 누님이 한번 만나서 덕용이 맴을 따둑거려주시는 게 어떨까요?"

"알었다. 어서 가보거라. 늦겄다."

타의에 의해 유학생활 중동무이하고 집에 돌아온 후 덕용은 그동안 객지에서 지내느라 전혀 몰랐던 집안 속내평에 큰 충격을 받은 모양이었다. 집안 돌아가는 꼬락서니에 실망한 나머지 말수가 부쩍 줄었을 뿐 아니라 식구들과 상종하는 기회를 애써 회피하려는 눈치였다. 순금은 제백사하고 덕용을 만나는 일부터 서두르기로 마음먹었다.

이제는 택일하는 일만 남았다. 어차어피에 편법을 써서 약식으로 후딱 해치울 혼례식인지라 애당초 사주나 궁합이 맞고 안맞는 건 따질 계제가 아니었다. 혼인 날짜도 매한가지였다. 전쟁 시국에 쫓겨 졸속으로 치를 수밖에 없는 절차에 손 없는 날 가리고 길일 택하는 문제는 사실상 곁가지에 불과했다. 더구나 예수 믿는 사람한테 처음부터 길일이 따로 있을 턱이 없었다. 주님 사랑 안에서 이뤄지는 일이라면 모든 날이 다 길일에 해당했다. 마음 같아서는 햇볕 다냥하게 내리쬐는 봄날 만화방창(萬化方暢)하는 대자연의 신비와 생동감 속에서 중인환시리에 식을 올리고 싶었다. 하지만 아버지 건강 문제가 가장 큰 변수였다. 어머니를 비롯한 가족 모두가 우환 속에 치러야 할 혼례로 인해 몹시 곤혹스러워하고 있었다. 어떻게 자리보전하고 지내는 가장 제쳐놓은 채 남우세스럽게 식을 올릴 수 있느냐는 얘기였다. 무작정 택일을 서두르는 게 능사는 아니었다. 최소한의 운신이라도 가능하리만큼 아버지 병세에 차도가 나타나기를 기도하면서 낭분간은 사랑채 쪽 동정에 신경을 곤두세울 수밖에 없는 처지였다.

전주 쪽 양의는, 목숨 부지한 것만도 천만다행으로 여기라고, 그 이상 치료 효과를 기대할 만한 의술이 조선 천지에는 더 없는 줄 알라고, 시간이 해결해주기 기다리면서 반신마비가 풀릴 조짐이 보일라치면 그때부터 재활 운동에 주력하라고 설득하면서 퇴원을 권유했다. 반면 읍내 쪽 한의는, 그게 무슨 소리냐고, 시일이 얼마나 걸릴지 몰라서 그렇지 장기간에 걸친 치료 감당할 여력만 있다면 얼마든지 호전이 가능한 증상이라고, 무엇보다 환자 본인의 재기하려는 의지와 가족들 정성이 제일 중요하다고 강조했다. 물에 빠진 사람 지푸라기라도 붙잡는 심정으로 당시 가족들이 한방 쪽 손을 들어준 것은 당연한 귀결이었다. 가족회의에서 용하기로 소문난 읍내 한의를 신뢰하고 아버지 치료를 그에게 일임하기로 결론이 났다. 그때부터 아버지는 원방 우황청심환한테 단단히 신세 지기 시작했다. 스스로 씹고 삼키는 일이 거의 불가능해진 환자를 대신해 어머니는 환약을 입으로 씹어 침이 섞인 걸쭉한 점액으로 바꾼 다음 영감님 입에 흘려넣어주는 진구덥도 마다하지 않았다. 환약으로 우선 급한 불부터 끈 후에 탕약으로 바꾸었다. 중풍 환자에 탁효가 있다는, 남성(南星)과 목향(木香)이 주재료인 성향정기산(星香正氣散)을 꾸준히 달여 먹이는 한편 침술 치료를 병행하기도 했다. 하지만 상당한 시일이 흘렀는데도 눈에 띌 만한 치료 효과는 아직 요원한 상태인 듯싶었고, 그 바람에 가족들 모두가 걱정 근심에 싸여 무진장 애만 태우는 중이었다.

순금은 이런저런 생각들로 뒤숭숭한 저녁 한때를 보내던 중 몰려오는 졸음과 찍어누르는 피곤을 더는 어찌할 재간이 없어 끼니도 거른 채 장판지도 안 깔린 맨바닥에서 그대로 까무러지고 말았다.

6

　　드디어 진통이 시작되었다. 진통은 밀물처럼 왔다가 썰물처럼 물러가기를 한나절이나 되풀이했다. 부용으로서는 난생처음 목도하는 산통이었다. 여태껏 이야기로만 접해온 그 산통의 모지락스러움 앞에서 그는 얼추 혼백이 달아나버린 상태였다. 한 생명이 세상에 나오는 과정에 그토록 처절한 고통과 고난이 동반한다는 사실을 그제야 처음 실감하는 중이었다. 그나마 다행인 것은, 장모와 함께 온 경험 많은 산파가 한시도 산부 곁을 떠나지 않고 지켜주는 점이었다. 전주 바닥에서 조산술(助産術) 좋기로 소문났다는 그 산파는 이력에 어울리게끔 얼굴도 늙수그레해 보였다. 산파와 장모 두 여인이 손발 척척 맞춰가며 해산바라지에 매달리고 있었다. 산부가 뭘 요청하기 전에 미리 알아차리고 만단으로 대처하는 노련한 모습에 부용은 적이 마음이 놓였다. 방안의 두 여인 말고도 지원 세력은 더 있었다. 방문 밖에서는 사모와 사찰 집사 내외, 도합 세 사람이 어떤 종류 심부름이든 떨어지기 무섭 게 득달같이 달라붙을 양으로 줄곧 대기중이었다.

"여보, 그렇게 방에만 있지 말고 바깥바람도 좀 쐬고 그러셔 요."

한 파수 또 무시무시한 진통이 휩쓸고 지나간 자리에서 살아남 은 연실이 가까스로 입을 열었다. 달아났던 혼백 미처 돌아오지 않은 듯 부용은 그 말 듣고도 그저 모지리 본새로 멀건 웃음만 흘 려 보일 따름이었다.

"해산 자리에 남편이 있으면 그냥 걸리적거리기만 하대요. 나 가서 동네라도 한 바퀴 돌다가 오셔요."

동백기름이라도 흠뻑 뒤집어쓴 듯 진땀으로 번들거리는 연실 의 얼굴을 장모가 물수건으로 꾹꾹 눌러 훔쳐주는 중이었다.

"초산에 노산까지 겹쳐서 시간이 얼마나 더 걸릴지는 모르지 만, 그래도 때가 되면 다 나오게끔 정해져 있게 마련이라네. 그러 니까 최서방은 아무 염려 말고 밖에 나가 있게나."

장모의 권유에도 불구하고 부용은 그냥 멀겋게 웃기만 했다.

"옛적에는 산모 혼자서 문고리 붙잡고 용을 쓰다가 애기를 퐁 당 빠트리는 일도 많았답디다. 옆에서 산구완허는 서방님 상투 틀어쥐고 용쓰면서 애기 낳는 산모도 더러 있었다든디, 보아허니 요 댁 서방님은 상투도 없는 하이까라 머리라서 틀어쥐고 용쓰기도 쪼깨 거시기헐 테니께 그냥 못 이기는 치끼허고 배깥으로 나가시는 게 상책이겄어라우."

산파 역시 우스갯소리 가장해 해산바라지에 도움은커녕 내내 걸림돌 노릇만 자초하는 사람 축출 작업을 거들고 나섰다.

"그럼 잠시잠간 나갔다 오겠소."

산파 말마따나 못 이기는 척하면서 부용은 별수없이 방을 나서는 도리밖에 없었다.

"아고마니나!"

아마도 문창호에 귓구멍 붙인 채 방안 동정을 염탐하던 중인 듯했다. 방문이 벌컥 열리는 순간, 하마터면 문틀에 얼굴 부딪힐 뻔한 집사 부인이 호들갑 떨면서 허둥지둥 길을 비켜주었다.

"아기 예수님 탄생을 기다리는 동방박사 세 사람 같지 않나요?"

밝은 웃음과 함께 문목사 사모가 말을 걸어왔다. 부용이 보기에는 꼭 그렇게 느껴지지 않았다. 밖에서 기다리는 사람이 셋이라는 점 말고는 유감스럽게도 그들 일행과 동방박사들 사이에 공통점을 전혀 찾아볼 수 없었다.

"아, 예……"

부용은 웃음으로 얼버무리면서 도망치듯 세 사람 사이를 빠져나왔다. 딱히 갈 만한 곳도 없고 또 해야 할 일도 없는 주제인데 마음만은 무지하게 바빴다. 뭇매라도 얻어맞은 푼수로 몸뚱어리가 성한 구석 하나 없이 온통 쑤시고 결리는 듯했다. 진통이 찾아들 적마다 온몸 뒤틀고 사지 버르적거리며 사뭇 몸부림치는 연실을 지켜보는 동안 마음으로나마 괴로움을 함께 나눠온 결과였다. 부용은 예배당 앞 층층대 쪽으로 발걸음을 서둘렀다. 하지만 막상 층층대 위에 서고 보니 마땅히 갈 만한 데가 떠오르지 않았다. 바로 그때 기도라는 말이 언뜻 뇌리를 스쳤다. 본시 기도라는 게 그런 때 하라고 있는 것임을 깨닫자마자 그는 예배당 쪽으로 발길을 돌이켰다.

"저 최부용이, 하나님 앞에서 죄인인 것을 자복헙니다!"

신사참배 거부한 대가로 일제 당국이 두꺼운 널빤지 두 장을 가새질러 단단히 폐쇄한 예배당 출입문 앞에 꿇어앉은 채 부용은 사찰집사네 사택까지 들리고도 남으리만큼 커다란 목청으로 기도하기 시작했다.

"허지만 저 같은 죄인 구원허실라고 독생자 예수 그리스도를 속죄양으로 이 땅에 보내주신 하나님 아바지 그 가이없는 사랑만을 믿고서 시방 요 자리에 요렇게 물팍 꿇고 엎졌습니다!"

워낙 격식에 맞는 기도를 배운 적도 없고, 진심과 진정 바쳐 기도해본 경험도 없는 위인인지라 기도 순서나 용어가 뒤죽박죽 제멋대로일 수밖에 없었다. 가까이 지내는 사람들 영향으로 들은 풍월이 더러 있긴 하지만, 막상 저 스스로 기도 자세 취하고 보니 제대로 된 기도 형식은 윤곽조차 생각나지 않았다. 서털구털 갈피 못 잡고 아무렇게나 마구 쏟아내는 기도였지만, 그래도 기도하지 않고는 배겨낼 수 없으리만큼 절실하고도 절박한 그 마음가짐만은 여느 신심 좋은 교인 못지않았다.

"하나님, 제가 누군지 하나님께서는 잘 몰르시지요? 솔직허니 말씸드려서 저 역시 하나님을 잘 몰릅니다. 허지만 하나님께서 잘 아시고 늘 귀애허시고 좋은 것으로 선대허시는 딸 이연실이가 바로 지 안사람입니다."

천국 환송 잔치란 이름으로 문목사 장례 치르는 과정 낱낱이 지켜보면서 부용은 어느덧 자신이 기독교인으로 거듭났다고 생각한 적이 있었다. 하지만 알짜배기 기독교인 되기 위한 노력은 그후의 일상 속에서 전혀 찾아볼 수 없는 삶을 살아왔다. 그래서 제가 하나님 잘 모르는 만큼 하나님도 당연히 저에 대해 잘 모르실 거라고 지레 단정해버렸다.

"하나님께 아뢰고 잦은 소청 한 가지가 있어서 다급헌 맴으로 요렇게 찾어왔습니다. 하나님 아바지를 지성으로 섬기는 딸 이연실이가 시방 애기를 낳니라고 죽을 둥 살 둥 고생허는 판입니다. 초산에다가 노산까장 겹쳐서 따른 산모들보담도 산고가 자심허다고 들었습니다. 무사허고 무탈헌 몸으로 건강헌 애기 낳을 수 있게코롬 하나님 아바지께서 살펴 도와주시옵소서! 어느 누구 못 잖게 신심이 독실헌 딸 이연실이를 어여삐 보시고 아무쪼록 자비와 긍휼을 베풀어주시옵소서! 요번 한 번만 지 소청을 들어주신

다면 앞으로는 자상헌 냄편에다가 좋은 애비로 살면서 남은 평생 하나님께 충성 바치는 기독교인으로, 아바지 뜻에 합당허고 아바지께서 기특허게 봐주시는 아들로, 명실상부헌 신자로 살아갈 것을 서원드립니다!"

그 정도 했으면 하고 싶었던 말들 대충 다 쏟아낸 셈이었다. 그런데도 왠지 모르게 미흡한 감이 없잖아 있어 그뒤로도 부용은 이미 했던 말 되뇌고 또 되뇌기를 한참이나 계속했다. 하지만 중언부언도 유분수지, 계속 그빨로 나가다가는 오히려 역효과만 부를 것 같았다. 이제는 말이 아니라 울어야 할 차례였다. 오로지 울 일만 남아 있는 셈이었다. 작심하고 일부러 울려는 게 아니라 목구멍 저 안쪽 깊은 데서 자연스럽게 생성된 울음이란 물건이 출구 찾아 꾸역꾸역 올라오는 중이었다.

"우리 주 예수 그리스도 일홈으로 기도하옵나니다! 아멘!"

가까스로 기도 끝마치는 순간, 밑에서 대기중이던 울음이 봇둑 터지듯 급작스레 쏟아져나오기 시작했다. 부용은 울음의 부추김에 따라 자신을 온전히 울음의 손에 내맡겨버렸다. 그렇게 한바탕 눈물 쏟고 나니 비로소 몸과 마음이 가뿟해지면서 이런저런 걱정 근심의 속박으로부터 자유로워진 듯했다.

"형님, 거기서 지금 뭐 하시는 겁니까?"

미처 눈물주머니 수습할 겨를이 없긴 했지만, 나약해진 제 모습 굳이 누구한테 감추고 싶지도 않았다.

"혹시 형수님한테 무슨 일이라도……"

뜻밖에도 귀용의 출현이었다. 온몸으로 의아심 드러내는 동생 향해 부용은 황급히 손사래 쳤다.

"아니다! 그 무신 일은 절대로 안 일어날 것이다!"

"그런데 어째서 그렇게 울고 계셨습니까?"

"더러 그럴 때가 있니라. 사람이 살다보면 괘얀시리 울고 잖은 때도……"

"그렇다면 다행이지만, 형님 보는 순간에 저는 가슴이 덜컥했습니다."

"그런디 너는 으쩐 일이냐?"

"방금 낙철이 형님 만나고 오는 길입니다."

아, 하고 부용은 속으로 탄식했다. 낙철이란 이름이 귀용의 입 길에 오르내릴 적마다 매번 그렇게 가슴 복판을 찌르는 통증 같은 게 느껴지곤 했다.

"오늘 낙철이 형님한테서 결국 용서를 받았습니다."

길 가다 횡재라도 만난 듯이 귀용의 낯꽃이 갑자기 환히 피어나고 있었다. 용서 증거 보여주기 위함인 듯 귀용은 양복 소매를 둘둘 걷어붙이기 시작했다. 드러난 맨살 보는 순간, 부용은 또다시 아아, 하고 속으로 탄식해 마지않았다. 왼쪽 팔뚝이 시뻘겋게 부어오른 데다가 잇자국마저 두 줄 또렷이 찍혀 있었다. 살에 묻었던 피는 이미 닦인 상태였다. 하지만 옷소매 하얀 안감에는 아직도 유혈 흔적이 선명히 남아 있었다.

"많이 아팠겠다."

"하도 감동이 요란해서 아픈지 어떤지도 모르겠습니다."

귀용은 재판받을 당시 동지이자 두목인 이종형 배낙철을 배신하고 신념을 저버렸던 변절자로서 죄책감 견디지 못한 나머지 실재 감옥보다 훨씬 더 가혹한 마음의 감옥 안에 스스로 들어가 오랫동안 자신을 유폐해버렸다.

"이제는 숨 좀 편히 쉬면서 살 것 같습니다. 금방이라도 훨훨 날아갈 것만 같은 기분입니다."

낙철이 형 집행정지로 풀려난 뒤부터 귀용은 용서 구할 요량으로 이따금 오암리를 출입하곤 했다. 그리고 오암리 다녀온 날이면 으레 울고불고 한바탕 난리를 치곤 했다. 그 잘나고 똑똑한 이종형이 하루아침에 정신질환자로 전락한 게 슬퍼서 울고, 그 이종형이 배신자 내지는 변절자를 끝내 용서해주지 않는 점에 낙심천만해서 우는 것이었다.

"좋겠다. 용서를 받아서."

귀용이 생각하는 용서 표시는 놀랍게도 낙철이 제 팔뚝 살점 왕창 물어뜯는 행위였다. 그런데 남들 다 용서하면서 유독 제 몸에만 용서 흔적 남겨주지 않는 점에 실망해 번번이 자학을 일삼곤 했다. 정신질환자한테 용서를 기대하는 점도 그렇거니와 팔뚝 물어뜯음이랑 용서 행위를 동일시하는 그 발상 자체가 귀용의 착

종된 의식세계를 보여주는 한 단면이 아닐 수 없었다.

"드대여 소원을 성취했다니 참 다행이고나."

어쩐지 제각기 따로 노는 듯 서먹하게 진행되던 형제간 대화는 자갈 깔린 통로 따라 급히 달려오는 발소리에 이아쳐서 그나마 중단되고 말았다.

"최선상님! 최선상님!"

사찰집사였다. 온 산골짝이 쩌렁쩌렁 울리게끔 목청껏 불러대는 소리에 부용은 가슴이 철렁 내려앉았다.

"왜, 왜 그러지요? 무, 무신 일입니까?"

"인제 막 애기가 빠져나왔고만요! 싸게 가보시기라우!"

"아들입니까, 딸입니까?"

해산 소식 접하고도 아무 말 없이 우두커니 서 있는 형을 대신해 귀용이 재빨리 질문 기회를 가로채고 나섰다.

"그것까장 알아볼 저를이 없었고만요. 방안에서 애기 첫 울음소리 듣기자마자 그냥 막바로 뛰어오는 질입니다요!"

그제야 부용의 귀에도 사찰네 거처방 쪽에서 건너오는 고고지성이 희미하게 잡히는 듯했다.

"감축드립니다, 형님!"

첫 조카 본 동생이 건네는 축하 인사가 형의 엉덩이 힘껏 걷어차는 구실을 했다. 부용은 사택 쪽 바라보고 냅다 뜀박질놓기 시작했다.

"지금은 안 돼요!"

헐레벌떡 들이닥치는 부용을 사모가 떡 막아섰다.

"산후에 뒷수습해야 할 일들이 아직 남아 있어요. 여기서 잠시 기다리시는 게 좋을 것 같아요."

뜨악해하는 부용을 사모가 몬존한 말씨로 안심시켰다. 고고지 성은 이미 그친 상태였다. 방안에서 시방 벌어지고 있을 일들 상상하면서 부용은 방문 근처를 초조하게 바장이기 시작했다.

"밖에 최서방 있는가?"

"예, 장모님."

"많이 기다렸겠네. 어서 들어오게."

굳게 닫혀 있던 방문이 비로소 열리는 순간이었다. 부용이 안으로 들어서자 산파가 자리 비켜주기 위함인 듯 이런저런 잡동사니 수북이 담긴 대야를 들고 밖으로 나갔다. 얼굴만 빠끔히 내놓은 채 이부자리 안에 누워 있던 연실이 남편을 보더니만 배시시 웃어 보였다. 기운이 몹시 까라진 상태인데도 표정만은 그지없이 맑고 평안해 보였다.

"창조주 하나님께서 우리한테 존귀한 생명을 상급으로 주셨어요."

"여보, 고맙소. 엄청난 일 치뤄내니라고 참말로 고생이 많았소."

"아들인지 딸인지 궁금하지도 않으셔요?"

부용은 그저 멋쩍게 웃기만 했다. 그러자 장모가 강보에 싸인 갓난쟁이를 사위 앞으로 들이밀었다. 부용은 깨지기 쉬운 유리그릇 다루듯 아주 조심스럽게, 그리고 서툴기 짝이 없는 솜씨로 아기를 받아 안았다. 험한 경로 뚫으며 세상에 나오느라 많이 지치고 고단했던지 아기는 그새 새근새근 잠들어 있었다. 핏덩이란 말 그대로 붉은 바탕에 허연 허물이 닥지닥지 달라붙어 있는 그 얼굴만 봐서는 성별 구분이 애매했다. 고슴도치도 제 새끼 털이 함함하다고 우긴다지만, 아무래도 그런 얼굴 보고 예쁘다고 말하기는 쉽지 않을 듯싶었다.

"뭘 달고 나왔는지 애아빠가 직접 확인을 해봐야지."

조심스러운 손놀림으로 강보 아랫자락 슬쩍 젖히는 순간, 부용은 아, 우리 천년쇠가 찾아왔구나, 하고 탄복해 마지않았다. 앙증맞은 고추를 단 아들이었다. 다름 아닌 천년쇠였다. 천년쇠 녀석이 최씨 집안에서 장손으로 태어난 것이었다. 아마도 천일홍은 다음번에 찾아올 모양이었다.

"내가 그동안 여러 번 장담하잖던가, 고추 달린 아들이 틀림없다고."

결과적으로 장모 예측이 맞아떨어진 셈이었다. 만삭일 때 임신부 배꼽 언저리가 꺼져 있으면 아들이고 참외 배꼽처럼 톡 튀어나와 있으면 딸이라는 항간의 속설을 근거로 들어 장모는 일찍이 외손자 출산을 예언하곤 했었다.

"장모님, 수고 많으셨습니다. 이게 다 장모님 덕분인 줄로 알고 있습니다. 참말로 고맙고 또 고맙습니다."

부용은 강보에 싸인 천년쇠를 도로 장모 손에 넘겨주었다.

"실은 예배당 문전에서 내동 기도허고 있었소."

연실의 얼굴 위로 엎드리면서 부용은 가만히 귀엣말을 건넸다.

"이연실이 솔찮이 위대헌 존재라는 사실을 기도중에 처음으로 알어채렸소. 나는 하나님이랑 약속헌 게 있어서 얼른 또 나가봐야 쓰겠소."

연실이 무슨 말인가를 하고 싶어 입술을 달막이기 시작했다. 부용은 곧바로 몸을 일으켜세웠다.

"금세 돌아올 거요."

일찍 장가들어 벌써 학부모 된 친구들은 첫아들 태어날 당시 감격을 말하면서 천하를 얻은 것에다 비유했다. 천하의 절반쯤 얻은 듯한 기분이라고 감격의 규모를 약간 줄여 말하는 친구도 있었다. 그런데 자신의 경우는 그 친구들과 사뭇 달랐다. 천년쇠라는 이름 가진 아들 얻은 감격과 등가관계의 어떤 어마어마한 자산 가치는 전혀 머릿속에 떠오르지 않았다. 다만, 사대삭신 멀쩡한 건강아로 태어나준 그 자체만으로도 그저 감개무량할 따름이었다. 더구나 초산에 노산이라는 이중고 딛고 연실이 첫애 순산할 수 있었던 그 결과만으로도 그저 감사만만이었다. 바로 그 감개와 감사 표하기 위해 시방 하나님 만나러 예배당 출입문 쪽으로 향하는 참이었다. 물론 어느 곳이든 안 계신 데가 없다는, 무소부재(無所不在)하신 하나님이심을 알고는 있었다. 그러함에도 불구하고 부용은 예배당이 폐쇄된 현재 상황에서 그 출입문 근처야말로 하나님 만나기에 가장 적절하고도 가장 안성맞춤 장소임이 틀림없다는 선입견으로부터 좀처럼 벗어날 수 없었다.

작은 입 연신 옴죽거리며 곤히 자던 천년쇠 얼굴이 자꾸만 눈에 밟혔다. 그 여리고 잔약한 생명 잘 키워 장차 사람 구실 제대로 하게끔 만드는 중차대한 책임이 가장이자 아비인 자신의 발등에 떨어졌음을 부용은 비로소 실감했다. 이제 막 태어난 천년쇠와 언젠가 훗날 또 태어날 천일홍을 위해서라면 무슨 일이건 얼마든지 할 수 있을 것만 같았다. 여러 정황으로 미루어 짐작건대, 자식들 세대가 살아갈 세상이 지금 세상보다 훨씬 더 안전하고 행복하리라는 보장은 그 어디에도 안 보였다. 하지만 자식들이 시대의 세찬 여울에 가로막혀 망연자실한 나머지 오도 가도 못하는 난감한 상황 만났을 때 아비로서 자신이 수행해야 할 역할이 무엇인지 부용은 확연히 깨닫고 있었다. 스스로 험한 물살 속에 뛰어들어 납작 엎드려주고 싶은 의욕이 샘솟아오름을 느꼈다. 만일 자식들이 아비 등 징검돌삼아 밟고 시대의 세찬 여울 안전하게 건너갈 수만 있다면 그 이상 더 바랄 게 없겠다 싶었다.

예배당 출입문 앞에 부용은 다시 섰다. 문득 귀용이 생각나 사방을 두리번두리번 살폈다. 언제 어디로 떠났는지 동생 모습은 예배당 주변에서 찾아볼 수 없었다. 설령 동생이 곁에서 지켜보고 있다 할지라도 자신이 해야 할 일을 미루거나 회피하고 싶지는 않았다.

"하나님, 지금도 저를 굽어보고 기시지요?"

출입문 앞에 꿇어 엎드리자마자 부용은 목청 다해 소리치기 시작했다.

"하나님, 지 안사람 이연실이가 순산헐 수 있게코롬 은총을 베풀어주셔서 감사헙니다! 하나님, 어리석고 부족헌 이 죄인한티 건강헌 아들 천년쇠를 후헌 상급으로 허락허셔서 감사헙니다! 이 죄인 최부용이, 헤아릴 수도 없고 측량헐 수도 없는 하나님 아바지 은공을 저버리는 못된 인간이 절대로 안 되게코롬 인제부텀 십분 노력헐 것을 약속헙니다! 아멘!"

기본 형식조차 갖추지 못한, 그 기도 아닌 기도 중에 퍼뜩 깨달은 게 있었다. 첫아들 출생이라는 이번 대사건 통해 비록 천하를 온새미로 얻는다거나 천하의 절반을 배메기로 얻지는 못했을지라도 여호와 하나님 향한 믿음 한 가지만은 확실히 얻게 되었다는 사실이었다.

윤흥길

1942년 전라북도 정읍 출생. 1968년 한국일보 신춘문예에 단편 「회색 면류관의 계절」이 당선되며 작품활동을 시작했다. 대표작으로 『장마』 『완장』 『황혼의 집』 『아홉 켤레의 구두로 남은 사내』 등이 있다. 한국문학작가상, 한국창작문학상, 현대문학상, 21세기문학상, 대산문학상, 박경리문학상을 수상했다. 대한민국예술원 회원이다.

문학동네 장편소설

문신 4
ⓒ 윤흥길 2024

초판 인쇄 2024년 2월 21일 | 초판 발행 2024년 3월 1일

지은이 윤흥길
책임편집 김영수 | **편집** 김봉곤
디자인 김이정 유현아 | **저작권** 박지영 형소진 최은진 서연주 오서영
마케팅 정민호 서지화 한민아 이민경 안남영 왕지경 정경주 김수인 김혜원 김하연 김예진
브랜딩 함유지 함근아 고보미 박민재 김희숙 박다솔 조다현 정승민 배진성
제작 강신은 김동욱 이순호 | **제작처** 한영문화사

펴낸곳 (주)문학동네 | **펴낸이** 김소영
출판등록 1993년 10월 22일 제2003-000045호
주소 10881 경기도 파주시 회동길 210
전자우편 editor@munhak.com | **대표전화** 031)955-8888 | **팩스** 031)955-8855
문의전화 031)955-3576(마케팅) 031)955-2679(편집)
문학동네카페 http://cafe.naver.com/mhdn
인스타그램 @munhakdongne | **트위터** @munhakdongne
북클럽문학동네 http://bookclubmunhak.com

ISBN 978-89-546-9820-7 04810
　　　978-89-546-5418-0 (세트)

• 이 작품은 대한민국예술원 예술창작지원금에 힘입어 집필되었습니다.
• 이 책의 판권은 지은이와 문학동네에 있습니다.
　이 책 내용의 전부 또는 일부를 재사용하려면 반드시 양측의 서면 동의를 받아야 합니다.

잘못된 책은 구입하신 서점에서 교환해드립니다.
기타 교환 문의 031)955-2661, 3580

www.munhak.com